Eva Siegmund
H.O.M.E.
Die Mission

DIE AUTORIN

Eva Siegmund, geboren 1983 im Taunus, stellte ihr schriftstellerisches Talent bereits in der 6. Klasse bei einem Kurzgeschichtenwettbewerb unter Beweis. Nach dem Abitur entschied sie sich zunächst für eine Ausbildung zur Kirchenmalerin und studierte dann Jura an der FU Berlin. Nachdem sie im Lektorat eines Berliner Hörverlags gearbeitet hat, lebt sie heute als Autorin an immer anderen Orten, um Stoff für ihre Geschichten zu sammeln.

Mehr zur Autorin auch auf www.eva-siegmund.de und Instagram@eva_siegmund_schreibt.

Von Eva Siegmund sind bei cbt erschienen:
H.O.M.E. – Das Erwachen (31230, Band 1)
PANDORA – Wovon träumst du? (31059)
CASSANDRA – Niemand wird dir glauben (31183)
LÚM – Zwei wie Licht und Dunkel (16307)

Mehr über cbj und cbt auf Instagram unter @hey_reader

EVA SIEGMUND

H.O.M.E.

DIE MISSION

Sollte diese Publikation Links auf Webseiten Dritter enthalten, so übernehmen wir für deren Inhalte keine Haftung, da wir uns diese nicht zu eigen machen, sondern lediglich auf deren Stand zum Zeitpunkt der Erstveröffentlichung verweisen.

Dieses Buch ist auch als E-Book erhältlich.

Verlagsgruppe Random House FSC® N001967

1. Auflage 2019
Originalausgabe April 2019
© 2019 by Eva Siegmund
© 2019 by cbj Kinder- und Jugendbuchverlag
in der Verlagsgruppe Random House GmbH,
Neumarkter Str. 28, 81673 München
Alle Rechte vorbehalten
Umschlaggestaltung: Carolin Liepins, München
Umschlagmotive © Shutterstock (Who is Danny, nabil refaat, Rapax, Thanit Weerawan, Natalia Perchenok, 3000ad, Daniel Indiana, Mark Smith, Bartlomiej Magierowski)
MI · Herstellung: UK
Satz: Uhl + Massopust, Aalen
Druck: CPI books GmbH, Leck
ISBN 978-3-570-31231-5
Printed in the Czech Republic

www.cbj-verlag.de

Prolog

Die Sonne wärmte meine Haut, doch sie brannte nicht. Es roch nach frisch gemähtem Gras und Erde, der Boden unter meinen Füßen fühlte sich weich an. In der Ferne hörte ich fröhliches, entspanntes Stimmengewirr.

Ich kannte diesen Geruch und die Geräuschkulisse nur allzu gut. Mich umgab der Garten, der sich vor dem zentralen Akademiegebäude erstreckte. Es war immer mein Lieblingsort auf dem gesamten Gelände gewesen.

Ich suchte in meinem Körper nach Anzeichen dafür, dass irgendetwas nicht in Ordnung war, doch ich fühlte mich gut. Keine Schmerzen, kein Unwohlsein. Nichts.

Langsam hob ich die rechte Hand und fuhr mir damit über den Kopf. Meine Finger glitten über weiches Haar, das in meinem Nacken zu einem Pferdeschwanz gebunden war. So, wie ich es immer getragen hatte. Davor.

»Zoë?«

Die Stimme kam von hinten und war mir sehr vertraut. Doch sie klang unsicher, zögerlich. Ich schlug die Augen auf und drehte mich um.

Er sah anders aus. Glatter, makelloser und gesünder. Nicht

so geschunden. Seine Haut zeigte keine Sorgenfalten, doch seine Augen waren noch genauso traurig wie zuvor.

»Kip«, sagte ich und lächelte. Es war unbeschreiblich schön, ihn zu sehen, auch wenn ich wusste, dass ich nicht den echten Kip vor mir hatte. Seine Tätowierungen fehlten, vermutlich hatten sie keine Zeit gehabt, die aufwendigen Fische in das Interface einzuspeisen.

Er trat auf mich zu und nahm mich fest in die Arme. Zu meiner Überraschung wurde ich von einer Welle aus Gefühlen überrollt, die mich mitriss. Ich wurde von heftigem Schluchzen geschüttelt, fühlte Glück und Erleichterung, Scham und Verzweiflung, alles gleichzeitig und alles durcheinander.

Kip hielt mich fest und ließ mich weinen, strich mir mit seinen großen Händen über den Rücken, die Arme und den Kopf, und aus irgendeinem verrückten Grund wusste ich, dass ich ihm nichts erklären musste. Er verstand mich auch so. Kip wusste, dass es mir leidtat. Er wusste, wo wir waren. Irgendwann würde ich ihm das ganze Ausmaß dessen, was passiert war, erklären, doch jetzt war nicht der Augenblick dafür. In diesem Moment verabschiedete ich mich von allem, was ich nicht ändern konnte, trauerte um das, was ich verloren hatte, und war erleichtert über das, was mir geblieben war. Ich weinte, weil es die einzige Option war, die ich in diesem Augenblick hatte.

Weil ich keine Angst und keine Wut mehr in mir hatte.

»Hey, was ist denn hier los?«

Ich zuckte zusammen, weil ich nicht mit Jonahs Stimme gerechnet hatte. Schnell machte ich mich von Kip los und wischte mir übers Gesicht.

Und da stand er. Groß, muskulös, mit seinen wirren Haaren und dem wunderbaren, entwaffnenden Grübchen. Sein Blick verriet mir, dass er sich keinen Reim auf das machen konnte, was er gerade sah. Wie könnte er auch?

»Nichts«, beeilte ich mich zu sagen, und Jonah zog die Augenbrauen hoch.

»Nach nichts sah das aber gar nicht aus«, sagte er.

Hörte ich da etwa Eifersucht in seiner Stimme?

Ich wollte gerade Luft holen, um irgendeine an den Haaren herbeigezogene Erklärung für die Situation vom Stapel zu lassen, als es geschah.

Erst flackerte die Welt um uns herum ganz leicht. Wie bei einer Stromschwankung. Wir alle drei bemerkten es und richteten unsere Blicke nach oben, so als läge die Erklärung für das Flackern am Himmel.

Ein zweites Mal verschwand der Garten, diesmal länger. Es dauerte sicher zwei oder drei Sekunden, bis unsere Umgebung wieder erschien.

»Scheiße, was ist denn hier los?«, hörte ich Jonah noch fragen.

Dann wurde alles schwarz.

0

Als die ersten Bomben fielen, waren alle überrascht. Selbst diejenigen, die damit gerechnet hatten, die Wochen und Monate gerungen und diskutiert hatten, um diesen Krieg in letzter Sekunde zu verhindern. Auch die Flugzeugpiloten und Politiker waren überrascht über die Wucht der Detonationen, über die Zerstörung und den plötzlichen, allgegenwärtigen Tod. Seit weit über hundert Jahren hatte es in Europa keinen Krieg mehr gegeben. Niemand war diese Form der Gewalt mehr gewöhnt, kein Mensch hatte jemals ein solches Inferno erleben müssen. Während der großen Dürren und der Völkerwanderung hatten alle viel durchstehen müssen, sie waren ein hartes Leben gewöhnt, doch Krieg und Zerstörung waren Dinge, die sie sich dennoch nicht hatten vorstellen können. Dieser Krieg, davon waren die südlichen Staaten überzeugt, war unumgänglich geworden. Was nützten ihnen all ihre Waffen, ihr Geld und ihre Kultur, wenn sie kein Wasser hatten? Und Deutschland war schuld daran. Manchmal musste man töten, um überleben zu können.

Zuerst traf es Berlin. Auch darüber waren alle überrascht, obwohl es absehbar gewesen war. Die meisten Leute hatten sich mit dem Gefühl schlafen gelegt, eine weitere ruhige Nacht vor sich zu haben. Jeder hatte getan, was er um diese Uhrzeit immer tat. Was vielleicht der Tatsache geschuldet war, dass es keinen Evakuierungsplan für die Stadt gegeben hatte und die alten Luftschutzbunker längst vergessen waren. Um eine Panik zu vermeiden, hatte man die Bevölkerung nicht informiert. Man hatte ja ohnehin bis zum Schluss nicht damit gerechnet, dass die Südstaaten Ernst machen würden. Warum also alle Welt beunruhigen?

Die Nachtschwärmer feierten, die Busfahrer fuhren Bus, manch einer wälzte sich unruhig im Schlaf hin und her, geplagt von kleinen Alltagsproblemen, doch ohne Angst vor den Bomben, die in den Bäuchen der Flugzeuge direkt über ihnen darauf warteten, fallen gelassen zu werden.

Die Einzigen, die nicht überrascht waren, waren die Mitglieder der HOME-Fundation. In letzter Sekunde hatten sie alle Habseligkeiten, von denen sie sich nicht hatten trennen wollen, in den Lagerbunkern untergebracht. Um ein Haar wären sie nicht mehr rechtzeitig vor dem Angriff in den Wohnbunker gelangt, weil ausgerechnet der Ministerpräsident Italiens die Einlagerung seiner teuren Oldtimer höchstpersönlich hatte überwachen wollen. Doch als der erste, heftige Schlag den Berliner Boden erzittern ließ, saßen sie alle sehr selbstzufrieden im großen Salon des Bunkers und stießen mit feinstem Champagner an – auf das Ende der Welt.

I

Die Übelkeit war unbeschreiblich. Noch bevor ich richtig wach war, wurde mein Körper von heftigen Krämpfen geschüttelt, bäumte sich auf und zog sich wieder zusammen. Ich würgte und schnappte nach Luft, würgte wieder, doch bis auf ein bisschen bittere Galle wollte nichts meinen Körper verlassen. Um mich herum war kein Licht, aber es war auch nicht richtig finster, sondern vielmehr auf eine Art dunkel, bei der man genau weiß, dass in der Nähe irgendwo Licht brennt. Künstliches, blau-grünes Licht. Ein sanftes, stetiges Summen lag in der Luft, und es roch steril, irgendwie medizinisch, aber nicht unangenehm. Eher neu. Unverbraucht.

Viel erkennen konnte ich nicht, da ein Tränenschleier über meinen Augen lag, der sich nicht wegblinzeln ließ, solange die Krämpfe meinen Körper beherrschten. Mit aller Kraft versuchte ich, mich aufs Atmen zu konzentrieren. Ein und wieder aus. Ein. Aus. So tief ich konnte.

Zu Beginn zitterte mein Atem noch, doch dann beruhigte er sich allmählich, und schließlich ließen auch die Krämpfe nach. Ich konnte spüren, wie sich mein Herzschlag wieder normalisierte. Das war doch schon mal was. Mit geschlossenen Augen zählte ich langsam bis zwanzig und versuchte, mich weder von Angst noch von Übelkeit überwältigen zu lassen. Ich war orientierungslos und verwundbar, doch das war nichts, womit ich nicht klarkam. Es war nicht mein erstes Mal.

Noch so einen Krampf konnte ich jedenfalls nicht gebrauchen, mein Bauch fühlte sich jetzt schon an, als hätte ich mehr als hundert Sit-ups hinter mir. Was ich jetzt wirklich brauchte, waren all meine fünf Sinne in Hochform.

Als ich das Gefühl hatte, ganz ruhig zu sein, öffnete ich die Augen wieder und versuchte zu verstehen, was ich sah. Offenbar lag ich unter einer Glaskuppel oder in einer Glasröhre. Über mir wölbte sich eine dicke Scheibe. Ich hob die rechte Hand und prüfte, ob sich das Glas bewegen ließ, doch es saß fest und rührte sich nicht. Augenblicklich drohte ich von der Angst zu ersticken übermannt zu werden, doch ich mahnte mich zur Ruhe. Wenn der Sauerstoff im Inneren dieser Röhre knapp wäre, dann wäre ich wahrscheinlich gar nicht erst aufgewacht. Meine Atemluft wirkte frisch und unverbraucht, wahrscheinlich gab es ein integriertes Lüftungssystem. Kein Grund zur Beunruhigung.

»Guten Tag, Kapitän Baker«, erklang eine professionell wirkende weibliche Stimme, und ich zuckte zusammen. Sie war so nah an meinem Ohr, dass ich das Gefühl hatte, jemand müsse neben mir sitzen, doch als ich den Kopf drehte, war um mich herum nichts als Dunkelheit. »Herzlich willkommen auf der Mother«, sagte die Stimme. »Ich bin IRA, der intelligente Raumschiff-Assistent. Bitte identifizieren Sie sich mittels einer Stimmprobe!«

Mother. Irritiert schüttelte ich den Kopf. In meinem Geist

setzten sich Bruchstücke zu einem Bild zusammen, doch das ging nur quälend langsam voran.

»Bitte identifizieren Sie sich mittels einer Stimmprobe«, wiederholte die Stimme.

Vorsichtig räusperte ich mich. Es tat nicht halb so weh, wie ich befürchtet hatte. »Hallo«, sagte ich und kam mir dabei irgendwie dämlich vor. Doch der Computer schien zufrieden zu sein.

»Vielen Dank«, sagte die Stimme. »Ihre Probe stimmt mit der hinterlegten Stimme überein. Sie sind Zoë Alma Baker, Kapitän der HOME-Fundation und dieses Schiffs. Von nun an bin ich rund um die Uhr für Sie da. Als Kapitän der Mission stehe ich Ihnen exklusiv zur Verfügung. Wenn Sie Fragen oder Wünsche haben, wenden Sie sich einfach an mich.«

»Danke«, murmelte ich, noch immer leicht verwirrt.

»Gern geschehen. Bevor Sie nun ihre Suite beziehen können, muss ich Kapsel- und Kabinendruck ausgleichen. Dieser Prozess kann noch eine Weile in Anspruch nehmen, dient aber ausschließlich Ihrer Sicherheit. Machen Sie es sich bequem und bewahren Sie Ruhe.«

»Okay«, seufzte ich, mehr zu mir selbst.

»Entschuldigung, das habe ich nicht verstanden«, sagte die Stimme.

»Nichts.«

»Okay.«

Wollte die mich etwa verarschen? Ich atmete einmal tief durch und versuchte, mich zu entspannen, doch das gelang mir kaum, da ich mehr und mehr begriff, was hier vor sich ging. Mein Gehirn nahm seine Arbeit auf, als hätte man ein Licht eingeschaltet. Ich befand mich also auf der Mother, dem Raumschiff, das mich und meine Crew auf den erdähnlichen Planeten Keto bringen sollte, damit wir dort eine Kolonie für wohlhabende Erdbewohner aufbauen konnten, die keine Lust hatten, im Wasserkrieg ihr Leben zu lassen. Die über Leichen gegangen waren, um ihr Ziel zu erreichen, und mich nur am Leben gelassen hatten, weil sie mich brauchten, um ihre reichen Ärsche zu retten.

Die Erinnerungen kamen nun beinahe im Sekundentakt. Alles, was mir in Berlin widerfahren war, all die Emotionen, Menschen, Freude, Liebe, Angst und Wut prasselten auf mich ein und nahmen mir schier den Atem. Am liebsten hätte ich die Geschwindigkeit gedrosselt, mich Stück für Stück erinnert, doch ich hatte keinen Einfluss darauf. Es war, als wäre in meinem Kopf ein Damm gebrochen, als hätte die Flut eine Mauer eingerissen und ergösse sich nun schwallartig in mein Gehirn. Es war wie ertrinken.

Ich konnte mich an alles erinnern. Wie die HOME-Fundation arme Familien erpresst hatte, damit diese ihre Kinder zu Forschungszwecken abgaben. Wie mich Professor Bornkamp vom Akademie-Interface entfernt hatte, um die Mission zu sabotieren, und dafür mit seinem Leben bezahlt hatte. So wie schon viele andere vor ihm. Darunter Zac de los Santos. Mein kleiner Schützling – Kips kleiner Bruder.

Kip. Jonah. Mein Bruder Tom. Clemens und Ma. Doktor Akalin. Wenn Doktor Jen Wort gehalten hatte, dann mussten sie sich allesamt mit mir auf diesem Schiff befinden. Was bedeutete, dass von nun an ich für ihre Sicherheit verantwortlich war. Leider hatte ich gelernt, dass man sich auf Doktor Jen nicht verlassen konnte. Die Frau, die mich großgezogen hatte, war eine skrupellose Verbrecherin, die selbst vor

Mord nicht zurückschreckte. Ich wollte so schnell wie möglich sichergehen, dass mit den anderen alles in Ordnung war. Doch solange ich hier in dieser Kapsel festsaß, konnte ich überhaupt nichts tun. Obwohl.

»Hallo? Computer?«, fragte ich.

»Nennen Sie mich Ira«, antwortete die Stimme prompt.

»In Ordnung, Ira«, sagte ich. »Weißt du, ob Jonah Schwarz auf diesem Schiff ist?«

»Leider nein. Ich bin nur für Sie und ihre direkten Belange zuständig, Kapitän. Wenn Sie auf der Brücke sind, können Sie alles selbst überprüfen.«

Als wäre mein Verlobter keines meiner direkten Belange. Ich schnaubte und versuchte, mich zusammenzureißen. Eigentlich wollte ich keine Sekunde länger auf meine Antwort warten. Ich dachte angestrengt nach. »Kannst du mir sagen, wie viele Menschen insgesamt auf diesem Schiff sind?«

»Es sind genau vierzehn, Kapitän!«

Was hatte sie da gerade gesagt? Mein Herz begann zu rasen. Vierzehn waren viel zu wenig. In dem Raum mit den Betten hatten sich mindestens dreißig Kinder befunden, auf der Akademie weit mehr. Vielleicht hatte ich mich ja auch verhört und sie hatte vierzig gesagt?

»Vierzig Menschen?«, fragte ich daher und verfluchte mich selbst dafür, dass meine Stimme so ängstlich klang.

»Vierzehn«, wiederholte Ira. »Vierzehn lebende Menschen und eine Leiche.«

»Was?«, schrie ich, und der Schall meiner Stimme wurde von dem gewölbten Glas schmerzhaft laut zu mir zurückgeworfen.

»Vierzehn lebende Menschen und eine Leiche.«

Die Übelkeit kam mit unerwarteter Heftigkeit zurück. Das beinahe Schlimmste war, dass Ira den Tod eines Menschen verkündete, wie andere Leute über das Wetter sprachen. Natürlich war das ganz normal, sie war schließlich kein lebendes Wesen, sondern ein Computerprogramm. Trotzdem. Es klang so banal – als hätte sie mir die Bestandsliste eines Lagers vorgelesen. Und irgendwie hatte sie das ja auch.

Meine Gedanken rasten, die Fragen überschlugen sich regelrecht. Wer von ihnen war gestorben? Waren Jonah, Kip und Tom noch am Leben? Und was war mit meinen Eltern? Was mit Akalin? Ich allein war der Grund dafür, dass sie hier auf diesem Schiff waren. Wenn einer von ihnen nicht mehr lebte, dann … Und wo zur Hölle waren die anderen? Was war mit dem Rest der Akademie passiert?

»Ich muss hier raus!«, stöhnte ich und begann, mit der Faust gegen die Scheibe zu schlagen.

»Bleiben Sie bitte ruhig, Kapitän Baker!«, sagte Ira.

»Wie zur Hölle soll ich ruhig bleiben?«, schrie ich. Es tat gut, Ira anzuschreien. Immerhin war es das Einzige, was ich überhaupt tun konnte. »Du hast mir gerade gesagt, dass ein Mensch während der Reise hierher gestorben ist!«

»Das ist eine gute Quote«, sagte Ira, und ich schloss die Augen. Eine gute Quote. Ich hätte es ahnen müssen. Dr. Jen und ihre Arbeitgeber hatten die ganze Zeit schon unser aller Leben mit einer Selbstverständlichkeit gefährdet, die einem den Verstand rauben konnte.

»Was meinst du mit ›gute Quote‹?«, fragte ich so ruhig wie möglich.

»Es wurde ein Schwund von mindestens 20 % erwartet. Lediglich ein Toter ist also ein zufriedenstellendes Ergebnis.«

»Zufriedenstellendes Ergebnis«, murmelte ich fassungslos. Ich versuchte, mich zu beruhigen. Versuchte, mir vor Augen zu halten, dass die Wahrscheinlichkeit, dass einem meiner Lieben etwas zugestoßen war, immerhin nicht besonders hoch war. Allzu niedrig war sie aber auch nicht.

Wer war gestorben? Ich musste es wissen, wollte es aber gleichzeitig nicht erfahren. Einerseits wollte ich so schnell wie möglich aus dieser Röhre raus und nachsehen, andererseits wollte ich nichts weniger als das. Denn egal, wer die Reise nicht überlebt hatte: Ich würde eine Leiche finden. Jemand hatte irgendwo zwischen der Erde und hier sein Leben verloren und wir anderen hatten das einfach verschlafen. Was für ein trauriger Tod.

Noch mehr Bilder aus meiner Zeit in Berlin kamen zu mir zurück. Wie ich in Professor Bornkamps Haus die Treppe hochgegangen war und seine Leiche dort im Arbeitszimmer gefunden hatte. Was sein Anblick in mir ausgelöst hatte. So viel Traurigkeit, so eine nagende Leere. Fassungslosigkeit. Unglauben. Und ja: Angst.

Ich fragte mich, ob es leichter für mich gewesen wäre, vorher schon zu wissen, dass ich einen toten Menschen finden würde, oder ob es das noch schlimmer gemacht hätte. Ich hatte keine Antwort.

Endlich zischte es an meinen Ohren und das Glas über meinem Kopf glitt zur Seite. Gleichzeitig merkte ich, wie sich Bänder aus Metall um meinen Körper legten.

»Hey, was soll denn das?«, fragte ich unwirsch, während sich die Metallbänder fest um meinen Körper schlossen. Das Glas war mittlerweile verschwunden, doch aufstehen konnte ich noch immer nicht.

»Um Ihren Kreislauf zu aktivieren, werden Sie nun in eine aufrechte Position gebracht«, antwortete Ira. »Wenn Sie zu schnell aufstehen, könnten Sie sich ernsthaft verletzen. Die Metallbügel dienen nur Ihrem Schutz.«

Rührend, wie hier alles darauf ausgelegt war, meine Sicherheit zu gewährleisten, dachte ich bitter. Als wäre ihnen ein Menschenleben tatsächlich etwas wert.

»Entspannen Sie sich«, sagte Ira.

Wie auf Kommando begann mein Bett, sich sachte zu bewegen. Quälend langsam ging es von der horizontalen in eine vertikale Position über. Es fühlte sich merkwürdig an, einfach so »aufgestellt« zu werden. Ein wenig kam ich mir vor wie eine fabrikneue Menschenpuppe, die nun den letzten Feinschliff bekam, bevor sie ausgeliefert wurde. Ich konnte es einfach nicht leiden, keine Kontrolle zu haben, und ausgerechnet ich hatte schon sehr oft keine Kontrolle über mein eigenes Leben gehabt. Es blieb mir nur, zu hoffen, dass sich dieser Zustand irgendwann mal ändern würde. Immerhin war ich nun Kapitän dieser Mission und Dr. Jen war weit weg. Auf der Erde. Hier konnte sie nicht mehr auf mich zugreifen. Der Gedanke daran, dass ich mich auf einem Raumschiff mitten im All befand, jagte mir einen Schauer über den Rücken. Und dass ich nun geweckt worden war, konnte nur bedeuten, dass wir unserem Ziel schon sehr nahe waren.

»Ira, wie lange noch bis zu unserer Zielposition?«

»Der Planet Keto ist noch genau 28 Stunden Flugzeit entfernt«, antwortete Ira, und ich schluckte. Das bedeutete, dass ich drei Jahre lang in diesem Bett geschlafen hatte.

Endlich lösten sich die Metallbügel, die meinen Körper

hielten, und ich wurde erstaunlich sanft auf die Füße gestellt. Augenblicklich fingen meine Beine an zu zittern.

Der Raum erhellte sich langsam, als wollte auch er mir Zeit geben, auf dem Schiff anzukommen. Doch viel war nicht zu entdecken. Es war ein kleiner Raum mit hellen, kahlen Wänden, in die hier und da Leuchtplatten eingelassen waren. Die Kapsel war das einzige Möbelstück, das sich darin befand. Wenn man so was überhaupt als Möbelstück bezeichnen wollte. Aber wie sonst?

Neben mir erklang ein hydraulisches Zischen und eine Klappe ging auf. Darin befand sich ein Glas mit einer trübweißen Flüssigkeit.

»Trinken Sie das!«, forderte Ira mich auf.

»Was ist das?«

»Eine hochkomplexe Nährlösung. Sie sollte helfen, die Folgen des Schlafs auf Ihren Körper deutlich zu reduzieren.«

Ich griff nach dem Glas und leerte es in einem Zug. Es schmeckte irgendwie nach flüssigen Kartoffeln. Und tatsächlich hörten kurz darauf meine Beine auf zu zittern und auch mein Magen beruhigte sich. Ich konnte nur hoffen, dass es auf diesem Schiff literweise von dem Wunderzeug gab. Ich würde es brauchen – und die anderen auch. Mit dem Handrücken wischte ich mir über den Mund und straffte entschlossen die Schultern. Genug getrödelt.

Mit ein paar Schritten war ich an der schmalen Metalltür, die automatisch und geräuschlos zur Seite glitt und den Blick auf ein luxuriös eingerichtetes Zimmer freigab.

»Willkommen in Ihrer Suite«, sagte Ira, doch mit meiner Suite konnte ich mich jetzt nun wirklich nicht beschäftigen. So schnell es meine dünnen Beine zuließen, durchquerte ich das Zimmer und lief auf die nächste Tür zu, die sich ebenfalls geräuschlos öffnete. Ehe ich mich's versah, stand ich in einem kargen Flur. Nach links und rechts bot sich mir dasselbe Bild: Türen über Türen, die einen weißen Flur säumten.

»Ira, wo sind die anderen untergebracht?«

»Spezifizieren, bitte!«

»Ich möchte wissen, wo meine Crew ist!«

»Die anderen menschlichen Lebensformen befinden sich in Sektion C.«

»Und wie komme ich da hin?«

»Sektion C befindet sich auf Deck 5«, antwortete Ira.

Ich atmete einmal tief durch. »Okay«, sagte ich genervt. »Versuchen wir es anders: Wie komme ich zur Brücke?«

»Links entlang. Aber Sie dürfen die Brücke nur in Ihrer Uniform betreten, Kapitän!«

Ich blickte an mir hinunter. Mein Körper steckte in einem hellen Kittel, der mich stark an die Kleidung erinnerte, die ich in der Charité hatte tragen müssen. Ich war barfuß, doch der Boden, auf dem ich stand, war angenehm warm.

»Ich bin ja nicht nackt«, gab ich ungehalten zurück und wandte mich nach links.

Der Flur kam mir endlos vor. Er verlief in einer leichten Rechtsbiegung, und ich vermutete, dass die Mother, wie die meisten Raumschiffe, vorne rund zulief, um der Crew auf der Brücke einen Panoramablick zu bieten.

Und endlich führte der Flur an einen Scheitelpunkt, an dem sich eine große Flügeltür öffnete. Ich trat hindurch.

»Der Kapitän ist auf der Brücke«, sagte Ira. Automatisch gingen sämtliche Lichter der Kommandozentrale an und auch die Computer erwachten zum Leben.

Ich musste trotz meiner Eile einen Augenblick innehalten, denn was ich nun sah, raubte mir schlichtweg den Atem. Es war nicht die Brücke selbst, die mich gefangen nahm – mein Blick huschte nur kurz über die weißen Ledersessel, die unzähligen Bildschirme und Touchscreens –, sondern die Aussicht, die sich mir durch das tatsächlich riesige Panoramafenster bot. Etwas so Schönes hatte ich noch nie in meinem Leben gesehen.

Durch das Fenster erblickte ich unzählige Sterne. Tausende, Abertausende, Millionen. Meine Augen reichten nicht aus, sie alle zu erfassen, dabei wollte ich jeden einzelnen von ihnen ansehen. Auf der Akademie hatten wir selten Sterne gesehen, da es uns nicht erlaubt gewesen war, nachts das Gebäude zu verlassen, und in Berlin... in Berlin gab es so gut wie keine Sterne – dafür war die Stadt zu hell und die Luft zu schmutzig. Doch so oder so war ich mir sicher, dass sich nirgendwo auf der Erde solch ein Anblick bot – selbst in der einsamsten Wüste nicht. Beinahe wirkte es, als hätte jemand ein schwarzes Ballkleid mit unzähligen, funkelnden Steinen vor dem Fenster ausgebreitet. Es sah aus, als würde sich die Mother gar nicht bewegen, dabei wusste ich doch, dass sie mit aberwitziger Geschwindigkeit durch den Raum raste. Doch es wirkte, als schwebe sie in einem Meer aus winzigen, brennenden Kerzen. Das Weltall umschloss uns und ich fühlte mich geborgen und unendlich einsam zugleich.

Was mich daran erinnerte, dass ich nicht allein auf diesem Schiff war. Das Wichtigste war nun, erst einmal die anderen zu finden, zu sehen, wen ich auf dem Flug verloren hatte. Beim Gedanken an Kip und Jonah wurde mir der Hals eng und mein Herz begann sofort zu schmerzen. Ich atmete durch, riss mich zusammen und ging ein paar Schritte weiter in den Raum hinein, auf den Sessel zu, der mir zugedacht war.

Ich kannte diese Brücke. Im Simulator hatte ich unzählige Male auf diesem Sessel im Zentrum gesessen und das Landemanöver geübt. Da ich den großen Computer in der Mitte am besten kannte, ging ich darauf zu und tippte ihn an.

»Machen Sie Ihre Eingabe«, forderte mich die vertraute männliche Computerstimme auf, und ihr Klang beruhigte mich ein wenig. Es war, wie einen alten Freund zu treffen. Und das, obwohl wir in der Vergangenheit nicht immer gut miteinander ausgekommen waren. Diese Kleinigkeit schaffte es, mir Mut einzuflößen.

»Suche nach Sektion C, Deck 5«, sagte ich mit fester Stimme, und augenblicklich erschien ein Modell des Schiffs auf dem Bildschirm. Dort, wo ich stand, leuchtete ein roter Punkt, Sektion C auf Deck fünf blinkte grün. Ich stöhnte auf. Die Sektion lag genau am anderen Ende des Schiffs. Ich befand mich in Sektion A auf Deck 1. Weiter entfernt konnten die anderen gar nicht sein.

»Zeig mir den Weg«, forderte ich, und eine rote Route erschien. Hinter der Tür zur Brücke lagen Fahrstühle, die mich zu Sektion fünf bringen würden. Den Rest musste ich leider laufen.

Natürlich wusste ich, dass ich gerade großem Schmerz entgegenlief. Doch vor ihm wegrennen konnte ich ohnehin nicht. Es würde schrecklich werden, das war mir klar, aber wenigstens würde ich in wenigen Minuten Gewissheit haben, wen von meiner Crew ich verloren hatte, während ich schlief, und wer auf der Erde zurückgelassen worden war. Oder sich gerade sonst wo befand. Hannibal und Dr. Jen war alles zuzutrauen.

Ich wusste, dass mein Herz in wenigen Minuten brechen würde. Zum hundertsten Mal. Trotzdem lief ich, so schnell mich meine Füße trugen.

II

Ich bewegte mich wie ferngesteuert. Alles um mich herum wirkte unecht und bizarr, fremd, steril und unbewohnt. Natürlich wusste ich, dass es einfach daran lag, dass ich auf der Erde eingeschlafen und auf einem Raumschiff Jahre später wieder aufgewacht war, noch dazu als Erste der gesamten Crew, doch ich hätte erwartet, vertrauter mit der Mother zu sein. Mich besser auf dem Schiff auszukennen. Ich war für die Mission ausgebildet worden, doch ich wusste nicht, was ich als Nächstes zu tun hatte, musste dieses Schiff steuern und landen, ohne es wirklich zu kennen. Sollte ein Kapitän sein eigenes Schiff nicht kennen wie seine rechte Hand?

Die Mother war riesig. Viel größer, als ich sie mir jemals vorgestellt hatte. Sie wirkte zudem luxuriös, hochwertig, eher wie ein Kreuzfahrtschiff für den Weltraum. Für eine militärische Operation hätten weniger Platz und Ausstattung ausgereicht. Natürlich mussten wir eine Unmenge Material, Ausrüstung und Vorräte transportieren, wir mussten schließlich eine Kolonie auf Keto aufbauen, dennoch irritierten mich die hellen, hochwertig ausgestatteten Räume und Flure. Selbst die Aufzüge wirkten wie in einem teuren Hotel. Einer von ihnen trug mich gerade lautlos nach unten, in Richtung Deck 5. Ich hatte mehr als tausend Fragen, doch ich versuchte, sie wegzuschieben, da sie mir ja doch niemand beantworten konnte. Die oberste Priorität war, dass ich zu den anderen gelangte.

Die Aufzugtür glitt auf, und ich entschied mich für den rechten äußeren Flur, der mich in die hinterste Sektion des Decks bringen würde. Ich hätte auch den linken nehmen können, auf jedem Deck zogen sich die Außenflure ringförmig durch das Raumschiff. Ich versuchte zu rennen, doch mein Körper wollte nicht mitmachen. Das war nur normal, immerhin hatte ich jahrelang gelegen, und obwohl ich mich nicht halb so schlecht fühlte wie beim letzten Mal, so war ich doch noch ziemlich wackelig auf den Beinen. Endlich erreichte ich eine große Metalltür am Scheitelpunkt des Flurs. Hinter dieser Tür musste sich der Raum befinden, in dem die anderen lagen.

Ich stellte mich vor den Netzhautscanner. Kurz darauf glitt die Tür auf, und ich musste für einen Augenblick innehalten, um das Bild, das sich mir bot, zu verarbeiten.

Der Raum an sich wirkte wie ein Lagerraum, kahl und funktional, nicht so wie das Hinterzimmer, in dem ich aufgewacht war. Er hatte nichts von dem hellen, sterilen Luxus des restlichen Schiffs, sondern wirkte leblos und irgendwie verlassen. Was besonders merkwürdig war, befanden sich hier doch alle anderen Menschen, die mit mir reisten.

Es war ein verstörender Anblick. Die anderen lagen in sanft beleuchteten Glasröhren, die genauso aussahen wie meine. Alle trugen dasselbe weiße Nachthemd, das auch meinen Körper bedeckte, die Augen geschlossen, die Köpfe auf weiße Kissen gebettet. Damit hatte ich gerechnet, doch was mir den Atem raubte, war die schiere Menge der leeren Röhren, die in unzähligen Reihen den Raum ausfüllten. Es mussten Hunderte sein.

Das bestätigte mein Gefühl, dass dieses Schiff wohl ursprünglich zu einem anderen Zweck gebaut worden war und viel mehr Menschen eine Überfahrt hatte ermöglichen sollen. Doch warum waren dann nur vierzehn von uns hier an Bord, warum hatte man nicht alle Schüler der Akademie in den Weltraum geschickt? Unbehagen überfiel mich, während ich begann, langsam auf die Röhren zuzugehen, in denen die anderen lagen. Es sah so falsch aus. Menschen sollten nicht reglos in Glasröhren liegen – sie wirkten beinahe wie Konservendosen auf mich. Ein menschliches Vorratsregal.

An jeder Röhre war ein kleiner Bildschirm angebracht, der Herzschlag, Atem und Hirnfrequenzen aufzeichnete und den Namen desjenigen zeigte, der sich in der Röhre befand. Meine Erleichterung war grenzenlos, als ich Imogene und Katy erkannte. Wenig später fand ich die Röhre mit meinem Bruder und hielt einen Augenblick inne, um mich zu vergewissern, dass sich seine Brust gleichmäßig hob und senkte. Das Glück, das ich empfand, als ich ihn ansah, war kaum in Worte zu fassen. Mein großer Bruder war mit mir auf diesem Schiff. Ich war nicht allein. Wir waren zusammen und das erfüllte mich mit Zuversicht. Natürlich wusste ich, dass es eine egoistische Freude war, doch ich genoss sie in vollen Zügen. Nun fühlte ich mich stärker. Tom war ein Mensch, der mit beinahe jeder Situation umgehen konnte, der es schaffte, aus allem das Beste zu machen. Einer, den jeder gern in seiner Crew hätte. Die Jahre, die vergangen waren, sah man ihm deutlich an, ihm war ein wilder Bart gewachsen, und auch seine Haare waren, wie die von allen hier, ziemlich lang.

Unwillkürlich fasste ich mir selbst an den Kopf und stellte fest, dass auch ich mittlerweile recht lange Haare hatte. Gut. Die kurzen, lückenhaften Stoppeln würde ich sicher nicht vermissen.

Mein Blick glitt zur Seite und ich schnappte nach Luft. Zwei Röhren von Tom entfernt lag Jonah. Dieses Profil würde ich überall erkennen. Ich wollte nach ihm sehen, wollte mich vergewissern, dass alles in Ordnung war – doch was, wenn nicht? Was, wenn Jonah derjenige war, der nicht mehr atmete? Dessen Brust sich nicht mehr hob und senkte? Dessen Herz nicht mehr schlug? Wie sollte ich dann überhaupt weiterleben? Langsam, wie von einem unsichtbaren Seil gezogen, ging ich auf ihn zu. Als ich vor seiner Röhre stand, entfuhr mir ein lautes Schluchzen. Es war, als würde mein ängstliches Herz aufatmen und gleichzeitig entzweibrechen, eine Mischung aus unbändiger Freude und riesigem Schmerz. Jonah atmete. Die Werte auf seinem Bildschirm waren normal, sein schönes Gesicht sah friedlich und beinahe vergnügt aus. Jonah Schwarz lächelte sogar im Koma.

Ich wollte stark sein, mich zusammenreißen, aber ich schaffte es nicht. Für wen auch? Der Schmerz und die Freude in meiner Brust waren zu überwältigend. Ich sackte über Jonahs Röhre zusammen und weinte eine Weile, wobei ich das blank polierte Glas mit Tränen und Rotz verschmierte. Als ich mich ausgeweint hatte, putzte ich die Scheibe leicht verschämt mit dem Ärmel meines Hemds blank. Ich wollte nicht, dass Jonah aufwachte und durch verschmiertes Glas schauen musste. Es war auch so schon alles einschüchternd genug.

Ich atmete durch. Zwei der Menschen, die ich liebte und die mir am Herzen lagen, waren gesund und am Leben. Doch die beiden waren nicht die Einzigen, um deren Wohlergehen ich gebangt hatte. Ich musste weitersuchen. Also riss ich mich von Tom und Jonah los und ging weiter, nur um ein paar Röhren weiter wieder zusammenzuklappen.

Auch Kip war okay. Sein breiter Körper füllte die Röhre beinahe vollständig aus, dennoch konnte ich sehen, dass auch er stark abgenommen hatte. Beim Anblick seiner wunderschönen Tätowierungen, die am Hals und an seinen Armen hervorblitzten, kamen mir Erinnerungen an die Zeit mit ihm. An seine wunderbare, traurige Art. Sein Angebot, mit ihm gemeinsam zu leben. Unser Kuss, der keiner hätte sein dürfen, weil er nie für ihn bestimmt gewesen war. Sein Geruch, seine feste, warme Haut. Die großen Hände. Daran durfte ich jetzt am allerwenigsten denken – und tat es trotzdem. Ich legte meine rechte Hand auf Höhe seines Herzens auf die Scheibe und sah ihn einfach nur an. Wenn ich gekonnt hätte, so hätte ich mich einfach neben ihn gelegt. Ich wusste, dass es mich getröstet hätte. Keine Ahnung, wie lange ich so dort stand. Ich konnte mich einfach nicht an seinem Gesicht sattsehen, hatte Angst, dass er verschwinden würde, sobald ich mich umdrehte. Dass er mich wieder verließ, dass seine Anwesenheit nur ein Traum gewesen war. Dass er aufhörte zu atmen, sobald ich ihm den Rücken zukehrte. Am liebsten hätte ich an seiner Röhre gewacht, bis er die Augen aufschlug. Doch das konnte ich mir nicht leisten, dafür hatte ich viel zu viel zu tun.

Sie waren alle drei in Ordnung. Nur das zählte. Ich schämte mich für die Erleichterung, die ich empfand, wusste, dass ich mich nicht freuen sollte, da ich noch immer nach einer Leiche suchte, doch ich konnte es nicht ändern. Meine Angst, dass es einen der drei getroffen hatte, war zu groß gewesen.

Ich schritt weiter die Röhren ab und fand auch meine beste Freundin Sabine, der ich immer noch nicht verziehen hatte, dass sie Jonah geküsst hatte. Obwohl sie es ja gar nicht wirklich getan hatte – mein Kopf hatte es sich nur ausgedacht. Sie konnte überhaupt nichts dafür. Trotzdem hatte es mir gereicht zu sehen, wie es aussehen könnte, wenn sie sich küssten. Und das hatte dazu geführt, dass ich meine Freundin nun mit ganz anderen Augen sah. Natürlich war das Sabine gegenüber nicht fair, aber ich konnte nichts dagegen tun.

Alle, an denen ich vorbeiging, waren am Leben, ihre Vitalfunktionen waren normal. Das war zwar eine gute Sache, doch meine Unruhe wuchs mit jedem Schritt. Wo waren die anderen Schüler der Akademie? Wie sollte ich diese Mission mit nur einer Handvoll Crewmitglieder leiten? Und wo befand sich der oder die Tote? Meine Eltern, so musste ich feststellen, waren in keiner dieser Röhren. Und ich hatte schon bis dreizehn gezählt. Entweder waren sie nicht auf diesem Schiff oder einer von ihnen war mitgeflogen und hatte es nicht überlebt. Eine Option furchtbarer als die andere. Ich wollte nicht daran denken, wie ich all das Tom erklären sollte. Er wusste nicht einmal die Hälfte von dem, was Kip und ich herausgefunden hatten. Und er hätte sein Leben gegeben, um Clemens und Ma zu schützen. All seine Sorge hatte sich stets nur um die beiden gedreht und nun war er von ihnen getrennt. Vielleicht würden wir niemals erfahren, was mit ihnen geschehen war.

Nur mit Mühe konnte ich mich zwingen, ruhig durchzuatmen. Wenn Clemens und Ma nicht auf diesem Schiff waren, dann hieß es, dass sie in Berlin zurückgelassen worden waren. Und das hieß mit an Sicherheit grenzender Wahrscheinlichkeit, dass sie nicht mehr lebten. Wie konnten unsere sanften, schwachen Eltern wohl einen Krieg überstehen?

Ich schloss für einen Moment die Augen. Bei dem Gedanken, dass ich es nicht mehr geschafft hatte, Ma zu sagen, dass ich ihr verzieh, tat mein Herz unendlich weh. Meine Zuneigung war alles gewesen, was sie gewollt hatte, und ich hatte sie ihr verweigert, war kalt und hartherzig gewesen, überzeugt davon, noch so viele Möglichkeiten zu haben, mich mit ihr zu versöhnen. Doch das Leben hatte es anders gewollt und ich hatte sie nicht mehr wiedergesehen. Weil sie als Geiseln genommen worden waren, um mich gefügig zu machen. Und jetzt war es zu spät.

Trotzig kämpfte ich die Tränen nieder, die in mir aufstiegen. Das brachte doch jetzt alles nichts.

Der Countdown, der auf den Displays zu lesen war, verriet mir, dass der Zeitplan vorsah, die anderen in 48 Stunden zu wecken. Bis auf Jonah und Sabine – meine beiden engsten Offiziere würden mir, wie es aussah, bei der Landung assistieren. Ihr Timer zeigte noch 24 Stunden an. Doch daran wollte ich jetzt noch gar nicht denken.

Mein Blick wanderte über die ordentlich aufgereihten, leeren Glasröhren, die den ganzen Raum ausfüllten. Irgendwo hier auf dem Schiff musste sich ein toter Mensch befinden. Und ich musste unbedingt wissen, wo. Um zu erfahren, wer.

Ira zu fragen, wäre sicherlich genauso nutzlos wie zuvor, doch an der linken Wand entdeckte ich eine Schaltzentrale. Ich aktivierte sie und fand Übersichten zu allen Röhren und deren »Bewohnern« sowie einen Lageplan der Sektion. Es gab ein Kamerasystem, auf das ich zugreifen konnte, und nach wenigen Minuten wusste ich Bescheid. In einem kleinen Nebenraum stand eine einzelne Röhre.

Mit zitternden Knien machte ich mich auf den Weg. Wie ein kleines Kind wünschte ich mir nichts sehnlicher, als einfach nur weglaufen zu können. Ich wollte mich unter einer weichen Bettdecke verkriechen und nichts mehr sehen und hören müssen, sondern tagelang nur weinen. Doch das war mein Leben, es war mir nicht vergönnt, mich wegzuducken.

Ich stellte mich vor den Netzhautscanner und die Tür glitt mit einem leisen hydraulischen Zischen beiseite. Im Gegensatz zum restlichen Schiff war der kleine Raum, in dem ich nun stand, eiskalt. Sofort begann ich zu zittern, ob aus Kälte oder Nervosität wusste ich nicht zu sagen. Vermutlich verstärkte sich beides gegenseitig.

Der Körper, der in der Glasröhre lag, war komplett von einer feinen Eisschicht überzogen. Natürlich. Nach seinem Tod war er automatisch von den anderen separiert und eingefroren worden, damit keine Verwesung stattfand und sich keine Krankheiten auf dem Schiff ausbreiten konnten. Es war sinnvoll und gut so. Dennoch fand ich den Anblick bizarr.

Der schneeweiße, glitzernde Körper hatte eine unwirkliche Schönheit an sich. Obwohl der Bildschirm an der Seite der Röhre schwarz war, erkannte ich den Toten sofort. Vor mir lag Doktor Akalin. Von Frost überzogen, leblos. Vollkommen still.

Seit ich ihn kannte, war er immerfort müde gewesen. Nun schlief er für immer.

Trotz der Kälte sank ich neben der Röhre auf den Boden

und lehnte die Stirn gegen das kalte Metall. Die Traurigkeit in meiner Brust fühlte sich dumpf und kraftlos an. Ausgerechnet den Unschuldigsten von uns allen hatte es getroffen. Akalin hatte sein ganzes Leben in den Dienst seiner Patienten gestellt, war immer nur gut und großzügig, fleißig und gütig gewesen, stets bemüht, so viele Menschen wie möglich zu retten. Er hatte sich nie geschont.

Für die Menschheit, für meine Mission und mein eigenes Leben war es ein großer Verlust, dass er nicht mehr da war. Voller Schmerz dachte ich an die Fotos, die ich in der Geheimschublade seines Schreibtischs an der Charité gefunden hatte. Die schöne Frau auf den Bildern, die lachenden Kinder. Waren sie ebenfalls bereits tot? War Akalin wieder mit ihnen vereint, an einem anderen Ort? Oder hatten sie schon lange vor der Mission aufgehört, ihn zu vermissen, weil er sein Leben der Medizin gewidmet hatte?

Mein Herz schmerzte beim Gedanken daran, dass er keine Gelegenheit bekommen hatte, sich von seinen Kindern zu verabschieden. Genauso wenig wie Clemens und Ma. Zur Trauer mischte sich blanke Wut in mein Herz. Wie viele Familien hatte diese Mission auseinandergerissen, wie viele Leben zerstört? All die Kinder, die so ahnungslos nebenan schliefen, würden ihre Familien niemals wiedersehen. Und das nur, weil es Menschen gab, die sich selbst für wertvoller hielten als andere. Die genug Geld hatten, für das Leben eines anderen Menschen einen Preis festzusetzen. Wir waren nur Zahlen für sie.

Ich rappelte mich hoch und aktivierte das Display, das Akalins Daten zeigte. Offensichtlich war er bereits kurz nach dem Start gestorben, eine Todesursache war jedoch nicht verzeichnet. Stirnrunzelnd tippte ich auf dem Screen herum, doch es waren keine Komplikationen oder Ähnliches zu finden. Es schien, als hätte sein Herz ganz einfach aufgehört zu schlagen.

Ich betrachtete den Körper des Arztes. Er war in guter Verfassung. Akalin war zwar nicht mehr ganz jung gewesen, doch auch noch lange nicht alt, vielleicht Mitte vierzig. Viel zu jung, um einfach so zu sterben. Gut, vielleicht hatte er zu wenig geschlafen und sich nicht allzu gesund ernährt, aber alles an ihm erschien kräftig und gesund. Da er kurz nach dem Start gestorben war, wirkte er auch noch recht gut genährt, kein Vergleich zu uns anderen.

Plötzlich schoss mir ein schrecklicher Gedanke durch den Kopf. Was, wenn der Arzt Keto nie hatte lebend erreichen sollen? Akalin war der einzige Mensch, der keine Ahnung von der Fundation und der Mission gehabt hatte, der nicht irgendwie in der ganzen Sache mit dringehangen hatte. Ein intelligenter Mann, der den Dingen gern auf den Grund gegangen war, durchaus in der Lage, komplexe Zusammenhänge zu erkennen. Er hätte unendlich viele Fragen gestellt und damit die gesamte Crew ins Wanken bringen können. Vielleicht hatten Dr. Jen und Hannibal dafür gesorgt, dass er starb. Vielleicht hatte Akalin nie eine Chance. Bei dem Gedanken kroch die Kälte auch in mein Herz.

Als auf einmal große, rote Buchstaben auf dem Bildschirm erschienen, zuckte ich zusammen. »Abstoßung einleiten« stand dort. Zitternd blickte ich mich um und bemerkte eine Klappe in der Wand des Schiffs, genau am Ende des Raums. Auch fiel mir auf, dass die Röhre auf Schienen stand, die zu eben dieser Klappe hinführten. Langsam drehte ich mich um die eigene Achse, und mein Blick fand ein kleines Häuschen aus Metall, das sich gegenüber der Klappe befand. Durch eine kleine Fensterscheibe konnte ich ein Bedienfeld erspähen. Natürlich. Alles war vorbereitet, um Akalins Körper in den Weltraum zu entlassen. Seine Leiche sollte auf ewig dort draußen zwischen den Sternen schweben. Irgendwie hatte diese Vorstellung etwas Tröstliches – auch wenn er dann niemals am Ziel sein würde. Wäre es nicht besser, ihn auf Keto anständig zu bestatten? Ich fragte mich, ob ich ihm nicht vielleicht eine richtige Trauerfeier schuldete. Tom und Kip, die ihn ebenfalls gekannt hatten, könnte ich so die Möglichkeit geben, sich von ihm zu verabschieden. Andererseits war es ein schauerlicher Gedanke, die Mission gleich mit einer Trauerfeier zu beginnen. Die anderen wussten ja nicht mal, dass die Akademie nur ein virtueller Ort war und die Mission von ein paar skrupellosen Menschen finanziert wurde. Dass wir und unsere Familien nur benutzt worden waren, nichts weiter als Marionetten in einem grausamen Spiel. Dass nichts von dem, was sie zu wissen glaubten, tatsächlich der Realität entsprach. Würden sie mich womöglich verantwortlich machen, weil ich der Kapitän war und die Wahrheit kannte? Es würde schwer genug werden, Jonah, Sabine und den anderen zu erklären, warum ich in Berlin gewesen war, warum mein Bruder und ein Freund plötzlich mit auf dem Schiff waren. Warum sie nicht ausgebildet waren. Warum ich die Mission trotzdem leitete, obwohl ich die Wahrheit kannte. Zum wiederholten Mal fragte ich mich, ob es nicht meine Pflicht gewesen wäre, mein Leben zu beenden, als ich noch Gelegenheit dazu gehabt hatte. Doch nach wie vor kannte ich die Antwort nicht. War dieses Leben hier besser als gar keins? Ungeduldig schüttelte ich den Kopf – meine Grübelei führte ja doch zu nichts.

Ich gab es ungern zu, doch ich wollte den Mitgliedern meiner Crew nicht auch noch erklären müssen, wer die fremde Leiche war und was mit Akalin passiert war. Was sollte ich ihnen auch sagen? Was geschehen war, lag jenseits des Erklärbaren.

Zwar war es egoistisch von mir, doch ich fasste den Entschluss, Akalin allein zu verabschieden. Die Aussicht, Kip und Tom niemals davon erzählen zu müssen, wenn ich nicht wollte, erschien mir zu verlockend. Keiner der beiden wusste, dass der Arzt mit aufs Schiff gekommen war. Ich hatte die Möglichkeit, Akalins Tod als Geheimnis zu behandeln. Und obwohl ich ahnte, dass Dr. Jen und Hannibal genau darauf gebaut hatten, wollte ich mich nicht anders entscheiden. Ich konnte einfach nicht.

Mein Blick glitt an mir hinab. Was ich allerdings konnte, war, mich wenigstens anständig anziehen und so dafür sorgen, dass Akalins Abschied etwas Würde bekam. Also verließ ich den kalten Raum, um mir nun doch noch meine Uniform anzuziehen.

III

Als ich in meiner Suite ankam, zitterte ich am ganzen Leib. Ich hatte zu lange neben Akalins Leiche in dem kalten Raum gestanden und war nun vollkommen durchgefroren. Es kostete mich all meine Willenskraft, das große, sehr weich und luxuriös wirkende Bett zu ignorieren, das so einladend im Zentrum des Zimmers stand. Schlafen durfte ich jetzt auf keinen Fall. Ich fragte mich sogar, ob ich überhaupt Gelegenheit bekommen würde, eine Nacht in diesem Bett zu verbringen. Ich hoffte es. In solch dicken Kissen hatte ich nämlich in meinem ganzen Leben noch nie gelegen.

Doch als ich in meinem privaten Badezimmer die riesige Dusche sah, vergaß ich kurz alles andere um mich herum. Ein schwacher, blumiger Duft hing in der Luft, das dunkel geflieste Badezimmer war angenehm warm, und die ebenerdige Dusche war eine funkelnde, glänzende Einladung. Wie lange war es her, dass ich ausgiebig warm geduscht hatte? Wegen der enormen Wasserknappheit war so was in Berlin gar nicht möglich gewesen, und auf der Akademie hatte ich zwar geduscht, doch das war nur eine Illusion gewesen, so wie alles andere im Interface. Während ich gedacht hatte, dass ich in einem der Waschräume unter der warmen Dusche stehe, hatte ich in Wahrheit in einem Berliner Keller im Bett gelegen, an einen Computer angeschlossen, der mir das Gefühl von warmem Wasser auf der Haut vorgegaukelt hatte. Wahrscheinlich hatte ich in Wahrheit seit fünfzehn Jahren nicht mehr heiß geduscht. Fünfzehn Jahre. Das kam mir aberwitzig vor. Doch konnte ich mir jetzt eine warme Dusche leisten, wo es so viel zu tun und herauszufinden galt? Spätestens als mein Blick den Spiegel traf, der über dem Waschbecken hing, schmolzen die restlichen Bedenken dahin. Ich sah furchtbar aus. Meine braunen, schulterlangen Haare mit den pinken Spitzen hingen stumpf und strähnig um meinen Kopf herum, auf meiner Gesichtshaut klebten Rückstände von Tränen, Sabber, Galle und was weiß ich noch alles. Und mein Mund, das fiel mir in diesem Augenblick auf, schmeckte nach toter Katze. Alles in allem bot ich ein jämmerliches Bild. Ich zog mir das Nachthemd über den Kopf, stellte mich zitternd unter die Dusche und drehte das heiße Wasser voll auf.

Und in diesem Augenblick war ich mir ganz sicher, dass Glück aus einem Duschkopf strömen konnte. Mir war, als fühlte ich das erste Mal seit vielen Jahren etwas, mein ganzer Körper vibrierte vor Entspannung und Wohlbefinden. Mein Kopf war zwar schon seit einer Weile wach, doch jetzt erst erwachte mein Körper richtig. Jede meiner Hautzellen schien lebendig zu werden und sich dem himmlisch warmen Wasser entgegenzurecken.

Die Seife, die in einem Spender neben der Duscharmatur angebracht war, roch wundervoll und schäumte wie verrückt, sodass ich trotz allem vor Verzückung seufzen musste und sich ein Lächeln auf meine Lippen stahl. Kurz schoss mir der Gedanke durch den Kopf, dass gerade das letzte bisschen Berlin, das ich noch in Form von Dreck und Staub an mir getragen hatte, einen Abfluss hinabgespült wurde, doch das machte mich nicht allzu traurig. Schließlich hatte ich Tom und Kip. Dass die beiden bei mir waren, bedeutete mir alles.

Als meine Haut so rot war, dass ich fürchten musste, sie würde Blasen schlagen, stieg ich schließlich aus der Dusche und wickelte meinen Körper in ein riesiges, flauschig-weiches Handtuch, das genauso frisch und sauber roch, wie ich mich in diesem Augenblick fühlte.

Im Badezimmerschrank fand ich alles, was ich brauchte, und wenige Minuten später stand ich mit geföhnten Haaren, die ich zu einem Pferdeschwanz gebunden hatte, und geputzten Zähnen vor meiner Uniform, die neu und glänzend in einem der großen Kleiderschränke hing.

Es war ein bittersüßer Augenblick für mich. Während meiner gesamten Ausbildung hatte ich mich immer unbändig auf diese Uniform gefreut. Ich hatte mir ausgemalt, wie es sein würde, sie zum ersten Mal anzuziehen. Wie stolz und glücklich ich mich fühlen würde, wenn ich sie endlich überstreifen durfte. An dem Tag, auf den ich jahrelang hingearbeitet hatte. Heute, um genau zu sein.

Doch natürlich fühlte ich nun weder Stolz noch Glück. Alles, wofür diese Uniform in meiner Vorstellung gestanden hatte, war hinfällig. Sie erinnerte mich nur noch daran, dass ich eine Gefangene in meinem eigenen Leben war und es für mich nur einen Weg gab: den, der mir von anderen Leuten zugedacht war. Kein Platz für Träume.

Trotzdem rührte der Anblick der Uniform etwas in mir.

Kapitän Zoë Alma Baker stand mit goldenem Garn gestickt auf Höhe meiner rechten Brust. Dieses Kleidungsstück sagte mir, wer ich war und was meine Aufgabe war. Es verkörperte alles, was ich durchgemacht hatte, und alles, was noch vor mir lag. Die Uniform war wie ein leuchtender Wegweiser, der in die Richtung zeigte, in die ich nun zu gehen hatte. Abgesehen davon hatte ich sie immer gemocht. Ich fand, es war ein schönes Kleidungsstück. Schwarz und elastisch, mit einem langen Reißverschluss am Rücken und gestickten Rangabzeichen am hochgeschlossenen Kragen, das Oberteil und die Schultern mit dunklem, rautenförmig aufgesticktem Gummi verstärkt. Die Armbündchen waren in verschiedenen Farben gearbeitet, um den Rang und die Sektion des Crewmitglieds anzuzeigen. Blau für die Technik, Grün für die Architekten und Rot für den militärischen Teil meiner Crew, der von Jonah befehligt wurde. Meine Bündchen waren golden – ich war der einzige Mensch auf diesem Schiff, der Gold als Farbe tragen durfte.

Ich ließ das Handtuch auf den Zimmerboden gleiten, schlüpfte in die bereitliegende Unterwäsche und stieg schließlich in meine Uniform. Mit etwas Mühe gelang es mir, den Reißverschluss zu schließen. Dann zog ich die festen Lederstiefel an, die mir bis zu den Knien reichten und jeweils zwölf Schnallen aufwiesen. Diese Stiefel liebte ich ebenfalls, auch wenn die Schnallen ein wenig nervten. Doch mit ihnen konnte jeder seine Stiefel so einstellen, wie er sie brauchte. Das Leder war dick und fest genug, um uns vor giftigen Tieren wie Schlangen oder Skorpionen zu schützen.

Zu meiner Überraschung fand ich zwischen den ganzen neuen Klamotten für jede nur denkbare Gelegenheit die Sachen, die ich in Berlin getragen hatte, als Dr. Jen mich erwischt hatte. Die blaue Jeans und die weiße Bluse wirkten zwischen den ganzen hochglänzenden Fundations-Klamotten wie Relikte aus einer vergangenen Zeit. Als wären sie etwas, das eine untergegangene Zivilisation zurückgelassen hatte. Und irgendwie stimmte das ja auch.

Einer Eingebung folgend, nahm ich die Jeans in die Hand, und meine Finger ertasteten etwas Hartes in der rechten Hosentasche. Ich zog es hervor und hielt kurz darauf einen silbernen Schlüssel zwischen den Fingern, den ich von allen Seiten betrachtete.

Die Erinnerung traf mich wie ein Hammerschlag. Kip, der mir den Schlüssel in die Hand drückt und mich bittet, diesen wegzuwerfen, weil er das Zimmer, zu dem der Schlüssel gehört, nie wieder betreten will. Dort hatte er all die Sachen eingeschlossen, die zu seinen toten Familienmitgliedern gehörten. Um Platz für sich und mich zu schaffen, damit wir in der großen Altbauwohnung ein neues Leben beginnen konnten. Als ich an das wunderschöne Zimmer mit dem honigfarbenen Licht dachte, das ich nie wieder betreten würde, krampfte sich mein Herz schmerzlich zusammen. Für einen kurzen Augenblick hatte ich gehofft, doch noch eine Chance auf ein ganz normales Leben zu haben. Wie hatte ich nur so blöd sein können? Ein ganz normales Leben wäre mir niemals vergönnt gewesen. Und eigentlich hatte ich das auch immer gewusst.

Immerhin eines konnte ich jetzt aber tun: Ich konnte das Versprechen halten, das ich Kip gegeben hatte. Zwar war es jetzt sowieso hinfällig, da wir die Erde und Berlin wohl niemals wiedersehen und die Wohnung niemals wieder betreten würden, doch versprochen war nun mal versprochen. Ich würde den Schlüssel an einen Ort bringen, an dem ihn niemand finden konnte.

Mit neu gewonnener Entschlossenheit klappte ich die Schranktür zu und betrachtete mich im Spiegel. Wie ich so dastand, in voller Montur, mit strengem Pferdeschwanz und blassem, müdem Gesicht, fiel mir schlagartig auf, wie erwachsen ich wirkte. Und das war ich ja auch irgendwie. Immerhin waren wir drei Jahre unterwegs gewesen. Auch wenn mir Dr. Jen versichert hatte, dass unsere Körper auf der Reise kaum altern würden, war Zeit vergangen, die mir deutlich anzusehen war. Meine Wangenknochen stachen deutlicher aus meinem Gesicht hervor, mein Hals wirkte länger als früher, und meine Augenbrauen schienen an Strenge gewonnen zu haben. Sie wölbten sich in einem herausfordernden Bogen über meine Augen, als wollten sie sagen: »Na, mal sehen, was das wird.« Vielleicht hatte ich mir aber auch einfach nur den Pferdeschwanz zu fest gezogen. Trotzdem hatte ich das deutliche Gefühl, keinem Teenager, sondern einer jungen Frau gegenüberzustehen. Einer Erwachsenen.

Ich erschrak, als ein leises Summen die Luft erfüllte, und der Spiegel, der gerade noch völlig normal auf mich gewirkt hatte, anfing, blau zu leuchten. Unwillkürlich trat ich ein paar Schritte zurück, bis meine Fersen an das Bettgestell stießen. Was war denn jetzt los?

Gebannt sah ich zu, wie sich auf der Oberfläche des Spiegels eine Projektion aufbaute, und kurz darauf stand ich meiner Ausbilderin Dr. Jen gegenüber.

»Guten Tag, Baker!«, sagte sie mit ihrer autoritären Stimme, und es ärgerte mich, als ich merkte, dass sich mein ganzer Körper wie auf Kommando versteifte. Als wäre ich ein Hund, der darauf trainiert war, seinem Besitzer bedingungslos zu gehorchen. Und die HOME-Fundation besaß mich tatsächlich, dachte ich bitter. Sie besaß mich voll und ganz.

Doch das hier war nicht die echte Dr. Jen, sondern nur eine Projektion. Also ließ ich mich auf das weiche Bett fallen und genoss diesen kleinen Akt der Rebellion. Wenigstens einmal in meinem Leben musste ich vor dieser Frau nicht strammstehen.

»Schön zu sehen, dass du wohlauf bist und die Reise gut überstanden hast.«

Ich schnaubte hörbar, doch die Projektion verzog keine Miene. Natürlich nicht. Das, was ich gerade sah, war vor Jahren aufgezeichnet worden. Dr. Jen trug dieselbe Kleidung wie an dem Tag, an dem sie Professor Bornkamp ermordet hatte. Wahrscheinlich hatte sie die Aufzeichnung kurz nach dem Mord gemacht. Ihre Miene war regungslos. Diese Frau, die gerade einen Menschen erschossen hatte, schien völlig ungerührt und wirkte so selbstzufrieden und aufgeräumt, als wäre sie gerade vom Einkaufen gekommen. Ich spürte, wie kalte Wut in mir aufstieg.

»Diese Nachricht dient einzig und allein dem Zweck, sicherzugehen, dass du dir deiner Aufgaben für die kommenden Stunden, Tage und Wochen vollauf bewusst bist, sowie deiner Verantwortung für dich selbst und deine gesamte Crew. Euer aller Leben liegt in deiner Hand, Baker, also versau es nicht. Wir alle hier verlassen uns auf dich. Ich persönlich musste Hannibal davon überzeugen, dass du trotz allem in der Lage bist, die Mission zu leiten, also enttäusch mich nicht.«

Was für eine riesengroße Ehre, dachte ich bitter.

»Ich bin mir sicher«, sagte Dr. Jen in geschäftsmäßigem Ton, »dass du der Verantwortung, die dir übertragen wurde, vollauf gerecht werden wirst. Wir haben gesehen, wie weit du zu gehen bereit bist, um andere Menschen zu schützen. Und dieses Talent kannst du jetzt zum Wohle aller voll und ganz ausleben. Also konzentrier dich und hör mich jetzt genau zu, Baker. Du darfst dir von nun an keine Fehler mehr erlauben. Jedes deiner Crewmitglieder trägt eine Metallplatine im Kopf. Bisher hat sie die Signale aus dem Interface empfangen und an eure Gehirne weitergeleitet, aber sie kann genauso gut Strom weiterleiten. Und genau das ist die Aufgabe, die ihr von nun an zufällt. Ab heute werden dir die Platinen als kleine Motivationsstütze dienen. Solltest du bei einer deiner Aufgaben versagen, muss ein Crewmitglied im Gegenzug dafür büßen. Leichte Stromstöße verursachen große Schmerzen, starke Stromstöße führen zum Tod.«

Ich sprang vom Bett auf, mir wurde heiß und kalt. Was sagte sie da? Mein Herz begann zu rasen, und ich musste mich zusammenreißen, um nicht loszuschreien. Die Welt um mich herum wankte, ich hatte das Gefühl, dass mir der Boden unter den Füßen wegrutschte. Sie blufft, schoss es mir durch den Kopf. Sie muss bluffen. Das kann einfach nicht wahr sein!

»Hör mir jetzt gut zu, Baker, das ist lebenswichtig: Dein GPS- und Kommunikationsgerät PIPER erfüllt gleichzeitig die Aufgabe eines Überwachungstools. Du darfst das Raumschiff nicht ohne dein Gerät verlassen. Du musst die Aufgaben, die es dir stellt, mit vollem Einsatz verfolgen und pünktlich erfüllen. Du darfst keine Anstalten machen, das Gerät zu manipulieren oder zu zerstören. Jedes Zuwiderhandeln mündet in einer Bestrafung. Kurz gesagt: Wenn du aus der Reihe tanzt, zahlen andere den Preis dafür. Und somit auch du selbst.«

Mein Hals wurde ganz trocken. Ich versuchte zu schlucken, doch es gelang mir nicht.

»Die Mother selbst ist die kontaktlose Stromquelle, die den Stromstoß im jeweiligen Fall ausführen würde. Solltest du auf die Idee kommen, das Schiff abzuschalten oder zu entfernen, wird ein tödlicher Stromstoß an alle Platinen bis auf deine ausgeschickt.

Und glaub bloß nicht, dass wir bluffen. Hannibal ist nicht in der Stimmung dazu. Ich denke, dir dürfte der Tod deines Arztes als Warnung dienen«, fügte Dr. Jen hinzu.

Ich schloss für einen Moment die Augen. Natürlich. Ich hatte es ja gewusst. Wie konnte diese Frau nur so grausam und eiskalt sein? Fühlte sie denn gar nichts? War ihr nichts heilig, ihre Zuneigung zu mir nur gespielt gewesen? Die Tatsache, dass ich einmal zu ihr aufgesehen hatte, praktisch um ihre Liebe und Anerkennung gebettelt hatte, machte mich fast krank. In meinem Kopf drehte sich alles, doch ich zwang mich, tief durchzuatmen. Dr. Jen war noch nicht fertig.

»Deine erste Aufgabe wird sein, ihn vom Schiff zu entfernen, bevor ihr landet. Seine Leiche ist lediglich auf der Mother verblieben, um unseren Standpunkt zu unterstreichen. Es tut mir leid, dass wir zu solchen Maßnahmen greifen müssen, Baker, doch deine Eskapaden in Berlin haben uns keine andere Wahl gelassen.« Die Projektions-Jen drehte sich um und sprach mit jemandem, den ich nicht sehen konnte. Vermutlich war Hannibal ins Zimmer gekommen. Ich wurde schon wütend, wenn ich nur an ihn dachte. Worüber sie wohl gesprochen hatten? Darüber, dass Kip, Tom und die anderen nun bereit waren, mit dem Interface verbunden zu werden? Darüber, dass die Mother startklar war? Was es auch war, Dr. Jen sah angespannter aus, als sie sich mir wieder zuwandte.

»Wenn du die Leiche abgestoßen hast, muss der letzte Satellit abgeworfen werden. Mit deinem Erwachen wurden einige Bereiche des Autopiloten abgeschaltet, du musst den Abwurf selbst übernehmen. Der Satellit verbindet euch mit den anderen Satelliten, die die Mother bereits auf der Reise selbstständig ins All gesetzt hat, und somit mit uns. Aber damit nicht genug: Ohne diesen Satelliten funktionieren eure GPS-Geräte nicht. Ihr könnt euch auf Keto nicht orientieren, ihr könnt keine Landmarken setzen, und ihr könnt nicht miteinander kommunizieren. Wenn dein Gerät nicht binnen drei Stunden nach der Landung mit dem Satelliten gekoppelt und in Betrieb genommen wird, wird das System davon ausgehen, dass ihr abgestürzt seid, und eine tödliche Stromdosis aussenden, um euch allzu langes Leiden zu ersparen. Auch in diesem Szenario bist du natürlich ausgenommen. Solltest du allerdings beschließen, dich allein mit der Mother aus dem Staub zu machen, wird der Stromstoß dir gelten. Aber ich gehe nicht davon aus, dass das nötig sein wird.«

Und nun lächelte sie. Wie konnte sie nur? Mir drehte sich der Magen um. Wenn ich dieser Frau jemals wieder begegnen sollte, würde ich ihr auf die Füße kotzen, so viel war sicher. Sofern ich mich nicht sofort auf sie stürzte, um ihr an die Gurgel zu gehen. Der Gedanke verschaffte mir grimmige Genugtuung.

»Mach dir keine Sorgen. Du musst dich nur daran erinnern, was wir vor allem in der letzten Phase deiner Ausbildung miteinander trainiert haben, Baker, dann wird alles wie von selbst laufen. Du bist gut ausgebildet und bestens vorbereitet. Und abgesehen von deiner rebellischen Ader bist du immer noch meine beste Schülerin. Kümmere dich jetzt erst einmal um die ersten beiden Aufgaben und lande sicher auf Keto, für den Rest orientierst du dich an dem Strategieplan, der auf deinem Gerät gespeichert ist.«

Ich sollte mir keine Sorgen machen? Hatte sie das gerade tatsächlich gesagt? Was Dr. Jen mir eröffnete, sprengte sogar noch den Rahmen dessen, was ich ihr zugetraut hätte. Dafür hätte selbst meine wildeste Fantasie niemals ausgereicht.

»Das Wichtigste ist, dass ihr die Sendestation zum Laufen bringt, damit wir miteinander kommunizieren können. Das muss eure oberste Priorität sein. Und falls du einmal nicht weiterwissen solltest, erinnere dich einfach daran, was alles auf dem Spiel steht.«

Noch einmal umspielte das ekelhaft falsche Lächeln ihre Mundwinkel. »Eines noch!«

Ich wollte es gar nicht hören.

»Sollte dir etwas Tödliches zustoßen, kann PIPER mittels Scan deiner Leiche und einer Gewebeprobe auf einen anderen Benutzer übertragen werden. Aber nur in diesem Fall. Ein feiger Selbstmord deinerseits würde also niemandem helfen. Wir haben an alles gedacht. Und für den Fall, dass alles scheitert, haben wir natürlich auch noch Plan B.«

Ich presste die Zähne zusammen. Diese Frau kannte mich viel besser, als mir lieb war.

»Du fragst dich vielleicht, warum ihr so wenige seid. Warum ihr mit einem so großen Schiff unterwegs seid oder warum wir euch lieber töten würden, als Ungehorsam zu dulden. Die Antwort lautet: Ihr seid nur eines von vielen Teams. Ihr seid das erste, aber nicht das einzige. Wir können euch entbehren, wenn es sein muss. Die Mother ist das älteste Schiff in unserer Flotte und war das Ausbildungsschiff für alle, aber wir haben noch weitere in ganz Europa verteilt, die losgeschickt werden können, sollte es nötig werden. Ihr seid nicht überlebenswichtig für uns, wir sind überlebenswichtig für euch. Also komm nicht auf krumme Gedanken. Viel Glück und bis bald, Kapitän Baker.«

Die Projektion verschwand, und ich ließ mich zurück auf die Bettkante sinken, auf der ich eine ganze Weile wie versteinert sitzen blieb. Ich versuchte, mich zu konzentrieren, aber es war mir nicht möglich, auch nur einen klaren Gedanken zu fassen, dafür war ich zu geschockt. Wie ein Film spulten sich die vergangenen Minuten wieder und wieder vor meinem geistigen Auge ab, hörte ich Dr. Jens Stimme und ihre Worte in meinem Geist. Die Verantwortung, die ich für alle Menschen auf diesem Schiff trug, hatte gerade eine schreckliche, sehr konkrete Dimension bekommen. Ihr aller Leben lag in meiner Hand. Und zwar nicht im übertragenen Sinne, wie es für jeden Schiffskapitän galt, sondern ganz konkret. Wenn ich aus der Reihe tanzte, konnten die anderen sterben. Wenn ich mich weigerte oder versagte, waren Schmerzen und Leid die Konsequenzen.

Keine Ahnung, wie ich mit diesem Wissen überhaupt leben oder einen Fuß vor den anderen setzen sollte. Mit einer einzigen Botschaft hatten sie uns alle von Laborratten in Sklaven verwandelt, und es gab nichts, was ich dagegen tun konnte.

Auf meinem Nachttisch vibrierte es und das Display eines kleinen Geräts leuchtete auf. Ich hatte es vorher gar nicht dort liegen sehen. Vielleicht, weil es so stromlinienförmig mit der Umgebung verschmolz. Vielleicht aber auch, weil Dr. Jen meine gesamte Aufmerksamkeit absorbiert hatte. Ich streckte die Hand aus und nahm es an mich. Das Ding sah so unscheinbar aus. Ein kleines Tablet, aus Metall und weißem Glas, an den Ecken abgerundet und eigentlich ganz hübsch. Es steckte in einer dicken, festen Kunststoffhülle, wahrscheinlich zum Schutz vor Brüchen und Stößen. Oder davor, dass ich es frustriert gegen die Wand pfefferte. Auf dem Display stand:

»PIPER – Persönliche, Intelligente Positions ERfassung.« Ich rollte mit den Augen. Mit diesem Akronym hatte sich Dr. Jen oder wer auch immer dieses Ding entwickelt hatte, selbst übertroffen. Ich nahm es zur Hand und der Bildschirm verließ den Ruhemodus. Jetzt stand dort: »Willkommen«.

Jaja. Von wegen. Und von wegen Positionserfassung. Ich konnte mir schon denken, worum es sich hier handelte. Um mein persönliches Folterinstrument auf diesem Schiff. Es sollte besser PFoI heißen. Es sah so hübsch und harmlos aus, dass ich mir kaum vorstellen konnte, es bald von Herzen zu hassen. Doch das würde ich sicher.

»Netzhautscan durchführen« blinkte nun rot auf dem Display. Ich seufzte und hob das Tablet vor mein Gesicht.

»Identifikation abgeschlossen« erschien auf dem Bildschirm und ein grünes Häkchen leuchtete auf. Ich fand es seltsam, dass sich ein Gerät, das die Macht hatte, mehrere Menschen auf einen Schlag zu töten, verhielt wie jeder andere Computer. Freundlich. Professionell. Effizient. Und wahrscheinlich auch noch stromsparend.

Ich ließ die Fingerspitzen über das glatte Glas des Displays gleiten und zuckte zusammen, als ein neues Fenster erschien. »Kommende Aufgaben« stand darin. Ich klickte mich durch die Liste.

Schnell lernte ich, dass die Aufgaben nach Farbe sortiert und klassifiziert waren. Rote Aufgaben waren solche, die ich erfüllen musste, um dafür zu sorgen, dass niemand verletzt bzw. für mein Versäumnis bestraft wurde. Gelbe Aufgaben waren obligatorisch, aber ihr Nichterfüllen hatte keine harten Konsequenzen, sondern führte eher zu Unannehmlichkeiten für mich persönlich oder die Crew. Grüne Aufgaben waren simple Vorschläge und Tipps, mit denen wir uns das Leben, so die Vorstellung der Programmierer, erleichtern könnten. Trotz dieser Abstufung gab es eine schwindelerregende Menge an roten Aufgaben. Die erste bestand wie von Dr. Jen angekündigt darin, Dr. Akalins Leiche von Bord zu schaffen. Zwar hatte ich das ohnehin vorgehabt, doch nun, da ich es musste, fühlte ich mich noch viel manipulierter als zuvor. Die nächste Aufgabe würde sein, den Satelliten zu platzieren – bis zur geeigneten Abwurfstelle blieben mir noch fast drei Stunden Zeit. Genug, um noch ein wenig im Selbstmitleid zu baden.

Langsam ließ ich mich rückwärts auf die Matratze sinken und breitete die Arme aus.

Dr. Jen hatte gesagt, ich müsse mich nur an die Dinge erinnern, die ich in der letzten Phase meiner Ausbildung gelernt hatte. Doch was hatte ich gelernt?

Ich durchforstete mein Gehirn, aber da war nichts. Alles, woran ich mich erinnerte, war, dass ich, wieder zurück im Interface, erst Kip und dann Jonah getroffen hatte. Dann war alles schwarz geworden. Und danach? Nichts mehr! Absolut nichts. Zero, niente, nada.

Panik. Ich sah alles genau vor mir. Wie Jonah, Kip und ich im Garten der Akademie gestanden hatten und auf einmal alles verrücktgespielt und unsere Umgebung geflackert hatte wie eine kaputte Glühbirne.

Hier brach meine Erinnerung ab, es war, als hätte mich jemand abgeschaltet, bis zu meinem Erwachen vor ein paar Stunden. Nach meiner Rückkehr an die Akademie war nichts mehr passiert. Ich hatte keinerlei Training mehr erhalten – streng genommen hatte ich es gar nicht erst über den Garten hinaus geschafft. Drei Jahre gähnendes Nichts. Es fühlte sich an, als hätte mir jemand einen großen Teil meines Lebens geraubt.

Ich wollte nicht darüber nachdenken, was das für mich bedeutete, doch die Gedanken kamen so oder so. Etwas musste passiert sein, das das Interface beschädigt hatte. Und offenbar war es der HOME-Fundation nicht gelungen, den Schaden zu beheben und mit unserer Ausbildung fortzufahren. Etwas musste in Berlin gewaltig schiefgegangen sein, und bei all den schrecklichen Möglichkeiten, die meine Fantasie gerade hervorwürgte, trat mir klebriger Schweiß auf die Stirn. Doch ich musste mich auf das Hier und Jetzt konzentrieren, alles andere würde mich verrückt machen. Und für das Hier und Jetzt bedeutete es, dass mir entscheidendes Wissen fehlte, um die bevorstehenden Aufgaben zu meistern. Was wiederum hieß, dass ich dazu prädestiniert war, Fehler zu machen. Schreckliche, vielleicht sogar tödliche Fehler.

Ich grub meine Finger in das Bettlaken und ballte die Fäuste, den sauberen Stoff fest umschlossen. So fest, dass es wehtat. Irgendwo musste der ganze Druck schließlich hin, doch es half nicht wirklich.

Das war sicherlich auf Hannibals Mist gewachsen. Was hatte er gesagt? »Du bist nicht Kapitän dieser Mission geworden, weil du so schlau bist, sondern weil du schwach bist.« Sie nutzten meine »Schwäche« gnadenlos aus. Dr. Jen und Hannibal wussten, dass ich alles tun würde, um meine Crew vor Leid zu bewahren. Und nicht nur das: Wenn einem von ihnen etwas zustieß und mich die Verantwortung dafür traf, dann würde das die Crew mindestens spalten, wenn nicht sogar gegen mich aufbringen. Sie würden mich nicht mehr unterstützen, wenn sie wussten, welch schreckliche Macht und Verantwortung ich innehatte. Ich würde mich ja nicht einmal selbst unterstützen, wenn ich die Wahl hätte. Was für ein geniales und perfides System.

Ich musste verhindern, dass die anderen erfuhren, was hier vor sich ging. Es war der einzige Weg, ein Team zu schmieden und uns alle vor größerem Schaden zu bewahren.

Ich hatte lange genug an der Akademie gelebt, um mich mit Gruppendynamik auszukennen. Sobald die anderen erfuhren, dass ihr Leben in Gefahr war, würden sich Streit und Angst ausbreiten wie ein Lauffeuer. Diejenigen, die alles tun wollten, um Schlimmeres zu verhindern, würden sich denjenigen gegenübersehen, die diese Gefahr nicht hinnehmen wollten. Leider wusste ich nur allzu gut, dass Jonah einer derjenigen sein würde, die rebellierten. Und dann würde ich ihn unweigerlich verlieren. Schon sein ganzes Leben lang hatte er ein Problem mit Autoritäten gehabt, er war dickköpfig, stark und eigensinnig, und genau das liebte ich so an ihm. Jonah war keiner, der sich so leicht verbiegen ließ. Und er war ein geborener Anführer, seine Jungs folgten und vertrauten ihm blind. Seine beiden besten Freunde Connor und Nick waren mit uns auf dem Schiff – sie taten alles, was Jonah sagte. Und wenn die Gruppe erst entzweit war, hatte ich keine Chance mehr. Die Konsequenzen wären furchtbar.

Ich konnte die Worte schon hören, jeder nur denkbare Streit spulte sich vor meinem geistigen Auge ab, während meine echten Augen den Leuchtfeldern dabei zusahen, wie sie träge die Farbe wechselten. Sicher sollte diese Lichtstimmung für Beruhigung sorgen, dachte ich zwischendurch und fragte mich, ob selbst das im Vorfeld programmiert worden war, damit ich nicht ausrastete. Auch fiel mir erst jetzt auf, dass es in dem Zimmer keine Ecken, Kanten oder spitzen Gegenstände gab. Ein wenig erinnerte mich diese luxuriöse Suite an die kleine Zelle, in die Schüler der Akademie manchmal gesperrt worden waren, wenn sie etwas Schwerwiegendes angestellt hatten. Der winzige Raum war ebenfalls weiß und beinahe steril gewesen – und bis auf eine Pritsche mit Matratze und Kissen vollkommen leer. Damit niemand auf dumme Ideen kam.

Beim Gedanken an die Akademie überkam mich auf einmal heftige Sehnsucht. Zwar wollte ich nicht ins Interface und in die Lüge zurück, aber dennoch hatte ich mich an der Akademie immer sicher und aufgehoben gefühlt. Die Verlorenheit, die ich gerade empfand, stand im krassen Gegensatz dazu. In diesem Moment fühlte ich mich sogar einsamer als in dem Berliner Krankenhaus. Dort hatte ich wenigstens Miriam und Doktor Akalin gehabt, an denen ich meine schlechte Laune auslassen konnte. Hier hatte ich nur Ira. Und die reagierte nicht angemessen.

Mein Kopf schmerzte höllisch. Zwar waren die Flashbacks bisher ausgeblieben, was vermutlich daran lag, dass ich augenscheinlich zwei oder drei Jahre lang nicht mehr mit dem Interface verbunden gewesen war, doch das Abkoppeln war trotzdem nicht spurlos an mir vorübergegangen. Auch zitterten meine Arme und Beine von den Anstrengungen der letzten Stunden.

»Ira«, sagte ich und war erstaunt, wie heiser ich dabei klang.

»Was kann ich für Sie tun, Kapitän?«

»Ich hätte gern etwas gegen meine Schmerzen. Gibt es noch etwas von der Aufbau-Flüssigkeit?«

»Einen Augenblick«, sagte Ira, und kurz darauf öffnete sich in der Wand neben meinem Bett eine kleine, hydraulische Klappe, in der ein Glas mit Flüssigkeit stand. Diese war im Gegensatz zu der von eben vollkommen klar und schimmerte bernsteinfarben. Vorsichtig nahm ich das Glas in die Hand und schnupperte am Inhalt. Das Zeug roch säuerlich und fruchtig.

»Was ist das?«, fragte ich.

»Es ist genau das, was Ihr Körper jetzt braucht«, antwortete Ira.

»Es sieht aber anders aus als das Getränk von eben«, sagte ich.

»Das ist richtig«, erwiderte Ira, und ich verdrehte die Augen. Komme, was wolle, es würde ein Segen sein, bald wieder mit einem normalen Menschen aus Fleisch und Blut sprechen zu können.

Nachdem ich ausgetrunken hatte, ließ ich mich zurück auf das Bett sinken und wartete darauf, dass die Wirkung einsetzte. Binnen weniger Minuten war mein Kopfschmerz verschwunden. Diese Medizin hatte es wirklich in sich. Keine Ahnung, wie lange ich so dalag, doch irgendwann entschied ich, dass es nun genug war. Wenn ich weiterhin hier rumlag und in Selbstmitleid versank, würden wir noch am Planeten vorbeifliegen.

Also rappelte ich mich hoch, zupfte Uniform und Pferdeschwanz zurecht und machte mich mit dem Schlüssel in der Hand auf den Weg zurück nach Deck 5. Aber nicht, ohne vorher auf der Brücke vorbeizuschauen, denn ich suchte etwas Bestimmtes.

Ich wollte sehen, ob ich irgendwo einen Stift auftreiben konnte, doch schon bald musste ich feststellen, dass dies ein Ding der Unmöglichkeit war. Auf der gesamten Brücke befanden sich keinerlei Tische oder Schränke, in denen man einen Stift hätte finden können. Alles auf der Mother war auf Computersteuerung und digitale Kommunikation ausgerichtet, so etwas Simples wie einen Stift oder gar ein Stück Papier konnte man wohl in einer solchen Umgebung nicht erwarten. Doch ich ließ nicht locker, öffnete jedes Zimmer, an dem ich vorbeikam, und fand auf diese Weise nicht nur den Speisesaal und einen Fitnessraum mit Swimmingpool, sondern schließlich auch einen kleinen Raum mit Werkzeugen. Das hier war das Reich der Techniker, und ich wusste, dass ich nichts durcheinanderbringen durfte, weil alles an seinem Platz liegen musste, damit sie sich zurechtfanden. Vorsichtig durchsuchte ich die Werkzeugkisten und Regale, bis ich schließlich etwas Nützliches fand. Zufrieden schloss ich meine Finger um eine Rolle festes, schwarzes Klebeband. Bei Akalin angekommen, nutzte ich es zunächst, um den

Schlüssel auf der Glasröhre zu befestigen. Dann schrieb ich mithilfe des Klebebands: »Metin Akalin. Arzt, Freund und Lebensretter.« Das letzte Wort musste ich über zwei Zeilen laufen lassen, weil es zu lang war, doch ich war mit dem Ergebnis durchaus zufrieden. Zwar wusste ich, dass es eigentlich lächerlich war, doch ich wollte ihn einfach nicht so schrecklich anonym ins All entlassen. Sollte er auf seiner unendlichen Reise noch einmal auf Menschen oder andere Wesen stoßen, so würden diese wissen, dass er einen Namen hatte – selbst wenn sie unsere Schrift nicht lesen könnten.

Ich nahm mir noch einen Augenblick, ihn zu betrachten. Ob es Zufall war, dass die Röhren, die uns all die Jahre lang am Leben gehalten hatten, gleichzeitig wie Särge aussahen? Unwillkürlich dachte ich an das Märchen von Schneewittchen, das ich als Kind so sehr geliebt hatte. Sie hatte ebenfalls in einem Sarg gelegen, als die Zwerge ihren Tod beweinten. Und tatsächlich fühlte ich mich gerade winzig, genau wie einer der trauernden Zwerge. Ich legte meine Hand auf das kalte Glas und betrachtete ein letztes Mal sein Gesicht. Akalin sah wirklich sehr, sehr friedlich aus.

Ich wusste nicht, was ich sagen sollte. Eigentlich hatte ich vorgehabt, eine kleine Rede zu halten, noch einmal zu sagen, was er mir bedeutet hatte, doch der Gedanke kam mir nun überflüssig und geradezu lächerlich vor. Schließlich war niemand hier, der mir zuhören konnte. »Gute Reise«, flüsterte ich stattdessen und hob meine Hand als letzten Abschiedsgruß.

Dann betrat ich das kleine Häuschen, verriegelte sorgfältig die Tür und leitete die Öffnung der Klappe ein. Das Metall schob sich zur Seite und gab den Blick auf den unendlichen Weltraum frei. Dort draußen, jenseits der schützenden Haut des Schiffs, lagen tödliche, kalte Unendlichkeit, aber auch Schönheit, Stille und absoluter Frieden. Während sich die Röhre in Richtung Sterne schob, dachte ich darüber nach, was wohl passieren würde, wenn ich die Tür öffnete, die mich vom Rest des Raums trennte. Ich wusste, dass der Druck, der dort draußen herrschte und mein kleines Metallhäuschen umgab, dafür sorgen würde, dass ich augenblicklich in den Weltraum hinausgezogen wurde. Dort würde ich dann schweben, bis ich erfroren war, was nicht allzu lange dauern dürfte. Ohne Halt oder Hoffnung – als einsamer Reisender zwischen den Sternen. Ein Gedanke, der mir nicht nur unheimlich war. Es war kein schlechter Tod. In Freiheit und mit einer grandiosen Aussicht. Nichts mehr tun müssen, keine Verantwortung mehr, keine Angst. Nur Freiheit und Leichtigkeit und Abermillionen Sterne.

Ich legte meine Hand auf das Rad, mit dem ich die Tür verschlossen hatte – in solchen Fällen setzte man wohl auch in hochmodernen Raumschiffen auf analoge Technik –, einfach nur, um mir selbst klarzumachen, dass ich sehr wohl eine Wahl hatte. Ich könnte es tun. Könnte das Rad drehen und mich in die Weite hinaussaugen lassen. Ein paar Handbewegungen, mehr brauchte es nicht, und alles wäre vorbei.

Natürlich lag mir Dr. Jens Warnung in den Ohren. Ich wusste, dass ich meinem Leben kein Ende setzen durfte, wenn ich die anderen nicht gefährden wollte, aber das kühle Metallrad unter meinen Fingern erinnerte mich daran, dass es trotz allem noch meine Entscheidung war. Indem ich mich dagegen entschied, die Tür zu öffnen, entschied ich mich gleichzeitig für alles andere. Für den Schmerz, die Verantwortung, die Einsamkeit. Für die Lügen und für die Sklaverei. Ich entschied mich für ein Leben, das mir vor vielen Jahren aus den Händen genommen worden war und mich nun ganz ohne meinen Willen oder mein Zutun an diesen Punkt gebracht hatte. Ich entschied mich für Jonah, Kip, Sabine und Tom. Für diese gottverdammt beschissene Aufgabe.

»Okay«, flüsterte ich, während die Glasröhre über den Rand des Raumschiffs kippte und vom Weltraum aufgenommen wurde.

»Ich kann das.«

Als sich die Klappe wieder schloss, vibrierte PIPER, und ein grüner Haken erschien auf dem Display. Aufgabe erfüllt. Die Worte »Metin Akalin entfernen« verschwanden, stattdessen tauchte die nächste Aufgabe auf. »Satellit platzieren«. Darunter blinkte ein Countdown.

Auf zum nächsten Punkt der Tagesordnung.

IV

Als sich das Getöse gelegt hatte, wurde es sehr still in Berlin. So still wie niemals zuvor. Ein paar Minuten lang hielt die Stadt den Atem an.

Hier und da rollten noch versprengte Steine an ihren Platz, der Wind hob ein paar Glassplitter auf, um sie wenige Meter weiter wieder an eine neue Stelle sinken zu lassen. Ein Gurgeln drang aus zerstörten Leitungen, denn in diesem Augenblick begann das Wasser in dieser Stadt wieder zu fließen, als wollte es sich einen schlechten Scherz erlauben. Auch die Kakerlaken krochen aus den kaputten Rohren. Ihre kleinen, haarigen Beine klickten über das Geröll. Sie wollten nachsehen, was zu holen war zwischen den Trümmern. Und das war nicht wenig.

Im Zentrum stand kaum ein Stein mehr auf dem anderen. Gebäude von zwanzig Stockwerken oder mehr waren in sich zusammengefallen und nun nicht viel mehr als abgehackte Finger oder abgebrochene Zähne einer einst so imposanten Stadt. Ihre Überreste schienen sich trotzig gegen den Himmel zu recken, aus dem ihre Zerstörung gekommen war und den nun eine gewaltige Staubglocke verdunkelte.

Einzig der Fernsehturm am Alexanderplatz stand unversehrt, was verwunderlich war, denn immerhin handelte es sich hierbei doch um ein Wahrzeichen der Stadt. Vielleicht war es ein zu unwichtiges Ziel gewesen, vielleicht aber auch einfach nur schwer zu treffen. Der Turm ragte aus den Trümmern wie ein riesiger Zeigefinger und wirkte augenblicklich viel größer als jemals zuvor. Als wollte er sagen: »Ihr Schwachköpfe. Was habt ihr geglaubt? Berlin stirbt nicht. Berlin kann nicht sterben.«

Und als wollten sie seinem Beispiel folgen, rührten sich allmählich die Überlebenden. Denn obwohl niemand damit gerechnet hätte, gab es sie. Menschen waren viele Meter in die Tiefe gestürzt und hatten überlebt. Menschen hatten in U-Bahn-Schächten und Kellerwohnungen überlebt, sie hatten unter Brücken und in Autos und Flugzeugen überlebt, die auf den Berliner Flughäfen gelandet waren, als der Krieg begann. Viele folgten nun den Kakerlaken und Käfern nach draußen, bahnten sich mit bloßen Händen den Weg an das schwache Licht.

Mehr, als man beim Anblick der Trümmer jemals gedacht hätte. Und mehr, als die Südlichen Staaten geplant oder die Mitglieder der HOME-Fundation für möglich gehalten hätten.

Geschwächt und verwundet stolperten sie einer nach dem anderen an die Oberfläche und fragten sich und einander, was genau da über sie hereingebrochen war. Warum niemand sie gewarnt hatte.

Antworten hatte keiner. Weder hatte der Kanzler eine Erklärung vorbereitet, noch gab es Rettungskräfte, die ihnen das Geschehene erklären konnten. Die Menschen in Berlins Stadtmitte waren mehrere Stunden völlig auf sich allein gestellt. Sie dachten schon, die Welt wäre einfach untergegangen, und sie hätten das Pech, sich nun mit den Trümmern herumzuschlagen, als sie das Dröhnen hörten. Voller Panik schauten sie sich um auf der Suche nach einem Ort, der ihnen bei einem zweiten Angriff Schutz bieten könnte, doch es war nichts mehr übrig. Als sie erkannten, dass sie nicht zu retten waren, richteten sich die meisten von ihnen auf und blickten in die Richtung, aus der der Lärm auf sie zukam. Sie waren zu müde, um sich noch länger mit nutzloser Hoffnung zu quälen.

Doch es waren keine Flugzeuge, die das Dröhnen verursachten. Es war etwas anderes.

Der Boden unter den meist nackten Füßen der Überlebenden vibrierte, und wer genau hinhörte, der konnte die Betonplatten und Ziegelsteine krachen und rutschen hören. Etwas näherte sich ihnen am Boden.

Und als sie ihre Augen zusammenkniffen und angestrengt in die Richtung starrten, aus denen die Geräusche kamen, begriffen sie allmählich, dass es Panzer waren, die sich langsam auf sie zuschoben.

In einem riesigen Bunker in Brandenburg kehrte allmählich Ruhe ein. Die reichen Firmenbosse und Staatsoberhäupter hatten die ganze Nacht gefeiert. Sie hatten sich gegenseitig eingeredet, dass das, was an der Oberfläche gerade vor sich ging, ein Grund zum Feiern war. Die alte Welt wurde vom Angesicht der Erde getilgt, eine neue würde nach und nach entstehen. Doch sie würden nicht mehr dabei sein. Es gab nicht genug Ressourcen, um alle zu ernähren, den Durst aller Menschen zu stillen. Außerdem waren sie zu alt und zu reich, um sich dem mühsamen Wiederaufbau zu stellen, der nun unweigerlich auf die Welt da draußen wartete.

Die Politiker konnten ihre Untergebenen noch eine Weile weiter befehligen, solange es nötig war und der Krieg andauerte. Falls danach noch genug Menschen übrig waren, mussten die sich eben selbst helfen.

Sie hatten genug getan.

Jen Hawkins, die Medizinerin, die das gesamte Programm mit organisiert und überwacht hatte, war es irgendwann leid gewesen, dem selbstgefälligen Geschwafel zuzuhören. Sie war in einen Badeanzug geschlüpft und zwei Ebenen tiefer hinabgestiegen, um im Olympiapool ein paar Bahnen zu schwimmen.

Das Getöse der Bomben ließ ihr keine Ruhe. Die dumpfe Vibration, die von den Wänden des Bunkers widerhallte, erinnerte sie an eine Totenglocke.

Ihre Großmutter hatte in einem italienischen Bergdorf gelebt. An einem Ort, an dem es noch Totenglocken gegeben hatte, bis die Dürre alle Menschen gezwungen hatte, ihr Zuhause zu verlassen.

Jen wollte nicht an ihre Familie denken, doch sie tat es trotzdem. Genauso wenig wollte sie an die Kinder denken, die sie vor ein paar Stunden ins All geschossen hatten. Auch das tat sie trotzdem.

Mit kräftigen Zügen schwamm sie ihre Bahnen. Es tat gut. Der Sport half ihr, den Kopf freizubekommen.

Als er kam, hörte sie ihn nicht.

Hannibal, der im wahren Leben Rolf Hannemann hieß, hockte sich an den Beckenrand und sah ihr beim Schwimmen zu.

Sie zuckte zusammen, als sie den großen, schönen Mann mit den harten Augen entdeckte, von dem sie schon so lange abhängig war. Finanziell. Emotional. Voll und ganz. Vor ein paar Jahren hatte sie den Versuch gemacht, von ihm loszukommen, doch schon damals hatte sie eigentlich gewusst, dass es ihr misslingen würde. Hannibal besaß sie. Ihren Körper, ihren Geist und ihr Herz.

Er hielt ihr ein Glas Champagner hin. »Hier steckst du also«, sagte er und lächelte ein Lächeln, das seine Augen nicht erreichte.

Sie nahm das Glas entgegen und nippte daran. »Ich kann diese selbstgefälligen Typen nicht sonderlich lange ertragen«, sagte sie. »Bei all dem Geschwafel bluten mir irgendwann die Ohren.«

Hannibal schnalzte mit der Zunge. »Aber, aber. Denk daran, dass du ohne sie jetzt vielleicht nicht mehr am Leben wärst. Stattdessen schwimmst du in einem Olympiapool und hast ein Glas feinsten Champagner in der Hand.«

Jen lächelte matt. »Ich weiß. Sie sind trotzdem furchtbar.«

Hannibal seufzte. »Ich muss zugeben: Im Rudel sind sie noch mal schlimmer. Aber wir müssen unserer Pflicht nachkommen und sie unterhalten. Also benimm dich bitte nicht wie ein bockiges Kleinkind.«

Er zeigte auf eine der Teakholzliegen, die am Rand des Pools standen. Auf dem cremefarbenen Polster lag ein unverschämt kurzes Paillettenkleid.

»Trink aus, trockne dich ab und zieh dich wieder an. Ich erwarte dich in einer Viertelstunde wieder oben. Und ich erwarte, dass du umwerfend aussiehst.«

Er zwinkerte ihr zu. »Wenn du brav bist, darfst du heute Nacht auch in meinem Bett schlafen. Das heißt, natürlich nur, wenn unser geschätzter Herr Kanzler dich lässt.«

Dr. Jen verdrehte die Augen und versuchte zu lachen. Doch es blieb ihr im Hals stecken. Es war auch egal, denn Hannibal hatte sich bereits umgedreht und ging auf die Tür zu. Er hatte ihr klargemacht, was er von ihr erwartete – wieso sollte er auch länger bleiben?

Sie nahm noch einen Schluck und ließ sich auf dem Rücken zurück ins Wasser gleiten. Jede Faser in ihr sträubte sich dagegen, sich in das Kleid zu quetschen und wieder nach oben zu gehen. Ihre Small-Talk-Akkus waren leer. Genauso wie ihre anderen Reserven.

Jen beschloss, noch wenigstens zehn Bahnen zu schwimmen, bevor sie Hannibals Wünschen nachkam. Es war ihr schließlich egal, ob sie die Nacht in seinem Bett verbringen durfte oder nicht. Sie saßen mindestens drei Jahre und ein paar Monate in diesem Ding unter der Erde fest, da würde er es nicht sonderlich lange aushalten. Unter den Familien der Fundationsmitglieder gab es wenig interessante Frauen und Jen hatte Angst um die

Teenagermädchen im Bunker. Einzig ihr Status bewahrte sie davor, von Hannibal und den älteren Politikern bedrängt zu werden.

Angewidert verzog sie das Gesicht. Es war nur zu hoffen, dass sie alle die Monate unter der Erde gut überstehen würden. Dass sie miteinander auskamen und sich nicht gegenseitig an die Gurgel gingen.

Bei dem Gedanken wurde ihr auf einmal schwindelig. Jen schwamm an den Beckenrand und schnappte nach Luft. Zuerst dachte sie, dass ihr der Champagner zu Kopf gestiegen war. Hier unten in der Schwimmhalle war es kuschelig warm, sodass man sich beim Schwimmen fühlen konnte, als befände man sich nicht unter der Erde, sondern in der Karibik. Sie hatte schon zum Abendessen Wein getrunken, wahrscheinlich vertrug ihr Kreislauf das Durcheinander nicht so gut.

Doch dann wurde der Schwindel heftiger. Ihr wurde schwarz vor Augen. Jen blinzelte, aber ihr Sehvermögen ließ sich nicht zurückblinzeln.

Nun bekam sie es langsam mit der Angst zu tun. Sie musste aus dem Becken raus.

Mit zitternden Armen versuchte die Ärztin, sich aus dem Becken herauszustemmen, doch sie hatte fast keine Kraft mehr. Hatte Hannibal sie etwa vergiftet? War etwas im Champagner gewesen, den er ihr gebracht hatte?

›Ich muss mich übergeben‹, dachte sie noch. ›Ich muss das Zeug aus meinem System bekommen!‹

Wieder und wieder versuchte sie, sich am Beckenrand hochzuziehen, doch sie wurde immer fahriger. Schließlich knickten ihre Arme ein und ihr Kinn schlug mit voller

Wucht gegen den Beckenrand. Alles drehte sich und sie verlor das Bewusstsein.

Eine Bombe ließ den Bunker erzittern, doch sie hörte es nicht mehr. Ihr Körper sank unter Wasser, und sie ertrank, noch bevor sie das Bewusstsein wiedererlangen konnte.

V

Der Abschied von Dr. Akalin hatte mehr Zeit in Anspruch genommen, als ich gedacht hatte. Mein PIPER zeigte an, dass ich noch etwas über eine Stunde hatte, bis ich den Satelliten im All platzieren musste. Höchstwahrscheinlich musste ich den Prozess nur einleiten, alles andere würde bestimmt automatisiert ablaufen, wenn man bedachte, dass die Mother diese Aufgabe bisher komplett allein übernommen hatte. Es war reine Schikane, dass ich mich nun darum kümmern musste. Sicher nur dazu da, um mir von Anfang an klarzumachen, dass ich eine Marionette der HOME-Fundation war. Ich tat, was PIPER mir sagte.

Die Vorstellung, in Kürze einen großen, unglaublich teuren Satelliten ins All absetzen zu müssen, machte mich nervös, weshalb ich mich lieber direkt auf die Brücke begab, um alles zu kontrollieren.

Der Computer zeigte mir die Position des Satelliten im Schiff an. Er befand sich im Bauch der Mother, in einer schmalen Abwurfkammer. Die anderen zwölf Kammern, die sich rundherum befanden, waren bereits leer – wahrscheinlich hatten auch sie Satelliten beherbergt, die auf der Reise hierher abgeworfen worden waren. Na wunderbar. Ausgerechnet dreizehn Satelliten. Mir war klar, dass diese Zahl Ergebnis einer genauen Berechnung war, nicht mehr und nicht weniger, aber mir persönlich wären zwölf oder vierzehn trotzdem lieber gewesen. Zwar war ich eigentlich kein abergläubischer Mensch, aber man musste sein Glück ja auch nicht herausfordern.

Ich legte PIPER auf einem meiner Computer ab und staunte nicht schlecht, als kurz darauf die genaue Abwurfposition sowie unsere Koordinaten auf dem großen Bildschirm erschienen. Offenbar kommunizierten die Geräte auch untereinander. In fünfundvierzig Minuten würden wir die ideale Stelle für den Abwurf erreichen.

Satelliten, so viel hatte ich auf der Akademie gelernt, brauchten immer einen Himmelskörper, den sie umkreisen konnten. Einen Stern, eine Sonne oder eben einen Planeten. Der optimale Platz für den letzten Satelliten auf der Mother war offenbar die Umlaufbahn eines recht großen Sterns, auf den wir gerade direkt zusteuerten. Die Kunst war es, den Satelliten in genau dem richtigen Moment abzuwerfen, damit er in der Umlaufbahn landete und nicht einfach in den Weiten des Weltalls verschwand. Timing war entscheidend, denn das Raumschiff durfte nicht zu weit weg vom Stern sein, ihm aber auch nicht zu nahe kommen.

Der Himmelskörper, dem wir uns gerade näherten, hatte keinen Namen. Vor uns hatte sich sicher noch nie jemand eingehender mit diesem Stern beschäftigt, daher hatte er nur eine Nummer: U-5897/3. Ich lehnte mich zurück und betrachtete ihn. Was ich sah, gefiel mir gar nicht. Der Stern war grau und riesig, er sah kalt und abweisend aus, was wahrscheinlich daran lag, dass wir uns weit weg vom nächsten

Sonnensystem befanden. Das schwache Licht, das er reflektierte, kam nur von der Mother selbst.

Daher dauerte es auch ein wenig, bis mir die Tatsache ins Auge sprang, die mich nun wirklich nervös machte. Der Stern wurde von Hunderten Asteroiden umkreist. Größere und kleinere Brocken aus Weltallgestein kreisten auf verschiedenen Bahnen um den Stern herum, mit anderen Worten: Dieser Stern hatte ein Ringsystem, genau wie der Saturn im Sonnensystem der Erde. Seine Umlaufbahn war also bereits ziemlich überfüllt, die Ringe aus Eis und Gestein waren sehr deutlich zu erkennen. Natürlich war das imposant anzusehen, bereitete mir aber ziemliche Probleme. Wenn ich Pech hatte, kollidierte der Satellit mit einem dieser Felsbrocken und nahm merklich Schaden. Das war ein hohes Risiko.

Ich lehnte mich in meinem Sessel zurück und dachte eine Weile nach, dann fasste ich einen Entschluss. Zwar konnte ich an den Geröllringen an sich nicht viel ändern, aber ich konnte sie zumindest ein wenig ausdünnen und so unsere Chancen erhöhen.

Ich aktivierte die leistungsstärkste Kanone, die die Mother zu bieten hatte, und begann, damit auf die größten der Asteroiden zu schießen. Ich war immer eine gute Schützin gewesen, hatte mir aber nie vorstellen können, meine Waffe tatsächlich auf andere Lebewesen zu richten. Zum Glück waren das hier nur Steine, ich konnte ohne Hemmungen drauflosfeuern, und nach einer Weile stellte ich mit Erstaunen fest, dass es mir sogar Spaß machte. Für ein paar Augenblicke dachte ich an nichts anderes als daran, das Ziel zu treffen. All meine Konzentration bündelte sich in meinem Bestreben, möglichst viele der großen Felsbrocken, die immerhin einen Durchmesser von bis zu zehn Metern hatten, zu zerstören. Das unermüdliche Gedankenkarussell ließ mich währenddessen für eine Weile in Ruhe und das war eine echte Erleichterung.

Die großen Asteroiden zerbarsten zu Staub, die kleineren wurden durch den Druck nicht selten aus der Umlaufbahn des Sterns geschleudert. Langsam, aber stetig dezimierte ich so die Zahl der gefährlichen Asteroiden in einem Teil des Rings. Zwar würde die Gravitation dafür sorgen, dass sich die Ringe wieder schlossen, aber das würde eine Weile dauern. Und unser Satellit würde sich nahtlos in diesen Tanz einfügen.

Natürlich konnte ich in weniger als einer Stunde nicht alle erwischen, aber ich hoffte, dass es reichen würde, um den Satelliten abzuwerfen. Als nur noch zehn Minuten übrig waren, deaktivierte ich die Kanone und machte mich daran, den Abwurf vorzubereiten.

Ich aktivierte das Steuerungssystem der Abwurfkammer und atmete einmal tief durch. Das hier war eigentlich keine große Sache. Ich musste nur darauf warten, dass PIPER mir die perfekte Position anzeigte, und dann die Sicherungsbügel lösen, die den Satelliten am Schiff festhielten. Noch war es nicht so weit, doch ich konnte ja schon einmal die Klappe öffnen.

Ich drückte auf »Kammerklappe öffnen«, doch nichts geschah. Weder erschien eine Fehlermeldung, noch poppte ein Informationsfenster auf. Es passierte einfach überhaupt nichts. Ich drückte erneut auf den Button. Wieder nichts. Der Bildschirm wirkte wie eingefroren, der Button reagierte nicht einmal auf den Druck meiner Finger.

Mein Herzschlag beschleunigte sich.

»Computer«, sagte ich laut. »Klappe von Abwurfkabine öffnen.«

»Klappenöffnung per Sprachsteuerung nicht möglich«, gab der Computer zurück, und ich fluchte. Noch ein paar Mal drückte ich auf den Button, doch als weiterhin nichts geschah, wusste ich, dass ich so nicht zum Ziel kommen würde. Mittlerweile hatte ich nur noch fünf Minuten Zeit und somit zu wenig, um rechtzeitig zum Satelliten zu gelangen. Das Problem war, dass ich mit dieser Aufgabe völlig allein war. Wenn Jonah und Sabine schon wach wären, dann könnte einer von uns sich in der Abwurfkammer um die Klappe kümmern, während die anderen das Schiff steuerten. Doch meine einzige Gesellschaft war der Autopilot, und der würde den Abwurfpunkt ansteuern, hier 45 Sekunden für den Abwurf verweilen und dann die Reise fortsetzen. Klemmende Klappen waren bei so einem Autopiloten einfach nicht vorgesehen. Ich musste eine Lösung für dieses Dilemma finden. Nachdenklich zupfte ich an meiner Unterlippe herum, während ich die Ringe betrachtete. Ihre Symmetrie war faszinierend, ich konnte kaum fassen, dass sich so perfekt geformte Ringe um einen Planeten herum formieren konnten – ihn umkreisten, ohne dass ein Mensch sie dazu zwingen musste. In meiner Vorstellung entstanden Ordnung und Disziplin immer nur durch Zwang. Doch auch diese Ringe bestanden aus unzähligen Einzelteilen, wie eigentlich alles auf und außerhalb der Welt. Wie hieß es doch gleich? Wenn du sie nicht besiegen kannst, verbünde dich mit ihnen. Mir kam eine Idee.

Meine Gedanken überschlugen sich, während ich versuchte, einen Plan zurechtzulegen. Was ich vorhatte, war gefährlich, das wusste ich. Aber hochgradig logisch – und wenn ich eines liebte, dann war es Logik. Ich durfte jetzt nur keine Details übersehen, dann müsste es eigentlich funktionieren.

Zum Glück waren die Regale im Frachtraum mit Sicherheitsklappen verschließbar, für den Fall, dass Turbulenzen auftraten. Nun, Turbulenzen waren genau das, was ich beabsichtigte, daher schloss ich alle Sicherheitsklappen, Riegel und Haken, die für die Sicherung der Ladung zuständig waren. Ich konnte nur hoffen, dass sie aushalten würden, was ich jetzt vorhatte.

»Computer, Autopilot abschalten«, sagte ich laut, während meine Stimme zitterte. Zur Absicherung meines Befehls ließ ich meine Netzhaut scannen.

»Autopilot abgeschaltet«, lautete wenig später die Bestätigung.

»Manuelle Steuerung ausfahren!« In meiner rechten Armlehne öffnete sich eine Klappe, aus der ein Joystick herausgefahren kam. Ich liebte dieses Ding. Mit ihm kontrollierte man die Steuerklappen an der Außenhaut des Schiffs. Damit konnte ich gleichzeitig bremsen und lenken, je nachdem, in welche Richtung ich den Stick bewegte. Der Joystick war so empfindlich, dass man mit seiner Hilfe das gesamte Raumschiff allein durch leichte Bewegungen steuern konnte. Was im Umkehrschluss bedeutete, dass ich das Schiff von einer Sekunde zur anderen zum Absturz bringen konnte, wenn ich ihn zu heftig bewegte. Dann endete die Reise der Mother auf der Oberfläche von U-5897/3.

Doch so weit wollte ich es nicht kommen lassen. Stattdessen wollte ich die Mother direkt in die Umlaufbahn des

Sterns und somit ins Zentrum eines der Ringe lenken. Das Schiff war vorne rund, wie eine Frisbeescheibe; um nicht direkt wieder aus der Umlaufbahn zu fliegen, musste ich sie auf die Seite kippen. Wenn die Gravitation hoch genug war, um das Schiff auf Position zu halten, konnte ich mich um den Satelliten kümmern. Ich musste also den Kurs halten, den Antrieb für ein paar Sekunden auf voller Kraft laufen lassen, ihn dann abschalten und die Mother kippen. Der restliche Schub sollte eigentlich reichen, uns in einen der Ringe zu drücken. Der Plan erschien mir logisch und gleichzeitig vollkommen aberwitzig, aber ich erlaubte mir nicht, allzu lange darüber nachzudenken. Der Satellit musste platziert werden, sonst wäre alles verloren. Und eine andere Lösung fiel mir nicht ein.

Ich ließ mir von PIPER die beste Position innerhalb der Ringe anzeigen, atmete einmal tief durch und schnallte mich an meinem Sessel fest.

Ich suchte im Steuerungsmenü nach der Kabinensteuerung und drückte dann auf »Gravitation ausschalten.«

Dieser Teil hatte mir während des Trainings immer am meisten Freude gemacht. Wenn die Schwerkraft aufgehoben war, schwamm man durch die Luft, alles wurde langsamer und leichter. Sofort fühlte ich, wie sich meine Haare aufstellten. Der PIPER, den ich zuvor auf dem Computer abgelegt hatte, erhob sich in die Luft, und ich konnte gerade noch rechtzeitig danach greifen und ihn unter meine Uniform stopfen. Zum ersten Mal verfluchte ich, dass dieses Kleidungsstück keinerlei Taschen aufwies. Das war schon irgendwie unpraktisch.

Wie geplant setzte ich den Antrieb auf volle Kraft und

zählte langsam bis fünfzehn. Dann schaltete ich das Antriebssystem aus. Meine Finger umfassten den Joystick, ich kippte die Mother um neunzig Grad zur Seite und steuerte auf den mittleren und größten Ring zu. Ich entschuldigte mich jetzt schon im Stillen bei den Technikern für die absolute Unordnung, die dieses Manöver in ihrem Reich gerade verursachte. Die Kabel, Schraubenzieher und Klebebänder schwebten jetzt gerade in der kleinen Kammer durch die Gegend und würden ganz sicher nicht wieder zurück an ihren Platz fallen, wenn ich die Schwerkraft im Schiff wieder aktivierte. Doch es ging nicht anders. Und falls es anders ging, dann wusste ich nicht, wie.

Da die Mother keinen Schub mehr hatte, konnte ich nur noch hoffen und warten. Gebannt beobachtete ich die Koordinaten, die über den Bildschirm wanderten. Nach einer Minute atmete ich erleichtert aus. Die Kraft hatte ausgereicht, uns in einen der Ringe zu schieben, und die Gravitation des Sterns schien nun ebenfalls ausreichend, um das Schiff auf Position zu halten. Mithilfe des Joysticks stellte ich die Steuerklappen entsprechend ein. Zum Glück war die Lücke, die mein Dauerbeschuss im Asteroidenfeld des Rings verursacht hatte, noch immer groß genug für die Mother. Trotzdem streifte das Schiff zwei oder drei der großen Asteroiden.

Bis hierher hatte mein Plan wunderbar funktioniert. Die Mother umkreiste nun mit den Asteroiden gemeinsam den großen Stern. Immerhin so viel hatten die zwölf Jahre Ausbildung an der HOME-Akademie gebracht: Ich konnte ein riesiges Raumschiff in ein Asteroidenfeld steuern. Etwas, das jede moderne junge Frau können sollte. Ich lachte leise und schüttelte den Kopf. Wahrscheinlich lag es am Adrenalin, das wie ein Sturzbach durch meine Adern rauschte, aber in diesem Augenblick fühlte ich mich vollkommen wach und glücklich. Es tat gut, seine Fähigkeiten einsetzen und beweisen zu können, was man draufhatte – und sei es nur sich selbst. Ein wenig traurig war ich ja schon darüber, dass niemand mitbekam, was ich hier gerade gerissen hatte. Wenn Jonah wach war, würde ich ihm davon erzählen. Eigentlich sollte ich nicht so euphorisch sein, denn den schwersten Teil der Aufgabe hatte ich jetzt erst noch vor mir.

Vorsichtig schnallte ich mich ab. In dem Moment, als sich der Gurt öffnete, wurde mein Körper aus dem Sitz gehoben. Es gelang mir gerade noch so, mich mit den Zehenspitzen vom Polster abzustoßen, was mir genug Schub gab, um den Steuerungscomputern auszuweichen. Dieses Gefühl war einmalig. Man bewegte sich, ohne auch nur einen Muskel anzuspannen, ohne einen Finger krumm zu machen. Das einzige irdische Gefühl, das sich damit ansatzweise vergleichen ließ, war schwimmen. Jedenfalls glaubte ich das. Dank Dr. Jen war ich in meinem ganzen Leben noch nie richtig geschwommen. Aber das hier war sowieso besser. Es gab Schüler, denen sofort schlecht wurde oder die es nicht schafften, in der Schwerelosigkeit den Unterschied zwischen oben und unten zu erkennen. Doch ich bewegte mich wie selbstverständlich in ihr und genoss es, dass sich mein Körper einmal nicht zu schwach für alles anfühlte.

Zwar liebte ich es, wenn mein Körper schwerelos war, allerdings war Fortbewegung in diesem Zustand ungleich schwerer. Ich brauchte dreimal so lange, um die Brücke zu verlassen und meine Kabine zu erreichen. Allein, den Kopf für einen Netzhautscan reglos vor dem Scanner in der Luft zu halten, war eine große Herausforderung. Doch das alles war nichts gegen die Schwierigkeiten, in der Schwerelosigkeit meinen Raumanzug anzuziehen. Leider war das Tragen des Anzugs unumgänglich – wenn ich die Klappe manuell öffnen wollte, ohne zu erfrieren, führte kein Weg daran vorbei. Außerhalb der Mother herrschten kuschelige minus 270 Grad und es gab keinen Sauerstoff.

War die Fortbewegung in der Schwerelosigkeit bis hierher schon kompliziert gewesen, so war sie nun die reinste Plackerei.

Besonders auf dem letzten Abschnitt der Strecke kam ich kaum voran. Es führten nämlich nur schmale Metallröhren mit Notleitern zu den Abwurfkammern, und der Raumanzug sorgte dafür, dass ich mindestens doppelt so breit war wie sonst. Mehr als einmal blieb ich in der Röhre stecken und musste all meine Kraft aufwenden, um mich wieder zu befreien. Immerhin half die Schwerelosigkeit ein wenig – nicht auszudenken, wie ich mich fühlen würde, wenn ich das Gewicht des Anzugs auch noch tragen musste. Ich schwitzte auch so schon vor Anstrengung, was mich ärgerte, weil es besonders unangenehm war, in einem verschwitzten Raumanzug zu stecken.

Endlich erreichte ich den Einstieg zur Kammer, in der Satellit Nummer dreizehn darauf wartete, ins Weltall entlassen zu werden.

Ich hielt einen Augenblick inne, um nach Luft zu schnappen und eine geeignete Stelle zu suchen, an der ich mein Sicherungsseil befestigen konnte. Schließlich hakte ich den Karabiner in die unterste Sprosse der Leiter. Diese war mit mehreren dicken Schrauben an der Röhre befestigt und machte mir insgesamt einen sehr stabilen Eindruck. Zur Sicherheit zog ich ein paar Mal, so fest ich konnte, an meinem Seil – es hielt. Natürlich war es genau dafür konstruiert worden. Man hatte uns von klein auf beigebracht, unserer Ausrüstung zu vertrauen, aber Klappen waren ja schließlich auch konstruiert, um sich zu öffnen, wenn sie es sollten. Ich prüfte also lieber noch mal alles nach.

Dann öffnete ich die Luke und ließ mich in die Kammer hinabgleiten.

Kammer war eigentlich nicht das richtige Wort für den Raum, in dem ich mich befand. Der Satellit allein war schon doppelt so groß wie ich, der Raum, der ihn umgab, hatte ungefähr die Ausmaße der Brücke. Nachdenklich betrachtete ich den silbernen Satelliten. Er war das Ende einer langen Kette, die uns über Abertausende Kilometer mit der Erde verbinden sollte. Kaum vorstellbar, dass so ein Gebilde aus Metall, Antennen und Folie dieses Wunderwerk vollbringen konnte. Ein wenig sah er aus, als hätte ein kleines Kind ihn gebastelt. In seine Außenhaut waren die Worte »Orbiter 13« gestanzt worden. Kopfschüttelnd dachte ich, dass dieses Teil seinem Namen bisher alle Ehre gemacht hatte. Der Beginn seiner Reise war ziemlich kompliziert. Spätestens seit der Apollo 13 wusste doch jeder, dass die Zahl im galaktischen Transportwesen nur Unglück brachte.

Ich sah mich um und entdeckte ein Kontrollpanel neben der Luke, das allerdings bei näherer Betrachtung den gleichen Fehler aufwies wie schon auf der Brücke. Die Luke ließ sich einfach nicht ansteuern. Wahrscheinlich hatte irgendjemand vergessen, ein Kabel zusammenzulöten oder einen Code zu Ende zu schreiben. Solche kleinen Fehler waren es doch immer, die letztendlich zu großen Problemen oder sogar Katastrophen führten.

Zum Glück befand sich neben dem Panel noch eine kleine, angenehm analoge Klappe. Ich klappte sie auf und entdeckte darunter einen einzigen roten Drehknopf, über dem »Abwurf« stand. Es war nicht schwer zu erraten, was ich als Nächstes tun musste. Manchmal war die altmodische Lösung wohl doch die bessere.

Nervös zog ich noch mal an meinem Seil. Es hielt. Ich hatte keine Ahnung, wie schnell sich die Klappe öffnen würde und ob ich dann noch Zeit genug hatte, mich in Sicherheit zu bringen. Ich musste es einfach versuchen.

Eigentlich war es ja auch egal, da ich sowieso keine andere Wahl hatte, als den Knopf zu drehen. Warum das Unvermeidliche noch länger hinauszögern? Ich schloss den Helm meines Raumanzugs und wartete darauf, dass er verriegelte, anschließend aktivierte ich die Sauerstoffversorgung. Nun war ich von der Außenwelt abgeschnitten, der Anzug selbst versorgte mich mit Sauerstoff und schützte meinen Körper vor Kälte, das Seil bewahrte mich davor, in die Weiten des Alls gezogen zu werden. Eigentlich sollte gar nichts passieren. Eigentlich. Ein schönes Wort für Hoffnung mit begründetem Zweifel.

Ich ergriff den Knopf und drehte ihn nach rechts. Sofort ging ein Ruck durch die Kammer und ein Poltern erklang. Ich drehte den Kopf und sah, dass sich die Klappe an der Unterseite in der Mitte öffnete.

Erleichtert atmete ich aus und augenblicklich beschlug mein Helm von innen. Binnen drei Atemzügen konnte ich nichts mehr sehen und dicke Kondenstropfen liefen an der Innenseite meines Visiers herab. Das war nicht gut, so was sollte nicht passieren. Da ich fürchtete, dass mit meinem Anzug etwas nicht in Ordnung sein könnte, machte ich mich daran, die Kammer zu verlassen, und zog mich am Seil nach oben in Richtung Luke.

Und plötzlich kam der Schmerz. Mein Bein brannte, als hätte jemand ein Stück glühendes Eisen direkt gegen meinen Oberschenkel gedrückt. Die Heftigkeit des Brennens nahm mir den Atem, ich hatte das Gefühl, jemand hätte mir mit voller Wucht vor das Brustbein geschlagen. Ich konnte kaum Luft holen, mein ganzer Körper war ein einziger, leuchtend roter Schmerz. Mir wurde sofort schwarz vor Augen. Ich ließ das Seil los und presste meine beiden Hände an den Oberschenkel, dorthin, wo das lodernde Brennen saß. Das linderte die Qual ein wenig, und als ich wieder klar denken konnte, verstand ich, was die Ursache für meine Schmerzen war: Der Raumanzug musste einen Riss haben. Die Kälte, die von draußen ins Schiff gedrungen war, hatte die Haut an meinem Bein verbrannt. Denn Kälte konnte, wenn sie stark genug war, schlimmere Verbrennungen verursachen als Feuer.

Ich bekam es mit der Angst zu tun. Wenn ich jetzt losließ, würde die Kälte weiterhin ungehindert in den Raumanzug dringen und sich in meine Haut fressen. Aber schlimmer noch: Der lebensnotwendige Sauerstoff würde aus dem Anzug entweichen, und ich würde vielleicht ersticken, bevor ich die Luke erreichte. Falls es mir trotz der Schmerzen überhaupt gelingen würde. Es blieb mir nichts anderes übrig, als zu warten, bis sich die Klappe wieder schloss. Die Gefahr war zu groß, dass ich ohnmächtig wurde, wenn ich versuchte, die Luke zu erreichen.

Allerdings konnten meine Hände die Kälte nicht komplett

zurückhalten, die Handschuhe waren viel zu grob, als dass ich mit ihrer Hilfe den Riss richtig abdichten konnte. Vorsichtig riskierte ich einen Blick nach unten. Die Klappe war nun vollständig geöffnet, der Satellit musste sich jeden Augenblick bewegen. Mein Bein tat unbeschreiblich weh, und ich musste mich zusammenreißen, um nicht zu schreien. Schreien würde mir kostbaren Sauerstoff rauben, von dem ich vielleicht nicht mehr genug hatte.

Verfluchter Mist. Wahrscheinlich hatte ich mir den Anzug bei meinem Abstieg in der engen Röhre irgendwo aufgerissen. Ich war weiß Gott oft genug irgendwo hängen geblieben.

Ein weiterer Ruck ließ die Mother erzittern, und es dröhnte in meinen Ohren, als der Orbiter 13 schließlich von zwei langen Metallarmen in Richtung Öffnung geschoben wurde.

Das Bild erinnerte mich daran, wie die Schüler der HOME-Akademie in Berlin von hydraulischen Armen bewegt worden waren, damit ihre Muskeln sich nicht zurückbildeten. Eines der gruseligsten Bilder, die ich jemals gesehen hatte. Allerdings, das musste ich wohl zugeben, der Grund, warum ich nach zwölf Jahren Koma meine Arme noch immer hatte bewegen können. Was ich dann auch gleich genutzt hatte, um Doktor Akalin anzugreifen.

Je schwindeliger mir wurde, desto deutlicher schossen die Erinnerungen durch meinen Kopf. Ob das wohl bedeutete, dass ich mein Gehirn aufs Sterben vorbereitete? Immerhin sagte man doch, dass vor dem Tod das ganze Leben an einem vorbeizieht, oder?

Mein Atem wurde flacher, und dunkle Punkte begannen, in meinem Sichtfeld auf und ab zu tanzen. Mir wurde schwindelig, und ich wusste, dass ich am Rande einer Ohnmacht stand. Doch ich durfte das Bewusstsein jetzt nicht verlieren. Wenn ich meine Hände nicht mehr auf den Riss pressen konnte, dann war ich wirklich verloren.

Ich spannte alle Muskeln in Armen und Beinen an, genau so, wie ich es gelernt hatte, und atmete schnell und stoßweise durch die Nase gegen die Ohnmacht an. Doch es half nicht. Die Dunkelheit griff nach mir, ich hatte die Augen zwar offen, doch ich sah nichts als vollkommene Schwärze. In meinen Ohren begann es zu rauschen.

Verzweifelt presste ich die Hände auf mein Bein. Wie lange konnte das Ganze denn noch dauern? Sollte so ein Abwurf nicht schnell gehen? Nur 45 Sekunden dauern? Es war mir unmöglich, zu glauben, dass diese 45 Sekunden noch nicht verstrichen waren. Zwar wusste ich, dass Zeit relativ war und hochgradig subjektiv. Allerdings hatte ich keine Ahnung, wie Zeit funktionierte, wenn man gerade schwerelos in einem Asteroidenfeld um einen riesigen Stern herumschwebte, doch den Computern in diesem Schiff konnte es eigentlich egal sein. Der Prozess war ja im Gange, also musste er auch irgendwann enden.

Doch vom Ende der Abkopplung sollte ich nicht mehr viel mitbekommen, da ich es nicht schaffte, bei Bewusstsein zu bleiben. Das Schlimmste war, dass ich fühlte, wie meine Hände abrutschten und sich die Kälte durch die Haut in mein Fleisch fraß. Ich atmete ein und dann verschluckte mich die Dunkelheit.

Schwer zu sagen, wie lange ich bewusstlos in der Kammer herumschwebte oder wie lange ich noch der Kälte ausgesetzt war, doch als ich aufwachte, hatte sich die Klappe wieder geschlossen. Offensichtlich hatte sich auch der Sauerstoffgehalt in der Kammer wieder normalisiert, weil ich ansonsten sicher einfach gestorben wäre.

Ich fühlte mich bedeutend schlimmer als nach jedem Kampfsporttraining. Mein Kopf drohte zu platzen, und mein Bein bestand nur noch aus Feuer. Loderndes, brennendes, stechendes, allgegenwärtiges Feuer.

Ich wagte es nicht, den Blick zu senken, weil ich nicht wissen wollte, in welchem Zustand mein Oberschenkel war. Die Wunde musste dringend versorgt werden. Vielleicht gab es irgendwo auf dem Schiff ja eine Krankenstation.

Jetzt war ich dankbar für die Schwerelosigkeit. Sie erlaubte mir, mich fortzubewegen, ohne meine Beine belasten zu müssen. Mit Horror dachte ich jetzt schon daran, was passierte, wenn ich die Schwerkraft an Bord wieder herstellte.

Doch ich versuchte, mich auf einen Schritt nach dem anderen zu konzentrieren. Mit reiner Willenskraft schleppte ich mich zurück zur Brücke. Unterwegs zog ich mir die Handschuhe meines Raumanzugs aus und ließ sie einfach an Ort und Stelle in der Luft schwebend zurück, weil ich ohne sie viel besser nach Türrahmen und Vertiefungen greifen konnte, um mich weiter voranzuziehen.

Die Zeit verschmolz zu einer klebrigen, unendlichen Kugel, die keinen Anfang und kein Ende hatte. Sie dehnte sich aus, hing an mir wie Blei. Ich hatte das Gefühl, die weißen Flure des Schiffs würden niemals enden.

Dass ich die Brücke überhaupt erreichte, überraschte mich dann schließlich. Ein Teil meines Gehirns hatte sich bereits damit abgefunden, dass ich mich auf ewig durch diese Gänge würde schleppen müssen.

Auf meiner Stirn klebten dicke Schweißtropfen, meine Wangen glühten, und ich ahnte, dass ich völlig dehydriert war und drauf und dran, Fieber zu bekommen, doch ich musste das Schiff wieder auf Kurs bringen, bevor ich mich um meinen Körper kümmern konnte. Schließlich brauchte ich die Schwerkraft schon allein für die Wundversorgung.

Als ich mich auf meinen Sessel zog, entfuhr mir ein Stöhnen. Mein Blick fiel auf meinen Oberschenkel, doch zum Glück konnte ich die Wunde nicht sehen. Allerdings hatte ich das Gefühl, dass der Stoff des Raumanzugs an meiner verletzten Haut festklebte. Nur mit Mühe gelang es mir, mich anzuschnallen. Ich presste den Kopf so fest ich konnte gegen die Rückenlehne, die Augen konzentriert auf die Bildschirme vor mir gerichtet. Mir war so übel, dass ich fürchten musste, erneut das Bewusstsein zu verlieren. Doch diesmal blieben meine Sinne bei mir. Allerdings fiel es mir schwer, mich richtig aufs Fliegen zu konzentrieren. Als ich die Mother wieder drehte, prallte das Schiff mit einigen Asteroiden zusammen, die uns umgaben. Es war mir egal. Die Mother musste nur noch wenige Tage durchhalten – nach drei Jahren würde sie das wohl auch noch schaffen.

Immerhin war der Satellit in Position gebracht worden und ich noch am Leben. Alles in allem ließ sich das wohl als Erfolg verbuchen.

Obwohl ich das Schiff bereits gedreht hatte, flog ich es noch aus dem Asteroidenring hinaus, brachte es wieder auf Kurs und schaltete den Autopiloten ein, bevor ich die Schwerkraft an Bord wieder herstellte. Meine Finger zitterten, als ich den Befehl eintippte, aus Angst, was gleich alles passieren würde.

Das Gepolter, das um mich herum entstand, als alle Dinge, die vorher federleicht umhergeschwirrt waren, krachend zu Boden fielen, war lauter, als ich gedacht hatte. Das Getöse begleitete meinen Schmerz, der wie erwartet immer schlimmer wurde. Nun drückte der Stoff des Raumanzugs auf die Wunde, das Gewicht meines Beins zog die Wundränder auseinander, es spannte und drückte. Ich musste das wirklich dringend versorgen. Im Magazin hatte ich Verbandszeug und Medikamente gesehen, doch die waren nur für die Erste Hilfe gedacht – was ich jetzt brauchte, waren die ganz harten Sachen.

Ich rief den Schiffsplan auf und fand eine Krankenstation auf Deck B. Sie befand sich nicht weit entfernt von den Aufzügen. Nicht weit weg, aber für mich in diesem Augenblick doch am Ende der Welt.

»Also gut«, sagte ich leise und schnallte mich ab.

Schon die ersten zwei Schritte zeigten mir, dass es so nicht funktionieren würde. Widerwillig hüpfte ich auf einem Bein von der Brücke in Richtung Aufzüge. Zwar schmerzte jede Erschütterung, doch nicht so schlimm wie der Versuch, selbst aufzutreten.

Als ich an der Tür zur Krankenstation ankam, hatte ich meine gesamte Lippe vor Anstrengung blutig gebissen. Die letzten Meter hatte ich mich sitzend vorwärtsgezogen, weil selbst das Hüpfen nicht mehr auszuhalten gewesen war. Doch um den Türöffner zu erreichen, musste ich mich wieder hochziehen, was mir unter Stöhnen gelang. Ich schlug mit der gesamten Handfläche auf den Türsensor und ließ mich in den Raum fallen, sobald die Tür zur Seite glitt. Eine Weile lag ich schwer atmend auf dem Boden und starrte die Decke an.

»Willkommen auf der Krankenstation«, sagte eine Stimme, und ich zuckte zusammen. Zwar war ich es mittlerweile gewohnt, dass körperlose Stimmen mich begrüßten, sobald ich in diesem Schiff einen neuen Raum betrat, die Sache war nur, dass diese Stimme alles andere als körperlos war. Vor mir stand ein schneeweißer Roboter und blickte mit zwei leuchtenden, runden Augen auf mich herab.

Erleichtert schloss ich die Augen. Fachpersonal!

»Ich habe eine Kälteverbrennung am Bein«, sagte ich und deutete zu meinem linken Oberschenkel.

»Das bekommen wir wieder hin«, sagte der Roboter und beugte sich zu mir runter, um mir aufzuhelfen. Er zog mich an den Armen nach oben und hob mich dann ohne viel Federlesens in die Luft, wobei er mir diverse Hautschichten an den Oberarmen einklemmte. Doch ich biss die Zähne zusammen und beschwerte mich nicht. Schmerz an einer anderen Stelle als meinem Bein war eine willkommene Abwechslung.

Der Roboter legte mich auf einem weißen Tisch ab und blickte mich mit seinen Scheinwerferaugen an. Er sah beinahe mitfühlend aus. »Ich werde Ihr Bein besser betäuben, während ich es versorge. Einverstanden?«

Ich nickte wie verrückt, der Roboter drückte ein paar Tasten, und kurz darauf spürte ich, wie auf Höhe meiner Hüfte eine Nadel in meine Haut drang. Binnen weniger Sekunden hörte mein Bein auf zu brennen. Mit einem erleichterten Seufzer ließ ich den Kopf auf das mickrige Polster der Liege sinken.

Nun hatte ich die Möglichkeit, den Roboter in Ruhe zu betrachten. Ich hatte so etwas noch nie zuvor gesehen, weder auf der Akademie noch in Berlin. Sofort fragte ich mich, ob es Länder auf der Erde gab, in denen es normal war, von Robotern versorgt zu werden, oder ob es sich bei diesem Exemplar um einen Prototypen handelte. So oder so war ich extrem dankbar, ihn mit an Bord zu haben.

»Wer sind Sie?«, fragte ich ihn neugierig.

»Ich bin der medizinische Versorgungsassistent. MedBot01 ist mein Name. Zu Ihren Diensten.« Seine Finger huschten über das Display eines großen Tablets, das fest mit der Liege verbunden war. Über mir bewegte sich ein Scheinwerfer.

»Kapitän Baker«, sagte ich und überlegte noch, ob ich dem Roboter die Hand geben sollte. Doch da dieser keine Anstalten machte, ließ ich es lieber bleiben. Er nickte kurz und wandte sich dann wieder dem Bildschirm zu.

»Was dagegen, wenn ich Sie einfach Doc nenne?«, fragte ich, weil ich mir nicht vorstellen konnte, ihn mit MedBot01 anzusprechen.

»Wenn das Ihr Wunsch ist, dann werde ich mein Responsivprogramm entsprechend anpassen.«

Das hieß dann wohl Ja. »Tun Sie das«, sagte ich. »Wie lange wird es dauern, bis Sie fertig sind, Doc?«, fragte ich.

»Nun, die Brandblasen sind von beachtlicher Größe, die Verbrennungen gehen tief. Ich werde Hautersatz aufbringen müssen.«

»So was haben wir an Bord?«, fragte ich, und Doc erwiderte: »Selbstverständlich.«

»Und wie lange wird das dauern?«

»Nicht länger als eine Stunde«, lautete die Antwort. »Lehnen Sie sich zurück und machen Sie es sich bequem.« Ich schüttelte den Kopf, weil ich mich fragte, wer dem Roboter solche Phrasen einprogrammiert hatte. In dieser Umgebung kamen sie mir geradezu lächerlich vor.

»Warum schütteln Sie den Kopf?«, fragte Doc.

»Ach, nichts.«

Beim Gedanken an die jämmerliche Ausstattung der Charité, an die Not der Menschen, die jeden Tag vor dem Krankenhaus mit ihren Kindern Schlange gestanden hatten, um Hilfe zu erbitten, biss ich die Zähne zusammen. Und die ganze Zeit hatte es diese Hightech-Medizin gegeben, hatte dieser Roboter irgendwo in einem geheimen Forschungszentrum existiert. Dort, wo sie auch die künstlichen Hautzellen gezüchtet hatten, die Doc auf mein Bein aufbrachte, nachdem er den Raumanzug rund um die Wunde aufgeschnitten hatte. Ich durfte gar nicht daran denken, wie vielen Menschen in Berlin Doc hätte helfen können. Oder die Forscher, die diese medizinische Versorgungsstation gebaut hatten.

Was hätte Akalin wohl gesagt, wenn er diese Krankenstation gesehen hätte? Wäre er euphorisch oder wütend geworden? Wahrscheinlich beides.

In diesem Augenblick vermisste ich Akalin besonders heftig. Mir fehlten seine besorgten müden Augen, seine Besonnenheit und Intelligenz. Ich hätte Doc und seine Hightech-Medizin liebend gern gegen Doktor Akalin getauscht. Doch er war fort.

Die restliche Zeit schwieg ich, bis mir Doc verkündete, dass ich nun »so gut wie neu« war.

Als ich aufstand, verspürte ich kaum noch Schmerzen, nur ein leichtes Ziehen dort, wo Doc die Wunde abgedeckt hatte. Er gab mir Tabletten mit und versprach, dass ich in einer Woche nicht einmal mehr würde sehen können, wo die Wunde gewesen war.

VI

Als ich von der Krankenstation kam, checkte ich den Countdown an den Röhren von Jonah und Sabine. Es blieben immer noch 16 Stunden, bis sie aufgeweckt wurden. Und 16 Stunden können sehr lang sein. Vor allem, wenn man der einzige wache Mensch auf einem riesigen Raumschiff ist und auf das Erwachen seiner großen Liebe und seiner besten Freundin wartet – und es gleichzeitig fürchtet wie nichts zuvor im Leben. Was würden sie tun, wenn wir einander gegenübertraten? Welche Fragen würden sie mir stellen? Hatten sie ihre Ausbildung beendet oder waren sie genauso ahnungslos wie ich?

Ich versuchte, mich abzulenken und irgendwas Sinnvolles zu erledigen. Zuerst brachte ich das Klebeband zurück an seinen Platz und checkte die Frachtliste des Technikraums auf Vollständigkeit. Dann ging ich in den großen Frachtraum, um mir einen Überblick über alles zu verschaffen, was wir geladen hatten. Die Fracht war mit Sicherheit der triftigste Grund, weshalb wir mit der Mother und nicht mit einem kleineren Schiff unterwegs waren. Diese Mission erforderte schließlich eine gigantische Menge Material.

Bis auf den kleinen abgetrennten Bereich, in dem die Röhren mit den anderen Crewmitgliedern standen, war das gesamte Deck 5 ein einziges Lager. In riesigen Regalen, fein säuberlich geordnet und registriert, lagerten die unterschiedlichsten Dinge. Gefüllte Wasserkanister, Zelte, Lampen und Waffen, Schlafsäcke, Verbandskästen, Medizin, Kohletabletten und Gegengifte, Kameras und Bauholz, Schrauben, Nägel und Werkzeug aller Art, Planen, Seile und sogar kleine Quads sowie ein ordentlicher Vorrat Benzin für die zahlreichen Generatoren, die aufgereiht an einer der Wände standen. Dann natürlich tonnenweise Essen in Dosen, Vorräte für mehrere Monate oder sogar Jahre. Als ich die ganzen Bohnen sah, die sich in Konserven bis unter die Decke stapelten, konnte ich mir ein Augenrollen nicht verkneifen. Natürlich, dachte ich bitter. Dieses Schiff war in Berlin gestartet. Was könnte es anderes geladen haben als gottverdammte Bohnen? Dabei waren sie das Einzige, das ich an Berlin eigentlich nicht vermisst hatte. Dieser Frachtraum erinnerte mich stark an Kips Kaufhaus in Prenzlauer Berg. Man hatte ihn ausgelacht, weil er einen Krieg prophezeit hatte – und hier waren wir nun. Gedanken an die Stadt, in der ich geboren war, verkniff ich mir lieber schnell wieder. Auf keinen Fall wollte ich darüber nachdenken, was nach unserem Start dort geschehen war.

Ich war sehr froh, dass Kip hier bei mir war, in relativer Sicherheit und weit weg von Berlin. Wenn er wach war, würde ich ihn mit hierhernehmen. Vielleicht konnte er sich sogar als Lagerverwalter nützlich machen. Er hatte von den meisten Dingen, die sich hier in den Regalen befanden, Ahnung, immerhin hatte er sich sehr lange mit dem Überleben nach einer möglichen Apokalypse beschäftigt. Ich konnte mir vorstellen, dass dies eine passende Position für ihn sein könnte. Schließlich konnten wir es uns nicht leisten, Kip und Tom nicht einzubinden, vor allem nicht, wenn man bedachte, wie wenige wir insgesamt waren. Tom würde sich bei den Technikern sicherlich gut machen. Er hatte Jahre damit verbracht, Computerteile zu sortieren, und konnte sich bestimmt einbringen.

Langsam streifte ich die Regale entlang und versuchte, mir anhand der Fracht ein Bild von dem zu machen, was uns erwartete. Ich wusste, dass es unsere Aufgabe war, den Planeten für die Ankunft der HOME-Mitglieder vorzubereiten, Hütten zu bauen und eine sichere Infrastruktur zu schaffen. Und, das hatte Dr. Jen noch einmal sehr deutlich gemacht, eine Sendestation aufzubauen, um mit der Erde kommunizieren zu können. Wenigstens hatten wir Connor, unseren Funkspezialisten mit an Bord – wir würden ihn brauchen. Der Inhalt des Frachtraums verriet mir noch mehr. Die Mengen an Verbandszeug und Gegengiften zeigte mir, dass Dr. Jen und die anderen mit dem Schlimmsten, mit Verletzungen und giftigen Tieren rechneten. Die Anzahl der Konserven ließ einen Schluss darauf zu, wie lange es nach Meinung der HOME-Fundation dauern würde, bis wir uns selbst versorgen konnten. Kein sonderlich ermutigender Gedanke.

Noch während ich nachdachte, öffneten sich die Regale direkt vor mir zu einer Art Lichtung und gaben den Blick frei auf eine riesige Konstruktion in der Mitte des Raums. Vielmehr waren es einzelne Bauteile einer noch viel riesigeren Konstruktion, wie ich feststellte, als ich näher heranging. Das mussten die Einzelteile für den Sendemast sein. Ich wollte gar nicht darüber nachdenken, wie wir diese Monstren durch unwegsames Gelände transportieren sollten. Es blieb mir nur zu hoffen, dass Connor diesen Teil seiner Ausbildung nicht auch erst in den letzten drei Jahren auf der Akademie genießen sollte, sondern jetzt schon wusste, was zu tun war.

Der Anblick der großen Röhren, Solarzellen und Satelliten machte mich so nervös, dass ich den Frachtraum lieber wieder verließ, um mich auf die Brücke zu begeben. Doch während ich den Fahrstuhl nach oben nahm, beherrschte eine Frage meinen Kopf: »Wie um alles in der Welt, sollten vierzehn junge Menschen diese gewaltige Aufgabe bewältigen? Es kam mir vor wie ein absolutes Ding der Unmöglichkeit.

Auf der Brücke fuhr ich sämtliche Systeme hoch. Das Raumschiff hielt gut Kurs, wie ich feststellen konnte; wir würden Keto pünktlich erreichen.

Ich durfte nicht allzu lange darüber nachdenken, dass wir drei Jahre lang auf Autopilot durchs All gerast waren, und an die Dinge, die auf der Reise hätten passieren können, ohne, dass wir etwas davon mitbekamen.

Faszinierend war das Ganze ja schon, dachte ich schwach. Allerdings hätte ich rückblickend betrachtet die Reise gern bei vollem Bewusstsein erlebt. Es ärgerte mich, dass wir alles verschlafen hatten, ohne davon irgendeinen Nutzen zu haben. Wenn mein Verdacht zutraf und etwas das Akademie-Interface gestört hatte, dann hatten wir einfach nur drei Jahre nutzlos herumgelegen. Drei Jahre, in denen wir uns hätten vorbereiten, an das Schiff und aneinander gewöhnen können. In denen wir Sterne und Planeten hätten beobachten können.

Drei Jahre Lebenszeit.

Mein Magenknurren riss mich aus meinen dunklen Gedanken, und ich beschloss, mir etwas zu essen zu suchen.

Immerhin wusste ich ja jetzt, wo der Speisesaal lag. Und natürlich musste ich nur Ira sagen, dass ich Hunger hatte, und schon landete ein Teller mit drei berückend kleinen Häuflein Essen vor mir auf dem Tisch. Auf meine Nachfrage erklärte mir der Computer, dass mein Verdauungssystem eine größere Menge aufgrund des langen Schlafs nicht würde verkraften können. Und tatsächlich grummelte mein Magen nach nur drei Bissen derart laut, dass ich beschloss, den Versuch der Nahrungsaufnahme vorerst lieber abzubrechen. Außerdem war es ziemlich merkwürdig, allein in einem riesigen Speisesaal zu essen, der von unzähligen Tischen und Bänken bevölkert wurde. Ich kam mir vor wie der letzte lebende Mensch.

Nachdem ich gegessen hatte, versuchte ich zu schlafen, doch es gelang mir nicht. Und das, obwohl das Bett in meiner Suite die luxuriöseste Schlafstätte meines gesamten Lebens war. Ich konnte mit einer Fernbedienung die Lichtstimmung im Zimmer steuern und mit einer anderen die Position meiner Matratze verändern, doch es half nichts. Meine Gedanken waren einfach viel zu laut, sie schrien mich an und zeigten sich empört darüber, dass ich überhaupt die Frechheit hatte, an Schlaf zu denken. Und auch mir selbst kam es wie Verschwendung vor, die kostbaren Stunden der Ruhe, die mir noch vergönnt waren, mit Schlaf zu verschwenden. Allerdings wusste ich, dass ich schlafen musste, weil ich all meine Konzentration für den nächsten Tag dringend brauchen würde. Also gab ich schließlich auf und bat Ira um ein Schlafmittel, das prompt in Form von hellrosa Flüssigkeit in einem Glas bereitgestellt wurde.

Der Schlaf war traumlos, tief, erholsam und genau acht Stunden lang.

Ich stand sehr lange vor dem Kleiderschrank, weil ich mich nicht entscheiden konnte, wie ich Jonah und Sabine gegenübertreten sollte. Sollte das Erste, was sie zu Gesicht bekamen, ihre Freundin in Uniform sein? Immerhin trugen sie beide eher etwas, das an Krankenhauskleidung erinnerte – vielleicht war mein Anblick in Uniform zu viel für sie? Allerdings könnte es ihnen auch Sicherheit geben und helfen, sich zu orientieren.

Und natürlich, das musste ich zugeben, wollte ich so hübsch wie möglich aussehen, wenn ich Jonah wieder gegenübertrat. Allerdings hatte er mich immer nur in Trainingskleidung gesehen – was ihn nie gestört hatte. Er war die offizielle Kleidung und nichts anderes an mir gewöhnt. Aber vielleicht ließ sich ja ein Zwischending finden.

Ich kramte im Schrank herum und fand schließlich eine Trainingshose mit goldenen Streifen und ein schwarzes Sport-T-Shirt. Es kam der Kleidung, die wir alle die meiste Zeit auf der Akademie getragen hatten, noch am nächsten. Im Bad band ich mir einen schlichten, hohen Pferdeschwanz, wie ich ihn tagein, tagaus getragen hatte, auch wenn ich fand, dass er eigentlich gar nicht mehr zu mir passte. Ein wippender Pferdeschwanz war eher etwas für Mädchen, und ich fühlte mich nicht mehr wie ein Mädchen, aber so würden mich Jonah und Sabine wenigstens sofort wiedererkennen. Versonnen ließ ich meine Finger eine Weile über die pinken Haarspitzen am Ende des Pferdeschwanzes gleiten. Immerhin hatte ich sie in Berlin bekommen. In Alices Wunderland. Ich schluckte und musste gegen die Tränen ankämpfen, die beim Gedanken an Berlin und an Alice in mir aufstiegen. Alice, die wunderschöne Boutiquebesitzerin, die mir Mut gemacht hatte, als er mir fehlte, und die es geschafft hatte, dass ich mich schön fühlte, obwohl ich nach dem Erwachen aus dem Koma so gut wie keine Haare gehabt hatte. Alice, der ich versprochen hatte, sie wieder zu besuchen.

Meine pinken Haarspitzen waren der Beweis dafür, dass alles, was ich in Berlin erlebt hatte, tatsächlich geschehen war. Und das beruhigte mich. In Berlin war ich den tapfersten, stärksten, freundlichsten und kreativsten Menschen überhaupt begegnet. Allein an sie zu denken, erfüllte mich mit Sehnsucht. Doch die pinken Haarspitzen gehörten zu einem anderen Leben, in eine andere Realität. Hier auf dem Schiff konnte ich sie nicht gebrauchen, schließlich wollte ich niemandem erklären, wo ich sie herhatte. Auf der Akademie war es uns strengstens untersagt gewesen, unsere Haare zu färben, uns zu schminken, zu tätowieren oder auch nur die Ohren zu piercen. Und alle wussten es. Sosehr es mich auch schmerzte, die pinken Haarspitzen mussten ab.

Ich wühlte in den Schubladen des Badezimmers herum, fand aber keine Schere, um mir die Haare abzuschneiden. Dieses Raumschiff war wirklich nur auf das Nötigste ausgerichtet, dachte ich missmutig. Mir blieb nichts anderes übrig, als im Frachtraum nach einem scharfen Messer zu suchen.

Zum Glück kostete das nicht allzu viel Zeit, schon nach wenigen Minuten war ich mit einem scharfen Bowie-Messer wieder auf dem Weg nach oben.

Ich schnitt mir die Haarspitzen großzügig ab und ließ sie büschelweise ins Waschbecken rieseln. Irgendwie sahen die kleinen Haarhäufchen traurig aus, wie sie auf dem weißen Marmorwaschbecken schimmerten. Aus irgendeinem Grund brachte ich es nicht über mich, sie jetzt schon wegzuwerfen. Ich war der einzige Mensch, der Zugang zu dieser Kabine hatte. Also ließ ich alles stehen und liegen, als ich mich auf den Weg machte.

Ich ging hinunter in den Raum, in dem die Röhren waren, stellte mich neben Jonah und beobachtete, wie auf dem Display die Zeit ablief. Es war der Countdown zu etwas, das ich nicht kannte, aber mein Herz schlug mit den verstreichenden Sekunden im Takt.

Eine Weile fragte ich mich, warum ich so aufgeregt war, versuchte, mir einzubilden, dass reine Vorfreude mein Herz in diesem immer wilder werdenden Rhythmus schlagen ließ, doch ich schaffte es nicht lange, mich selbst zu belügen. Irgendwann, als kalter Schweiß auf meine Stirn trat und nur noch wenige Minuten bis zu Jonahs Erwachen blieben, wurde mir klar, dass ich Angst hatte. Angst davor, ihm gegenüberzutreten, ihm in die Augen zu sehen. Angst davor, Dinge erklären zu müssen. Angst, dass er mich vielleicht nicht erkannte.

Und, so sagte die vernünftige kleine Stimme in mir, dass ich ihn vielleicht nicht mehr liebte. Beschämt schaute ich in die Richtung, in der Kips Röhre lag, und schluckte. Jonah und Kip gleichzeitig in meiner Nähe zu haben, war ein schöner und furchtbarer Gedanke. Denn ich wusste tief in meinem Inneren, dass zwischen Kip und mir ein Band bestand, das nicht nur aus Freundschaft geknüpft worden war. Mit Jonah hatte ich die Abenteuer immer nur simuliert – mit Kip hatte ich sie tatsächlich erlebt. Ich hatte ihn aus der Quarantänestation eines Krankenhauses geholt und in unaussprechliche Gefahr gebracht, er hatte mich vor der Polizei bewahrt, für mich gelogen und war jeden Schritt gemeinsam mit mir gegangen. In Berlin war nicht etwa Jonah, sondern Kip mein Leutnant gewesen. Und Berlin, so wusste ich jetzt, war die echte Welt. Ich hatte mir sogar vorstellen können, mit Kip zusammenzuleben. Auch wenn der Kuss Jonah gegolten hatte.

Es zischte und kurz darauf hörte ich ein leises Klopfen. Jonah war aufgewacht und genau wie ich testete er die Grenzen seines gläsernen Gefängnisses.

Langsam trat ich an die Röhre heran und legte meine Hand auf das Glas. Dann atmete ich tief durch und ging noch näher heran, sodass ich Jonahs Gesicht sehen konnte. Als er mich erblickte, weiteten sich seine Augen. Er lächelte mich an und wurde ganz ruhig. Ich kannte diesen Blick. In diesem Moment sah Jonah nichts anderes als mich, er dachte an nichts anderes als an mich. Und ich wusste wieder, was ich an ihm immer so geliebt hatte. Er gab mir das Gefühl, das Zentrum des Universums zu sein. Jonah hob seine rechte Hand und presste sie von innen gegen das Glas, genau an die Stelle, an der meine lag. Ich lächelte ebenfalls.

»Alles okay«, sagte ich, und Jonah nickte.

Als der Alarm ertönte, zuckte ich zusammen. Das schrille Piepen kam von dem Kontrollpanel an Sabines Röhre. Ich schenkte Jonah einen kurzen Blick, dann rannte ich zu ihr.

Der Anblick, der sich mir nun bot, war beinahe zu viel für mich. Sabine lag mit weit aufgerissenen Augen in der Röhre und schrie. Jedenfalls vermutete ich das, denn hören konnte ich sie nicht, dafür war das Glas zu dick. Ihr Mund war schmerzvoll verzogen, in ihren Augen konnte ich deutlich sehen, dass sie panische Angst hatte. Sie waren blutunterlaufen, ihre Pupillen waren weit; es sah gespenstisch aus, so als hätte meine Freundin nicht etwa graublaue, sondern pechschwarze Augen. Als sie mich erkannte, begann sie, mit den Fäusten von innen gegen das Glas zu hämmern.

Ich blickte auf den Bildschirm, auf dem die Worte »System instabil« erschienen waren, und fluchte. Vielen Dank auch, ich konnte selbst sehen, dass dieses »System« instabil war. Blöd nur, dass dieses System menschlich war. Was war hier los?

Ich tippte ziellos auf dem Panel herum, doch das Touchpad reagierte nicht auf meine Berührung. Meine Augen suchten wieder Sabines Blick. Ich wollte ihr zu verstehen geben, dass sie keine Angst haben musste, dass alles in Ordnung war, doch sie war völlig hysterisch.

Hinter mir kündigten unsichere Schritte Jonahs Kommen an.

»Was ist los?«, hörte ich seine vertraute Stimme fragen, doch ich wagte es nicht, mich zu ihm umzudrehen, sondern hielt Sabines Blick stand, weil ich hoffte, das könnte sie beruhigen.

»Ich habe keine Ahnung«, sagte ich verzweifelt, und meine Stimme zitterte.

»Bine«, schrie Jonah so laut, dass mein Trommelfell zu platzen drohte.

Sabines Blick glitt hinüber zu Jonah, und bei seinem Anblick wurde sie tatsächlich ein wenig ruhiger, was mir einen neuerlichen Stich versetzte.

»Es ist alles in Ordnung«, schrie Jonah. »Bleib ruhig!«

Nun fing Sabine an zu weinen, und ich fragte mich verzweifelt, wie lange es noch dauern würde, bis sich das Glas endlich öffnete.

In dem Augenblick glitt die Scheibe endlich mit einem leisen Zischen zur Seite und gleichzeitig legten sich die Metallbügel über Sabines Körper.

Meine Freundin schnappte nach Luft. Wir mussten einen Schritt zurücktreten, weil sich die Röhre aufstellte.

»Sabine, kannst du mich hören?«, fragte ich unsicher, und sie nickte, während sie weiter keuchte, japste und weinte.

»Es ist alles in Ordnung, hörst du?«, sagte ich. »Gleich ist es vorbei, dein Kreislauf muss sich nur noch stabilisieren. Du musst keine Angst haben!«

Bei diesen Worten wurde Sabine mit einem Mal ganz still. Sie hob den Kopf und sah mich an. Ihre Augen wirkten tot und kalt, als hätte sie Dinge gesehen, die jenseits unserer Vorstellungskraft lagen. Ihre weiten, schwarzen Pupillen fixierten mich ohne Gnade. Vor Schreck trat ich einen Schritt zurück.

»Keine Angst«, sagte sie leise, und zu meinem Entsetzen sah ich, dass sich ein böses kleines Lächeln auf ihre Lippen schob. »Keine Angst. Hahaha.« Ihre Stimme klang fremd.

Verstohlen blickte ich zu Jonah hinüber, der genauso verunsichert wirkte, wie ich mich fühlte. Er war blass und zitterte.

Sabine schüttelte den Kopf. »Ihr wisst gar nichts.«

Dann holte sie tief Luft und schrie so laut, dass ich mir die Ohren zuhalten musste. Alles in mir schien in diesem Moment zu Eis zu gefrieren.

Es klang nicht menschlich.

VII

Auf das, was als Nächstes passierte, war ich nicht vorbereitet gewesen. Mehr noch: Ich hätte niemals gedacht, dass so etwas überhaupt passieren könnte. Wenn man beinahe sein gesamtes Leben mit jemandem verbringt, glaubt man einfach, ihn zu kennen. So wie ich glaubte, meine beste Freundin zu kennen.

Sobald sich die Eisenriemen um Sabines Körper lösten und sie freigaben, stieß sie mir so hart gegen die Brust, dass ich taumelte und gefallen wäre, wenn Jonah mich nicht im letzten Augenblick vor dem Sturz bewahrt hätte. Sabine war noch nie zuvor auf mich losgegangen, die körperliche Gewalt war immer der Teil des Trainings gewesen, der ihr besonders zu schaffen machte.

»Ira!«, schrie ich, und Jonah zuckte zusammen.

»Was kann ich für Sie tun, Kapitän?«

»Verriegel die Eingangstür!«, keuchte ich, doch Ira antwortete nur: »Dazu bin ich leider nicht befugt.«

»Wozu bist du überhaupt befugt?«, knurrte ich leise, doch Ira hörte mich offensichtlich nicht.

Völlig perplex konnte ich nur noch dabei zusehen, wie Sabine auf ihren dürren Beinen in Richtung Tür rannte, die sofort geräuschlos aufglitt. Offensichtlich hatte das Schiff ihre Biodaten schon komplett gespeichert. So ein Mist.

Ich konnte ihre Schnelligkeit und Zielstrebigkeit nur bewundern. Als ich am Tag zuvor aufgewacht war, hatte ich viel länger gebraucht, um mich zu orientieren, doch Sabine wusste offensichtlich nur allzu genau, wo sie hinwollte. Das war nicht gut, es war nicht auszudenken, was sie in ihrem Zustand auf der Mother alles anrichten könnte.

»Hinterher«, keuchte ich, und Jonah stellte mich wieder auf die Füße.

Gemeinsam liefen wir los. Ich versuchte, Rücksicht auf Jonah zu nehmen und gleichzeitig zu Sabine aufzuschließen. Zum Glück war sie, wenn auch nicht zu sehen, dann doch nicht zu überhören. Die Mischung aus permanentem Lachen und Schreien hallte durch den runden Flur bis zu uns. Zwischendurch klang es, als schlüge sie mit den Fäusten gegen Türen und Wände.

Immer wieder glitt mein Blick zu Jonah, der zwar ziemlich weiß im Gesicht war, in den Augen jedoch ein mir nur allzu vertrautes Funkeln trug, das mir gar nicht behagte. Als er meinen Blick auffing, fragte er: »Was, glaubst du, ist mit ihr passiert?«

»Wahrscheinlich hat sie die Abkopplung vom Interface nicht verkraftet«, antwortete ich, ohne nachzudenken, und wollte mich im nächsten Augenblick selbst dafür schlagen. So viel zur Geheimhaltung um jeden Preis, verdammt. Doch Jonah zog nur nachdenklich die Stirn kraus und nickte wissend. Auch diesen Gesichtsausdruck kannte ich; so sah er immer aus, wenn er keine Ahnung hatte, um was es ging, sich das aber nicht anmerken lassen wollte. Gut so.

Sabine nahm den Aufzug nach oben. Ich fragte mich, woher sie so genau wusste, welchen Weg sie nehmen musste, falls sie es überhaupt wusste und nicht einfach willkürlich an Türen rüttelte und auf Tasten drückte.

»Ihr wisst gar nichts.« Ihre Worte klingelten noch in meinen Ohren und ließen mir das Blut in den Adern gefrieren. Was wusste sie denn? Und woher? Wir riefen einen zweiten Aufzug und einer Eingebung folgend drückte ich auf die Taste für Deck 1. Und tatsächlich erblickten wir Sabine direkt, als sich unsere Aufzugtüren öffneten, am Eingang zur Brücke, der sich zum Glück nicht wie zuvor die Tür zum Lagerraum von selbst geöffnet hatte.

Ich hatte es oft als ungerecht empfunden, dass Sabine es nie zu einem höheren Rang als dem Fähnrich gebracht hatte, obwohl sie lange auf der Akademie gewesen war, loyal und fleißig war und sich niemals etwas hatte zuschulden kommen lassen, doch nun dankte ich im Stillen der Strenge der Professoren, die Sabines mangelnden Ehrgeiz ein ums andere Mal abgestraft hatten. Ihr Dienstgrad war schlicht zu niedrig, um die Tür zur Brücke zu öffnen.

An mangelndem Ehrgeiz lag es diesmal jedoch nicht, denn sie hämmerte mit aller Kraft, die sie aufbringen konnte, gegen das dicke Metall, schlug auf dem Touchpad neben der Tür herum, das offensichtlich mit Sicherheitsglas versehen war, und versuchte sogar mit bloßen Fingern, die Türblätter auseinanderzuzerren. Ihre Fingerspitzen hatten bereits in dieser kurzen Zeit zu bluten angefangen.

Ich blieb stehen und betrachtete sie, während sie uns kaum wahrzunehmen schien. All ihr Streben galt offensichtlich nur dem Ziel, auf die Brücke zu gelangen. Sie kam mir vor wie ferngesteuert. Die ganze Zeit über heulte und wimmerte sie vor sich hin. Es war ein herzzerreißender Anblick und schwer zu ertragen, weil so offensichtlich war, wie sehr sie litt. Ich war unschlüssig, was ich jetzt tun sollte, doch Jonah war wie immer entschlossener als ich. Er näherte sich ihr langsam, Schritt für Schritt, so wie man sich einem verletzten, wilden Tier nähern sollte. Und im Grunde war sie genau das. Auch wenn sie mir eher vorkam, als hätte sie die Tollwut.

»Bine?«, fragte Jonah sanft, und beim Klang seiner Stimme legte sie den Kopf schief und lauschte, als würde sie ein Lied hören, das sie als Kind sehr geliebt hatte. Doch sie hörte nicht auf, ihre Finger in den schmalen Spalt zwischen den Türblättern zu graben.

»Bine, ich bins«, sagte Jonah. Er stand nun genau neben ihr, doch sie blickte nicht zu ihm auf. »Erinnerst du dich an mich?«

»Für wie blöd hältst du mich eigentlich?«, fuhr sie ihn überraschend forsch an, und Jonah zuckte zusammen. Dann schluchzte sie wieder und verschluckte sich beinahe. Ihre Stimme war tiefer als sonst, und ich bemerkte, dass Gänsehaut meinen ganzen Körper entlangkroch. Es war, als hätte jemand meine beste Freundin gegen einen Dämon getauscht.

Jonah wirkte ebenfalls tief erschüttert, doch er fing sich erstaunlich schnell wieder. Ganz langsam ließ er sich gegen die Wand neben der Tür sinken und hielt den Kopf so, dass sie nicht drum herumkam, ihn anzusehen. Und tatsächlich schenkte Sabine Jonah einen flüchtigen Blick. Dann schnaubte sie verächtlich.

»Ich muss hier raus, ich muss hier raus, ich muss hier raus«, flüsterte sie, und mir begann, das Herz zu bluten.

Jonah zog die Augenbrauen hoch und blickte kurz zu mir rüber. Ich runzelte die Stirn. Diese Sache bereitete mir allmählich richtig große Sorgen.

»Darf man fragen, was du da tust?« Jonahs Stimme klang maximal unbeteiligt.

Sie beachtete ihn kaum, sondern heulte weiter und flüsterte immer wieder: »Ich muss hier raus.« Es klang wie ein Mantra. Irgendwann sah sie doch zu Jonah hoch. »Und wenn du mein Freund wärst, dann würdest du mir dabei helfen.«

»Aber ich bin dein Freund«, erwiderte Jonah und setzte eine gespielt beleidigte Miene auf.

Ich fragte mich, wie er bei dem ganzen Theater so ruhig bleiben konnte. Mir ging allmählich die Geduld aus, doch ich hatte keine Ahnung, wie wir die Situation auflösen sollten.

»Dann beweis es!«, forderte Sabine und zeigte mit einem ihrer geschundenen Finger in Richtung Netzhautscanner. »Stell dich vor das Ding da. Du bist Leutnant, bei dir geht die Tür ganz sicher auf.«

»Ich fürchte, das kann ich nicht machen«, sagte Jonah ruhig, und Sabine heulte erneut auf. Sie trat kräftig gegen die Tür.

»Schluss jetzt!«, schrie ich und stürzte mich auf Sabine. Sie sollte endlich damit aufhören.

Ich stöhnte und schloss für einen Moment die Augen, während ich Sabine mit all meiner Kraft zu Boden zu ringen versuchte. Verwirrung und Schock hinderten mich nicht daran, ihr einen kräftigen Tritt gegen das Schienbein zu verpassen, als sie wiederholt versuchte, mich zu beißen.

Jonah sprang mir sofort zu Hilfe und gemeinsam bezwangen wir die schreiende und sich heftig zur Wehr setzende

Bine schließlich. Ich checkte kurz, ob Jonah in der Lage war, sie allein zu sichern, dann rannte ich los und holte das schwarze Klebeband, mit dem ich ihr erst die Fußknöchel und Hände fesselte und sie endlich zum Schweigen brachte. Während ich ihr das schwarze Tape über den Mund zu kleben versuchte, ließ es sich meine beste Freundin nicht nehmen, mich noch einmal anzuspucken und mir dabei einen trotzigen, völlig verheulten Blick zuzuwerfen. Ich versuchte mir einzureden, dass sie einfach verrückt geworden war, doch ich wusste ganz genau, dass noch mehr dahintersteckte. In ihrem Gesicht stand kein Wahnsinn, sondern die nackte Panik. Und ich hatte keine Ahnung, was ich tun konnte, um sie zu beruhigen. Fesseln war vielleicht nicht die beste Idee, doch ich hatte gerade keine andere.

Wir trugen sie in ihre Kabine und legten sie aufs Bett. Dort bat ich Ira um ein Beruhigungsmittel und bekam über die Versorgungsklappe eine Spritze ausgehändigt, die ich der zappelnden Sabine verabreichen konnte, nachdem sich Jonah auf ihren rechten Arm gesetzt hatte.

Als sie eingeschlafen war, sank ich erschöpft neben ihrem Bett zusammen und wischte mir den Schweiß von der Stirn. Meine Seele fühlte sich an, als wäre ein Elefant darüber hinweggetrampelt. Das konnte doch alles nicht wahr sein! Was hatte ich meinem Schicksal eigentlich getan, dass es zu solchen Mittel greifen musste? War es nicht irgendwann auch mal genug? Gut, meine Gefühle Sabine gegenüber waren in letzter Zeit gemischt gewesen, aber ich hätte meine sanfte, humorvolle und loyale Freundin jetzt nur allzu gut gebrauchen können. Ich brauchte jeden Vertrauten, den ich bekommen konnte, um die nächste Zeit zu überstehen. Trotz Jonahs

Anwesenheit kam ich mir in diesem Augenblick schrecklich allein vor.

Zu meinem Erstaunen stemmte Jonah die Hände in die Hüften und lachte. Er lachte befreit und aus vollem Hals, legte den Kopf zurück, gluckste und kicherte. Fragend sah ich ihn an.

»Wenn wir Bine nachher erzählen, wie sie sich aufgeführt hat, dann wird sie ganz schön Augen machen. Sicher beschwert sie sich wieder, dass sie als Sündenbock herhalten musste.«

Ich runzelte die Stirn. Sündenbock?

Jonah schüttelte belustigt den Kopf. »In letzter Zeit haben sie die Professoren ziemlich auf dem Kieker, findest du nicht?« Er ging in dem kleinen Zimmer auf und ab und wischte sich ebenfalls den Schweiß vom Gesicht. Jonah grinste so zufrieden, dass ich kurz fürchtete, dass er dabei war, ebenfalls den Verstand zu verlieren. Doch leider begriff ich allmählich.

»Was wollen die denn noch von uns?«, fragte er nach wenigen Augenblicken verwirrt. »Wir haben die Aufgabe doch abgeschlossen, oder etwa nicht? Warum sind wir dann noch hier? Ich will mir mein Feedback abholen und dann unter die Dusche. Und Hunger hab ich auch.«

»Jonah«, flüsterte ich und war überrascht, wie heiser meine Stimme klang.

»Was ist denn los, Zö?«, fragte er fröhlich und wippte auf den Fußspitzen auf und ab. »Du schaust drein, als hättest du einen Geist gesehen.« Er war so euphorisch wie immer, wenn wir an der Akademie eine Aufgabe erfolgreich abgeschlossen hatten. Nur dass wir uns schon lange nicht mehr an der Akademie befanden.

Mit leicht gerunzelter Stirn kam er zu mir herüber. »Ist alles in Ordnung mit dir?«

Ja. Nein. Natürlich nicht. Himmel, was sollte ich auf diese Frage denn antworten? Meine Augen wanderten zur schlafenden, gefesselten Sabine. Ich schluckte.

Jonahs Augen waren meinem Blick gefolgt, und er lächelte wieder sein schiefes, absolut umwerfendes Lächeln.

»Warum lässt du dich nur immer so runterziehen, Zö?« Er streckte die Hand aus und pikte Sabine fest in den Oberarm. »Die hier ist nicht echt, verstehst du? Es ist alles in Ordnung. Das hier ist nur eine Simulation!«

Ich schloss die Augen und schüttelte den Kopf. Mehr als alles andere auf der Welt wünschte ich mir, dass jemand anderes dieses Gespräch mit Jonah führen musste und nicht ich. Doch außer mir war niemand hier.

»Das hier ist keine Simulation, Jonah«, brachte ich heraus. Ich sagte es eher zu meinen Zehenspitzen als zu meinem Verlobten.

Jonah hörte auf zu wippen und sah mich an. In seinem Gesicht stand maximale Verwirrung. Dann lachte er erneut. »Verstehe, dich haben sie also eingeweiht und mich nicht.« Er legte den Kopf in den Nacken, als wollte er die Überwachungskameras suchen, die jede Simulation aufzeichneten, damit man sie nachher mit seinen Ausbildern durchgehen und sich ihre Manöverkritik abholen konnte. Das konnte doch nicht wahr sein!

»Netter Trick, Professor. Wirklich!«

»Jonah, ich bin nicht *eingeweiht*«, versuchte ich zu erklären. »Es gibt keine Simulation. Keine Manöverkritik und auch sonst kein Feedback.« Ich zeigte hinter mich. »Das da hinter dir ist die echte Sabine. Ich habe keine Ahnung, was mit ihr passiert ist oder warum sie sich so benimmt, aber ich weiß genau, dass sie die einzige Bine ist, die wir haben.«

Ich griff nach seiner Hand und er sah mich an. Man konnte die Rädchen, die sich hinter seiner Stirn bewegten, beinahe klicken hören. Es tat mir leid, ihm das antun zu müssen. Ich dachte an die letzte Nacht in Berlin und wünschte mir gerade nichts mehr, als Jonah damals aufgeweckt zu haben. Ich wollte dieses Wissen nicht allein tragen. Egoistischer Gedanke – und dennoch so wahr. Ich riss mich zusammen und holte tief Luft. »Wir befinden uns auf der Mother! Auf dem Schiff, das uns nach Keto bringen wird. Der Planet ist schon ganz nah, wir werden bald dort eintreffen. Ihr seid gerade aus dem Transportschlaf erwacht und wir beide müssen das Schiff in wenigen Stunden sicher landen.«

Jonah runzelte die Stirn und allmählich wich ihm das Lächeln aus dem Gesicht. Wieder und wieder schüttelte er ungläubig den Kopf, als wollte er die Welt zwingen, zurück an ihren richtigen Platz zu rutschen. Ich wusste genau, wie er sich fühlte. Damals in der Charité hätte ich auch alles getan, um der Wahrheit auszuweichen. Der Kopf sucht nach einem Ausweg, der plausibler erscheint als die Realität. Das Problem war nur: Die Realität war das Einzige, was wir hatten.

»Sag mir die Wahrheit, Zoë«, forderte Jonah, und ich lächelte schwach.

»Das habe ich gerade getan.«

Mein Verlobter verschränkte die Arme und baute sich breitbeinig vor mir auf. Im Sitzen fühlte ich mich unbehaglich und klein, daher stand ich auf und nahm ebenfalls Haltung an.

»Ich glaube dir kein Wort.«

Ich holte tief Luft und versuchte, ganz ruhig zu bleiben. Es war wichtig, dass ich jetzt die richtigen Worte fand, dass ich Jonah dazu brachte, mir zu vertrauen, mir zuzuhören, mir Glauben zu schenken. Ich brauchte ihn jetzt mehr als jemals zuvor, besonders, da wir Sabine verloren hatten. Meine Augen suchten seine und er sah mich direkt an.

»Es ist aber so, Jonah. Es ist die reine Wahrheit, dass wir uns gerade auf genau der Mission befinden, für die wir jahrelang ausgebildet wurden. Das hier ist unser Moment, Jonah. Das ist der Tag, der unser Leben bis hierher bestimmt hat. Unser Schicksalstag. Ich weiß, dass es dir schwerfällt, es zu glauben, aber wir befinden uns auf der Mother. Wir fliegen direkt auf Keto zu. Die letzten drei Jahre haben wir im Transportschlaf verbracht. Ihr beide seid gerade erst aufgewacht. Ich schwöre dir, dass dies hier keine Simulation ist, sondern die Realität. Fühlst du nicht das Brummen unter deinen Füßen? Riechst du nicht, dass hier alles neu und unverbraucht ist, ganz anders als in den Simulatoren?«

Jonah schnupperte konzentriert, dann nickte er schwach. Sein Widerstand bröckelte. »Aber ...«, murmelte er, und ich konnte ihm ansehen, dass er verzweifelt versuchte, sich auf die ganze Sache einen Reim zu machen. »Warum habe ich nicht mitbekommen, wie wir gestartet sind? Warum gab es kein Abschiedsfest, keine letzten Worte unserer Ausbilder? Ich kann mich an nichts erinnern.«

Er suchte in seinen Erinnerungen herum, schien regelrecht zu wühlen. Sein Gesicht war vor lauter Anstrengung verzogen. »Ich wusste noch nicht mal etwas von diesem – wie hast du es gleich genannt? – Transportschlaf. Warum nicht?«

Jonah wich ein paar Schritte vor mir zurück, und ich ließ

ihn gewähren, auch wenn diese Geste schmerzte. Ich durfte ihn jetzt nicht drängen.

»Du warst ein paar Wochen weg«, murmelte er schließlich, und ich nickte lächelnd. »Ja, das stimmt.«

»Ja, ja. Daran kann ich mich erinnern. Sie haben dich in die USA oder sonst wohin geschickt, zu einer speziellen Ausbildung.«

O ja, eine sehr spezielle Ausbildung war das, dachte ich bitter.

Mit einem Mal wurden seine Züge hart. »Das Letzte, woran ich mich erinnere, bist du«, sagte er langsam, und ich lächelte weiter strahlend, weil mich seine Worte tatsächlich freuten. Doch Jonah erwiderte mein Lächeln nicht. »Ich weiß nicht mehr, wie wir gestartet sind. Ich habe keine Ahnung, wie ich hierhergekommen bin oder was ich jetzt machen soll, aber eines weiß ich ganz sicher: Als ich dich das letzte Mal an der Akademie gesehen habe, hast du dich gerade irgendeinem fremden Typen an den Hals geworfen.«

Ich erschrak. Kip. Meine Arme fest um seinen Körper geschlungen, seine großen Hände, die sanft über meinen Rücken streicheln. Ein Bild, das kein Verlobter besonders gern sah. Natürlich hatte auch ich mich daran erinnert, doch ich hatte gehofft, dass es Jonah vielleicht anders ging. Jonahs misstrauischer Blick, sein verwirrter Tonfall; all das war mir noch sehr präsent.

Mein Hals wurde schlagartig trocken und ich schluckte. »Das war nicht das, wonach es aussah«, versicherte ich, und er nickte grimmig. »Klar.« Seine Kaumuskeln zeichneten sich deutlich unter seiner Gesichtshaut ab. Ein Zeichen dafür, dass er wütend war.

»Da ist nichts zwischen mir und Kip«, beschwor ich ihn, und selbst in meinen Ohren klang es erbärmlich. »Du hast etwas gesehen, das dir nicht gefallen hat. Aber das ist noch lange kein Grund, da allzu viel hineinzuinterpretieren, Jonah. Du hast das einfach nur missverstanden.«

Jonah lachte freudlos. »Dann erklär mir doch, wie es wirklich war! Wer der Kerl ist und was du in seinen Armen zu suchen hattest. Und wenn du schon dabei bist, kannst du mir auch noch erklären, was die ganze andere Scheiße hier soll. Na, was ist?«

Ich schüttelte den Kopf. Nie zuvor hatte mich Jonah derart angegriffen. Er war immer sanft und liebevoll gewesen. Natürlich hatten wir manchmal gestritten, aber niemals heftig und immer nur kurz. Am liebsten hätte ich ihm in diesem Augenblick alles erzählt, meine ganze Geschichte, vom Anfang bis zum Ende. Doch ich konnte nicht, also schüttelte ich nur den Kopf. »Ich werde es dir erzählen. Das verspreche ich. Aber nicht jetzt.«

»Armer, dummer Jonah«, zischte er. »Gut im Nahkampf und gut im Bett, aber nicht gut genug für die Wahrheit.«

Er sah mich an und sein Blick war hart und unnahbar. »Die Wahrheit kennt nur der Kapitän, nicht wahr? Du sagst mir, was ich zu tun, und auch, was ich zu denken habe.« Er stand stramm und salutierte. »Du suchst den Abgrund aus, Kapitän, und ich springe.«

Ich schüttelte den Kopf. »Jonah«, flehte ich, doch ich erreichte ihn nicht mehr.

In diesem Augenblick ging ein Ruck durch das Schiff, und wir mussten uns aneinander festhalten, um nicht umzufallen. Jonah stützte mich, aber deutlich unsanfter als noch zuvor. Dort, wo sich seine Finger in meinen Oberarm bohrten, würde ein blauer Fleck entstehen.

»Achtung, Achtung. Wir nähern uns dem Planeten Keto«, sagte eine laute Computerstimme, und ich erschrak. Ich hatte gedacht, wir hätten noch ein bisschen mehr Zeit.

»Geplante Ankunft in 180 Minuten. Bitte nehmen Sie Ihre Plätze auf der Brücke ein und starten Sie den Landevorgang.«

Es war noch zu früh. Ich war noch nicht bereit. Jonah war noch nicht bereit. Doch das half uns jetzt nicht.

Kurz entschlossen löste ich Sabines Fesseln und zog ihr das Klebeband vom Mund. Ich wollte nicht, dass sie noch so dalag, wenn sie aufwachte.

Seufzend zog ich ihr die Schuhe aus und deckte sie zu. Jonah beobachtete das Ganze aus sicherem Abstand. Ich hauchte Sabine einen Kuss auf die Stirn. Es war mir zutiefst zuwider, sie jetzt einfach so allein zu lassen, doch ich hatte keine andere Wahl.

»Komm«, sagte ich und zupfte Jonah am Ärmel seines weißen Kittels. »Deine Kabine liegt direkt neben meiner. Wir müssen unsere Uniformen anziehen. In einer halben Stunde treffen wir uns dann auf der Brücke.«

Er schenkte mir einen letzten prüfenden Blick, dann nickte er und folgte mir auf den Flur hinaus.

Logbuch von Jonah Schwarz, 1. Eintrag

Eigentlich ist es Aufgabe des Kapitäns, ein Logbuch zu schreiben, und nicht die des Leutnants, aber ich habe in meiner Kabine auf dem persönlichen Tablet diese Funktion entdeckt und dachte, ich probiere es mal aus. Alles, was mir helfen könnte, klarzukommen, verdient eine faire Chance. Das hier schreibe ich nur für mich, es hat keinen Nutzen für die Mission, außer vielleicht den, dass es helfen könnte, Ordnung in meinen Kopf zu bekommen. Hoffentlich ist das okay. Keine Ahnung, ob es erlaubt ist, das Logbuch für persönliche Einträge zu nutzen. Wahrscheinlich hatten wir dieses Thema auf der Akademie und ich habe mal wieder nicht aufgepasst. Wäre typisch für mich. Egal.

Natürlich glaube ich nicht, dass überhaupt jemand das hier mal lesen wird, aber man weiß ja nie. Im Voraus entschuldige ich mich jedenfalls schon mal dafür, dass meine Gedanken wahrscheinlich wenig lesenswert sein werden.

Ich war nie jemand, der gern schreibt, doch ich habe das Gefühl, jetzt ist es nötig, denn in meinem Kopf herrscht ein riesiges Chaos, und ich befürchte, dass ich es nicht ganz allein schaffe, alles zu verarbeiten, was ich heute erfahren habe.

Gerade sitze ich in der kleinen Kabine, neben deren Tür ein Schild mit meinem Namen klebt. Auf einem Raumschiff. Im Weltall. Und ich habe keinen blassen Schimmer, wie ich hierhergekommen bin. Immerhin: Das Raumschiff wusste wohl schon vor mir, dass ich kommen würde. Überhaupt wussten es offenbar *alle* vor mir. Himmel, das ist so unwirklich. Natürlich fühle ich das Brummen, das vom Antrieb verursacht wird, unter meinen Füßen. Tatsächlich liebe ich diesen Antrieb, als Kind war ich ganz besessen davon – ich habe ihn sicher Hunderte Male gezeichnet und weiß genau, wie er funktioniert. Der EmDrive ist die beste und effizienteste Antriebskraft, aber davon will ich jetzt nicht anfangen, sonst höre ich nie wieder auf. Und das wäre merkwürdig, immerhin schreibe ich gerade ja nur mir selbst.

Ich weiß, dass ich in einem Lagerraum in einer großen Glasröhre aufgewacht bin, und ich kapiere, dass diese Sache hier echt ist. Meine Uniform hängt keine zwei Meter von mir entfernt im Schrank, mein Name ist mit Rot draufgestickt, verdammt. Aber ich *verstehe* es trotzdem nicht. Es ist einfach zu verrückt. Zwischen diesem Moment und meiner letzten Erinnerung sollten so viele andere Momente und Erinnerungen liegen, aber stattdessen ist alles schwarz. Nur mit Mühe und Not kann ich mich überhaupt noch daran erinnern, wie ich heiße. Ein Blick in den Spiegel hilft da jedenfalls nicht, ich sehe aus wie ein Teppich. Ich muss dringend Bart und Haare schneiden, damit ich mir wieder ähnlich sehe. Aber eins nach dem anderen. Jetzt werde ich erst mal erklären, was überhaupt passiert ist und warum ich so durch bin.

Ich bin heute zweimal aufgewacht, ohne zwischendurch eingeschlafen zu sein. Klingt komisch, ist aber so. Das allein wäre schon genug, einen zu verwirren. Die letzten Stunden waren wie einer dieser Träume, in denen man träumt, dass man aufwacht. Nur eben in der Realität. Weil mir die Situation unbekannt war und alles so chaotisch und gefährlich wirkte, dachte ich sofort, in einer Ausbildungssimulation zu stecken. Doch Kapitän Baker klärte mich darüber auf, dass wir uns keineswegs in einer Simulation befinden, sondern tatsächlich auf der Mission, für die wir ausgebildet wurden. Wir fliegen auf dem Raumschiff Mother in Richtung Keto, dem Planeten, auf dem wir eine Kolonie aufbauen sollen. Das ist es, worauf wir uns unser ganzes Leben lang vorbereitet haben. Darauf haben wir immer hingefiebert, es gibt nichts, worauf ich mich mehr gefreut habe. Trotzdem sitze ich jetzt hier und kämpfe mit der Übelkeit. Glücklich bin ich jedenfalls nicht, so viel kann ich schon mal sagen.

Zuerst konnte ich es nicht glauben. Und ich wollte es auch nicht. Alles kam mir so unwirklich vor, viel zu laut und zu hell. Ich meine, wie soll man sich denn bitte fühlen, wenn man drei Jahre geschlafen hat und plötzlich aufwacht und feststellen muss, dass man in einer gläsernen Konservendose feststeckt?

Dann das Alarmsignal, die Übelkeit, der Schwindel und der Stress, der von Fähnrich Langeloh verursacht wurde. Da sie direkt nach dem Erwachen völlig verrücktspielte, dachte ich, es wäre unsere Aufgabe, sie einzufangen und zu fixieren, was wir dann auch getan haben. Und als wir das erledigt hatten, wartete ich darauf, dass die Simulation anhält. So wie immer, dachte ich. Die Ausbilder würden uns unsere Noten geben, nachdem sie sich mit uns die Aufzeichnungen der Simulation noch einmal angesehen haben, dann ginge es weiter zur nächsten Stunde. Aber nichts geschah. Wir blieben auf der Mother, und als Kapitän Baker meinen Irrtum bemerkte, stellte sie es richtig. Oder sagen wir: Sie stellte mich vor vollendete Tatsachen. Mehr als das Nötigste wollte sie mir nicht sagen. Eigentlich weiß ich nur, dass ich mich tatsächlich auf der Mother befinde und wir das Schiff in Kürze auf dem Planeten landen müssen. Darüber hinaus weiß ich rein gar nichts, und ich muss gestehen, dass mich das wütend macht. Ich frage mich, was Sabine – das ist Fähnrich Langeloh – hat so ausrasten lassen. Sie war Zoë – das ist Kapitän Baker – gegenüber sehr aggressiv. Und mehr als das, sie schien Zoë regelrecht zu hassen. Es ist mir vollkommen schleierhaft, wie das passieren konnte, die beiden sind beste Freundinnen, solange ich denken kann. Sabine hat immer zu Zoë aufgesehen, und eigentlich ist sie gar nicht der Typ, andere so anzufahren.

Was zur Hölle hat Bine gesehen, dass sie Zoë jetzt hasst? Und wo hat sie es gesehen? Die beiden lagen in unterschiedlichen Glasröhren, ganze drei Jahre lang. Jedenfalls nach allem, was ich weiß, und das ist nicht besonders viel.

Dazu muss ich jetzt vielleicht noch erklären, dass Zoë und ich ein Paar sind. Schon seit Jahren, und ich liebe sie. Das tue ich wirklich. Für mich hat es nie eine Andere gegeben, obwohl an der Akademie eine Reihe hübscher Mädchen sind. Allerdings habe ich keine Ahnung, ob sie mich auch noch liebt. Denn ich weiß ganz genau, dass da noch jemand anderes ist. Ich habe gesehen, wie sie sich ihm an den Hals geworfen hat. So ein langhaariger Kerl mit dunkler Haut. Breit und muskulös und älter als wir. Wo der auf einmal herkam, würde ich ja auch gern mal wissen.

Aber das ist nicht das Einzige. Irgendwie ist sie nicht mehr so wie früher. Ich weiß nicht, wie ich es beschreiben soll. Zu Beginn habe ich mir ihr merkwürdiges Verhalten genau wie das von Sabine mit der Simulation erklärt. Aber jetzt weiß ich nicht mehr, was ich denken soll. Sie ist anders. Sie ist weiter weg. Mehr noch: Ich habe das Gefühl, sie ist nicht mehr sie selbst. Und wenn sie nicht mehr meine Zoë ist, wer ist sie dann, und kann ich sie dann überhaupt noch lieben? Ich hätte niemals gedacht, dass ich mir mal solche Gedanken machen müsste. So einen philosophischen Quatsch sondere ich für gewöhnlich nicht ab, mein Gehirn fühlt sich an wie einmal durch den Wolf gedreht. Die Gedanken verknoten sich ineinander, alles ist, als gäbe es weder Anfang noch Ende. Was früher noch sicher war, ist nun völlig unklar. Für mich war die ganze Zeit gesetzt: Zoë und ich sind zusammen, wir gehören zusammen, und das blieb auch so. Aber das war vor dem anderen Typen und diesem ganzen Scheiß hier.

Und Zoë verheimlicht mir so einiges, ohne

daraus einen Hehl zu machen. Sie könnte doch wenigstens so tun, als täte es ihr leid, doch den Eindruck habe ich gar nicht. Ich habe so viele Fragen, aber sie hat sich einfach geweigert, diese Fragen zu beantworten. Warum es keine Abschiedsparty gab und warum ich mich an den Start des Schiffs überhaupt nicht mehr erinnern kann, zum Beispiel. Auch hatte ich keine Ahnung, dass wir den Flug schlafend verbringen würden. Gut, das ist jetzt nicht unüblich, und ich bin auch nicht böse drum; was hätten wir denn drei Jahre hier auf dem Schiff so alles machen sollen? Das Entscheidende ist jedoch, dass ich keine Ahnung davon hatte! Nur deshalb war ich heute so schockiert. Ich war einfach nicht vorbereitet auf das alles. Und Zoë weiß, warum das so ist, möchte es mir aber nicht sagen. Meint, dass jetzt nicht der richtige Zeitpunkt dafür ist. Jetzt entscheidet sie also, wann der richtige Zeitpunkt für mich ist, zu erfahren, was ich wissen möchte. Als wäre ich ein Kleinkind und sie meine Mutter. Sehr sexy. Wenn ich nur daran denke, werde ich sauer. Dienstgrade haben in unserer Beziehung bisher doch auch keine Rolle gespielt, warum fängt sie ausgerechnet jetzt damit an, ihren Status raushängen zu lassen? Irgendwie erinnert sie mich an Dr. Jen, ihre strenge Ausbilderin, die ich immer nur Madame Eisenschenkel genannt habe (Dr.

Jen, falls Sie das lesen: Das war immer nur als Kompliment gemeint, ehrlich!). Sie ist genauso kühl und abweisend.

Früher hatten wir nie Geheimnisse voreinander. Sie hat mir alles erzählt, auch dann, wenn sie es eigentlich gar nicht durfte. Aber jetzt hält sie Abstand und sagt mir ins Gesicht, dass ich auf meine Erklärungen noch ein bisschen warten muss. Und zwar genau so lange, wie sie es für richtig hält. Überhaupt benimmt sie sich nicht gerade, als wären wir verlobt. Das sind wir aber, ich habe ihr an ihrem siebzehnten Geburtstag einen Antrag gemacht. An dem Tag hatten wir erfahren, dass wir beide die HOME-Mission leiten sollten. Ich war so stolz auf sie. Nicht *einmal* in der ganzen Zeit war ich neidisch, dass sie zur Kapitänsschülerin ernannt worden war und nicht ich. Eigentlich war es mir ganz recht, schließlich war sie immer diejenige von uns beiden gewesen, die gern gelernt hat. Ich bin mehr der Kämpfer, hänge gern mit meinen Jungs ab, trainiere mit Waffen. Das ist okay.

Nicht okay ist, wie sich Zoë gerade aufspielt. Sie würde jetzt vermutlich sagen, dass es daran liegt, dass die Mission offiziell begonnen hat und wir alle unsere Aufgaben zu erfüllen haben. Zoë sagt immer solche übervernünftigen Sachen. Bisher hat mich das nie gestört, im Gegenteil: Ich mochte es, dass sie immer weiß, wo es langgeht, doch jetzt macht es mich wahnsinnig. Das könnte daran liegen, dass sie früher für mich immer eine Ausnahme gemacht hat.

Vielleicht hat ja auch nicht sie sich verändert, sondern ich? Obwohl ich es nicht so gern zugebe: Das wäre auch eine Möglichkeit. Wenn ich bedenke, was der Schlaf mit Sabine gemacht hat, dann möchte ich lieber nicht darüber nachdenken, was er vielleicht bei mir verursacht haben könnte. Ich werde mich jetzt rasieren und dann auf die Brücke gehen, um bei der Landung zu helfen. Denn nur, weil ich sauer bin, heißt das noch lange nicht, dass ich uns abstürzen lassen will. So blöd bin ich nicht. Auch wenn unser Kapitän das zu glauben scheint. Ich fiebere jedenfalls dem Moment entgegen, in dem Connor und Nick aufwachen. Denn irgendwie fühle ich mich ohne meine beiden besten Freunde so verwundbar. Ich bin gespannt, was sie über diese ganze Sache hier denken.

So, jetzt mache ich Schluss. Sonst bekomme ich noch Ärger mit dem Kapitän.

VIII

Wenn Schweigen eine olympische Disziplin wäre, hätten Jonah und ich eine Goldmedaille mit Auszeichnung verdient. Seit über einer Stunde standen wir auf der Brücke, drückten ab und an ein paar Knöpfe, kontrollierten Position und Geschwindigkeit und starrten ansonsten ins schwarze All hinaus, ohne auch nur ein Wort miteinander zu wechseln. Es machte mich traurig, doch ich hatte Angst, dass alles, was ich sagen konnte, einfach nur falsch wäre. Dass Jonah schwieg, erstaunte mich einigermaßen. Normalerweise war er durch nichts und niemanden zum Schweigen zu bringen und gerade jetzt mussten ihm Tausende Fragen auf der Seele lasten. Ich an seiner Stelle würde mich wahrscheinlich geradezu bombardieren. Vorsichtig warf ich einen flüchtigen Blick schräg hinter mich zu Jonahs Pult. Er war noch immer unglaublich wütend und versuchte, sich einen Reim auf alles zu machen, was er gesehen und erfahren hatte, seit er aufgewacht war. Es fiel ihm nicht gerade leicht, das war deutlich zu sehen. Seine Wangenmuskeln arbeiteten angestrengt unter der mittlerweile wieder glatt rasierten Haut; hin und wieder zupfte er mit den Fingern an seiner Unterlippe herum.

Doch nur durch nachdenkliches Schweigen würde er keine Antworten finden.

Natürlich konnte ich ihm seine Wut nicht verdenken, dennoch hatte ich ein schweres Herz, wenn ich daran dachte, wie es hätte sein können, wenn die Dinge anders gelaufen wären. Wie ich mir diesen Tag, diese Stunden immer vorgestellt und ausgemalt hatte. Wie Jonah und ich es uns gemeinsam immer wieder ausgemalt hatten, wenn wir vor der Akademie auf der Wiese lagen – eine Wiese, die so niemals existiert hatte.

Dank eines neuronalen Interfaces hatten unsere Finger Grashalme gespürt, wo keine gewesen waren, hatten Blumen gerochen und Bienen summen hören, obwohl es in Berlin, wo sich unsere Körper aufgehalten hatten, schon lange keine Grashalme, Blumen oder Bienen mehr gab. Weil das Wasser hierzu fehlte. Seit vielen Jahren schon.

Keine Ahnung, ob ich es jemals schaffen würde, Jonah davon zu erzählen.

Die Brücke war so leer und schrecklich still. Nur das sanfte Brummen der Motoren umgab uns – ein Geräusch, das ich kaum noch wahrnahm. Umringt von unseren Freunden hatten wir auf der Brücke stehen wollen, dachte ich bitter. Jonah mit seinen beiden besten Freunden Connor und Nick. Ich mit Sabine, Imogene und Katy. Voller Hoffnung, Aufregung und Vorfreude. Voller Überzeugung, das Richtige zu tun. Voller Pläne für die Augenblicke nach der Landung. Und nun waren es nur wir beide. Zwei Menschen, die sich für unzertrennlich gehalten hatten. Schweigend wie zwei Eisblöcke, allein im weiten All. Ohne den Hauch eines Plans. Die Landung auf Keto hatte einer der Höhepunkte unserer Liebe werden sollen, doch nun sah es eher nach dem Tiefpunkt aus. Und ich hatte keine Ahnung, wie wir da wieder rauskommen sollten. Ich kam mir unendlich dumm vor, weil ich gedacht hatte, nichts und niemand wäre in der Lage, unsere Liebe ins Wanken zu bringen. Jahrelang hatte ich tatsächlich geglaubt, Jonah und ich seien gegen alle Widrigkeiten gefeit, einfach nur, weil wir einander so sehr liebten. Weil wir das Vorzeigepaar gewesen waren, die Auserwählten für diese spezielle, hochwichtige Mission. Weil wir selten gestritten und nicht miteinander konkurriert hatten. Nun wusste ich, dass jede Blase einmal platzen konnte.

Jonah, der Mensch, der mir immer am nächsten gewesen war, stand keine fünf Schritte von mir entfernt an seinem Kontrollpult, und doch hätte er genauso gut auch auf dem Mond stehen können. Ich hatte das Gefühl, dass ich ihn niemals mehr würde erreichen können.

»Was ist denn bloß los mit dir?«, fragte Jonah in die Stille hinein. Mir fiel keine passende Antwort ein, deshalb sagte ich nichts. Natürlich war das dumm, vielleicht auch ein bisschen kindisch, doch mir fielen tausend Antworten auf diese Frage ein und gleichzeitig keine einzige.

Er betrachtete mich eine Weile abwartend, dann ließ er die Schultern hängen. »Ich wünschte, du würdest mit mir reden, Zoë. Du lässt mich hier völlig in der Luft hängen, weißt du? Kannst du mir nicht einfach sagen, was hier läuft?«

Ich straffte die Schultern. Nein, das konnte ich natürlich nicht. Jonah hatte keine Ahnung, wie kompliziert die ganze Sache eigentlich war. Aber das konnte ich ihm auch nicht sagen. Ich konnte überhaupt nichts sagen, mein Mund war wie zugekleistert. Dabei waren wir uns einmal so vertraut gewesen, verflucht.

»Moment mal...«, murmelte Jonah nun. Er klang nervös. »Erinnerst du dich noch an das komische Flackern?«, fragte er. »Als du und dieser Typ...« Er ließ den Satz in der Luft hängen, als wollte er, dass ich das passende Wort einfügte, doch diesen Gefallen tat ich ihm nicht.

»Sein Name ist Kip«, sagte ich stattdessen ruhig. »Er ist ein Freund.«

»Also erinnerst du dich?«

»Ja«, bestätigte ich vorsichtig. »Ich erinnere mich daran.«

»Was ist danach passiert?«, fragte Jonah, und ich konnte genau hören, dass in seinem Kopf ein paar Steinchen an ihren Platz gefallen waren.

»Ich weiß es nicht«, antwortete ich wahrheitsgemäß.

»Ich auch nicht!«, rief Jonah aus.

Ich drehte mich zu ihm um. »Nach diesem Tag habe ich überhaupt keine Erinnerung mehr an die Akademie. Wir hatten eigentlich noch knapp drei Jahre Ausbildung vor uns. Aber was mich betrifft, habe ich diese Ausbildung nicht erhalten.«

»Scheiße.«.

Ich nickte. »Und jetzt mache ich mir Sorgen, weil ich befürchte, dass wir noch lange nicht alles gelernt haben, was wir brauchen, um diese Mission zu überstehen.«

Jonah stöhnte und legte den Kopf in den Nacken. »Das wäre eine Katastrophe!«

Ich nickte leicht. »Ja, das wäre es. Und es hilft nicht, dass keiner von uns seine Ausbildung beendet hat.«

Jonah rieb sich so fest über den Kopf, dass er die Kopfhaut hin und her schob. Ein bisschen sah es aus, als wollte er eine Tischdecke zurechtrücken.

»Und was machen wir jetzt?« Er riss an seinen recht langen Haaren, und ich musste mir auf die Zunge beißen, um ihn nicht zu tadeln. Früher hatte ich ihn wegen allem Möglichen getadelt oder geneckt und ihm hatte es nie etwas ausgemacht. Doch die Leichtigkeit, die ich an Jonah immer so geliebt hatte, war in dem Moment verschwunden, als er begriffen hatte, dass wir uns nicht in einer Simulation befanden.

»Wir landen das Schiff«, sagte ich bestimmt. »Etwas anderes bleibt uns sowieso nicht übrig.«

»Vermutlich nicht.« Jonahs Stimme hatte einen bitteren Unterton angenommen. So ernst hatte ich ihn noch nie zuvor erlebt. Der Blick, den er mir schenkte, erinnerte mich an Tom. Nachdem ich die Angreiferin, die sich später als Dr. Jen entpuppt hatte, bezwungen hatte, hatte mein Bruder mich genau so angesehen: mit einer Mischung aus Misstrauen und Missfallen. Als hätte ich ihn verraten und verkauft. Liebe suchte ich in Jonahs Augen vergeblich.

Da lenkte ich den Blick doch lieber wieder auf den großen Bildschirm vor mir, der unsere Position in Relation zum Planeten anzeigte. Mittlerweile waren es noch weniger als zwei Stunden bis zur Landung und allmählich müsste Keto in Sichtweite kommen.

Ich stand auf und ging an die große Fensterscheibe, die freie Sicht gewährleistete.

»Was machst du denn da?«, schimpfte Jonah. »Du darfst doch jetzt nicht deinen Posten verlassen!«

»Seit wann interessierst du dich denn für Regeln?«, gab ich zurück, während meine Augen den Weltraum um uns herum absuchten. Jonah schnaubte, doch er entgegnete nichts, und kurz darauf merkte ich, dass er neben mich getreten war. Ich fühlte die Wärme, die von seinem Körper ausging, obwohl wir einander nicht berührten. Er war schon immer eine Heizung auf zwei Beinen gewesen. Einer, der selbst im Winter kurze Ärmel trug. Mir wurde schlagartig bewusst, dass ich früher ganz selbstverständlich die Hand nach ihm ausgestreckt hätte, in dem festen Wissen, dass er sie ergreifen würde. Doch nun traute ich mich genau das nicht mehr. Es war mir schier unmöglich, meine Hand in seine Richtung auszustrecken, in meinem gesamten rechten Arm herrschte Befehlsverweigerung. Er kam mir tonnenschwer vor.

Unsere Hände hingen schlaff nebeneinander – ich müsste nur den kleinen Finger ausstrecken, um seinen Handrücken zu berühren – und dasselbe galt für ihn. Ob er wohl gerade auch darüber nachdachte?

»Hast du es dir so vorgestellt?«, fragte er leise, und ich hörte den alten Jonah durch die Bitterkeit hindurch. Wahrscheinlich hatte er sich selbst gerade daran erinnert, wie wir gemeinsam im Gras gelegen und genau von diesem Augenblick geträumt hatten.

»Du weißt, dass ich das nicht habe«, antwortete ich, und meine Stimme klang brüchig. »Alles ist anders.«

Jonah lächelte leicht. »Ja, das haben wir uns definitiv schöner vorgestellt.«

»Mit Pomp und Gloria und ganz viel Konfetti. Ich hatte mir vorgestellt, glücklich und aufgeregt zu sein. Und dass die anderen bei uns wären. Connor, Nick und Bine.« Nun brach meine Stimme doch und ich schniefte. »Du weißt schon«, stieß ich noch hervor, bevor ich schluchzen musste und mir sehr unelegant mit dem goldbestickten Ärmel meiner Uniform die Tränen aus dem Gesicht wischte. Spätestens jetzt wäre der Augenblick gewesen, mich in den Arm zu nehmen und zu trösten. Er war mein Verlobter, es war sein Job, meine Tränen zu trocknen. Doch er blieb wie angewurzelt stehen.

»Ich weiß«, murmelte Jonah. »Auch wenn ich sonst eigentlich nichts mehr weiß.«

»Tut mir leid«, murmelte ich.

»Okay. Das weiß ich auch.«

Ich musste lächeln. Er bewegte sich zwar nicht vom Fleck, aber dennoch kam er auf mich zu. Indem er mit mir sprach, sich sogar an kleinen Witzen versuchte. Eine Sache, die mir noch nie wirklich leichtgefallen war. Er folgte seinen Gefühlen und dachte nicht viel nach. Jonah war ein Mensch, der leicht sauer wurde und genauso leicht wieder verzieh. Vielleicht konnte er mir ja ebenfalls verzeihen. Auch wenn ich ihn auf viele verschiedene Weisen betrogen hatte und noch betrügen würde. Die ganzen Lügen, die ich noch vor mir hatte, standen wie eine Wand in meinem Herzen und verdarben den Blick auf die Zukunft.

»Es gibt eine Sache, die besser ist, als ich sie mir vorgestellt habe.«

»Die Duschen?«, bot Jonah an, und ich lachte laut auf. Flüchtig sah ich zur Seite und bemerkte das Schmunzeln, das in seinem Gesicht stand.

»Stimmt«, sagte ich. »Die Duschen.«

Ich knuffte ihn in die Seite und er knuffte zurück.

»Die Sterne, du Blödmann.«

»Ach, die Sterne!«, sagte Jonah und tat dabei so, als sähe er zum ersten Mal überhaupt richtig hin. »Ja, stimmt. Die sind auch nicht schlecht. Aber die Duschen sind besser.«

Ich lachte erneut und ließ meinen Blick über die Sterne wandern. Dabei blieben meine Augen an einem kleinen, matt glänzenden Punkt haften, der direkt vor uns lag, aber noch unendlich weit weg zu sein schien. Ich kniff die Augen zusammen und konzentrierte mich. Das war kein Stern, so viel war sicher.

Aufgeregt zupfte ich Jonah am Ärmel und deutete mit dem Kopf in Richtung des Punkts. Jonah schnappte nach Luft. »Meinst du, das ist …?«

»Keto«, flüsterte ich nickend, während der Punkt größer und größer wurde. »Er muss es sein. In unserem Radius befinden sich sonst nur Sterne.«

»Wow«, flüsterte Jonah, und ich musste schmunzeln, weil er manchmal doch genau die richtigen Worte fand. Mein Herz war voll mit Aufregung und Angst, Vorfreude und einem Gefühl heilloser Überforderung. In diesem Moment begriff ich, dass es das Schicksal gab. Denn dieser kleine Punkt, der sich immer deutlicher vor uns abzeichnete, war mein Schicksal. Völlig egal, was mich dort erwartete, es war unumgänglich. Der Grund, warum ich überhaupt noch am Leben war. Der Grund für eigentlich alles.

Vor uns lag unser neues Zuhause. Wir hatten nicht darum gebeten und hatten es uns nicht ausgesucht. Außerdem hatten wir die gesamte Anreise verschlafen. Aber vor uns lag der Grund für alles, was bisher geschehen war. Für alles, was ich, meine Familie und meine Freunde hatten erdulden müssen. Der einzige erdähnliche Planet, auf dem Leben für möglich gehalten wurde.

»Hope of mother earth«, murmelte ich.

»Wie bitte?«

»HOME«, sagte ich, und ich fühlte, wie etwas in meiner Brust verrutschte. »HOME steht für ›Hope of mother earth!‹«

»Stimmt«, sagte Jonah und lachte leicht. »Das hatte ich völlig vergessen.«

Ja, dachte ich. Ich auch.

Ich fühlte Angst und Sehnsucht, Trauer und Freude, Hoffnung und Panik. Alles gleichzeitig, während das Raumschiff unbeirrbar meinem Schicksalsplaneten entgegenflog.

Allmählich konnten wir Keto besser erkennen. Seine Struktur wurde sichtbar, und wir erblickten die Sonne, die er umkreiste, sowie die zwei Monde, die sich wiederum um ihn herumbewegten. Ich musste lächeln, weil unser neuer Heimatplanet so wunderschön aussah. Fremd und vertraut zugleich.

»Sag mal, siehst du, was ich sehe?«, fragte Jonah, und ich nickte, während ich die Tränen wegblinzelte, die mir in die Augen stiegen. Diesmal nicht vor Wut oder Trauer, sondern einfach, weil ich vollkommen überwältigt war von dem, was ich gerade sah. Ich hatte Angst und gleichzeitig war ich glücklich.

»Ja«, sagte ich leise. »Er ist grün.«

Ich hätte ewig am Fenster stehen bleiben und starren können. Dieser unwirklich schöne, grüne Planet, der nun immer besser zu sehen war, sollte unsere neue Heimat werden. Meine Augen konnten sich nicht sattsehen an all der fremden Schönheit, ich fühlte mich wie hypnotisiert. Je näher wir kamen, desto besser konnten wir erkennen, dass Keto von einer Atmosphäre und einer intakten Wolkenstruktur umgeben war. Das war ein wirklich gutes Zeichen. Für Regen und Luft war schon mal gesorgt. Dass es einen Planeten gab, der unserer Erde dermaßen ähnlich war, hatte lange Zeit als unmöglich gegolten. Wunder pflegen eigentlich nicht zweimal zu passieren. Und doch. Keto war eine zweite Chance für die Menschheit, die wir uns ganz sicher nicht verdient hatten.

»Schiff zur Landung vorbereiten«, sagte die Computerstimme, und ich zuckte zusammen. Was hätte ich darum gegeben, mich vor dem Panorama-Fenster auf den Boden setzen und einfach nur schauen zu dürfen? In diesem Augenblick hatte ich das Gefühl, keine weiteren Wünsche an das Leben zu haben. Ich wusste ja nicht mal, ob ich, wenn ich einmal gelandet war, Keto jemals wieder von oben würde betrachten dürfen. Doch es half nichts.

Widerwillig riss ich mich los und nahm meinen Platz am Kontrollpult wieder ein. Eigentlich hatte ich gar nicht viel zu tun. Das Autopilotprogramm des Schiffs war so eingestellt, dass es einen geeigneten Platz für unsere Landung suchen und ohne menschliches Zutun landen konnte. Ich musste lediglich eingreifen, wenn etwas schiefging. Mittlerweile waren wir so dicht am Planeten, dass man Flüsse und Seen erkennen konnte, die türkis zwischen den sattgrünen Bäumen schimmerten.

Keto war viel kleiner als die Erde, gerade mal ein Hundertstel so groß, dennoch würde es Jahre dauern, bis wir alles erforscht hatten. Vielleicht würden wir es in unserem Leben gar nicht schaffen, alles zu erfassen. Diese Vorstellung machte mich jetzt schon traurig.

Je näher wir der Oberfläche kamen, desto nervöser wurde ich. Von hier oben war bis auf die Gewässer keine Lücke im dichten Grün zu erkennen, somit würde es schwierig sein, einen Platz zur Landung zu finden.

»Bereit machen zum Atmosphäreneintritt«, sagte die Computerstimme, und augenblicklich begann mein Herz, wie wild in meiner Brust zu hämmern. Jetzt wurde es wirklich ernst. Mit wachsender Aufregung kontrollierte ich, ob der Eintrittswinkel richtig berechnet worden war. Natürlich war er das, doch die Überprüfung gab mir das Gefühl, alles im Griff zu haben. Und das, obwohl ich eigentlich überhaupt nichts im Griff hatte. Der Atmosphäreneintritt war einer der kritischsten Punkte überhaupt. Schon in der Akademie hatte ich mich immer ein wenig vor diesem Teil der Landung gefürchtet, weil die Außenhaut des Schiffs so entsetzlich heiß wurde. Wenn irgendwo ein unentdecktes Leck in der Mother bestand, dann konnte das böse ins Auge gehen. Viele Menschen hatten in der Geschichte der Raumfahrt ihr Leben beim Atmosphäreneintritt verloren.

Ich wusste, dass diese Zeiten lange vorbei waren, dass die Mother auf dem höchsten Stand der Technik war, und ich hatte den Zustand der Außenhaut vorher gründlich gecheckt. Eigentlich dürfte nichts passieren. Dennoch fühlte ich, wie ich panisch und mein Atem heftiger wurde, während ich mich in meinem Sessel niederließ und mit zittrigen Fingern nach den Anschnallgurten griff, die ich um meine Knöchel, meine Oberschenkel, den Bauch und die Brust schließen musste.

»Zustand der Hitzeschilde überprüfen!«, sagte ich.

»Hitzeschilde intakt und in Position«, kam die prompte Antwort des Computers, die mich ein wenig beruhigen konnte.

Ich blickte zu Jonah hinüber, der gerade seinen letzten Anschnallgurt über der Brust schloss. Er sah völlig entspannt aus. Jonah hatte immer volles Vertrauen in die Technik gehabt und neigte nicht dazu, sich allzu große Sorgen zu machen. Im Gegensatz zu mir. Ich machte mir eigentlich immer über irgendwas Sorgen. Und seit meinem Aufenthalt in Berlin hatte sich das nur noch verschlimmert. Ein Schmerz durchzuckte mich weil ich daran dachte, was ich alles dafür geben würde, jetzt wieder auf der Erde und nicht auf einem kleinen, grünen Planeten zu landen, auf dem es keine anderen Menschen gab. Völlig egal, wie die Erde mittlerweile aussah. Und wenn sie nur noch eine staubtrockene Wüste mit tiefen Kratern wäre – ich hätte sie der Fremde und den Lügen jederzeit vorgezogen.

»Countdown anzeigen«, befahl ich, und auf dem integrierten Bildschirmfenster erschienen die Worte: Eintritt in 15 Minuten und 30 Sekunden. 29. 28. 27.

Die Zeit verging zu langsam und zu schnell. Meine Finger krallten sich in die Armlehnen meines Sessels, während meine Augen den Sekunden beim Verrinnen zusahen. Mittlerweile füllte Keto beinahe das gesamte Panoramafenster aus. Wir waren noch Hunderte Kilometer von der Oberfläche entfernt – und doch nur noch wenige Minuten. Mein Atem ging flach und viel zu schnell. Ich konnte einfach nicht aufhören, mir vorzustellen gleich in diesem Schiff zu verbrennen. Oder kurz darauf mit voller Wucht auf die Oberfläche von Keto zu krachen. Jonah beobachtete mich, das spürte ich genau, doch ich brachte es nicht über mich, ihn jetzt anzusehen. Ich wollte nicht, dass er wusste, wie sehr ich gerade litt.

»Sollen wir vielleicht was singen?«, fragte er.

Ungläubig schüttelte ich den Kopf. »Wie kommst du denn jetzt darauf?«

»Man kann nicht gleichzeitig singen und Angst haben, wusstest du das?«

»Nein, das wusste ich nicht.«

»Deshalb singen Kinder, wenn sie in dunkle Keller geschickt werden. Soldaten summen oder pfeifen, wenn sie in die Schlacht ziehen, Frauen singen, wenn die Geburtswehen einsetzen. Es vertreibt die dunklen Gedanken.«

Mit einem Schlag erinnerte ich mich an meine frühe Kindheit. Dachte daran, dass Angst meine gesamte Welt beherrscht hatte, als ich als kleines Mädchen in dem riesigen Schlafsaal der Akademie unter der Decke gelegen hatte. Manchmal hatte ich sie mir über den Kopf gezogen und leise vor mich hin gesungen, um mich zu beruhigen.

Noch zwei Minuten bis zum Eintritt. Jonah beobachtete mich immer noch; mittlerweile hob und senkte sich meine Brust so schnell, dass es wirkte, als hätte ich ein hartes Lauftraining hinter mir. Ich wünschte so, ich könnte laufen. Meiner Angst und meinen Sorgen einfach davonlaufen. Doch stattdessen saß ich gefangen auf der Brücke des Raumschiffs.

»Sollen wir es mal versuchen?« Jonah klang allmählich ernsthaft besorgt und ich konnte es ihm nicht verdenken. Wahrscheinlich sah ich mittlerweile aus, als hätte ich etwas Giftiges gegessen. Meine Angst stand mir immer ins Gesicht geschrieben, auch wenn ich sonst recht gut darin war, meine Gefühle zu verbergen. Bei Panik verließen mich meine Schauspielkünste. Ich nickte knapp. Was konnte es schaden?

Jonah holte tief Luft. »Alle meine Entchen schwimmen auf dem See, schwimmen auf dem See«, sang er aus voller Kehle.

Meine Lippen indes waren wie zugeklebt. Alles an mir war irgendwie zugeklebt.

»Du musst mitmachen, Zö, sonst bringt das nichts!«, rief er. Mittlerweile war der Geräuschpegel auf der Brücke merklich gestiegen. Ein Teil des Raumschiffs kam wohl schon mit den äußeren Schichten der Atmosphäre in Kontakt. »Na los!«

Ich holte tief Luft und kniff die Augen zusammen. »Alle meine Entchen, schwimmen auf dem See, schwimmen auf dem See!«, brüllten wir gemeinsam über das Getöse hinweg, das um uns herum immer lauter wurde. Die Mother fing an zu zittern und zu wackeln. Als ich einen Blick riskierte, sah ich, dass alle Lichter auf der Brücke ausgegangen waren, während das Raumschiff selbst von Licht umgeben war.

Besser gesagt: Wir waren das Licht. Die Hitze, die durch den Eintritt an der Außenhaut des Schiffs entstand, ließ es wie eine riesige Sternschnuppe wirken. Auf der Nachtseite des Planeten waren wir gerade als leuchtender Komet zu sehen. Nur dass sich die wilden Tiere, die Keto wahrscheinlich als Einzige bevölkerten, dafür nicht im Geringsten interessieren dürften.

Ich schloss die Augen wieder und sang weiter, versuchte zu ignorieren, dass die Temperatur auf der Brücke merklich gestiegen war, und ertappte mich bei dem Gedanken, dass ein Teil von mir sogar dankbar wäre, wenn bei dem Eintritt etwas schiefging. Wenn Jonah und ich selbst zu Sternschnuppen würden, die singend ihren Weg in die Ewigkeit antraten. Es hätte so vieles leichter gemacht.

IX

Der Krach um uns herum erreichte schließlich seinen Höhepunkt und ich konnte uns nicht mehr singen hören. Das Tosen und Rauschen war überall, Schweiß lief von meiner Stirn, und meine Finger taten weh, weil sie sich mit aller Macht in meine Armlehne gruben. Doch das hielt mich nicht davon ab, aus voller Kehle gegen das Getöse anzubrüllen. Denn Jonah hatte recht: Singen half tatsächlich ein wenig gegen die Angst. Ich hatte kein Gefühl mehr für Zeit und Raum, mir war, als wäre ich in einen Strudel geraten, der mich irgendwo am anderen Ende des Weltalls wieder ausspucken würde. Die Kraft, die an der Mother zerrte, war für mich nur allzu deutlich zu spüren. Ich fragte mich, ob wohl gerade in diesem Augenblick ein paar Tiere auf Keto die Köpfe reckten und sich über den merkwürdigen Kometen am Himmel wunderten.

Und dann, endlich, wurde es ruhig um uns. Die Lichter auf der Brücke gingen wieder an, und ich fühlte bereits nach wenigen Sekunden, wie die Luft in dem großen Raum heruntergekühlt wurde. Langsam und vorsichtig öffnete ich die Augen. Ein helles »Pling« ertönte und die Computerstimme sagte: »Eintritt erfolgreich. Willkommen auf Keto. Uhrzeit:

11:30 Uhr. Temperatur: 38 Grad Celsius. Wassertemperatur: 28 Grad Celsius. Luftfeuchtigkeit: 68 %.« Neben mir hörte ich Jonah laut auflachen. Ich drehte den Kopf und sah ihm an, dass auch er erleichtert war, dass wir den Eintritt nun hinter uns hatten. Was mich zu gleichen Teilen beruhigte und überraschte.

Beinahe synchron lösten wir die Gurte, die unsere Körper während der ruckeligen vergangenen Minuten gesichert hatten. Ich ging zu meinem Computer und vergewisserte mich, dass das Programm zur Landung des Schiffs noch immer vorschriftsmäßig lief und keine Störungsmeldungen vorlagen. Dann trat ich neben Jonah, der bereits am Panoramafenster stand.

Unsere Blicke glitten über Kilometer und Kilometer sattes Urwaldgrün. Riesige Palmen und die verschiedensten hohen Bäume standen dicht an dicht, man konnte in der gleißenden Sonne hier und da Wasser in Flüssen und Seen glitzern sehen. Ansonsten war alles komplett von Bäumen bedeckt. Keine Lichtungen, keine Sandflächen. Nichts. Das war natürlich nicht weiter verwunderlich, da der Mensch hier noch nie eingegriffen hatte. Niemand hatte den Urwald gerodet, niemand hatte Felder oder Wiesen angelegt, um der Erde Nahrung abzutrotzen. Keto war ein einziger Wildwuchs.

Das Schiff sank langsam in Richtung Oberfläche, und ich erschrak ein wenig, als ich an einem See eine Ansammlung dicker schwarzer Punkte erblickte. Ich zeigte darauf und fragte: »Was das wohl ist?«

Jonah zuckte mit den Schultern. »Keine Ahnung. Irgendwelche Tiere.« Er kniff die Augen zusammen. »Auf jeden Fall sind sie sehr groß!«

Ich schluckte. Ja, das mussten sie sein. Sie hoben sich nur allzu deutlich von der restlichen Umgebung ab. Etwas anderes konnte es jedenfalls nicht sein, da sich die Punkte vereinzelt hin und her bewegten.

Wir flogen eine ganze Weile über die Bäume des gewaltigen Dschungels, ohne dass meine Augen irgendwelche Besonderheiten erspähen konnten. Dieser Planet, so dachte ich, war Jahrhunderte, vielleicht sogar schon Jahrtausende alt. Die Tiere und Pflanzen hatten sich ungestört entwickelt, waren gewachsen und gewuchert, hatten jeden Zentimeter von Keto zu ihrem Königreich gemacht. Und jetzt kamen wir. Einfach so, aus heiterem Himmel, um diese gewachsene Dschungelwelt zu stören. Vierzehn junge Erwachsene in einem Luxusraumschiff. Mit Hunderten Konservendosen. Kopfschüttelnd dachte ich daran, wie absurd das Ganze eigentlich war. Jedenfalls würde unsere Ankunft der Tierwelt auf Keto ganz sicher nicht gefallen.

Voller Unbehagen dachte ich an all die furchtbaren Mischwesen, gegen die wir in den Simulationen auf der Akademie gekämpft hatten. Riesige Schweine, Elefanten mit vier oder mehr Stoßzähnen, pfeilschnelle Raubkatzen, giftige Schlangen mit mehreren Köpfen.

Uns war immer gesagt worden, dass die besten Wissenschaftler die Simulationen nach Wahrscheinlichkeiten konzipiert hatten. Immer und immer wieder waren wir auf den Dschungel vorbereitet worden, weil er das wahrscheinlichste Szenario war. Nun, in diesem Punkt hatten sie recht behalten.

Ich wollte mich beruhigen und sagte mir, dass wir wenigstens niemals Probleme haben würden, genug Trinkwasser zu finden. Immerhin war Trinkwasser eines der kostbarsten Güter und absolut überlebenswichtig. Spätestens in Berlin hatte ich gelernt, was es bedeutete, wenn es kein Wasser gab. Allerdings würden wir es bei diesen unmenschlichen Temperaturen auch brauchen. Und auch die Pflanzenwelt war sicherlich großzügig auf diesem Planeten. Bestimmt wuchsen hier Bäume mit süßen Früchten, essbare Kräuter und Wurzeln. Beim Gedanken an reife Bananen und Kokosnüsse lief mir das Wasser im Mund zusammen. Vielleicht hatten wir ja Glück und fanden ein paar essbare und schmackhafte Früchte. Auch wenn es sehr unwahrscheinlich war, dass sich hier die gleichen Arten entwickelt hatten wie auf der Erde. Zumindest konnte man für die Zukunft uns bekannte Bäume und Sträucher anpflanzen. Alles Tropische müsste hier ganz wunderbar gedeihen. Ich hatte entsprechendes Saatgut im Laderaum entdeckt.

»Hey, was ist das denn?«, rief Jonah plötzlich aus, und ich zuckte zusammen. Wie so oft waren meine Gedanken irgendwie weggedriftet.

»Was denn?«, fragte ich.

»Na das!« Er zeigte auf irgendeine Stelle im Dschungel, doch ich wusste erst nicht, was er meinte. Überall war grün. Einfach nur grün.

»Siehst du dieses quadratische Ding nicht?«

Ich kniff die Augen zusammen und folgte seinem Finger. Tatsächlich hob sich ein dunkelbraunes, fast quadratisches Etwas vom undurchdringlichen Blättergrün ab.

Sofort rannte ich zu meinem Computer und aktivierte die Unterbordkameras. Es gelang mir, einige Fotos von dem Ding zu machen, während wir direkt darüber hinwegflogen.

»Computer. Analyse des Fotomaterials«, sagte ich, und das Herz klopfte mir bis zum Hals. Man konnte auf dem Bild zwar nicht viel erkennen, aber für mich sah das Ding, was auch immer es war, unnatürlich aus. Nicht wie etwas, das in einem Dschungel gewachsen war. Dafür war es eindeutig zu eckig.

Jonah war hinter mich getreten und starrte auf das Bild. »Es sieht irgendwie ...«

»Es sieht nach einem Haus aus«, fiel ich ihm ins Wort.

Normalerweise wäre ein Haus oder eine Hütte, selbst mitten im Dschungel, nichts allzu Besonderes. Kaum der Rede wert. Jedenfalls auf der Erde nicht. Hier jedoch wäre es ein Ding der Unmöglichkeit.

»Zehn mal zehn Meter große Holzstruktur«, lautete kurz darauf die Analyse des Computers.

»Gewachsen oder konstruiert?«, fragte ich und fühlte, wie meine Finger anfingen zu schwitzen.

»Konstruiert. Kein natürlicher Ursprung«, antwortete der Computer.

Kein natürlicher Ursprung. Jonah und ich blickten einander an. Er schluckte trocken. Das konnte ich daran sehen, dass sein Adamsapfel im Hals auf und ab hüpfte. Außerdem hörte ich es. Er fuhr sich mit den Fingern durch die Haare, ich biss mir vor Nervosität auf der Unterlippe herum. Was hatte es zu bedeuten, dass sich auf Keto, einem eigentlich unbewohnten Planeten, eine Holzkonstruktion befand?

Meine Augen waren auf den Bildschirm geheftet, der nach wie vor zeigte, was die Kameras an der Unterseite des Schiffs gerade sahen.

Ich tippte auf »Videoaufzeichnung starten«.

Dann sagte ich: »Computer. Landeanflug unterbrechen.«

»Verstanden«, kam die prompte Antwort. »Landeanflug wurde unterbrochen. Systeme werden auf manuell umgestellt.«

»Was machst du?«, fragte Jonah ungehalten. »Wir müssen doch da runter!«

Ich schüttelte den Kopf. »Nicht bevor wir wissen, was uns auf der Oberfläche erwartet. Wir sind drei Jahre geflogen, die Zeit haben wir auch noch.«

»Aye, Kapitän«, sagte Jonah und wandte sich ab.

Ich wollte kein Risiko eingehen. Allein die Existenz dieser quadratischen kleinen Hütte zeigte mir, dass wir nichts über den Planeten wussten, auf dem wir im Begriff waren zu landen. Es war töricht, die Dinge jetzt zu überstürzen. Und wenn auch nur die kleinste Möglichkeit bestand, dass sich neben Tieren auch andere, höher entwickelte Lebewesen auf diesem Planeten befanden, mussten wir ganz besonders vorsichtig vorgehen. Bei dem Gedanken an menschenähnliche Wesen, die in einem amazonasartigen Riesendschungel Hütten bauten, stellten sich die Härchen auf meinen Armen auf.

»Wir haben sowieso noch keinen geeigneten Landeplatz gefunden«, gab ich zu bedenken. »Ich würde ungern den halben Dschungel zerstören.«

»Hm«, machte Jonah.

»Bis auf hundert Meter sinken und dann die Höhe halten«; befahl ich. »Alle fünfhundert Meter Temperatur und Luftfeuchtigkeit aufzeichnen.«

Ich ließ mich ein wenig im Sessel zurücksinken und verschränkte die Arme. »Wenn wir auf hundert Meter gesunken sind, Wärmebildkamera einschalten.«

»Glaubst du wirklich ...?«, fragte Jonah und ließ das Ende der Frage absichtlich in der Luft hängen.

Ich konnte ihn gut verstehen. Alles wurde realer, wenn man bereit war, es auszusprechen. Auch das Unmögliche. Ich schluckte.

»Wir haben keine Ahnung, was da unten alles sein könnte. Und ich weiß nicht, wie es dir geht, aber ich glaube nicht, dass ein vierköpfiger Elefant diese Hütte gebaut hat.«

Jonah schnaubte und schüttelte den Kopf. »Das nicht. Aber die Professoren haben immer und immer wieder betont, dass der Planet, auf den sie uns schicken, mit Sicherheit unbewohnt ist.«

Ich lachte bitter. Um ein Haar hätte ich Jonah entgegengeschleudert, dass man mit den Dingen, die sie uns auf der Akademie verheimlicht oder über die sie uns belogen hatten, ganze Bücher füllen konnte, doch ich hielt mich im letzten Augenblick zurück. Stattdessen sagte ich: »Nun, wir sind die Ersten hier. Vor uns ist noch niemand nach Keto gereist. Wie sollten sie es zu hundert Prozent wissen?«

Jonah setzte sich und tippte auf seinem Bildschirm herum. Aus dem Augenwinkel sah ich, dass er die Informationen aufrief, die es auf der Erde zu Keto gab. Nach einer Weile tippte er auf den Screen.

»Da, siehst du?«, sagte er zufrieden. »Hier steht es. ›Die Erkundungssonden konnten keine Hinweise zu menschenähnlichem oder andersartig höher intelligentem Leben feststellen. Der Planet ist also nach internationalen Maßstäben unbewohnt.‹«

Er sah mich an, als erwarte er, dass ich zugab, die Hütte gar nicht gesehen zu haben. Oder was es auch immer war.

»Ich kenne die Lehrbücher«, sagte ich gereizt. »Und trotzdem ist es doch sehr merkwürdig, dass sich da unten mitten im Dschungel eine nicht gewachsene Holzkonstruktion befindet, oder etwa nicht?«

»Der Computer kann sich auch geirrt haben«, sagte Jonah trotzig, und ich schüttelte den Kopf. Dass sich der Computer irrte, war viel unwahrscheinlicher, als dass sich die Forscher geirrt hatten, die seinerzeit die Bilder der Forschungssonden ausgewertet hatten. Immerhin war die Entdeckung von Keto eine Weile her. Soweit ich wusste, waren die Sonden vor weit über zwanzig Jahren auf die Erde zurückgekehrt. Noch vor der ersten Dürre. Aber ich hatte keine Lust, jetzt schon wieder mit Jonah zu streiten. Es würde auch überhaupt nichts ändern.

»Wollen wir es hoffen«, murmelte ich also und betrachtete die Höhenanzeige, die sich langsam, aber sicher der Hundert-Meter-Marke näherte.

Schließlich sprang die Wärmebildkamera an und ich schnappte nach Luft. Mein Bildschirm war übersät von dunkelroten Punkten, die, teils vereinzelt und teils zu Gruppen zusammengerottet, den Dschungel unter uns bevölkerten. Es mussten allein in dem Ausschnitt, den die Kamera gerade erfasste, Tausende sein. Keto, das war deutlich zu sehen, war ein Planet, der vor Leben geradezu überquoll.

Ich dachte an die Unmengen Waffen und Munition, die ich im Lagerraum entdeckt hatte. Es beruhigte mich ein wenig, dass die Waffen da waren. Keiner von uns würde schutzlos da runtergehen.

Jonah hatte die Bilder auf seinem Bildschirm nun ebenfalls aufgerufen und stieß einen leisen Pfiff aus. »Da unten geht ja mächtig der Punk ab«, sagte er, und ich konnte die Aufregung in seiner Stimme hören. Er konnte es gar nicht abwarten, sich auf Keto umzusehen.

»Ja, so könnte man es auch ausdrücken«, sagte ich.

Ich befahl dem Computer, nach einem geeigneten Landeplatz Ausschau zu halten. Dann fragte ich Jonah, ob er Hunger hatte, denn mit einem Mal war ich viel zu nervös, um auf der Brücke zu bleiben. Ich wollte nicht die ganze Zeit dasitzen und auf den Dschungel hinunterstarren, während Jonah und ich einander die meiste Zeit anschwiegen.

Mit Essen konnte man Jonah eigentlich immer locken und so war es auch heute. Er nickte eifrig, während ein kleines Lächeln seine Mundwinkel umspielte.

»Ich hätte nichts gegen einen frischen Smoothie und eine Schale Müsli einzuwenden.«

Ich lächelte gequält zurück. Es war wirklich nicht leicht, Jonah zu enttäuschen.

»Ähm«, sagte ich, und seine Mundwinkel sackten Richtung Boden.

»Keine Smoothies?«

Ich schüttelte den Kopf. »Ich fürchte nicht. Es wäre wohl eine zu große Verschwendung von Ressourcen gewesen, frische Lebensmittel mit an Bord zu nehmen. Wir haben hier nur, was sich lange hält und gut transportieren lässt. Wie die alten Seefahrer, weißt du?« Ich klang wie Professor Nieves, unser Sport- und Geschichtslehrer an der Akademie, und hasste mich dafür. Jonah schoss mir einen säuerlichen Blick zu.

»Die alten Seefahrer hatten keine hoch entwickelten Computersysteme und auch keine Wärmebildkameras. Sie sind nicht mit mehreren Tausend Kilometern pro Sekunde durchs All geschossen.«

»Aber auch sie mussten aus Dosen essen«, sagte ich leichthin. »Ist doch schön, wenn uns wenigstens ein paar Dinge mit unseren Vorfahren verbinden.«

Jonah lachte freudlos, folgte mir aber dennoch von der Brücke in den riesigen Speisesaal. Als wir über die Schwelle traten, blieb er einen Augenblick wie angewurzelt stehen.

»Woah. Wie viele Leute sind denn hier auf dem Schiff?«, fragte er, während seine Augen die meterlangen Tische und Bänke abwanderten, die den Raum in schnurgeraden Reihen ausfüllten. Alle verliefen parallel zur riesigen Fensterfront. Eigentlich ein schöner Raum, der viel Platz für gute Gespräche und ein wenig Entspannung bieten könnte, wenn er richtig genutzt wurde. Er erinnerte mich an den Speisesaal an der Akademie, der schon immer einer meiner absoluten Lieblingsräume gewesen war. Die schönsten Stunden hatte ich immer mit den anderen beim Essen verbracht. Aber selbst wenn die ganze Crew anwesend wäre, könnten wir diesen Raum nicht mal im Ansatz ausfüllen. Vielleicht einen der langen Tische. Vielleicht.

Ich räusperte mich. »Wir sind insgesamt vierzehn.«

Jonah wirbelte herum und starrte mich an. »Vierzehn?«, fragt er mit aufgerissenen Augen. Ich wusste genau, wie er sich gerade fühlte. Ich nickte.

»Aber... aber...« Er fuchtelte mit den Händen in der Luft herum. »Bist du dir da sicher?«

»Ja. Ich habe durchgezählt.«

Jonah ging ein paar Schritte vor und ließ sich schwer auf eine der Bänke plumpsen. »Vierzehn«, murmelte er und sah mich an. »Wie sollen wir denn mit nur vierzehn Leuten eine Kolonie aufbauen? Und warum sind wir dann auf diesem Monster von Schiff mit einem Speisesaal, in den mindestens fünfhundert Personen passen? Und wo zur Hölle sind die anderen? Warum sind sie nicht mitgeflogen?«

Ich schüttelte den Kopf. »Die Antwort auf all deine Fragen lautet: Ich habe keine verdammte Ahnung!«

»Das müsstest du aber!«, erwiderte Jonah. »Du bist schließlich der Kapitän.« In seinen Augen lag wieder dieser altbekannte, herausfordernde Trotz.

Da ich diesen Blick nicht lange ertrug, drehte ich mich um und begann, auf einem Screen an der Essensausgabe herumzutippen.

»Nun, das alles gehört wohl zu den Informationen, die wir am Ende unserer Ausbildung erhalten hätten.«

Ich tippte Jonahs Namen ein und kurz darauf erschien ein Teller in der Luke. Zu meiner Verärgerung war dieser deutlich besser gefüllt als mein eigener vorher. Ich schnupperte an dem warmen Essen und stellte zufrieden fest, dass es wenigstens nicht besser roch. Dann stellte ich das Essen vor Jonah ab und ging noch mal zurück zur Ausgabesäule, um Besteck und ein paar Servietten zu holen. Während der gesamten Zeit spürte ich Jonahs forschenden Blick im Nacken.

»Wie viel früher als wir bist du noch mal aufgewacht?«, fragte er, während er seine Gabel in dem grauen Brei versenkte.

»Vierundzwanzig Stunden.« Ich schlug die Beine übereinander. Dann griff ich mir eine Serviette und begann, diese mit den Fingern in winzig kleine Fetzen zu zerzupfen. Meine Finger mussten etwas tun, ich war zu nervös, um stillzuhalten. Obwohl Jonah seelenruhig gabelweise Essen in sich reinschaufelte und damit vollauf beschäftigt zu sein schien, fühlte ich mich, als säße ich vor Gericht.

»Es wirkt, als wärst du schon viel länger hier.«

Er sagte es leichthin, doch die Worte taten trotzdem weh. Jonah glaubte mir nicht. Und er hatte auch keinen Grund dazu, obwohl ich gerade die Wahrheit sagte.

»Ich war einen ganzen Tag allein hier. Da habe ich mich gründlich umgesehen. Hatte ja auch sonst nichts zu tun.«

»Hm.«

Eine Weile lang sagten wir nichts, und ich bereute schon, überhaupt vorgeschlagen zu haben, die Brücke zu verlassen. Denn eigentlich war es hier noch schlimmer, da wir keine Bildschirme hatten, auf denen wir geschäftig herumtippen konnten.

»Schmeckts?«, fragte ich nach einer Weile, und Jonah sah mich so überrascht an, dass ich beinahe laut aufgelacht hätte. Es war schon immer so gewesen, dass man Jonah auch einen Teller mit Dachpappe servieren könnte, ohne dass er es bemerken würde. Nach einer Weile zuckte er die Schultern. »Geht so.«

Wie konnte jemand nur so gern essen, wenn er den Geschmack überhaupt nicht wahrnahm?

Schließlich schob Jonah den völlig leer geputzten Teller von sich weg und sah mich eine Weile prüfend an.

»Warum war Sabine eben eigentlich so unglaublich wütend auf dich?«

Ich biss mir auf die Lippen. Was sollte ich ihm sagen? »Diese Frage quält mich genauso wie dich. Ich habe keine Ahnung, was ich so Schlimmes getan haben soll. Ich meine: Wir waren doch die ganze Zeit zusammen, oder? Wir waren gemeinsam auf der Akademie, und wir waren auch zusammen, als...«

Jonah beugte sich vor. Ein hartes Funkeln blitzte in seinen Augen auf, und ich wusste, dass ich ihm irgendwas sagen musste.

»Als was, Zoë?«

Mir blieb nicht viel Zeit zu entscheiden, was ich tun oder sagen sollte. Ich atmete tief durch.

»Als die Akademie verschwand.«

Jonah kippte den Stuhl nach hinten, sodass er nur noch auf zwei Stuhlbeinen stand. Ich hasste es, wenn er das tat.

»Die Akademie ist ein großes Gebäude aus Stein, Zoë. Sie kann nicht einfach verschwinden.«

»Kannst du dich erinnern, was vorher war?«, fragte ich. »Wer deine Eltern waren, wo du herkamst oder wie du an die Akademie gekommen bist?«

Jonah runzelte die Stirn. »Was spielt denn das für eine Rolle?«

»Bitte«, beschwor ich ihn. »Versuch, dich zu erinnern. Wie bist du an die Akademie gekommen?«

»Ich habe keine Ahnung. Kann mich nicht erinnern. Ich dachte, ich wäre immer schon da gewesen.«

Ich schüttelte den Kopf. Jonah war ein bisschen jünger als ich, und wie es der Zufall wollte, erinnerte ich mich noch ganz genau an den Tag, an dem er an der Akademie aufgetaucht war.

»Du warst nicht schon immer da, das kann ich dir versprechen. Denn ich weiß noch genau, wie es war, als du kamst.«

Jonah hörte auf, mit dem Stuhl zu kippeln. »Das hast du mir nie erzählt.«

»Weil ich mich nie daran erinnern konnte. Während der Zeit auf der Akademie war dieser Bereich meiner Erinnerungen versperrt. Als hätte ihn jemand zugeschlossen.«

Ich griff nach der nächsten Papierserviette und begann, auch diese in ihre Bestandteile zu zerzupfen. »Es war Winter, als du kamst. Die anderen waren beim Sport, aber ich war zu erkältet, und Doktor Jen hat mir erlaubt, im Schlafsaal zu bleiben. Weil mir so kalt war, habe ich mich auf die Fensterbank direkt über der Heizung gesetzt und in den Park hinausgesehen. Ich weiß noch, dass ich den Schneeflocken beim Tanzen zusah. Und dann, ganz plötzlich, bist du aufgetaucht.«

»Du meinst, ich stand am Tor?« Jonahs Stimme klang skeptisch, doch er war ganz Ohr.

»Nein, das meine ich nicht. Du bist auf einmal im Garten aufgetaucht. Aus dem Nichts. Von einem Augenblick auf den anderen standst du mitten auf der Wiese.«

Jonah lachte. »Zoë, das ist unmöglich. Ich kann doch nicht einfach so irgendwo auftauchen. Das wäre ja Teleportation!«

Langsam schüttelte ich den Kopf. »Nur, wenn dein Körper tatsächlich bewegt wurde, aber das war nicht der Fall.«

Jonah schnaubte. »Du hast doch gerade gesagt, dass ich auf einmal da war.«

»Auf dem Akademiegelände, ja«, bestätigte ich.

»Und dann sagst du, dass ich doch nicht da war.«

»Du warst nicht körperlich anwesend«, stellte ich richtig, und nun erntete ich von Jonah einen Blick, der mir zu verstehen gab, dass er sich ganz sicher war, ich hätte den Verstand verloren.

»Zoë, das klingt völlig verrückt.«

»Ich weiß. Aber ich kann es dir erklären.« In meinem Kopf hatte sich ein Plan formiert, und ich hoffte inständig, dass er funktionieren würde. Vielleicht hatte ich einen Weg gefunden, Jonah zumindest teilweise ins Vertrauen zu ziehen, ohne ihn zu gefährden.

Er verschränkte die Arme und begann, wieder mit dem Stuhl zu kippeln. »Da bin ich jetzt aber mal gespannt!«, sagte er.

»Die Akademie ist kein realer Ort, sondern ein Computerprogramm. Das Ganze nennt sich neuronales Interface«, sagte ich, jedes Wort mit Bedacht wählend.

Jonah schwieg. Ich konnte sehen, dass er die Luft anhielt. Das machte er oft, wenn er angespannt war – meistens bemerkte er es gar nicht.

»Während wir die ganze Zeit glaubten, wir befänden uns an der Akademie, lagen wir in Wirklichkeit in einem Berliner Krankenhaus. Wir waren an das Interface angeschlossen. Über Platinen in unserem Kopf.«

»Zoë, das ist unmöglich! Ich weiß ganz genau, dass ich dort war. Ich habe mich einmal furchtbar verbrannt, weißt du noch? Oder erinnerst du dich an den Sommer, als ich mir das Bein gebrochen habe? Das habe ich mir doch nicht alles eingebildet!«

»Nicht du hast es dir eingebildet, Jonah, sondern das Interface hat dafür gesorgt! Alle Informationen, auch der Schmerz, laufen im Gehirn zusammen und werden dort verarbeitet. Das Interface ist ein hochkomplexes Programm, das uns hat glauben lassen, dass wir uns in einer Akademie befinden. Aber unsere Körper waren nie dort.«

Nach meinen Worten trat kurz vollkommene Stille ein. Ich

zählte meine Herzschläge. Ein, zwei, drei. Bis dreiundzwanzig. Das war der Moment, in dem Jonah geräuschvoll seinen Stuhl nach hinten schob und aufstand. »Das ist doch völlig verrückt!«, rief er und machte Anstalten, aus dem Speisesaal zu verschwinden.

Ich schoss von meinem Stuhl hoch, so schnell, dass dieser umkippte und die Zellstofffetzen der Serviette wie Schneeflocken zu Boden sanken.

»Warte!«

Jonah hielt inne, drehte sich aber nicht zu mir um.

»Ich kann es dir beweisen, Jonah«, sagte ich flehend, und er wandte sich langsam zu mir um. Sein Gesicht war ein Spiegel aus Schmerz und Misstrauen. War er verletzt, weil er dachte, dass ich ihn anlog, oder weil er glaubte, dass ich verrückt geworden war?

»Wie?«, fragte er knapp.

Ich hob eine Hand. »Nimm deinen rechten Zeigefinger und fahr damit langsam die Mitte deines Kopfes entlang.«

Jonah sah mich an, als hätte ich ihm vorgeschlagen, ein Nashorn zu adoptieren, doch er gehorchte. Gebannt verfolgte ich, wie er seinen Finger an der Rundung entlanglaufen ließ.

»Stopp!«, sagte ich. »Und jetzt in Richtung Ohr.«

Ich hielt den Atem an, weil ich nur hoffen konnte, dass seine große Narbe an genau der Stelle saß, an der ich auch meine hatte. Schließlich hielt er inne.

»Fühlst du es?«, fragte ich sanft, und er nickte.

»Was ist das?«

»Das ist eine große Narbe. Dort hat man dir die Platine eingesetzt, damit du mit dem Interface verbunden werden kannst. Wenn du genau fühlst, kannst du die Metallplatte sogar spüren. Ich kann es jedenfalls. Sie hebt sich ein bisschen von der Schädeldecke ab.«

Gebannt beobachtete ich, wie Jonah mit den Fingern weiter seinen Kopf entlangfuhr. Dann wurde er plötzlich kreidebleich. Er drehte sich zur Seite und erbrach sein gesamtes Essen auf den blitzweißen Fußboden.

Erschrocken eilte ich zur Ausgabestelle, um ihm ein Glas Wasser zu holen, das er mit zitternden Fingern entgegennahm. Er trank es in einem Zug aus und ließ sich von mir anschließend widerstandslos an einen Tisch führen, der ein ganzes Stück von seiner Kotzpfütze entfernt stand.

Er blickte mich an, und ich sah, dass seine Augen blutrot unterlaufen waren. Seine Hände zitterten noch immer und Schweiß war auf seine Stirn getreten. Vielleicht hatte ich ihm für den Anfang zu viel zugemutet. Er sah wirklich nicht gut aus.

»Woher weißt du das alles?«, fragte er schließlich. Seine Stimme klang heiser. »Das mit dem Interface und den Platinen. Wieso weißt du davon?«

»Sie haben es mir in den USA gesagt. Auf dem Kapitänslehrgang«, antwortete ich.

»Erzähl es mir«, forderte Jonah und krümmte sich erneut, doch diesmal hielt er sich nur den Bauch.

»Mir ist auch schlecht geworden nach dem ersten Essen«, sagte ich. Es klang wie eine Entschuldigung. »Das liegt wohl daran, dass wir jahrelang kein normales Essen mehr zu uns genommen haben.«

»Wie lange?«, fragte er und krümmte sich erneut. Ich dachte, dass ich ihn einfach nicht so viel hätte essen lassen dürfen. Doch angeblich wusste der Computer ja, was er tat.

»Fünfzehn Jahre«, antwortete ich, und er stöhnte auf.

»Erzähl mir alles, Zoë.«

»Jonah, alles, was ich dir jetzt erzähle, ist als streng geheim klassifiziert.«

Er lachte. »Komm schon, die Professoren wissen, dass du mir sowieso alles erzählst.«

Ich schüttelte den Kopf. »Das hier ist was anderes. Ich musste schwören, dass ich auch dir nichts sage. Musste ein Dokument unterschreiben, dass mein Schweigen garantiert.« Während ich das sagte, schämte sich ein Teil von mir sehr dafür, so gut lügen zu können. Ich sah Jonah fest in die Augen und er erwiderte meinen Blick.

»Kann ich mich auf dich verlassen?«, fragte ich, und er grinste.

»Ist die Erde rund?«

»Jonah!«

Er hob die Hände, als wollte er sich verteidigen. »Ist ja schon gut. Du kannst dich auf mich verlassen. Ich dachte, das weißt du.«

Ich nickte. Tatsächlich hatte Jonah mich noch nie hängen lassen. Wir mussten einander vertrauen können, sonst waren wir vollkommen aufgeschmissen. Also erzählte ich ihm von den Dürren auf der Erde. Ich erzählte, wie ich erfahren hatte, dass alle Schüler der Akademie eigentlich an ein Interface angeschlossen waren. Doch ich erzählte ihm nichts davon, dass wir gekauft worden waren, dass wir krank waren. Dass man uns missbraucht hatte. Ich wollte nicht, dass Jonah an der Mission zweifelte, wollte nicht, dass er rebellierte. Und ich hasste mich dafür. Denn mit jedem Wort wurde ich mehr und mehr wie Dr. Jen und Hannibal. Ich wurde ihr braves

Schoßhündchen, ihre ausführende Hand. Aber ich sah keinen anderen Weg.

Es fiel Jonah schwer, all das, was er von mir hörte, einzuordnen und zu verarbeiten. Hin und wieder stellte er kurze Fragen, aber die meiste Zeit war er ein sehr konzentrierter Zuhörer.

»Warum haben sie euch trotzdem davon erzählt?«, fragte er einmal, während ich ihm in den wildesten Farben von dem Moment erzählte, als uns die Verantwortlichen der HOME-Fundation eingeweiht hatten.

»Sie wollten, dass wir vorbereitet sind, falls irgendwas nicht wie geplant verläuft.«

Ich legte den Kopf schief. »So wie jetzt, zum Beispiel. Stell dir mal vor, was los wäre, wenn keiner von uns wüsste, was hier vor sich geht.«

Jonah zupfte an seiner Unterlippe herum.

»Die Professoren wollten es uns erst kurz vor unserem Abflug sagen. Doch sie hatten Anweisung von höchster Stelle.«

Er kniff die Augen zusammen. »Warst du dann eigentlich wirklich in New York oder nur in einer Simulation?«

»Simulation«, antwortete ich. »Sie haben mich in ein Auto gesetzt und dort bin ich eingeschlafen. Wahrscheinlich haben sie während dieser Zeit ein anderes Programm ins Interface eingespielt.«

Ich war wirklich gut. In einem anderen Leben hätte ich Schauspielerin werden können. Für jede von Jonahs Fragen hatte ich eine zufriedenstellende, plausible Antwort parat. Gott, wie ich mich selbst anwiderte.

Jonah schnaubte. »Kommt dir das nicht merkwürdig vor?«, fragte er, und ich zog die Augenbrauen hoch.

»Was genau?«

»Nun, erst erklären sie euch, dass es dieses ...«, er ließ seine Hand suchend in der Luft herumkreisen.

»Neuronale Interface«, kam ich ihm zu Hilfe.

»Genau, dass es also dieses neuronale Interface gibt und wir eigentlich alle in einem Keller in Berlin vor uns hin schimmeln, und kurz darauf kackt dieses Interface ab! Ich meine, man hat euch gesagt, dass es existiert, damit ihr für den Notfall Bescheid wisst, und kurz darauf tritt genau dieser Notfall ein.«

Ich nickte. »Jetzt, wo du es sagst! Aber ich kann mir nicht vorstellen, welchen Nutzen es für die Fundation gehabt hätte, das Interface mutwillig zu manipulieren.«

Jonah zuckte mit den Schultern. »Vielleicht war es ja auch niemand von der Fundation. Vielleicht waren es Fremde.«

Das letzte Wort betonte er so, dass ich genau wusste, was er damit sagen wollte. Er verdächtigte Kip, etwas damit zu tun zu haben.

»Jonah, komm schon. Ich habe dir gesagt, dass Kip ein Freund ist. Und außerdem: Wieso hätte er sich selbst an das Interface anschließen sollen, bevor er es manipuliert? Immerhin ist das Programm mit unseren Gehirnen verbunden. Damit spielt man nicht einfach so rum!«

Schließlich erklärte ich Jonah, dass Kip und Tom zwei Experten waren, die ich auf dem Lehrgang in New York kennengelernt und die sich auf Wunsch von Dr. Jen dieser Mission angeschlossen hatten. Wie ich die beiden dazu bekommen sollte, bei dieser Scharade mitzuspielen, wusste ich allerdings noch nicht. »Kip, ja? Du hast mir noch immer nicht erklärt, warum du dich ihm so an den Hals geworfen hast.«

Ich seufzte. »Ich habe ihn umarmt, Jonah. Einfach nur, weil ich mich so gefreut habe, dass er sich bereit erklärt hat, uns zu begleiten.«

Jonah blieb hart. »Nach simpler Freude sah es aber nicht aus.«

»Tja, so ist es aber. Mehr kann ich dir dazu nicht sagen, entweder du glaubst mir, oder du lässt es bleiben. Aber du wirst mit ihm zusammenarbeiten müssen, ob es dir nun passt oder nicht.«

Jonah betrachtete mich eine Weile mit gerunzelter Stirn. Ich sah ihm an, dass er eigentlich noch weiterbohren wollte, doch er wusste auch, dass dies nicht der beste Moment war, um mit mir zu streiten.

»Was ist denn sein Fachgebiet?«, fragte er schließlich, und ich atmete erleichtert aus. Er hatte beschlossen, das Thema erst mal ruhen zu lassen. »Warum ist er für unsere Mission so unheimlich wertvoll?«

Ich räusperte mich. »Sein Fachgebiet ist Überleben, Jonah. Er weiß, was man tun muss, um eine Katastrophe zu überleben. Er weiß, wie man Wasser reinigt, Waffen bedient, Feuer macht und Messer schärft. Er kann Zelte bauen und kennt sich mit Lagerhaltung aus. Er kann sich und andere verteidigen.«

Jonah nickte langsam. Sein Blick bohrte sich durch mich hindurch. Es war ihm anzusehen, dass er mir nicht glaubte, dass er mit sich rang und nicht wusste, wie er jetzt reagieren sollte, doch schließlich fiel die harte Maske, die er mir gegenüber aufgesetzt hatte. Darunter sah er einfach nur müde und ängstlich aus. Mit einem Schlag verstand ich, dass seine Eifersucht einfach nur bedeutete, dass Jonah Angst hatte, mich zu verlieren.

»Liebst du mich noch, Zoë?«, fragte er heiser, und mir schossen Tränen in die Augen. Wie konnte er mich das jetzt fragen?

Ich streckte meine Hand über den Tisch hinweg und Jonah griff nach ihr.

»Ich habe immer nur dich geliebt«, antwortete ich und versuchte, nicht nur ihn, sondern auch mich selbst davon zu überzeugen.

Jonah atmete erleichtert aus. Zum ersten Mal seit Stunden sah ich sein entwaffnendes Lächeln und das Grübchen, das sein Gesicht zu etwas ganz Besonderem machte.

»Dann ist ja gut!«, sagte er, und die Freude, die in seiner Stimme mitschwang, sprang auf mich über.

Er drückte meine Hand und ließ sie anschließend wieder los. »Ich muss kurz in meine Kabine, den Kopf unter Wasser halten und mir die Zähne putzen«, sagte er und ging mit federnden Schritten aus dem Speisesaal.

Wie versteinert blieb ich sitzen und blickte ihm nach.

Hätten wir uns jetzt nicht noch küssen sollen? In die Arme nehmen? Uns mehrfach unsere Liebe schwören, so wie wir es früher nach einem Streit getan hatten?

Nun, es war einfach nicht mehr früher.

Logbuch von Jonah Schwarz, 2. Eintrag

Ich habe so lange gelächelt, wie ich konnte, dann bin ich auf und davon. Habe mich in meine Kabine zurückgezogen und noch einmal gekotzt, bis überhaupt nichts mehr rauskam. Keine Ahnung, warum ich so versessen darauf war, die ganze Wahrheit zu erfahren.

Wenn das, was sie mir gerade erzählt hat, wirklich die Wahrheit ist, dann will ich meine Lüge zurück. Meine schöne, warme, unkomplizierte, kuschelige Lüge. Langsam glaube ich, dass ich doch zu dumm bin, um all das hier zu begreifen. Mein Gehirn ist darauf schlicht nicht ausgelegt.

Wenn man einen Computer überlastet, bleibt er hängen. Zugegeben, heutzutage passiert das so gut wie gar nicht mehr, aber ich fühle mich gerade genau so. Als wäre mein Gehirn hängen geblieben, weil man ihm zu viel zugemutet hat. Hier oben ist jetzt wegen Überlastung geschlossen.

Das ist alles zu verrückt. Zoë hat mir gerade eröffnet, dass die Akademie, an der wir alle gelernt haben und aufgewachsen sind, in Wirklichkeit gar nicht existiert. Dass wir unsere Zeit stattdessen in einem Computerprogramm zugebracht haben, das uns ausgebildet hat, während unsere Körper irgendwo in einem Keller lagen, an Maschinen angeschlossen. Das ist so was von gruselig. Angeblich ist die Welt so im Eimer, dass es nicht anders möglich war. Vielleicht war es so ja auch billiger, als die ganzen Waffen und Simulatoren, mit denen wir trainiert haben, zu kaufen. Nichts von dem, was meine Kindheit ausmachte, hat tatsächlich existiert. Nicht die geheime Süßigkeitenkiste unter dem Bett, nicht der kleine Teich, an dem ich mit Nick und Connor einmal heimlich eine Zigarette aus Blättern gedreht und dann geraucht habe. Meine gebrochenen Knochen waren nie gebrochen, meine Kämpfe habe ich nie gekämpft. Alles nur Gaukelei, ein riesiger, abartiger Taschenspielertrick. Klar weiß ich, dass alles, was wir wahrnehmen, nur vom Gehirn wahrgenommen wird. Sogar was wir schmecken und was unsere Fingerspitzen fühlen, aber die Akademie war so… echt! Wenn ich die Augen schließe, kann ich mich noch immer an den Geruch erinnern, der in den Fluren des Schlaftrakts hing, oder an das Geräusch, das die große Holztür machte, die in den Speisesaal führte. Alles, jeder kleinste

Impuls, war vorprogrammiert, damit ich ihn genau so wahrnehme. Die Frage, ob ich in den letzten Jahren überhaupt richtig gelebt habe, lasse ich lieber links liegen, sonst kann mich Zoë gleich gefesselt und geknebelt zu Sabine stecken. Falls sie das überhaupt schafft.

Ich hätte ihr nicht geglaubt, wenn sie mich nicht auf die Narbe an meinem Kopf aufmerksam gemacht hätte. Ich traue mich nicht, noch mal mit den Fingern darüberzufahren, weil die viereckige Erhebung einfach nur eklig ist. Jemand hat an meinem Kopf rumgefummelt, mir eine Metallplatte eingesetzt, als wäre ich nichts weiter als ein Computer, bei dem man einfach eine Platine austauscht. Das war der Moment, in dem ich das erste Mal gekotzt habe. Und der Moment, in dem ich ihr glauben musste. Denn diese Narbe und die Platte waren definitiv vorher noch nicht da. Das ist nichts, was man jahrelang übersieht, vor allem nicht, wenn man so ein Haareraufer ist wie ich. Überhaupt habe ich an meinem Körper ein paar Sachen gefunden, die ich so noch nicht kannte. Zum Beispiel habe ich ein herzförmiges Muttermal auf der Brust. Es ist ziemlich groß und schlecht zu übersehen. Ich habe mich auch früher täglich geduscht, es hätte mir also auffallen müssen.

Eigentlich bin ich nicht dafür bekannt, mir allzu viele Gedanken zu machen. Normalerweise finde ich, dass Grübeln reine Zeitverschwendung ist und an der Situation sowieso nichts ändert. Aber bisher hatte ich ja Zoë, die für uns beide gegrübelt hat. Nun habe ich das Gefühl, ihr nicht mehr vertrauen zu können. Und ja, das tut weh.

Ich habe sie gefragt, ob sie mich noch liebt, und sie hat gesagt, dass sie immer nur mich geliebt hat. Das war der Moment, in dem ich abgehauen bin. Was ist denn das bitte für eine Antwort? So was sagt man doch nur, wenn man eigentlich gar nicht antworten will. Ich wollte nicht wissen, wie es die ganze Zeit war, sondern wie es jetzt ist. Bis jetzt hatte sie noch nie Probleme, mir zu sagen, dass sie mich liebt. Und nur weil es schon immer so war, muss es ja nicht so bleiben, richtig?

Die Ärztin auf der Akademie hat auch immer auf die Frage, ob die Behandlung wehtun würde, geantwortet, dass es ganz schnell gehe. Das war zwar eine Antwort, aber auf eine andere Frage. Und Zoë hat gerade nichts anderes gemacht.

Ich kann mir nicht helfen, ich glaube nach wie vor, dass es etwas mit dem langhaarigen Typen zu tun hat. Kip. Ich wusste nicht mal, dass das überhaupt ein richtiger Name ist. Es klingt wie ein Erkältungssymptom. Ha-Kip – Gesundheit! Jetzt muss ich grinsen, dabei ist mir gar nicht danach. Offenbar versuche ich, mich selbst aufzuheitern. Einer muss den Job ja machen.

Angeblich ist er ja ›einfach nur ein Freund‹. Wenn man so betonen muss, dass jemand nur ein Freund ist, dann ist er es garantiert nicht, oder? Klar. Sie hat sein Shirt also mit Freudentränen darüber vollgerotzt, dass Mr. »Einfach nur ein Freund«, den sie gerade erst kennengelernt und sowieso vor Kurzem erst gesehen hat, an der Akademie aufgekreuzt ist, um sie zu besuchen. Als ob ich das glauben würde. Und dieser Typ ist jetzt, wenn ich das richtig verstanden habe, auch noch auf diesem Schiff. Weil er ein ›Experte‹ ist. Wir sind alle Experten, das ist doch kein Argument. Es war nie die Rede davon, dass Zivilisten mit an Bord dürfen. Wozu haben wir denn diese jahrelange Ausbildung absolviert, wenn jeder Dahergelaufene einen Platz an Bord bekommen kann, solange die Kapitänin ihm nur das Shirt vollheult. Das ist doch einfach unlogisch.

Auf diesem angeblich ebenfalls völlig virtuellen Lehrgang in den USA – oder der virtuellen USA (langsam beginnt mein Kopf zu rauchen) – hat man ihr auch alles über die Akademie und das Interface verraten, behauptet sie. Als ob! Wenn es unseren Professoren ein derartiges Anliegen war, diese Tatsache vor uns zu verheimlichen, warum sollten sie mittendrin ihre Meinung ändern? Ich meine, was hätte es geschadet, uns von Anfang an zu sagen: »Leute, das hier ist eine Simulation, es geht nicht anders«? Wir waren noch klein und hätten das sicher genau so hingenommen. Doch jetzt habe ich keine Ahnung, ob ich das noch kann.

Was mich wirklich beschäftigt, ist die Geschichte, die Zoë mir über den Tag erzählt, an dem ich auf der Akademie ankam. Wie ich einfach so am Tor stand, als wäre ich vom Himmel gefallen. Kein Mensch fällt einfach so vom Himmel. Trotzdem habe ich keine Ahnung, wo ich hergekommen bin. Und wenn ich mir noch so das Hirn zermartere: Ich weiß es einfach nicht! Tatsächlich habe ich überhaupt keine Erinnerungen an die Zeit vor der Akademie. Warum nicht? Wo komme ich her, wer sind meine Eltern? Und warum habe ich mir diese Fragen nicht schon viel früher gestellt? Irgendwas läuft hier – etwas stimmt mit der ganzen HOME-Akademie und dieser Mission ganz und gar nicht. Und ich glaube nicht, dass es »nur« daran liegt, dass die Akademie gar nicht existiert. Nur. Haha.

Ich glaube ja langsam, dass Zoë in der ganzen Sache irgendwie mit drinhängt. Sie war als Erste wach, sie weiß angeblich als Einzige von dem Interface, sie ist der Kapitän und trifft die Entscheidungen. Und sie ist es auch, die von ihrer besten Freundin gehasst und von ihrem Verlobten nicht mehr wiedererkannt wird.

Wenn sie mir nur vertrauen würde, dann gäbe es vielleicht eine Möglichkeit für sie und mich. Doch zu spüren, dass sie genau das nicht tut, ist wie ein Schlag ins Gesicht. Ich habe ihr eben gesagt, dass sie sich auf mich verlassen kann, so, wie sie es immer konnte. Das habe ich genau so gemeint, allerdings muss sie mir auch vertrauen, damit ich sie wirklich unterstützen kann. Und an Vertrauen hapert es uns beiden gerade gewaltig. Sie vertraut mir ganz offensichtlich nicht genug, um mir die ganze Wahrheit zu sagen, was dazu führt, dass ich ihr nicht mehr vertraue. Das ist doch bescheuert.

X

Auf der Brücke informierte uns der Computer, dass es auf dem gesamten Planeten, den wir mittlerweile einmal umrundet hatten, keinen geeigneten Landeplatz gab. Die Kameras hatten das Gelände aufgenommen, der Computer hatte die Bilder ausgewertet und keine freie Fläche gefunden.

»Tja, da bleiben uns also genau zwei Möglichkeiten«, fasste Jonah zusammen. »Entweder wir wassern oder wir müssen doch ein paar dieser schönen, hohen Bäume fällen.«

Ich biss mir auf die Lippe und dachte nach. »Wenn wir wassern, würde der See von der Hitze unserer Triebwerke verdampfen. Da wir senkrecht landen müssten, müssten wir unsere Triebwerke nach unten richten und uns langsam absenken. Ich fürchte, dann würden wir am Ende in einer Grube landen.«

»Wäre das so schlimm?«, fragte Jonah.

»Na ja. Erstens würde ich wegen des ganzen Wasserdampfs während der Landung nicht richtig sehen und zweitens fühle ich mich nicht so wohl auf dem Grund einer Grube. Wir müssten ja erst mal hochklettern. Und wären extrem angreifbar.«

»Oder extrem sicher«, gab Jonah zurück. »Wir wären nicht so leicht zu entdecken. Und wenn sich eines der Tiere zu uns herunterwagen würde, dann wären nicht nur wir mit ihm eingesperrt, sondern es auch mit uns.«

»Bleibt noch das Problem, dass wir die Grube immer erst hochklettern müssten, wenn wir das Schiff verlassen wollen. Das kostet Kraft, und während man klettert, ist man auch ziemlich verwundbar.«

»Das stimmt. Aber wenn wir mitten im Dschungel landen, bekommt das die ganze Insel mit. Wir wissen nicht, wie groß die größten Tiere sind, die dort unten leben. Wahrscheinlich würden wir sofort angegriffen.«

Da war was dran. Ich fluchte leise. »Es muss doch einen dritten Weg geben.«

Eine ganze Weile saß ich in meinem Sessel und dachte intensiv nach. Tatsächlich gab es noch eine dritte Variante, aber die war riskant. Wenn ich es versaute, dann konnte ich nicht nur das Schiff zerstören, sondern auch die anderen in ernste Gefahr bringen. Aber wenn die Landung gelang, dann war es die eleganteste Lösung. Aufregung machte sich in mir breit. Vielleicht war ich unter anderem zum Kapitän ernannt worden, weil ich schwach und manipulierbar war. Allerdings war ich auch die beste Pilotin meines Jahrgangs. Und an der ganzen Akademie. Dieses Manöver hatte ich im Simulator Hunderte Male geübt. Natürlich hatte ich noch nie zuvor tatsächlich das Raumschiff gesteuert, aber ich wusste genau, was ich zu tun hatte. Eigentlich hatte ich es drauf.

Es wäre töricht, es nicht zu versuchen. Ich musste einfach nur tief durchatmen und dann das tun, was ich so lange trainiert hatte. Dafür war ich schließlich ausgebildet worden.

»Jonah«, sagte ich. »Such bitte einen lang gezogenen See oder einen breiten Flussarm ohne Kurven.«

»Was hast du vor?«

»Wir wassern flach«, antwortete ich und begann, auf meinem Bildschirm die entsprechenden Informationen einzugeben.

»Bist du sicher, Zoë?«

Ich nickte. »Das ist die beste Lösung.«

»Ja, aber es ist auch die riskanteste Art zu landen.«

Ich drehte den Kopf und grinste ihn an. Zum ersten Mal, seitdem ich auf dem Schiff erwacht war, fühlte ich mich gut. Die Aufregung, die durch meinen Körper strömte, machte mich so wach wie schon lange nicht mehr. Jetzt konnte ich mir selbst beweisen, dass es sehr wohl ein paar Sachen gab, die ich ganz besonders gut konnte.

»Was wäre das Leben ohne ein bisschen Risiko?«, fragte ich, und Jonah lachte.

»Wie viele Meter brauchst du?«

Keine Ahnung, was in mich gefahren war, doch mein ganzer Körper vibrierte vor Abenteuerlust und Vorfreude.

»250 reichen«, sagte ich.

Es dauerte gerade mal eine halbe Stunde, bis Jonah einen großen, nicht allzu schmalen See fand, der genau 253 Meter lang war. Wir checkten noch mal die Aufnahmen der Außenbordkameras, aber auf dem gesamten Planeten schien es kein größeres Gewässer zu geben. Wir hatten nur diese eine Chance, aber wenigstens hatten wir sie. Ich konnte mir jedoch keine Fehler erlauben, musste das riesige Raumschiff absolut präzise landen. Musste direkt am Rand des Sees aufsetzen, damit wir rechtzeitig zum Stehen kamen. Hoffentlich legten wir das Ding nicht trocken.

Bäume und große Palmen säumten die Wasserstelle, die ringsum von Felsen umgeben war. Natürlich. Solche großen Seen entstanden überall dort, wo der Planet Vertiefungen hatte. Die Steine waren zwar mit Farn und Algen zugewuchert, doch deutlich zu erkennen und nicht weniger hart oder tödlich. Wenn ich versagte, würde das Raumschiff direkt in die Felswand krachen; mit der Brücke zuerst. »Schnall dich an«, forderte ich Jonah auf, während ich die Mother in konzentrischen Kreisen über dem See immer tiefer sinken ließ. Wir waren noch zu schnell, ich musste die Geschwindigkeit auf diese Weise drosseln, ohne die Kontrolle über das Schiff zu verlieren. Es erforderte meine ganze Aufmerksamkeit, weshalb ich nur am Rande wahrnahm, wie Jonah meine Sicherheitsgurte schloss und mir einen Kuss auf die Stirn hauchte.

»Du kannst das«, sagte er, und ich nickte abwesend.

»Natürlich kann ich das«, presste ich hervor. »Ich bin nicht Kapitän dieses Schiffs, weil ich so lieb gefragt habe.«

»Ich dachte immer, du hättest dich hochgeschlafen«, gab Jonah zurück.

Ich schnaubte. »DU hast dich hochgeschlafen«, konterte ich, und er kicherte. Am liebsten hätte ich Jonah jetzt getreten. Konnte er nicht wenigstens so tun, als wäre er ein wenig nervös? Wenn ich versagte, würden wir gleich zu Mus gepresst.

Nach ein paar tiefen Atemzügen hatte ich diesen Gedanken wieder beiseitegewischt und war vollkommen konzentriert. Die Außenbordkameras zeigten nun die ganze betörende, fremde Schönheit des Urwalds, der zu unseren Füßen lag. Der See, auf dem wir landen wollten, glitzerte türkis und dunkelblau, große, hellrosafarbene Vögel schwammen träge auf seiner Oberfläche, und am Ufer standen Büsche mit winzigen weißen Blüten. Sie sahen aus wie fluffige Wolken, weich und einladend.

Das dichte Blattgrün wurde immer wieder von bunten Blüten durchbrochen. Ich sah Gelb, Blau und Pink, strahlendes Weiß und unwirklich intensiv leuchtendes Orange und Lila. Doch ich nahm all das nur am Rande wahr – es flog an mir vorbei, die Blumen waren kleine Punkte aus Farbe und Licht, denen ich gerade keine Aufmerksamkeit schenken konnte, was wirklich ein Jammer war. Wenn ich Zeit gehabt hätte, alles richtig wahrzunehmen, hätte ich sicher innegehalten und diese Schönheit in mich aufgenommen. Wie hatte ich Blumen und sattes Grün in Berlin vermisst.

Doch ich konnte keinen Blick riskieren, sondern konzentrierte mich mit fest aufeinandergebissenen Zähnen auf meinen Bildschirm.

Entscheidend für den Erfolg des Manövers war der richtige Winkel. Ich durfte nicht zu steil landen, da ich nicht genau wusste, wie tief der See war.

Wählte ich den Winkel allerdings zu flach, dann kämen wir nicht rechtzeitig zum Stillstand und würden gegen die Felsen krachen. Im Geiste ging ich das Verhältnis von Winkel zu Geschwindigkeit für den richtigen Bremsweg auf dem Wasser immer wieder durch und verglich die Werte mit meinem Bildschirm.

Mittlerweile stand die Mother kurz vor ihrer Zielgeschwindigkeit.

»Jonah, bring uns zu den errechneten Koordinaten«, wies ich an. »Landemanöver wird in zwanzig Sekunden eingeleitet.«

Die Spannung, die mich von Kopf bis Fuß beherrschte, ließ mich alles andere vergessen. Obwohl es eine der gefährlichsten und anspruchsvollsten Situationen überhaupt war, fühlte ich mich in diesem Augenblick seltsam ruhig und entspannt. Mein Geist war vollkommen leer, es gab nur noch mich, den türkis glitzernden See und die Werte auf meinem Computerbildschirm. Endlich hatte ich wieder das Gefühl, etwas unter Kontrolle zu haben. Und das war eine äußerst wohltuende Abwechslung.

Ich aktivierte meinen geliebten Joystick und straffte die Schultern, dann schielte ich auf das Display. In acht Sekunden würden wir die perfekte Ausgangsposition für den Landevorgang erreicht haben. Meine Finger streckten sich. Vier, drei, zwei. Ich schaltete den Antrieb ab.

Behutsam umschlossen meine Finger den Joystick und drückten ihn nach vorne. Ich durfte weder zu langsam noch zu schnell sein, durfte nicht zögern oder hasten. Was jetzt gefragt war, war buchstäblich Fingerspitzengefühl.

Obwohl ich Ruhe bewahrte, ging alles ziemlich schnell. Eine solche Landung dauerte nicht lange, dafür sorgte bei so einem riesigen Schiff schon die Schwerkraft. Ein Krachen ertönte, als die Mother die Kronen einiger Palmen und hoher Bäume abknickte, die unsere Einflugschneise blockierten, und im nächsten Augenblick stieß die Spitze des Raumschiffs durch die Wasseroberfläche.

Ich zog den Joystick so weit zu mir, wie ich konnte, damit alle Steuerklappen ihre volle Bremskraft entwickeln konnten.

Einen kurzen Augenblick hatte ich Angst, wir könnten zu tief in den See gedrungen sein, doch dann hob sich der Bug der Mother nach oben, und wenig später kamen wir schaukelnd und in grellem Sonnenschein mitten auf dem See zum Stehen. Wie vorausgesagt schwammen wir an der Oberfläche, das Schiff lag zur Hälfte im Wasser, sodass wir durch unsere große Scheibe sowohl sehen konnten, was über, als auch, was unter Wasser so los war.

Erleichtert atmete ich aus. Ich musste die gesamte Landung über die Luft angehalten haben. Jonah entfuhr ein lautes Lachen.

»Whooop!« Er stieß die Faust in die Luft, und auch ich grinste, während eine Welle der Euphorie über mich hinwegrollte. Wir hatten es geschafft. Die Mother war auf dem Planeten Keto gelandet. Wir hatten unsere lange, drei Jahre andauernde Reise beendet und waren wohlbehalten angekommen. Jonah war okay und ich war okay. In diesem Moment gab es nichts, das mir hätte wichtiger sein können.

Mein Blick glitt zu dem großen Panoramafenster und ich hielt inne. Etwas war nicht so, wie es sein sollte. Hastig löste ich meinen Gurt und trat an die Scheibe, um sehen zu können, was unser Schiff aus den Tiefen des Sees mit nach oben gebracht hatte. Doch ich konnte kaum etwas erkennen. Nach drei Jahren Schlaf, der Dunkelheit des Weltalls und dem künstlichen Licht, das auf der Mother herrschte, waren meine Augen der gleißenden Sonne, gegen die ich gerade anblinzelte, nicht gewachsen, und es war nicht so einfach, direkt nach draußen zu blicken. Sosehr ich auch versuchte, etwas auszumachen, und so fest ich meine Lider auch zusammenkniff, der Gegenstand, der ins Fenster hineinragte, wollte nicht so recht Gestalt annehmen. Aber eines wusste ich: In der rechten oberen Ecke baumelte etwas Dunkles.

»Computer«, sagte ich. »Panoramascheibe andunkeln.« Die Scheibe wurde dunkler, und ich konnte die Hand, die ich zum Schutz über meine Augen gehalten hatte, sinken lassen und das Ding besser betrachten.

Zuerst dachte ich, es wäre vielleicht ein Stock oder eine Wasserpflanze, doch schließlich entfuhr mir ein Schrei, als sich der Gegenstand zu bewegen begann und ich kurz darauf sah, wie sich fünf lange, spitze Krallen nach außen streckten. Das Ding, das vor unserer Scheibe baumelte, war ein riesiger Fuß. Und ich musste nicht lange rätseln, zu welchem Lebewesen dieser Fuß wohl gehörte, denn im nächsten Augenblick rutschte ein gewaltiges Krokodil geräuschvoll über unsere Panoramascheibe und ließ sich ins Wasser plumpsen. Es drehte sich einmal träge um die eigene Achse und kurz darauf sahen wir dem Untier direkt ins Gesicht. Instinktiv wich ich ein paar Schritte zurück.

Seine großen gelben Augen waren viel riesiger, als ich es von »normalen« Krokodilen kannte, und auch die Farbe seiner Haut war anders. Das Tier schimmerte hellgrün und türkis, genau wie das Wasser des Sees. Von oben oder vom Ufer aus musste es im Wasser liegend so gut wie unsichtbar sein. Eine Tarnung, die es ihm erlaubte, ahnungslose Opfer plötzlich anzugreifen und mit sich in die Tiefe zu reißen. Ein Zittern lief meine Wirbelsäule hinab, als ein dumpfes Grollen ertönte.

»Ach du Scheiße«, murmelte Jonah, der neben mich getreten war und mit mir gemeinsam das Krokodil anstarrte. So, wie es uns ansah, fragte ich mich unwillkürlich, wie intelligent es wohl war. Erdkrokodile waren ziemlich dumme Wesen, die eigentlich nur aus Reiz und Reaktion bestanden, doch irgendwas sagte mir, dass diese Tiere aus einem anderen Holz geschnitzt waren.

Und leider musste ich »Tiere« sagen, da mittlerweile ein paar Artgenossen aufgetaucht waren, die uns und unser Schiff ebenfalls neugierig in Augenschein nahmen. Wahrscheinlich war das Grollen, das wir vorhin gehört hatten, eine Art Ruf gewesen. Mit Entsetzen stellte ich fest, dass das Krokodil, das bei unserer Landung auf die Mother katapultiert worden war, nicht das größte seiner Art war, sondern eher klein gewachsen, vielleicht sogar noch ein Jungtier. Die Reptilien, die sich um es herumscharten, waren beinahe doppelt so groß. Ihre imposanten, muskulösen Körper schimmerten in Nuancen von Blau und Grün. Wenn sie nicht so böse gelbe Augen und imposante Zähne hätten, könnte man sie sogar als hübsch bezeichnen. Doch als sie anfingen, mit ihren Schnauzen gegen das Schiff zu stoßen, schlug ich mir jegliche Bewunderung für diese Tiere schnell wieder aus dem Kopf.

»Hast du jemals mit etwas Ähnlichem trainiert?«, fragte ich Jonah, während ich mich an seinem Arm festhielt, um das Gleichgewicht nicht zu verlieren, doch der schüttelte nur den Kopf.

»Nope. Ich habe eigentlich die meiste Zeit gegen Landtiere gekämpft. Es war nicht unbedingt vorgesehen, dass wir uns ins Wasser begeben.«

Eines der größeren Tiere machte kehrt und schlug mit seinem kräftigen Schwanz mit voller Wucht gegen die Panoramascheibe. Ein Knacken ertönte, während sich ein großer Riss diagonal durch das Glas zog. Zum Glück waren die Scheiben sehr dick und mehrfach gesichert, dennoch reichte es mir jetzt.

»Hey!«, schrie ich sinnloserweise. »Jetzt ist es aber genug.«

Ich hastete zurück zu meinem Sessel und schaltete den Antrieb wieder ein, da ohne ihn die Kanonen nicht funktionierten.

»Was hast du vor?«, fragte Jonah alarmiert, während er neben mir in seinen Sessel glitt.

»Na was wohl«, brachte ich zwischen zusammengebissenen Zähnen hervor, während ich beobachtete, wie eines der Tiere Anlauf nahm (sagte man das bei schwimmenden Tieren überhaupt?) und auf uns zusteuerte. Die Erschütterung, die beim Aufprall durch die Mother ging, holte mich beinahe aus meinem Sitz. »Ich werde dafür sorgen, dass sie sich verziehen!«

»Wir können nicht auf sie schießen«, sagte Jonah, der sich an der Lehne seines Sitzes festkrallte.

»Ach, und warum nicht?«

Ich tippte die Kombination für die Aktivierung der Kanonen in das Nummernpanel. Merkwürdig, wie gut meine Erinnerungen auf einmal waren. Mein Gehirn schien die richtigen Informationen in genau dem richtigen Moment auszuspucken – immer dann, wenn ich sie brauchte. Und das, obwohl ich mich in Berlin an beinahe nichts mehr hatte erinnern können. Bestimmt waren die Sektionen meines Gehirns noch rechtzeitig wieder freigeschaltet worden. Dr. Jen hatte mir damals erklärt, dass die Fundation steuern konnte, woran wir uns erinnerten und woran nicht. Wenigstens ein bisschen Glück hatten Jonah und ich offensichtlich gehabt.

Nicht auszudenken, was mit uns passieren würde, wenn ich mich noch immer an nichts erinnern könnte.

»Die Felsen sind viel zu hoch und die Kanonen haben eine ungeheure Kraft«, gab Jonah zu bedenken. »Sie sind für Weltraumschlachten gemacht, nicht für die Nutzung auf kurze Distanz. Wir bringen dadurch nur die Felsen zum Einsturz. Das könnte die ganze Mother unter sich begraben. Und würde die Krokodile vermutlich nur noch wütender machen.«

Weil ich wusste, dass er recht hatte, schnaubte ich, statt zu antworten.

»Und was schlägst du stattdessen vor?«

Jonah zuckte die Schultern, dann grinste er. »Eigentlich helfen da nur Handfeuerwaffen.«

Ich runzelte die Stirn, dann schüttelte ich den Kopf, als mir klar wurde, was er vorhatte. Spätestens das verräterische Funkeln in seinen Augen bestätigte meinen Verdacht. Sein Gesicht glühte geradezu vor lauter Abenteuerlust.

»Auf gar keinen Fall«, sagte ich, während eine weitere Erschütterung uns zwang, uns an unseren Armlehnen festzukrallen.

»Du wirst nicht einfach da rausgehen und auf diese... diese Dinger schießen!« Meine Stimme klang schrill, als ich mir vorstellte, wie Jonah durch eine Erschütterung ins Wasser katapultiert und sofort von den Tieren verschlungen wurde.

»Ich sehe sonst keine andere Möglichkeit!«, gab Jonah zurück. »Wir können natürlich auch warten, bis die Scheibe nachgibt, und mit dem gesamten Schiff ehrenvoll untergehen.«

Ich schnaubte. »Das ist keine Option.«

Ein weiterer Schlag ließ die Brücke erzittern. Ich fing an, mir Sorgen um die anderen zu machen. Ob sie von den Erschütterungen aufwachten? Ob die Glasröhren standhielten?

»Du solltest dich allmählich entscheiden, Zoë«, drängte Jonah.

Aus dem Augenwinkel sah ich, dass er bereits den Computer nach den Waffenlagern hier auf dem Schiff durchsuchte.

Fieberhaft überlegte ich hin und her, doch wir saßen in der Falle. Starten konnte ich von diesem Punkt so ohne Weiteres nicht mehr, und außerdem konnte uns keiner garantieren, dass in den anderen Wasserlöchern, die ohnehin zu klein zum Landen waren, nicht noch viel schlimmere Gefahren auf uns warteten.

»Ich kann nicht riskieren, dich zu verlieren, Jonah!«, sagte ich, doch mein Widerstand war eigentlich schon gebrochen.

»Das wirst du nicht!« Er warf mir ein Lächeln zu. »Du weißt doch, wie vorsichtig ich bin.«

»Ja. Ungefähr so vorsichtig wie ein Mensch mit akutem Todeswunsch.«

Jonah lachte auf. »War das jetzt eine Anweisung?«

»Hau schon ab«, sagte ich und versuchte, ihn dabei nicht anzusehen. Ein blöder Aberglaube, doch ich dachte, dass Jonah sicher wiederkommen würde, wenn ich mich nicht von ihm verabschiedete.

Voller Tatendrang sprang er auf und rieb sich die Hände. »Ob man die Viecher essen kann?«

Ich schüttelte den Kopf. »Da bleibe ich lieber bei den Bohnen. Pass auf dich auf, ja?«

»Immer!«, rief er, schon halb aus der Tür.

»Hmpf«, machte ich und betrachtete weiter das Treiben der Tiere vor dem Fenster.

Eigentlich sahen sie nicht aggressiv aus, fiel mir nach einer Weile auf. Sie wirkten eher so, als würden sie sich mit der Mother amüsieren. In ihren riesigen Körpern, die nur aus Muskeln zu bestehen schienen, steckte mit Sicherheit genug Kraft, unserem Schiff ernsthaften Schaden zuzufügen. Doch aus irgendeinem Grund legten sie es offenbar nicht darauf an.

Ich erschrak fürchterlich, als auf einmal ein knallroter Ball ins Wasser mitten in die Krokodilgruppe klatschte. Sofort stürzten sich die Tiere darauf. Sie waren völlig auf das rote Ding fixiert, die Mother schien vollkommen vergessen. Es sah beinahe so aus, als würden sie sich um den Ball zanken. Sie erinnerten mich an eine Gruppe junger Hunde. Offenbar hing der Ball an einem Seil, denn er wurde nun vom Raumschiff weggezogen, in Richtung Ufer. Wie konnte das denn sein? Wer oder was war dort draußen und lenkte die Krokodile von uns weg? Mir kam die Holzhütte in den Sinn. War es vielleicht doch möglich...?

»Dachkameras einschalten!«, rief ich mit klopfendem Herzen.

»Ira, ruf Leutnant Schwarz zurück!«, befahl ich weiterhin, und Ira bestätigte.

Meine Finger zitterten, während ich die Kameras das Ufer der Wasserstelle absuchen ließ. Wer oder was hatte den Ball geworfen, wer oder was lockte die Krokodile nun von uns weg?

Hier und da sah ich dunkle Schemen sich am Ufer bewegen, doch ich konnte nicht sagen, ob es sich um Mensch oder

Tier oder etwas völlig anderes handelte. Der dichte Blätterwald verbarg die Wesen vor den Blicken der Kameras.

Die Tür öffnete sich und Jonah kam keuchend auf die Brücke zurückgerannt.

»Was ist los?«, fragte er, und im zweiten Augenblick: »Wo sind die denn hin?«

Ich zeigte auf meinen Bildschirm, und er stellte sich hinter mich, schwer atmend von der Rennerei.

Man konnte noch immer den roten Ball sehen, der die Krokodile hinter sich herlockte – nun in Richtung Ufer.

»Was zur Hölle?«, fragte Jonah, doch im nächsten Moment hörten wir einen dumpfen Knall über unseren Köpfen, dann einen zweiten.

Wir starrten einander an. Wurden wir jetzt aus der Luft angegriffen oder was war hier los?

»Mit zitternden Fingern drehte ich die Kameras so, dass sie nun das Dach des Raumschiffs filmten. Ich schnappte nach Luft.

Die Linsen erfassten zwei Paar sehr dunkler Beine. Ob sie vom Dreck oder von der vielen Sonne so gebräunt waren, ließ sich nur schlecht sagen, aber eines war ganz sicher: dass es sich um menschliche Beine handelte. Während das eine, behaarte Paar mit seinen sehnigen Waden und eher knubbeligen Knien eindeutig zu einem Mann gehörte, ließen die sanften Rundungen und schmalen Knöchel des zweiten Beinpaars auf eine Frau schließen. Ihre Füße steckten in einer Ansammlung aus Blättern, Stoffresten und Seilen, soweit ich das beurteilen konnte.

Die Beine beugten sich, und im nächsten Augenblick zuckten Jonah und ich gleichzeitig zusammen, als ein Kopf auf unserem Bildschirm erschien. Er gehörte zu einem schmalen jungen Mann. Wilde, unglaublich filzige und unordentliche Haare umrahmten ein wettergegerbtes Gesicht, das komplett mit dunklen Tätowierungen überzogen war. Ich konnte dennoch sehen, dass es sich um ein westliches Gesicht handelte, denn die Augen waren von einem leuchtenden Blau, seine Nase war schmal und die Wangenknochen hoch. Er lächelte und entblößte dabei eine Reihe schneeweißer, gerader Zähne, wobei ihm in der unteren Reihe zwei Zähne zu fehlen schienen.

Und dann tat der Mann etwas, das mich vielleicht noch mehr verstörte als alles zuvor. Er hob die Hand und winkte in die Kamera.

Jonah und ich starrten einander an, beide mit offenem Mund. Wir setzten gleichzeitig an, etwas zu sagen, doch uns fehlten die Worte. Mein Gehirn schien einfach nicht leistungsfähig genug zu sein, um das, was gerade passierte, zu verarbeiten.

Da waren Menschen auf unserem Raumschiffdach. Und sie winkten uns zu.

»Das ist unmöglich«, sagte Jonah endlich und starrte dabei so fassungslos auf das Kamerabild, dass ich um ein Haar laut aufgelacht hätte.

»Wenn es unmöglich wäre, dann würde es jetzt nicht passieren, Jonah«, sagte ich und schüttelte den Kopf. »Aber du siehst genauso gut wie ich, dass da jemand auf unserem Dach steht.« Wer auch immer das dort draußen war und wie sie auch immer hierhergekommen waren, ich war auf eine merkwürdige Art erleichtert, dass sie da waren. Sie wirkten so real. Viel realer als alles, was mich hier auf der Mother umgab.

»Meinst du, es sind Ureinwohner? So wie in den Dschungelgebieten auf der Erde?«

Ich runzelte die Stirn, dann schüttelte ich den Kopf. »Dass nach jahrtausendelanger Evolution auf einem völlig anderen Planeten ausgerechnet noch mal der Mensch in seiner heutigen Form rauskommt und dann auch noch direkt in die Kamera winkt, ist so was von unwahrscheinlich. Die zwei sind eindeutig von der Erde.«

»Aber was ...?«

»Warte, ich hab eine Idee«, schnitt ich Jonah das Wort ab.

Ich streckte meine rechte Hand aus und öffnete den Audiokanal der Kameras.

Augenblicklich wurde die Brücke von Geräuschen geradezu geflutet. Es klang, als würde eine ganze Armee aus Vögeln den Urwald bevölkern, helle Singstimmen und dunkles Tschilpen war genauso zu hören wie Krächzen und Gurren. Rufe anderer Tiere hallten aus dem Wald über das Wasser des Sees, das man leise gegen die Außenwand des Schiffs plätschern hören konnte.

Ich hielt den Atem an und lauschte. Es war beinahe so schön und einladend, wie Keto von ferne ausgesehen hatte. Seitdem ich existierte, hatte ich noch nie solch geballtes Leben gehört. Oder gespürt. Die Geräusche drangen direkt in mein Herz und nisteten sich dort ein. Das, was dort draußen jenseits unseres Schiffs lag, war die ganze Fülle des Lebens. Wasser, Blumen, Tiere. Und aus noch ungeklärten Gründen auch zwei andere Menschen.

»Meinst du, sie haben uns nicht gesehen?«, hörte ich eine Stimme fragen und zuckte zusammen. Sie gehörte zu einer Frau.

»Sie sprechen Deutsch?«, flüsterte Jonah ungläubig, und auch ich musste mich an meinem Steuerungspult festhalten, um nicht umzukippen.

Da standen nicht nur zwei Menschen auf dem Dach, die zuvor eine Horde Riesenkrokodile von unserem Schiff weggelenkt hatten, nein, sie sprachen auch noch Deutsch. Lichtjahre von der Erde entfernt. Auf einem offiziell unbewohnten Planeten.

Mir wurde schlecht und mein Magen zog sich zusammen. Schwarze Punkte tanzten vor meinen Augen wild umher. Ich zwang mich, mehrfach tief durch die Nase ein- und den Mund wieder auszuatmen, um die Übelkeit und die tanzenden Punkte zu vertreiben.

»Vielleicht funktionieren die Kameras nicht?«, hörte ich die zweite Stimme sagen. Es war die des Mannes. Tief, sanft, ganz im Gegensatz zu seiner wirklich wilden Erscheinung. Dieser Klang erinnerte mich an Kip. Seine Stimme hatte die gleiche, Vertrauen erweckende Wärme.

»Hm. Wenigstens sind die Raptoren beschäftigt. Aber ich werde einen neuen Ball machen müssen. Der hier ist hinüber.«

»Was hast du diesmal reingetan?«, fragte der Mann, und es war deutlich zu hören, dass er es eigentlich nicht wissen wollte.

»Ein paar Schildkröten, ein paar Eidechsen, ein paar Fische. Du weißt schon.«

Ich verzog das Gesicht. Deswegen waren die Krokodile, oder Raptoren, wie die Frau sie nannte, so bereitwillig hinter der roten Kugel hergeschwommen. Sie war vollgestopft mit toten Tieren.

Der Mann stieß einen angeekelten Laut aus.

»Jeder hat seine Vorlieben«, sagte die Frau leichthin. »Ich tadele dich ja auch nicht für deine.«

Sie schwiegen eine Weile, während Jonah und ich auf der Brücke den Atem anhielten.

»Wie lange dauert das denn noch?«, fragte der Mann. »Wir verglühen hier oben!«

Die Frau hob ihren Fuß und stampfte ein paar Mal kräftig auf. Ein leises Klopfen drang an unsere Ohren.

»Ich kann nicht glauben, dass sie mit diesem alten Kahn gekommen sind«, sagte die Frau und stampfte noch mal auf.

Alter Kahn?

Ich hatte genug gehört. Meine Finger flogen über das Bedienpanel, und kurz darauf hatte ich den Konstruktionsplan der Mother aufgerufen und mir einen Überblick über den Weg verschafft, den wir nehmen mussten. Mit einer Handbewegung bedeutete ich Jonah, seine Waffe zu nehmen und mir zu folgen.

Wir machten uns auf den Weg zu einer der steilen Leitern, die zu den Ausstiegen an der Schiffsoberseite führten. Ich kletterte voran, Jonah dicht hinter mir, und ganz kurz kam mir der Gedanke, dass mein knochiger Hintern direkt in seinem Blickfeld baumelte. Und als hätte er meine Gedanken gelesen, gab mir Jonah einen leichten Klaps.

»Behalt gefälligst deine Hände bei dir, Leutnant Schwarz. Oder ich muss sie dir zusammenbinden!«

»Dann wäre ich nutzlos. Du brauchst mich mitsamt meinen Händen.«

»Hübsch anzusehen wärst du trotzdem«, sagte ich abwesend, während ich den Netzhautscanner über meine Augen laufen ließ.

Mit einem leisen Zischen schob sich die Klappe auf und mir schlug die Hitze ins Gesicht wie eine gigantische Faust. Sie schwappte wellenartig über mich hinweg, und augenblicklich begann ich, stark zu schwitzen. Ich hätte schwören können, dass ich keine Luft atmete, sondern brennend heißen Honig, der sich quälend langsam durch meine Atemwege schob und meine Lunge verstopfte. Es fühlte sich eher an, als würde ich die Luft trinken.

»Ganz schön warm hier, was?«, hörte ich den Mann sagen, der kurz darauf direkt über mir stand und mir seine Hand hinhielt.

Um seine Handgelenke baumelten Lederbänder mit Perlen, Knochen und Zähnen aller Formen und Größen, dunkelblaue Tätowierungen zogen sich die sehnigen Arme entlang, auf denen sich die Adern deutlich abzeichneten.

Ich ergriff die dargebotene Hand, hauptsächlich weil ich nicht wollte, dass mich alle dabei beobachteten, wie ich äußerst unelegant auf das Dach des Schiffs krabbelte, und er zog mich grinsend zu sich nach oben. Dann wiederholte er dasselbe mit Jonah.

Kurz darauf standen wir alle vier auf dem Dach des Raumschiffs und beäugten einander neugierig. Neben dem Mann stand nun die Frau, im Gegensatz zu ihm grinste sie nicht.

Zu behaupten, dass sie wunderschön war, wäre noch eine Untertreibung. Ihr langes kupferrotes Haar trug sie zu riesigen, kunstvollen Schnecken auf dem Kopf aufgetürmt, der einen schlanken braunen Hals zierte. Das Ensemble sah aus, als würde eine schmale Kellnerin ein Tablett mit Zimtschnecken balancieren. Ihre dunkle Haut schimmerte wie Bronze, die pechschwarzen Augen funkelten intelligent, und ihr Gesicht war mit Sommersprossen übersät. Auch sie trug Armbänder und Ketten aus Knochen, Perlen und Federn, aber nicht so viele wie der Mann, und die einzigen Tätowierungen, die ich an ihr entdecken konnte, waren jeweils drei schwarze Punkte, die sich von ihren Augenwinkeln zu den Schläfen zogen.

»Scheiße, Cole«, zischte sie für alle gut hörbar. »Das sind ja noch Kinder.«

Der Mann, Cole, seufzte schwer. »Wie oft habe ich dir schon gesagt, dass du flüstern sollst.«

»Ich flüstere doch!«

Der Mann richtete seine Augen auf mich und zog die Augenbrauen hoch. »Könnt ihr sie hören?«

Jonah und ich nickten.

»Siehst du. Wenn andere dich hören können, dann ist das kein Flüstern.«

Die Frau schnaubte.

Der Mann trat einen Schritt auf uns zu und hielt uns die Hand hin. »Also noch mal von vorne. Ich bin Cole, das da ist Tisha.«

Wir schüttelten ihm die Hand und stellten uns vor.

Wie absurd ich mir in diesem Augenblick vorkam, kann ich nicht mal in Worte fassen.

»Angenehm, Jonah und Zoë«, sagte Cole lächelnd. »Und jetzt würden wir gern mit eurem Kapitän sprechen, wenn es geht. Und das gern drinnen. Bevor die Mittagssonne uns noch alle in Trockenfleisch verwandelt.«

Ich straffte die Schultern. »Ihr sprecht schon mit dem Kapitän«, sagte ich und zeigte wie zur Erklärung auf meine goldenen Abzeichen.

Diese Offenbarung schien Cole doch ein wenig aus der Fassung zu bringen.

»Was? Aber... Entschuldige... Aber...« Er suchte nach den richtigen Worten, konnte sie aber offensichtlich nicht finden. Schließlich fing er sich wieder. »Ist ja auch scheißegal«, sagte er schließlich grinsend. »Hauptsache ist, dass ihr endlich da seid!«

Die Verwirrung muss mir im Gesicht gestanden haben, denn Tisha musterte mich argwöhnisch.

»Soll das heißen, ihr habt auf uns gewartet?«, mischte Jonah sich ein.

»Natürlich, was denkt ihr denn? Das hier mag zwar aussehen wie ein Urlaubsparadies, aber glaubt mir: Das ist es nicht. Komfort und Sicherheit lassen hier doch deutlich zu wünschen übrig. Vom kulinarischen Angebot ganz zu schweigen. Wir wollen einfach nur wieder nach Hause.«

In diesem Augenblick begriff ich. Wir hatten zwei Crewmitglieder der ersten HOME-Mission vor uns. Die Crew, die verschollen war, weshalb man das Regierungsprojekt eingestellt hatte. Sie dachten, wir wären hier, um sie auf die Erde zurückzuholen.

»Nach Hause?«, hörte ich Jonah noch verwirrt fragen, doch wir kamen nicht mehr dazu, das Gespräch zu Ende zu führen. Denn in diesem Augenblick wurde hinter mir eine Waffe abgefeuert und Tisha stürzte ins Wasser. Cole sprang ihr, ohne zu zögern, hinterher.

XI

Erschrocken wirbelte ich herum und bemerkte, dass Sabine, völlig verschrammt und mit zitternden Händen, auf dem Dach des Raumschiffs stand. Ihre Finger umklammerten eine der Übungswaffen. Eine Kleinkaliberpistole, die nicht unbedingt dazu gemacht war, erheblichen Schaden anzurichten, aber wenn man es darauf anlegte, konnte man durchaus Menschen damit töten.

Ich fluche leise. Wie war sie nur aus ihrer Kabine entkommen? Sabines Arme bluteten, ihre Kleidung war völlig zerrissen.

»Warum hast du das getan?«, fragte ich sie, so ruhig ich konnte.

Jonah betrachtete sie ungläubig, als sähe er sie zum ersten Mal. Unterhalb meines Schlüsselbeins begann PIPER zu vibrieren. Da Jonah und Sabine einander gerade gegenseitig anstarrten, zog ich das Gerät hervor. »Fähnrich Langeloh ausschalten« blinkte in roten Buchstaben auf dem Bildschirm. Doch diesmal sah es nicht wie eine Aufgabe aus, sondern wie ein Angebot. Die Schrift leuchtete auf einem Button, den ich drücken konnte. Als Jonah in meine Richtung blickte, versteckte ich das Gerät schnell hinter dem Rücken.

»Was ist los mit dir, Bine?«, fragte ich meine Freundin, doch die schüttelte nur den Kopf.

Es war deutlich zu sehen, dass wir keine Informationen aus Sabine herausbekommen würden. Sie weinte und weinte, ihre Tränen tropften auf die heiße Oberfläche der Mother und verdampften dort beinahe sofort. Es war ein Wunder, dass sie Tisha überhaupt getroffen hatte, so verquollen, wie ihre Augen waren.

»Bine?«, fragte ich noch mal sanft, doch sie nahm mich gar nicht richtig wahr, sondern richtete ihre Waffe jetzt auf Jonah. Ich schnappte nach Luft.

»Wow, jetzt mal langsam«, sagte Jonah. Er hob die Hände, um ihr zu zeigen, dass sie nichts von ihm zu befürchten hatte. Seine Augen waren weit aufgerissen.

»Sabine«, beschwor ich meine Freundin. »Bitte, sag mir einfach, was du willst.«

»Ich will, dass es aufhört!«, keuchte sie. »Es soll einfach nur aufhören!«

»Aber wenn du Jonah erschießt, wird es nicht aufhören!«, sagte ich.

Sie atmete tief durch und entsicherte ihre Waffe. Der Lauf war direkt auf Jonahs Kopf gerichtet.

Ich konnte nicht mehr klar denken. Dass sie einer fremden Frau in die Schulter schoss, war eine Sache, doch ich konnte nicht zulassen, dass sie Jonah erschoss. Ohne nachzudenken, holte ich PIPER hinter dem Rücken hervor und drückte auf den Button. Im selben Augenblick warf sich Jonah auf Sabine. Die Hand mit ihrer Waffe wurde hochgerissen und ein Schuss zerteilte die Luft. Sabine schrie auf und fiel zu Boden. Im nächsten Augenblick lag sie bewusstlos auf dem Dach der Mother. Schaum trat ihr vor den Mund und ihr Körper wurde von Krämpfen geschüttelt. Jonah starrte ungläubig von ihr zu mir und dann auf PIPER in meiner Hand.

»Was zur Hölle?«, brüllte er so laut, dass die Vögel in den umliegenden Bäumen erschrocken aufflogen.

»Ich... ich...« Mein Kopf war eine einziges, grellrotes Chaos. Was hatte ich getan? Hatte ich Sabine etwa umgebracht?

»Zoë!«, brüllte Jonah und holte mich aus meiner Schockstarre. »Was hast du getan?«

»Hätte ich zulassen sollen, dass sie dich erschießt?«, brüllte ich zurück und schob PIPER wieder an seinen Platz. Sabine lag mittlerweile schlaff und reglos in Jonahs Armen.

»Komm«, sagte ich. »Wir müssen sie schleunigst von hier wegbringen.«

Jonah nickte knapp. Ich kletterte durch die Luke, um ihre Füße anzunehmen, und gemeinsam schafften wir es, sie vom Dach der Mother herunterzuholen. Wir legten sie auf dem Flurboden ab und ich sah sie mir etwas genauer an. Auf den ersten Blick hätte man tatsächlich denken können, dass unsere Freundin tot war, doch sie atmete flach. Nervös kniete ich neben ihr nieder und fühlte ihren Puls, der nur noch schwach zu spüren war. Ich hob vorsichtig eines ihrer Augenlider an und erschrak fürchterlich, als ich sah, dass ihr Auge feuerrot war. Es sah aus, als wären alle Äderchen geplatzt. Was gerade passiert war, hätte niemals geschehen dürfen. Wieso hatte ich auf diesen dämlichen Button gedrückt? Jonah stand mit zusammengepressten Lippen neben mir. Was er in diesem Moment dachte, wollte ich lieber nicht wissen.

»Sie muss auf die Krankenstation«, sagte ich knapp und

forderte ihn mit einem Nicken auf, Sabine wieder unter den Armen hochzuheben, während ich mir ihre Füße griff. Als ich sie anhob, drehte sich alles vor meinen Augen, und ich musste tief durchatmen.

Die Tür zur Krankenstation glitt auf, ich stolperte zwei Schritte nach vorne und fiel dann auf die Knie, weil ich mich einfach nicht länger halten konnte. Sabines Füße polterten zu Boden.

»Zoë, verdammt«, zischte Jonah.

»Willkommen auf der Krankenstation«, sagte Doc mit genau derselben fröhlichen Stimme wie beim letzten Mal und sah mit seinen runden Scheinwerferaugen neugierig auf uns herab.

»Wie kann ich Ihnen behilflich sein?«

»Fähnrich Langeloh ist in Schwierigkeiten«, japste ich. »Sie braucht Hilfe.«

»Nun, Sie sehen mir auch nicht sonderlich frisch aus, Kapitän«, stellte der Roboter fest. Er streckte die Arme und nahm Sabine aus Jonahs Armen, als wäre sie nicht schwerer als ein Hundewelpe.

»Mir geht es gut«, sagte ich, auch wenn das eine schamlose Lüge war, und rappelte mich wieder auf.

Doc legte Sabine auf eine der weißen Liegen, die im Raum standen. Sofort begann er, auf den Bildschirmen herumzutippen und diverse Prozesse einzuleiten.

Ich schielte zu Jonah hinüber, der begonnen hatte, mit wütendem Blick die Krankenstation zu mustern.

»Was ist mit ihr passiert?«, fragte Doc freundlich, und ich schluckte.

»So genau weiß ich das nicht«, antwortete ich wahrheitsgemäß.

Jonah riss den Kopf herum und starrte mich an. »Ich weiß es aber«, sagte er scharf und ließ mich nicht aus den Augen. »Zoë hat auf ihrem Tablet herumgetippt und dann ist Fähnrich Langeloh bewusstlos zusammengeklappt.«

Ich rappelte mich hoch und schleppte mich zu einem der Stühle, die an der Wand standen.

»Ja, aber nur, weil Fähnrich Langeloh gerade dabei war, Leutnant Schwarz zu erschießen.«

»Ein Stromstoß über die Platine also«, stellte Doc freundlich fest, und ich schloss für einen Moment die Augen.

»Wird sie wieder?«, fragte ich.

»Der Körpercheck wird eine halbe Stunde in Anspruch nehmen.«

Jonah verschränkte die Arme und kam zu mir herüber. Er ließ sich schwer am genau entgegengesetzten Ende der Stuhlreihe fallen.

»Harten Tag gehabt?«, fragte Doc.

»Das kann man so sagen«, antwortete ich.

Doc wandte den Blick nicht von den Zahlenreihen ab, die permanent über seine Monitore liefen und ihm die Vitalfunktionen von Sabine übermittelten.

Verstohlen sah ich zu Jonah hinüber. Er hatte genau gesehen, was ich getan hatte, und ich verstand sehr gut, dass ihn mein Verhalten erschreckte. Andererseits hatte ich nur so gehandelt, um sein Leben zu schützen, er hätte sicher dasselbe für mich getan. Was hätte ich denn sonst machen sollen? Allerdings erschreckte mich die Tatsache, dass ich tatsächlich auf den Button gedrückt hatte, selbst wahrscheinlich am meisten. Es war so leicht gewesen. Und jetzt lag Sabine hier und rührte sich nicht mehr. Ob ich über alle Crewmitglieder dank PIPER so eine Macht ausüben konnte? Der Gedanke war fast zu schrecklich, um ihn zu Ende zu denken. Und ich wusste, dass sich Jonah gerade genau dasselbe fragte.

Irgendwann drehte sich Doc zu uns um und ich straffte den Rücken.

»Was ist mit ihr?«

»Fähnrich Langeloh hatte einen kleinen Schlaganfall«, erklärte Doc freundlich. »Ein elektrischer Schlag wurde von einer Metallplatte auf ihr Gehirn übertragen.«

Ich nickte grimmig. Ja, so ungefähr hatte ich mir das auch schon gedacht. »Bekommen Sie das wieder hin?«, fragte ich.

Doc senkte seinen runden, weißen Kopf. »Ich tue natürlich mein Bestes. Sie wird es schon überleben.«

Erleichtert atmete ich aus. Dann kam mir ein Gedanke. »Fähnrich Langeloh war nicht sie selbst«, sagte ich, und Doc sah mich an. Wenn ich es nicht besser wüsste, hätte ich gesagt, dass er tatsächlich interessiert aussah. »Sie war nicht richtig ansprechbar, war regelrecht panisch, hat die ganze Zeit geweint. Von sich aus hätte sie niemals die Waffe gegen Leutnant Schwarz erhoben. Können Sie vielleicht herausfinden, was mit ihr los ist?«

»Ich kann es versuchen.«

Ich nickte dankbar. »Wenn Sie irgendwelche Neuigkeiten haben, lassen Sie es mich sofort wissen.« Ich warf einen letzten Blick auf Sabine. »Kümmern Sie sich gut um sie.«

Dann wandte ich mich an Jonah, der mich zum ersten Mal seit langer Zeit direkt ansah.

»Kommst du?«

Er nickte und stand auf. Seine Bewegungen kamen mir steif vor, wie bei einem alten Mann. Seine Schritte erfolgten beinahe in Zeitlupe.

Als die Tür der Krankenstation zuglitt, tat er etwas, womit ich am wenigsten gerechnet hätte. Er zog mich fest an sich und nahm mich in die Arme.

»Entschuldige«, murmelte er. »Du hast mir das Leben gerettet, ich hätte dich nicht so anschnauzen dürfen. Es war nur so gruselig, das alles.«

Ich schluckte und machte mich sanft von ihm los. Dann schüttelte ich den Kopf. »Nein. Ich hätte den Befehl nicht geben dürfen. Schließlich wusste ich ja gar nicht, was er auslösen würde. Das war unverantwortlich von mir. Aber ich hatte solche Angst, dass sie schießen würde, dass ich nicht mehr klar denken konnte.«

Eine Weile standen wir einander gegenüber und sagten kein Wort. Eine merkwürdige Situation, die ich nicht sonderlich lange aushielt.

»Wie ist sie eigentlich aus ihrer Kabine entkommen?«, fragte Jonah schließlich. Wir sahen einander an und setzten uns wortlos in Bewegung.

Von außen war die Kabine noch genauso verschlossen, wie ich sie zurückgelassen hatte, doch als sich die Tür öffnete, erklärte sich recht schnell, wie Sabine auf das Dach der Mother gelangt war. Auf ihrem Bett stand ihr Schreibtischstuhl, auf den sich sämtliche Klamotten stapelten, die sie im Schrank gefunden hatte. Über dieser seltsamen Konstruktion baumelte eine offene Lüftungsklappe.

»Dass sie überhaupt da hochgekommen ist«, murmelte Jonah kopfschüttelnd, und ich wusste, was er meinte. Es war noch immer eine ziemliche Distanz zu überbrücken gewesen.

»Ich bin auch beeindruckt«, sagte ich und nahm mir eine Weile, tief durchzuatmen. Wenn Angst Sabine die Energie gegeben hatte, all das fertigzubringen, dann hatte ich keine Ahnung, wie groß ihre Panik war. So was hatte ich selbst noch nie erlebt.

»Okay. Zurück auf die Brücke!«, sagte ich irgendwann, und Jonah nickte knapp.

Während wir den Flur entlangliefen, spürte ich PIPER wieder ganz deutlich auf meiner Haut. Nun wusste ich genau, was dieses Gerät vermochte und was uns blühte, wenn es mir nicht gelang, die Aufgaben rechtzeitig zu erfüllen. Es war ein beängstigender Gedanke. Im Stillen schwor ich mir, dass ich PIPER nie wieder gegen eines meiner Crewmitglieder einsetzen würde, ganz egal, warum. Wenn nur ein Knopfdruck den Unterschied zwischen Leben und Tod bedeuten konnte, dann durfte man nicht mal darüber nachdenken, diesen Knopf zu drücken. Das Bild von Sabine, wie sie mit schäumendem Mund in Jonahs Armen lag, würde mich wohl nie wieder loslassen.

Auf der Brücke angekommen, fuhr ich sofort die Unterbordkameras aus und suchte den See ab. Natürlich hoffte ich, weder Tisha noch Cole im Wasser zu entdecken, doch ich musste sichergehen. Ängstlich suchte ich das Wasser nach Gliedmaßen oder Kleidungsstücken ab, doch es war nichts zu sehen, was in mir die Hoffnung nährte, dass die beiden es bis ans Ufer geschafft hatten.

Erschöpft ließ ich mich auf meinen Sessel fallen und massierte mir die Schläfen. Tisha war sicher schwer verletzt und eine Schusswunde war im Urwald brandgefährlich. Der Blutgeruch würde alle möglichen Tiere anlocken und die Wunde könnte sich vor lauter Dreck entzünden.

»Hast du irgendeine Ahnung, warum hier noch andere Menschen auf diesem Planeten sind?«, fragte Jonah irgendwann, und ich zuckte zusammen, weil ich so in Gedanken gewesen war, dass ich ihn beinahe vergessen hatte. Das konnte ich gut: andere Menschen vergessen.

Ich hatte keine Lust zu lügen, also nickte ich. »Es gab schon einmal eine HOME-Mission, vor uns.«

Jonah runzelte die Stirn. »Warum hat uns das nie jemand gesagt?«

Ich kniff die Augen zusammen, die Kopfschmerzen wurden stärker. »Wahrscheinlich wollten sie nicht, dass wir Angst bekommen. Es hieß, die gesamte Crew der ersten Mission sei umgekommen. Das hätte uns jetzt nicht unbedingt motiviert, oder?«

Jonah lachte bitter. »Nicht unbedingt, nein. Aber offensichtlich haben sie überlebt.«

»Wahrscheinlich wurde ihr Schiff zerstört und sie hatten keine Möglichkeit mehr zu kommunizieren.«

Jonah nickte abwesend.

»Jonah?«

»Hm?«.

»Ich fürchte, sie glauben, dass wir gekommen sind, um sie zu retten.«

»Meinst du?«

»Erinner dich doch mal an das, was sie gesagt haben.«

Jonah runzelte die Stirn. »Du hast recht. O Gott, Zoë. Was ist das nur für ein Mist?«

Ich seufzte. »Sabine hätte bestimmt die richtigen Worte gefunden, es ihnen schonend beizubringen, aber sie hat sich dann doch für eine andere Kommunikationsform entschieden. Ich frage mich, was sie in ihnen gesehen hat. Oder in dir.«

Jonah seufzte, sagte aber nichts.

»Wir müssen sie finden, Jonah. Ich will nicht, dass Tisha, wenn sie noch lebt, an einer Infektion stirbt, nur weil Sabine den Verstand verloren hat.«

Jonah schnaubte. »Sie hätten ja hier nicht einfach so aufkreuzen müssen. Wie können sie nur glauben, dass irgendjemand jahrelang durchs Weltall fliegt, um ein paar verwahrloste Typen aufzusammeln?«

»Ich bin mir sicher, dass sie einfach verzweifelt sind. Immerhin sind sie schon eine halbe Ewigkeit hier. Wir können sie nicht einfach ihrem Schicksal überlassen. Das hier ist ein kleiner Planet, und es könnte nicht schaden, ein paar Verbündete an seiner Seite zu haben, die sich hier auskennen, findest du nicht?«

»Wie lange sind sie denn schon hier?«, fragte Jonah, und ich überlegte. »Müssten jetzt knapp zwanzig Jahre sein.«

Er stieß einen Pfiff aus. »Du hast recht. Wir sollten sie unbedingt finden.«

Ich atmete tief durch. Was ich jetzt wirklich wollte, war schlafen, doch das war keine Option.

Also sprang ich auf.

»Dann los jetzt, Jonah!«, sagte ich mit fester Stimme, die ihre Wirkung nicht verfehlte, denn auch Jonah stand von seinem Sessel auf. »Okay. Aber wie sollen wir bitte ans Ufer kommen?«

»Gib mir eine Sekunde.« Ich rief den Lagerbestand auf und scrollte mich durch die Bestandsliste. Zum Glück musste ich nur bis B runterscrollen, die Liste schien endlos zu sein.

»Wollen wir ein Faltboot, ein Klappboot oder ein Schlauchboot?«, fragte ich, und Jonah zog die Augenbrauen in die Höhe.

»Ganz sicher kein Schlauchboot.«

Ich brummte zustimmend und ließ mir vom Computer die Regalnummern ausdrucken und forderte Jonah auf, seine Waffe neu zu laden und mir zu folgen.

Beim Anblick des gewaltigen Lagerraums verschlug es sogar Jonah die Sprache. Bis auf »Wow«, und »Krass« hörte ich eine Weile kaum etwas von ihm und musste ihn immer wieder ermahnen, nicht herumzutrödeln. Ein bisschen erinnerte er mich an die Kinder, die ich in dem Berliner Einkaufszentrum beobachtet hatte. Voller Verzückung und Ehrfurcht vor so vielen verschiedenen Dingen, zwischen denen man sich entscheiden musste.

Ich hingegen hatte die ganze Zeit die angeschossene Tisha vor Augen, während ich die Regale nach passendem Verbandszeug und Medikamenten sowie dem richtigen Faltboot absuchte.

Mir war nicht wohl dabei, das Schiff einfach so zurückzulassen, mit all den schlafenden Menschen, doch mir fiel keine andere Lösung ein. Dass Jonah oder ich uns allein auf die Suche machten, stand einfach nicht zur Debatte. Keiner ging da allein raus.

Schließlich hatten wir alles beisammen, und ich führte Jonah in den Raum, in dem ich einen Tag zuvor noch Dr. Akalin dem Weltraum übergeben hatte. Der Vorteil dieses

Raumes war nicht nur, dass wir direkten Zugang zum Wasser hatten, sondern auch, dass wir von hier problemlos zurück ins Schiff gelangen konnten, aber niemand sich hierüber Zutritt verschaffen konnte, der nicht über meine Netzhaut verfügte.

Jonah machte das Boot fertig und belud es mit Waffen und den beiden Rucksäcken, die wir mit Verbandszeug vollgestopft hatten.

Es war ein mulmiges Gefühl, die Klappe zu öffnen und das Boot zu besteigen. Hier auf der Mother fühlte ich mich noch relativ sicher. Doch da draußen war ein fremder Dschungel mit uns vollkommen unbekannten, nicht abschätzbaren Gefahren, wilden Tieren und unbarmherziger Hitze. Jedenfalls, wenn wir nicht auf unserer kurzen Fahrt zum Ufer von Raptoren aus dem Boot gerissen wurden.

Jonah drückte mir eines der Ruder in die Hand und lächelte mir aufmunternd zu. Zwar war er nicht unbedingt scharf darauf gewesen, Tisha zu suchen, doch ich konnte ihm ansehen, dass er sich darauf freute, das Schiff zu verlassen. Jonah war immer der Erste, der sich in ein Abenteuer stürzte. Ich konnte nur hoffen, dass er nicht vergaß, dass wir uns nicht in einer Simulation befanden. Dort war er immer besonders leichtsinnig geworden, da wir ja wussten, dass alle Verletzungen und sogar unser Tod nur Teil der Simulation waren. Nicht real. Völlig ungefährlich. Im Gegensatz zu jetzt.

XII

Zu sagen, dass ich nicht gern mit einem Boot fuhr, wäre eine bodenlose Untertreibung. Ich hasste alles daran. Das Schaukeln, das kleine Boot, die Tatsache, dass sich unter uns Wasser befand – mitsamt Fischen und Raptoren und was weiß ich nicht noch. Doch ich ruderte tapfer und sagte kein Wort, damit Jonah nicht mitbekam, wie angespannt ich war. Wir waren jahrelang durch das Weltall gerast, ich hatte gerade ein riesiges Raumschiff manuell auf einem See gelandet und hatte jetzt Angst, in einem kleinen, schaukelnden Boot zu sitzen? Das konnte man nun wirklich niemandem erzählen. Immerhin war der See voll mit riesigen Krokodiltieren mit imposanten Zähnen, ich war also nicht völlig verrückt.

Jonah schien die Überfahrt zu genießen. Breit grinsend nahm er die Umgebung in sich auf, während seine Arme das Ruder immer wieder kräftig ins Wasser stießen. Er blickte sich zu allen Seiten um, seine Augen funkelten mit der Sonne um die Wette, die sich in tausend kleinen Diamanten an der Oberfläche des Wassers brach. Er sah aus wie ein Eroberer und ich musste ihn immerfort anstarren.

Jonah war schön. Auch jetzt noch, nach drei Jahren Schlaf

und merklich abgemagert, hatten weder seine Augen noch seine Haare an Glanz verloren, während meine stumpf und strähnig geworden waren. Beinahe sah er aus, als hätte der Schlaf ihm gutgetan. So wie ich nun fraulicher aussah, sah Jonah männlicher aus. Sein Kinn war eckiger, die Wangenknochen stachen deutlicher hervor als früher, und ich hatte das Gefühl, sein Bart wuchs schneller. Obwohl er sich vorhin rasiert hatte, krochen schon wieder dunkle Schatten um seinen vollen Mund. Es stand ihm zwar, aber ich hoffte, dass er sich keinen Bart stehen ließ – dann könnte man sein Grübchen nicht mehr sehen.

Sein Gesicht, sein ganzes Wesen war voller Leben. Er war ein leidenschaftlicher und ausgelassener Mensch, das direkte Gegenstück zu mir. Er war derjenige, der es immer schaffte, mich auszugleichen, mich zu beruhigen, mich runterzuholen, wenn ich wütend oder verzweifelt war. Er war in der Lage, schnell zu vergessen, was ihn bedrückte oder verwirrte und welchen Gefahren wir uns gegenübersahen, welche Widersprüche ich noch nicht aufgeklärt hatte. Er konnte solche Dinge beiseiteschieben und sich voll und ganz auf den Moment konzentrieren. In diesem Augenblick war Jonah einfach nur von gespannter Erwartung erfüllt. Ich bewunderte ihn dafür.

Dr. Jen war immer der Meinung gewesen, Jonah wäre nicht der hellste Penny im Brunnen. *Ein bisschen einfach*, so hatte sie sich immer ausgedrückt, doch das wurde ihm sicher nicht gerecht. Er war intelligent, seine Intelligenz war nur anders verteilt. Sie konzentrierte sich dort, wo man sie nicht unbedingt erwartete.

Wir nahmen den kürzesten Weg ans Ufer, da wir vermuteten, dass Tisha und Cole dort an Land gegangen waren. Tatsächlich fanden wir eine niedrige Stelle, an der ein paar abgeknickte Blätter und platt getretene Pflanzen darauf hindeuteten, dass hier vor Kurzem jemand an Land gegangen war. Wir zogen das Boot ans Ufer und versteckten es, so gut wir konnten, im dichten Laubwerk. Dann folgten wir der Spur in den Urwald hinein.

Es war, als wären wir durch einen Vorhang getreten und befänden uns jetzt erst richtig in der neuen fremden Welt dieses Planeten. Alles, was wir vom See aus nur gedämpft hatten wahrnehmen können, prasselte nun mit voller Wucht auf uns ein.

Die Geräusch- und Geruchskulisse, in die wir eintauchten, war überwältigend. Es roch nach nassem Grün und reifen Früchten, nach Exkrementen, Sonne und Erde. Und der Krach, der uns umgab, machte mich beinahe sprachlos. Vögel zwitscherten und riefen einander, die unterschiedlichsten Tiere kommunizierten miteinander, doch sehen konnte man nur die kleinsten. Knallbunte Schmetterlinge, Käfer und winzige Vögel bevölkerten die dicke heiße Luft um uns herum. Überall summte und tschilpte es, die gesamte Atmosphäre war voller Leben.

»Donnerwetter«, sagte Jonah, dessen Uniform genau wie meine bereits komplett durchgeschwitzt war und der aussah, als hätte er eine Dusche genommen. »Hier ist ja mächtig was los.«

So konnte man es auch ausdrücken. Der Urwald kam mir vor wie ein einziges lebendiges Wesen. Verlockend und abstoßend zugleich, fand ich ihn schön und schrecklich. Die schiere Wucht des Ganzen überwältigte mich; nie zuvor hatte ich etwas gesehen, das diesem Wald hier auch nur im Ansatz nahekam. Die abenteuerlichsten Simulationen, von den schlausten Köpfen erdacht, waren nur ein müder Abklatsch des Waldes von Keto gewesen. Wahrscheinlich hatte ihre Fantasie nicht ausgereicht, sich diese Fülle vorzustellen. Kein Wunder. Ich hatte Angst vor diesem Wald und wollte ihn gleichzeitig nie wieder verlassen.

Es war ein Glück, dass die Spur, die sich durch das Dickicht zog, so gut zu erkennen war. So würden wir auch wieder zurück zum Boot finden, da wir die Schneise noch zusätzlich vergrößerten. Wir kamen trotzdem nur langsam voran, da wir sehr vorsichtig waren und darauf achteten, wo wir hintraten. Außerdem musste Jonah uns immer wieder mit der Machete den Weg freischneiden. Ich hatte keine Ahnung, wie Tisha und Cole hier langgekommen waren, ohne sich an den tief hängenden Ästen und Blättern zu schneiden. Allerdings hatte ich schon nach kurzer Zeit das Gefühl, dass sich der Wald bewegte. Immer wenn ich mich umdrehte, kam es mir vor, als hätten wir kaum Spuren hinterlassen. Völlig egal, wie rücksichtslos Jonah die Machete geschwungen hatte. Nur auf dem Boden blieben unsere Spuren zurück, der Rest wirkte völlig unberührt. Vielleicht folgten diese Bäume, Lianen, Palmen, Sträucher und Farne ja ganz anderen Regeln als ihre Geschwister auf der Erde.

Nach einer gefühlten Ewigkeit gelangten wir an eine Stelle, an der etwas Großes gelegen haben musste, da hier viele Pflanzen auf einer beachtlichen Fläche platt gedrückt waren. Danach verloren sich die Spuren komplett. Nirgendwo war auch nur ein weiterer Hinweis zu entdecken. Als hätte das dichte Grün des Dschungels die beiden verschluckt.

Nervös schauten wir uns um. Ich legte den Kopf in den Nacken, doch in dem dichten grünen Blätterdach war überhaupt nichts zu erkennen. Jonah lief im Kreis, den Blick auf den Boden geheftet.

Nach einer Weile schüttelte er den Kopf.

»Nichts«, sagte er.

»Tisha? Cole?«, rief ich laut, doch bis auf ein paar Vögel, die empört tschilpend von ihren Ästen aufflogen, erhielt ich keinerlei Reaktion.

Frustriert stieß ich die Luft aus. Das durfte doch nicht wahr sein! Völlig undenkbar, dass wir ewig weit durch diese unglaubliche Hitze gelaufen waren, nur, um hier an ein totes Ende zu stoßen.

Plötzlich hörten wir ein Stampfen, und gleichzeitig spürte ich, dass der Boden unter meinen Füßen zu zittern begann. Es knackte und krachte um uns herum, ich hatte das Gefühl, das Geräusch käme von überall. Die Bäume schluckten es und warfen es gleichzeitig zurück, es war beinahe unmöglich zu bestimmen, woher der Krach tatsächlich kam. Doch wir mussten nicht sonderlich lange warten, um das herauszufinden.

Nach wenigen Augenblicken brach ein Tier durch das Unterholz und stürmte direkt auf uns zu. Wir wichen so weit zurück, wie wir konnten. Im letzten Augenblick kam es schnaubend und stampfend nur wenige Zentimeter von uns entfernt zum Stehen. Mir stockte der Atem. Vor uns stand… ja, was eigentlich?

»Ist das ein nacktes Einhorn?«, fragte Jonah in diesem Augenblick, während er es skeptisch betrachtete. Mir entfuhr ein nervöses Kichern.

Das Tier, das vor uns stand und seine Hufe in die Erde stampfte, sah tatsächlich aus wie ein nacktes Einhorn. Es hatte die Form eines Pferds, nur war es beinahe doppelt so groß und hatte weder Fell noch Mähne. Dort, wo bei Pferden der Schweif saß, baumelte etwas, das mich an einen Kuhschwanz erinnerte. Seine Haut war schwarz mit gelegentlichen rosa Flecken, die Augen, die wirkten, als hätten sie keine Iris, waren feuerrot. Aber am imposantesten war das große Horn, das pechschwarz auf der Stirn des Tiers glänzte. Es war nicht hell und filigran gedreht wie bei Einhörnern der fantastischen Literatur, sondern sah genau aus wie das Horn eines Nashorns. Schwarz und nach oben gebogen.

Insgesamt war es eine sehr beeindruckende Erscheinung, doch zu meinem großen Erstaunen kam das Tier nicht näher. Es stand einfach nur da und blickte uns forschend an. Mir fiel auf, dass hinter uns zwei sehr dicke Bäume dicht nebeneinanderstanden, uns also kein Fluchtweg mehr blieb. Wir konnten nicht zurückweichen, und das Ungetüm war zu groß, um sich an ihm vorbeizudrücken. Außerdem schätzte ich, dass es angreifen würde, wenn wir es versuchten. Ich schluckte trocken. War es von Anfang an sein Plan gewesen, uns in die Enge zu treiben?

Ich spürte, wie Jonah langsam nach dem Gewehr griff, das er geschultert hatte.

»Es könnte auch ein riesiges Schwein mit einem Horn sein«, murmelte er. »Die Haut ist so ledrig.«

»Vielleicht ist es ja ein Schweinhorn?«, schlug ich vor, und Jonah prustete los. Eigentlich war das keine Situation, um zu lachen, aber wir konnten einfach nicht anders. Unsere Nervosität entlud sich in Albernheit, wir waren vollkommen aufgekratzt. Das hatte uns schon oft schlechte Noten bei der Simulationsbewertung eingebrockt.

»Du solltest unsere Kali besser nicht beleidigen«, kam eine Stimme von über unseren Köpfen. »Sie kann sehr jähzornig werden.«

Unsere Blicke schnellten nach oben. Dort stand ein Mann mitten in einer der Baumkronen, dem wir noch nie begegnet waren. Im Gegensatz zu Tisha und Cole trug er seine Haare kurz geschoren, doch auch er musste ein Überlebender der ersten Mission sein. Er wirkte auf die gleiche Art wild wie die anderen beiden.

»Wir sind hier, um nach Tisha zu sehen!«, rief ich zu ihm hoch. »Ist sie bei dir dort oben? Geht es ihr gut?«

»Das ist eine ziemlich dämliche Frage, oder nicht?«, gab der Mann zurück.

Natürlich wusste ich, was er damit sagen wollte. Tisha war angeschossen worden. Wie sollte es ihr da schon gehen?

»Wir haben Verbandszeug und Medikamente dabei. Können wir hochkommen?«

Wie zum Beweis für meine Worte nahm ich meinen Rucksack von den Schultern und öffnete ihn, damit der Mann das Verbandszeug darin sehen konnte.

Er sagte eine ganze Weile nichts. Stand nur da und starrte zu uns herunter.

»Verdammt, Nox«, hörten wir Tisha von irgendwoher sagen. Ihre Stimme klang gepresst.

»Jetzt hol sie schon hier rauf!«

Nox stieß einen scharfen Pfiff aus und das Tier ging ein paar Schritte rückwärts.

»Ab mit dir, Kali!«, rief er und warf etwas, das mit einem

satten Platschen vor den Hufen des Tiers landete. Es war ein halb verwester Kadaver von irgendwas und stank bestialisch, was Kali nicht davon abhielt, sich sofort darüber herzumachen. Ich verzog das Gesicht.

»Geht mal ein Stück zur Seite«, forderte Nox, und wir gehorchten.

Über unseren Köpfen quietschte es und das Rascheln großer Blätter war zu hören. Kurz darauf kam eine hölzerne Plattform zu uns heruntergefahren, die von mehreren Seilen gehalten wurde. Ein Aufzug! Das erklärte, warum wir keine Spuren mehr gesehen hatten.

Wir stellten uns auf die Plattform und Jonah ergriff das Zugseil. Es kostete ihn einiges an Kraft, uns nach oben zu ziehen, doch als ich Anstalten machte, ihm zur Hand zu gehen, wies er mich rüde darauf hin, dass er das schon allein hinbekam. Offenbar wollte er sich vor Nox keine Blöße geben.

Wir stießen durch das Blätterdach und erreichten schließlich eine große Holzplattform. Ich musste eine Weile innehalten und mich umsehen, weil mir der Anblick, der sich uns nun bot, schlichtweg den Atem nahm.

Zwischen den unteren und oberen Blättern der großen Palmen erstreckte sich eine riesige hölzerne Plattform, die von unten überhaupt nicht zu sehen gewesen war. Und auch unsere Kameras hatten sie nicht erfasst. Es handelte sich noch nicht einmal einfach nur um eine Plattform. Allein von dort, wo ich stand, erblickte ich drei kleine Hütten, die kreisrund um die Stämme herum gebaut waren, einen langen Tisch mit mehreren Hockern, einen großen Krug mit Wasser und mehrere Hängematten. Hier und da führten schmale Hängebrücken in andere Bereiche des dichten Blätterdachs, und ich fragte mich, was man hier oben wohl noch so alles finden konnte.

Am liebsten hätte ich eine Weile dort gestanden und den Anblick einfach nur in mich aufgenommen, doch ein Stöhnen, das aus einer anderen Ecke der Plattform kam, erinnerte mich wieder daran, warum ich eigentlich hier war.

Tisha lag am Boden auf mehreren schwarzen Schlafsäcken. Genau dieselben Modelle hatten wir dutzendfach bei uns im Lagerraum. Ein Beweis mehr, dass ich mit meiner Theorie auf dem richtigen Weg war. Tisha war blass, und ihre Haut sah wächsern aus, sie schwitzte bedrohlich. Neben ihr stand Cole mit verschränkten Armen und blickte uns nicht gerade freundlich entgegen.

»Was zur Hölle war das eben?«, zischt er, als er uns kommen sah. »Warum hat diese Irre auf Tisha geschossen?« Er baute sich vor mir auf und versperrte den Weg. Als er direkt vor mir stand, musste ich feststellen, dass mein Kopf nicht mal bis an sein Brustbein reichte.

»Ich habe keine Ahnung«, antwortete ich wahrheitsgemäß. »Sie war nicht sie selbst. Normalerweise ist sie ein sehr sanftes Geschöpf.«

»Das verstehe ich nicht«, gab Cole zurück, und ich musste lachen, weil mir diese Konversation so ungemein absurd vorkam. »Da haben wir zwei ja was gemeinsam. Ich kann dir nur sagen, dass sie schon so ist, seitdem sie aufgewacht ist. Während des Flugs muss irgendwas mit ihr passiert sein.« Coles Kiefermuskeln arbeiteten, und er funkelte mich noch immer so wütend an, als hätte ich Tisha eigenhändig niedergeschossen. »Hör mal, es tut mir leid. Wir sind hier, um zu helfen, okay?«

»Ich störe ja ungern«, sagte Tisha matt. »Aber könntet ihr die Diskussion vielleicht auf später verschieben?« Sie sah mich an, und ich konnte den Schmerz, der sie beherrschte, am eigenen Leib spüren.

Ich schickte Cole einen fragenden Blick und der nickte knapp und trat beiseite.

Ich kniete mich neben Tisha und betrachtete ihre Wunde. In medizinischen Dingen war ich immer gut gewesen, schon während unserer Ausbildung in der Akademie. Auch auf diesem Gebiet fühlte ich mich wohl und sicher, weil ich einfach wusste, was ich zu tun hatte. Etwas war kaputt, und ich hatte die Möglichkeit, es wieder zu reparieren. Das war eine sehr zufriedenstellende Tätigkeit.

Ich bat Tisha, sich aufzusetzen, und inspizierte ihre Wunde. Schon nach wenigen Augenblicken konnte ich Entwarnung geben.

»Ein glatter Durchschuss«, sagte ich. »Ich werde die Wunde reinigen und verbinden. Aber ich muss nichts rausholen und sie wird von allein heilen.« Vorsichtig legte ich meine Hand auf ihre Stirn und nickte zufrieden. »Sehr gut. Fieber hast du auch nicht.«

Tisha nickte matt und lehnte ihren Kopf gegen Coles Schulter, der sich mittlerweile neben ihr niedergelassen hatte und ihre Hand hielt. Ich fragte mich, ob sie ein Paar waren.

»Der Verband muss täglich gewechselt werden«, sagte ich. »Aber das ist kein Problem. Du kannst mit aufs Schiff kommen, wenn du magst. Oder ich komme jeden Tag zu dir.« Tisha und Cole sahen einander an. Die unausgesprochenen Worte flogen zwischen ihnen hin und her wie Tennisbälle.

Cole räusperte sich. »Wie lange bleiben wir denn hier?«,

fragte er und versuchte, einen beiläufigen Ton anzuschlagen. Doch seine Augen durchbohrten mich förmlich.

Ich reinigte Tishas Schulter und versuchte, Cole nicht anzusehen. Es war deutlich zu spüren, dass er eine andere Antwort erhoffte als die, die ich ihm geben konnte.

»Wie viele seid ihr eigentlich?«, fragte ich ebenso beiläufig zurück, während ich Tishas Schulter so behutsam wie möglich verband.

»Wir sind zu dritt«, sagte Cole.

»Zu viert«, berichtigte ihn Nox, der sich nun auch zu uns gesellt hatte.

Cole verdrehte die Augen, kommentierte es aber nicht.

»Wieso vier?«, fragte Jonah, und Cole sah aus, als würde er irgendeine unsichtbare Macht um Geduld anflehen.

»Katze muss auch mit«, erklärte Nox und zeigte auf einen großen Stein, der an einem sonnigen Fleck stand. Eine riesige grüne Schlange lag darauf und schien die warmen Strahlen zu genießen. Sie hatte sich eingerollt, doch ich schätzte, dass sie mindestens drei oder vier Meter lang war.

Cole presste etwas durch die Zähne, das verdächtig nach »Frag nicht« klang, doch es war zu spät.

»Katze?!«, rief Jonah aus. »Das ist doch keine Katze!«

Zu meiner wachsenden Verwirrung stapfte Nox zu der Schlange hinüber und drückte ihr einen dicken Kuss auf den flachen, hässlichen Kopf.

»Hör nicht auf sie, meine Schöne«, sagte er in genau demselben lauten Flüsterton, den zuvor auch Tisha angeschlagen hatte.

»Jetzt geht das wieder los«, murmelte Cole kaum hörbar, und ich fing seinen Blick auf. Seine dunkelblauen Augen ruhten auf mir, als wollten sie mich daran erinnern, dass ich seine Frage von vorhin noch nicht beantwortet hatte.

»Kannst du mir ein Glas Wasser holen?«, bat ich ihn, während ich begann, in meinem Rucksack nach den passenden Medikamenten zu kramen.

Cole nickte und stand mit knackenden Knien auf.

Soweit ich das beurteilen konnte, war er derjenige von den dreien, der noch die meisten seiner fünf Sinne beisammen hatte. Und er schien mir auch der Anführer der Gruppe zu sein. Ich wusste, dass ich ihm nicht mehr lange würde ausweichen können.

Ich blickte in die Runde, von einem zum nächsten. »Wir sind nicht gekommen, um euch nach Hause zu bringen«, sagte ich. »Unsere Mission ist dieselbe wie eure.«

Coles Kopf schnellte in meine Richtung.

»Dann seid ihr überhaupt nicht wegen uns hier?«, fragte er hohl und tonlos.

»Tut mir leid, Mann«, sagte Jonah. »Bis vor Kurzem wussten wir nicht mal, dass ihr existiert.«

»Die haben uns hier einfach verrecken lassen«, sagte Tisha bitter. »Sie haben uns versprochen, dass wir sicher wären. Eine Erkundungsmission, sieben Jahre insgesamt, und wir kämen wieder nach Hause. Die Aufzeichnungssonde hat uns die ganze Zeit begleitet. Wir dachten, sie wäre wieder zurückgeflogen. Die Leitung des Projekts müsste wissen, dass wir abgestürzt sind. Und unser Leben war ihnen offenbar nicht mal eine zweite Sonde wert.«

Nox wischte sich eine Träne aus dem Augenwinkel. »Wir waren fünfzehn, damals. Drei haben den Absturz nicht überlebt. Der Rest ist nach und nach hier auf Keto gestorben. Vergiftet. Gestürzt. Aufgefressen. Und während all dieser Zeit haben wir uns eingeredet, dass wir nur noch ein bisschen länger durchhalten müssen.«

Tishas Blick fand meinen, und der Schmerz, den ich dort fand, fuhr mir mitten ins Herz. Man hatte sie einfach abgeschrieben. Hatte sie ausgebildet, ihnen gesagt, dass sie etwas Besonderes seien. Auserwählt. Und dann hatte man sie einfach vergessen. Ich fühlte mit ihr, denn ihre Geschichte war nicht so viel anders als Jonahs und meine.

»Es tut mir leid«, sagte ich schließlich, und selbst in meinen Ohren klangen diese Worte dämlich. Es war viel zu wenig.

Tisha schüttelte den Kopf. »Wir dachten wirklich, dass jemand kommen würde, um uns zu holen. Was für ein dummer, dummer Gedanke.«

Ich wusste nicht, was ich dazu sagen sollte. Da ich das wahre Gesicht von Dr. Jen mittlerweile kannte, wusste ich, dass es tatsächlich ein dummer Gedanke gewesen war. Doch weil mir sonst nichts Schlaues einfiel, blieb ich lieber still.

Und mit einem Mal fiel mir auf, dass »still« das perfekte Wort war, um unsere Situation zu beschreiben. Die Vögel sangen nicht mehr. Kein Käfer brummte, kein Laut war mehr zu hören. Es war vollkommen still im Dschungel.

Verwirrt sah ich mich um und Nox riss die Augen auf.

»Wir waren zu nachlässig!«, zischte er. Bei seinen Worten sprangen Tisha und Cole alarmiert auf.

»Wir müssen zur Hütte. Sofort.«

XIII

Cole packte mich am Ärmel und riss mich auf die Füße, Jonah war mit einem Satz bei Tisha und schlang ihren gesunden Arm um seine Schulter, damit sie sich auf ihn stützen konnte. Gemeinsam hasteten wir in Richtung der größten Hütte, die um den Stamm einer riesigen Palme gebaut worden war.

Es waren vielleicht zehn Schritte bis zur Hütte, vielleicht waren es aber auch nur fünf. Doch diese kurze Strecke, diese winzige Distanz, war noch zu lang. Binnen Sekunden brach eine Dunkelheit über uns herein, wie ich sie noch nie zuvor erlebt hatte. Keiner der beiden Monde, die wir vor unserer Landung Keto hatten umkreisen sehen, leuchtete bis zu uns herab. Das Licht der Sonne war verschwunden. Als wären wir in den Bauch einer riesigen Kreatur geraten oder von einem Augenblick auf den anderen erblindet. Es gab nicht das kleinste bisschen Licht.

Instinktiv wurde ich langsamer. Ich war es einfach nicht gewohnt, nichts sehen zu können. Im Dunkeln fand ich mich nicht zurecht. Mein ganzes Leben lang hatte ich einfach künstliches Licht angeschaltet, wenn das natürliche aus irgendeinem Grund ausgeblieben war. Wenn es Abend wurde.

Doch das hier war kein normaler Abend. Die Dunkelheit war gekommen, ohne die Dämmerung vorauszuschicken.

Das war etwas völlig anderes und ließ mich unsicher werden. Mein Körper verkrampfte sich, meine Füße bremsten ganz automatisch. Dafür zog Cole noch heftiger an meinem Ärmel, ich stolperte hinter ihm her, meine Schritte wurden unsicherer, da ich keine Ahnung mehr hatte, wo ich langlief. Er hätte mich zum Abgrund schleifen und in die Tiefe stoßen können, es wäre mein Ende gewesen. Doch er tat es nicht. Im nächsten Augenblick prallte ich mit der Schulter gegen etwas Hartes und Cole ließ meinen Ärmel los.

»Weiter rein«, flüsterte er so leise, dass ich ihn beinahe nicht verstanden hätte. Ich kroch auf allen vieren vorwärts, meine Knie drückten sich schmerzhaft in den Holzboden, auf dem ich grobe Matten liegen fühlte. Meine Fingerspitzen erreichten etwas Rundes, und durch Tasten konnte ich erahnen, dass es sich um den dicken Baumstamm handeln musste. Etwas weiter hinten stieß ich an eine Wand, gegen die ich mich sinken ließ. Wir waren tatsächlich in der Hütte und damit in relativer Sicherheit vor der Dunkelheit oder den Dingen, die sie mit sich brachte. Vor dem, was Tisha und Cole in solche Panik versetzt hatte.

»Nox?«, hörte ich Cole zischen. »Tisha?«

Er lauschte in die Schwärze hinein, dann fluchte er. »Gott verdammt.«

Ich hörte ein Ratschen und im nächsten Augenblick erhellte eine winzige Kerze das Innere der Hütte. Der große, runde Raum war erstaunlich gemütlich eingerichtet, Teppiche und Kissen lagen überall auf dem Boden verstreut, in der hinteren Ecke stand ein kleiner Ofen, in einem selbst gezimmerten Regal daneben stapelte sich eine kleine Sammlung Koch- und Essgeschirr. Die Gegenstände sahen so genau aus wie die in unseren Lagerräumen, dass es schmerzte. Es gab mir eine Ahnung davon, mit wie viel Hoffnung und welch großen Plänen Cole und seine Crew vor vielen Jahren aufgebrochen waren. Cole kauerte vor der niedrigen Tür und hielt die Kerze so, dass sie von außen gut zu sehen war.

Ich hörte Jonah und Nox vor der Tür vor Anstrengung keuchen, hörte ihre Füße über den Holzboden rutschen, doch ich hörte noch etwas anderes.

Erst klang es nur wie das Rascheln des Winds. Wie eine Böe, die immer näher kommt und dabei Blätter und Zweige in Aufruhr bringt. Doch es war kein Wind. Es hörte sich eher an wie Atmen. Wie das Hecheln eines Hunds oder vielmehr Tausender oder Abertausender Hunde. Das Geräusch raste auf uns zu, und es konnte nicht mehr lange dauern, bis es uns erreichte.

»Beeilt euch!«, zischte Cole, und seine Stimme klang maximal alarmiert.

Ich reckte den Hals, um etwas erkennen zu können, denn die Tür war die einzige Öffnung in der runden Hütte, Fenster hatte sie keine. Durch die undurchdringliche Schwärze, die vor dieser Öffnung herrschte, konnte ich natürlich überhaupt nichts erkennen. Mein Herz schlug heftig und wild, ich hatte eine Heidenangst und wusste noch nicht mal, wovor. Vielleicht war das sogar das Schlimmste daran.

Es polterte und ich zuckte zusammen. Etwas Schweres war auf dem Dach der Hütte gelandet. Cole griff nach einem Gewehr, das hinter der Tür stand.

Und dann sah ich es. Die Silhouetten der Anderen zeichneten sich ganz plötzlich ab. Vor der Hütte schienen Hunderte grellgrüner, kreisrunder Lichter angegangen zu sein. Sie huschten umher, schwebten in der Luft und krochen über den Boden. Sie waren überall.

Endlich stolperten Tisha und Jonah in den Raum, völlig außer Atem. Doch Nox war nicht direkt hinter ihnen.

»Komm jetzt, verdammt!« Cole hatte seine Vorsicht wohl über Bord geworfen, denn er flüsterte nicht mehr, sondern schrie aus voller Kehle. Es war ihm deutlich anzusehen, wie aufgebracht er war.

Ich half Jonah, Tisha auf einem der Kissenberge abzulegen. Sie sah wieder schlechter aus. Ihr Atem ging flach und sie hatte die Augen geschlossen. Wahrscheinlich tat ihre Schulter sehr weh. Suchend blickte ich mich nach meinem Rucksack um, nur um feststellen zu müssen, dass ich ihn in dem Tumult draußen liegen gelassen hatte. Schöner Mist.

Als Cole seine Waffe abfeuerte, erhellte ein Blitz die Hütte. Lautes Heulen erklang aus der Schwärze, das mir die Haare auf den Armen zu Berge stehen ließ. Ein Schrei, der weder menschlich noch tierisch klang und dennoch so voller Leid steckte, dass sich mir der Magen umdrehte. Im nächsten Augenblick zog Cole Nox endlich in die Hütte und warf die Tür hinter ihm zu. Dann versuchte er, sie mit einem kleinen Baumstamm zu verriegeln, doch irgendwas hämmerte von außen dagegen. Immer wieder wackelte das Türblatt, Cole gelang es nicht, den Stamm in die dafür vorgesehenen Metallhaken zu legen.

Jonah sprang ihm bei und sie stemmten sich gemeinsam mit den Rücken gegen die Tür. Doch auch sie schafften es nicht, den Riegel einzuhaken. Ich rappelte mich hoch, schnappte mir den Baumstamm, und so gelang es uns schließlich gemeinsam, die Tür zu verriegeln.

Cole ließ sich schwer atmend zu Boden sinken, mit dem Rücken noch immer gegen die Tür gelehnt. Sein Blick war auf Nox geheftet, und ich wusste, dass diesen ein Anschiss erwartete, sobald Cole wieder zu Kräften kam. Doch Nox wirkte unbekümmert. Er hatte wieder angefangen, die Schlange zu streicheln und beruhigend auf sie einzureden. Auf mich wirkte sie nicht sonderlich nervös, aber was wusste ich denn schon? Offensichtlich hatte er das Tier bis hierher in die Hütte geschleppt; ich wollte mir gar nicht vorstellen, gemeinsam mit diesem riesigen Vieh Zeit in ein und demselben Raum verbringen zu müssen. Auch wenn sie bisher friedlich geblieben war, so wirkte sie doch, als sei sie in der Lage, einen Menschen im Ganzen zu verschlingen. Die Attacke hatte sich deutlich negativ auf ihre Laune ausgewirkt – sie zischte die ganze Zeit missmutig vor sich hin, was meine eigene Laune auch nicht gerade zu heben vermochte.

Mittlerweile wackelte die gesamte Hütte. Ich kroch von der Wand weg, weil mir das Poltern unheimlich war und ich so weit wie möglich davon entfernt sein wollte. Mein Blick wanderte zu Tisha, die ihre Augen aufgeschlagen hatte und mich ihrerseits aufmerksam beobachtete.

»Also ich bleibe ja immer gern hier liegen!«, sagte sie. »Ist eine 1-a-Rückenmassage. Außerdem solltest du dem Stamm nicht zu nahe kommen.«

»Warum das nicht?«, fragte ich und bekam einen Fingerzeig von Tisha als Antwort. Als ich den Kopf in Richtung Baumstamm drehte, entfuhr mir ein lauter Schrei. Unzählige lange schwarze Finger wanden sich durch den schmalen

Spalt zwischen Baumstamm und Bodenbrettern. Sie hatten sehr lange, spitz aussehende Krallen. Oder eher Fingernägel...

»Das nächste Mal lass ich dich draußen. Das schwöre ich dir!«, polterte Cole in Nox' Richtung, noch immer heftig atmend.

»Das bringst du nicht fertig«, entgegnete Nox ruhig. »Im Grunde deines Herzens hast du mich nämlich sehr gern.« Wie schon zuvor schien er von dem Geschehen um sich herum eher unbehelligt. Cole schnaubte verärgert, entgegnete aber nichts. Mein Blick wanderte zwischen Nox, Cole, und den Fingern, die an der Baumrinde kratzten und an den Bodenbrettern rüttelten, hin und her. Es krachte, als sich schließlich eines der Bodenbretter löste. In einer Sekunde war Jonah neben mir und ließ den Gewehrkolben hart auf die schwarzen Finger niedersausen. Ein lautes Kreischen ertönte, und die Finger zogen sich kurz zurück, nur um sich wenige Sekunden später wieder durch den Spalt zu quetschen.

»Tu ihnen nicht weh!«, rief Nox alarmiert und riss Jonah ziemlich kräftig an der Schulter zurück.

»Die nehmen hier noch alles auseinander!«, schrie Jonah über das Getöse hinweg. »Willst du das?«

»Sie haben doch nur Hunger!«

Nox funkelte Jonah an, als hätte der ein unverzeihliches Verbrechen begangen, und stapfte zu der Ecke, in der der kleine Ofen stand. Dort öffnete er eine zerbeulte alte Metalldose, entnahm ihr ein paar undefinierbare kleine Kügelchen und begann, diese behutsam, beinahe liebevoll an den Rändern der Bodenbretter auszulegen.

Cole rieb sich müde die Schläfen. »Wie oft habe ich dir schon gesagt...?« Nox hob die Hand, um ihn am Weitersprechen zu hindern.

»Wir haben es nicht geschafft, unsere Möbel reinzuholen, oder? Die meisten unserer Sachen sind noch draußen, richtig?«

Cole nickte knapp.

»Dann solltest du mir besser helfen. Sonst fressen sie alles auf und wir können wieder ganz von vorne anfangen.« Nox hob den Blick und lächelte leicht. »Vielleicht fressen sie sogar dein Bett und alle deine Notizen. Deine Hütte ist doch immer offen.« Sein Tonfall war beinahe vergnügt, und es amüsierte mich tatsächlich ein wenig, mir vorzustellen, wie oft Nox wohl im Alltag seine beiden Freunde an den Rand des Nervenzusammenbruchs trieb. Ich war mir ganz sicher, dass er es regelmäßig schaffte, und schämte mich ein wenig für die stille Freude, die mir dieser Gedanke verschaffte. Cole war ein eher ernster Charakter, es schadete sicher nicht, wenn ihn ab und zu jemand aus der Reserve lockte.

Zuerst dachte ich, Cole würde zu schreien anfangen. Sein Gesicht verzog sich zu einer steinernen Maske. Die ganze Erschöpfung, die Enttäuschung und Verzweiflung der letzten Jahre und Stunden stand ihm in die Züge geschrieben. Ich dachte daran, was es wohl für ihn bedeuten mochte, zu wissen, dass er den Planeten wahrscheinlich nie wieder verlassen würde. Hatte er eine Frau auf der Erde gehabt? Eine Familie? Wen hatte er zurückgelassen, wen wiederzusehen gehofft? Wovon musste sich dieser Mann noch verabschieden, abgesehen von seinen Wünschen und Träumen?

Zu meinem großen Erstaunen nickte er schließlich grimmig, holte sich ebenfalls eine Handvoll der dunkelbraunen Kügelchen und begann, sie auszulegen. Die schwarzen Finger pickten und angelten sie sehr geschickt, das Gepolter und Getöse ließ immer weiter nach. Offensichtlich funktionierte es.

Da ich es hasste, mich nutzlos zu fühlen, holte ich mir ebenfalls Kugeln aus der großen Dose neben dem Ofen. Sie rochen schrecklich und fühlten sich auch nicht sonderlich vertrauenerweckend an. Hart und weich zugleich, verfügten sie über eine extrem schrumpelige Außenhaut, die etwas Gummiartiges an sich hatte. Vielleicht waren es Beeren, dachte ich, auch wenn ich nicht erkennen konnte, wo diese Beeren an einem Baum oder Strauch gehangen hatten. Vielleicht waren es auch Nüsse oder, so dachte ich grimmig, eine Art Hülsenfrüchte. Ich beschloss, dass ich es eigentlich gar nicht wissen wollte, da ich niemals etwas essen würde, das dermaßen eklig roch, und gesellte mich zu den anderen. Nur Jonah schien uns keine Gesellschaft leisten zu wollen und ließ sich lieber neben Tisha nieder. Die beiden begannen, leise miteinander zu sprechen. Ich konnte nicht verstehen, worum sich ihr Gespräch drehte, doch als Jonah lachte, merkte ich, dass sich tatsächlich Eifersucht in meinem Magen breitmachte. So was Dummes! Jonah konnte reden, mit wem er wollte. Und außerdem: Diese Frau war sehr viel älter als er, auch wenn sie nicht so aussah.

Ich legte die Kügelchen auf die Holzdielen und erschrak, als einer der Finger blitzschnell danach griff. Um ein Haar hätte mich der lange Fingernagel gestreift, was sicher schmerzhaft geworden wäre. Ich zog die Hand weg.

»Du musst schneller sein!«, sagte Nox. »Siehst du: So!« Er schnippte eine der Kugeln aus seiner Hand in Richtung des Spalts. Ich nickte und tat es ihm gleich.

»Was sind das für Wesen?«, fragte ich ihn, und Nox lächelte leicht.

»Das würde ich auch gern wissen. In Ermangelung einer besseren Bezeichnung nennen wir sie Nachtaffen. Korrekt ist das allerdings nicht.«

»Sind es keine Affen?«, fragte ich und schnippte eine Kugel in Richtung der Finger, die auf mich nun wirkten, als würden sie warten.

»Woher soll ich das wissen?«, fragte Nox irritiert. »Ich habe sie doch noch nie gesehen!«

»Noch nie?«

»Bei der Schwärze?«, warf Cole ein. »Wie soll man da was erkennen?«

Nox schenkte Cole einen säuerlichen Blick. »Wenn du mir ein wenig mehr Licht erlauben würdest, dann könnte ich sie mir besser ansehen.«

»Du weißt genau, dass das nicht geht, Nox.« Er blickte in die Runde. »Oder hast du schon vergessen, was passiert ist, als wir das letzte Mal in der Schwärze Licht angemacht haben.«

Nox und Tisha nickten und ließen die Köpfe sinken.

»Wieso, was ist denn passiert?«, fragte Jonah, und ich verfluchte ihn wieder mal dafür, einfach kein Gespür für die Stimmung in einem Raum zu haben.

»Vorher waren wir zu fünft«, erklärt Cole mit tonloser Stimme. »Danach nicht mehr.«

Ich schluckte, aber meine Kehle fühlte sich mit einem Mal so trocken an, dass es mir kaum gelang. Mein Blick fiel auf die hässlichen schwarzen Finger, die im schwachen Licht der Kerze aussahen wie sich durch einen Spalt windende Würmer. Unwillkürlich musste ich mir vorstellen, wie sie hier über den Boden krochen, was natürlich völlig lächerlich war. Ich fragte mich, wie lange es her war, seitdem die zwei anderen gestorben waren. Seit die Schwärze sie geholt hatte. Ich verstand, warum Cole kein Licht machen wollte. Wahrscheinlich hatte es die Affen damals direkt zu ihnen geführt. Dieses Risiko sollten sie unter keinen Umständen noch einmal eingehen.

In der Hütte hatte sich eine angespannte Stille ausgebreitet, die nur von den Nachtaffen, ihrem leisen Quietschen, den Kau- und Kratzgeräuschen unterbrochen wurde. Nox schnippte weiter Kügelchen, Tisha liefen Tränen die Wangen herab, und Jonah konzentrierte sich ein wenig zu offensichtlich darauf, Dreck vom Lauf seiner Waffe zu kratzen.

»Und sie kommen nur bei Nacht?«, fragte ich schließlich, als ich die Stille nicht mehr aushielt und bei dem Gedanken erschauderte, dieses Schauspiel jede Nacht mitmachen zu müssen. Ich konnte nur hoffen, dass die Nachtaffen die Mother noch nicht entdeckt hatten. Allerdings schätzte ich, dass auch die Nachtaffen keine Lust hatten, sich mit den Raptoren anzulegen. Insofern war es vielleicht keine schlechte Sache, dass wir mitten in einem See voll mit gefährlichen Tieren gelandet waren. Zwar mussten wir mit ihnen klarkommen, aber gleichzeitig mussten wir auch nur mit ihnen klarkommen.

»Es ist nicht wirklich Nacht, weißt du?«, sagte Cole. »Nicht so, wie ihr es kennt.«

Ich runzelte die Stirn. »Was meinst du damit?«

»Die Sonnenperioden sind viel länger als die der Schwärze. Wegen der Affen sind wir an den Punkt des Planeten gezogen, an dem am seltensten Dunkelheit herrscht. In wenigen Minuten ist es vorbei und dann wird wieder sehr lange die Sonne scheinen. Tage, Wochen, oder was immer für Zeiteinheiten hier passend wären.« Er stieß ein frustriertes Schnauben aus, und ich wusste, was er sagen wollte.

Ob Cole der Kapitän der Mission gewesen war? Er hatte etwas Autoritäres an sich, so viel stand fest. Ich betrachtete ihn von der Seite und versuchte herauszufinden, ob ich ihn schön fand. Unter all seinen Dreadlocks, dem Schmuck und den Tätowierungen war das wirklich schwer zu sagen. Aber seine Augen leuchteten, seine gerade Nase und die hohen Wangenknochen verliehen seinem Gesicht eine beeindruckende Struktur. Ich schätzte, dass ich ihn schön finden würde, wenn mehr von ihm zu sehen wäre. Zu spät bemerkte ich, dass Jonah von seiner Waffe abgelassen hatte und nun mich beobachtete. Schnell sah ich weg, konnte aber nicht verhindern, dass meine Wangen zu glühen begannen. So ein Mist, ich hasste es. Viel lieber wäre ich mysteriös und unleserlich, aber man konnte nicht alles haben. Cole hatte es zum Glück nicht bemerkt, sein Blick war weiter auf den Fußboden geheftet. Wahrscheinlich kaute er noch immer auf den schrecklichen Erinnerungen herum, die Jonahs Frage hervorgeholt hatte.

»Wir versuchen, die Schwärze genauer vorauszusagen, aber es ist uns noch nicht gelungen. Unsere astronomischen Messinstrumente haben unseren Absturz nicht überlebt – die Linsen sind allesamt zerbrochen, so wie das meiste an Bord, das aus Glas war. Also sind wir auf unsere Beobachtungen angewiesen. Allerdings sind die fehlerhaft, wie du dir vorstellen kannst.«

»Wie seid ihr abgestürzt?«

»Unser Schiff, die Columbus, hat den Eintritt nicht überstanden. Die Außenhaut ist abgerissen und zwei von uns sind in der Hitze verglüht. Der Rest wurde ohnmächtig. Als wir wieder zu uns kamen, waren wir gerade dabei zu ertrinken. Die Columbus ist in einen der großen Seen gekracht und gesunken. Es hat uns Wochen und unendlich viele Tauchgänge gekostet, wenigstens ein paar Sachen aus dem Lager zu holen. Aber wie ihr euch denken könnt, waren die Sendemasten hier nicht unsere Priorität.«

Ich nickte. Nox war aufgestanden und hatte die Dose zwischen uns abgestellt. Es war beinahe gemütlich, hier zu sitzen und die Tiere zu füttern. Als hätte ich eine Pause von allem.

»Ihr habt ganz schön was geleistet, gemessen an dem, was ihr durchgemacht habt«, sagte Jonah, und Cole lächelte leicht. »Wir waren immer eine gute Crew. Konnten uns aufeinander verlassen. Es war...« Seine Stimme brach, und ich musste dem Impuls widerstehen, die Hand nach ihm auszustrecken und über seinen Arm zu streichen.

Er schüttelte sich, als könnte er so auch die düsteren Gedanken einfach abwerfen. »Nun, jedenfalls hatten wir schon ewig keine Schwärze mehr. Ihr habt ziemliches Pech, ausgerechnet direkt nach eurer Ankunft in eine zu geraten.«

Jonah und ich zuckten gleichzeitig mit den Schultern. Wahrscheinlich war es uns beiden lieber, jetzt hier bei Cole und den anderen zu sein, als allein auf der Mother.

»Ich würde gern wissen, wie es bei euch damals war. Warum hat man euch auf diese Mission geschickt?«, fragte Jonah, während er sich eines der Kissen in den Rücken stopfte und Cole so erwartungsvoll ansah, als wollte er sagen:

Erzähl mir eine Geschichte, Papa! Ich lächelte ihm zu und er erwiderte das Lächeln. Merkwürdig, aber wahr: In diesem Augenblick fühlte ich mich vollkommen wohl.

Cole setzte sich ebenfalls bequemer hin. Dann schüttelte er den Kopf, als würde er sich über die Absurdität des Lebens wundern. Falls es so war, fühlte ich mit ihm. Einhundert Prozent.

»Ihr wisst es wirklich nicht?«, fragte er, was bei Jonah und mir synchrones Kopfschütteln hervorrief.

»Das ist allerdings merkwürdig.«

»Warum?«, fragte Jonah.

Cole verschränkte die Arme. »Na, weil ihr behauptet, Teil des HOME-Projekts zu sein. Unsere Nachfolger also. Und ihr seid mit der Mother gekommen.«

Jonah zuckte die Schultern. »Ja und?«

Cole fuhr sich mit der flachen Hand durchs Gesicht und seufzte genervt. Als wären wir einfach nur schwer von Begriff. In diesem Augenblick erinnerte er mich stark an Professor Nieves.

»Das HOME-Projekt wurde damals von der Bundesregierung ins Leben gerufen und von Europa getragen, es war das teuerste Projekt dieser Art seit Anbeginn der Raumfahrtgeschichte. Allein der Bau der Columbus und der Mother hat Milliarden verschlungen, von der Ausrüstung und unserer Ausbildung ganz zu schweigen. Seit über fünfzig Jahren hatte keiner mehr in der Raumfahrt gearbeitet, weil es schlicht zu teuer geworden war. Jedenfalls nicht von Regierungsseite.«

»Und warum haben sie es dann wieder aufgenommen?«, fragte ich. Tatsächlich wusste ich fast gar nichts über die erste

HOME-Mission. Mehr als einen winzigen Zeitungsausschnitt und ein paar verstreute Informationen hatte ich in Berlin darüber nicht zusammentragen können.

Cole blickte mich an und seine dunkelblauen Augen durchbohrten mich förmlich. Ich konnte mir schon denken, warum er mich fixierte. Es kam ihm merkwürdig vor, dass wir all das nicht wussten. Wäre ich seine legitime Nachfolgerin, müsste ich seine Geschichte und die der anderen auswendig vorbeten können. Seine Augen verengten sich und er starrte regelrecht.

Ich schluckte. »Aus uns nicht bekannten Gründen konnten wir unsere Ausbildung nicht beenden. Es gibt so vieles, das wir nicht wissen«, sagte ich vorsichtig. »Wahrscheinlich ist das auch der Grund, warum wir eure Geschichte nicht kennen.«

Cole schwieg, und ich bemerkte, dass sowohl Nox als auch Tisha ihn mit gespannter Erwartung ansahen. Es war eindeutig, dass es an ihm lag zu entscheiden, was und wie viel er uns erzählte.

»Warst du der Kapitän der Ersten Mission?«, fragte ich, weil ich ihn aus seiner Starre holen wollte, und Coles Lippen verzogen sich zu einem dünnen Strich.

»Nein, das war ich nicht. Ich war der Erste Offizier. Unser Kapitän starb beim Absturz.«

»Das tut mir leid«, murmelte ich und bereute, gefragt zu haben.

»Also warum gab es die erste Mission denn nun?«, frage Jonah und schenkte Cole einen herausfordernden Blick, den dieser mit hochgezogenen Augenbrauen quittierte.

»Falls es dir noch nicht aufgefallen ist: Wir stecken hier

jetzt gemeinsam drin. Also wäre es doch gut, wenn wir einander ein bisschen kennenlernen, denkt ihr nicht? Uns auf den neusten Stand bringen. Eure Mission, unsere Mission. Waffen, Vorräte, Wissensaustausch. Das Übliche, wenn man aufeinander angewiesen ist.«

Beinahe hätte ich laut losgelacht. Jonah hatte auf seine direkte und unbekümmerte Art die Sache sehr treffend auf den Punkt gebracht. Die ganze Zeit über hatte ich nur darüber nachgedacht, dass wir Cole, Tisha und Nox brauchten, damit sie uns zeigten, wie man im Dschungel überlebte. Aber sie brauchten uns genauso. Wir hatten Vorräte, Waffen, Seile, Medikamente. Wir brachten sogar Kommunikationstechnologie. Die Mother war ihre einzige Chance, noch einmal Verbindung zur Erde aufzubauen. Falls es den Planeten überhaupt noch gab.

»Ich versuche nur zu schützen, was mir geblieben ist.«

Jonah stieß ein frustriertes Schnauben aus. »Ihr müsst es uns auch nicht erzählen!«

»Jetzt mach nicht so ein Drama draus, Cole«, forderte Tisha gereizt.

»Wenn ihr nicht hier seid, um uns zu holen, dann dürfte der Grund für eure Mission genau derselbe sein wie damals bei uns: Die Erde geht vor die Hunde und wir brauchen einen Plan B.«

Ich musste schmunzeln. Das hatte sie wirklich sehr treffend zusammengefasst. Ich nickte.

»Jepp. Wir sind Plan B. Sozusagen Plan B für die Menschheit.«

»Führende Wissenschaftler sind damals zu dem Schluss gekommen, dass es bald nicht mehr genügend Wasser für die gesamte Erdbevölkerung geben würde«, sagte Nox versonnen und streckte einen Arm aus, damit sich die Schlange daran hochziehen konnte. »Darf ich vermuten, dass sich die Lage mittlerweile zugespitzt hat?«

»Genau so ist es«, bestätigte ich. »Nicht zu fassen, dass es so lange bekannt war und keiner was dagegen unternommen hat.«

»Es gab nichts zu unternehmen«, erklärte Tisha. »Die Sache war längst gegen die Wand gefahren. Generationen vor uns haben versaut, was wir heute ausbaden müssen. Die HOME-Mission war die einzige Möglichkeit.«

»Man war der Meinung, einen Teil der Bevölkerung eventuell evakuieren zu können«, übernahm Nox wieder. Offensichtlich machte es ihm Spaß, davon zu erzählen. Sein ganzes Gesicht leuchtete regelrecht. »Kurz zuvor war Keto in einem fernen Sonnensystem entdeckt worden, und so wurde beschlossen, dass man ein paar Wissenschaftler hinschicken sollte, um sich das Ganze mal anzusehen.«

»Und das wart ihr«, folgerte Jonah.

»Und das waren wir«, bestätigte Cole, einen harten Zug um die Mundwinkel.

»Wir haben uns damals beworben, so wie Hunderte andere auch. Für uns als junge Wissenschaftler war das die Chance unseres Lebens. Ich muss gestehen, dass ich nicht einmal über die Gefahren nachgedacht habe. Zu einem fremden Planeten zu reisen, kam mir vor wie ein absoluter Traum.« Tisha schnaubte verächtlich. »Nun sieht man ja, wo das Ganze hingeführt hat.«

»In eine schäbige Scheißhütte auf einem schäbigen Scheißplaneten«, sagte Cole, und ich lachte auf, obwohl sein Blick mir zu verstehen gab, dass er die ganze Sache überhaupt nicht zum Lachen fand.

Ich hätte gern noch mehr über die Anfangszeit der HOME-Mission erfahren, doch ich wurde langsam ungeduldig. Wir hatten die Mother nun schon sehr lange allein gelassen, uns blieb nicht mehr viel Zeit, bis die anderen aufwachen würden, und ich wollte nicht, dass sie dann allein waren. Meine Gedanken fanden zurück zu Tom und Kip, und ich erschrak, als mir klar wurde, dass ich sie zwischenzeitig vollkommen vergessen hatte.

Ich schnippte noch eine Kugel, doch die rollte über den Rand und fiel ins Leere. Die gierigen Finger waren aus dem Spalt verschwunden, stattdessen drang nun wieder Tageslicht in die Hütte. Genau so abrupt, wie sie gekommen waren, waren sie auch wieder abgezogen. Und die Schwärze hatten sie mitgenommen. Wie auf Kommando fingen die Vögel draußen wieder an zu singen. Als wäre gar nichts passiert. Es wurde Zeit für uns, zu unserem Schiff zurückzukehren.

Als hätte er meine Gedanken gelesen, rappelte Cole sich auf. »Dann wollen wir doch mal sehen, was sie diesmal angerichtet haben«, sagte er, während er den Riegel von der Tür entfernte.

Die Tür schwang auf und Sonne flutete die Hütte in einer kraftvollen Welle aus Licht. Wir alle mussten dagegen anblinzeln, und es dauert recht lange, bis ich mehr sehen konnte als ein gleißend weißes Viereck. Auch wenn mir dieses noch eine ganze Weile vor den Augen herumtanzte. Cole war bereits nach draußen getreten und fluchte leise, wahrscheinlich, weil die Affen ein ziemliches Chaos verursacht hatten.

»Nox, komm her, das musst du dir ansehen!«, rief er, und

Nox zog die linke Augenbraue in die Höhe. Er streifte Katze mit sanftem Druck von sich und trat nach draußen auf die Terrasse. Neugierig folgte ich ihm.

Es dauerte ein paar Sekunden, bis mein Gehirn verdaut und verstanden hatte, was es dort sah.

Auf der Plattform herrschte tatsächlich ein heilloses Durcheinander. Tisch und Stühle waren umgeworfen worden, die Schlafsäcke, auf denen Tisha sich vorhin ausgeruht hatte, lagen in Fetzen überall auf der Plattform verteilt zwischen abgerissenen Blättern und heruntergefallenen Früchten. Doch das war es nicht, weshalb Cole nach Nox gerufen hatte. Unter dem Tisch, halb von der Platte verdeckt, lagen zwei Wesen. Um sie herum verstreut sah ich einige der Tabletten, die ich für Tisha mitgebracht hatte. Wahrscheinlich hatten sie davon gegessen, und das hatte sie ausgeknockt, weil ihr Organismus mit den Wirkstoffen nicht klarkam. Von meinem Standpunkt aus konnte ich nur zwei Paar haarige, schneeweiße Beine sehen, die in nackten Füßen mit jeweils sieben Zehen mündeten. Nox hatte sich neben einem der Wesen niedergelassen und studierte es eingehend, sein Blick war das erste Mal, seitdem ich ihm begegnet war, unleserlich.

Vorsichtig ging ich näher heran, da ich sehen wollte, wie der Rest ihrer Körper aussah. Hinter mir kam Jonah aus der Hütte getreten.

»Ach du Scheiße«, murmelte er. »Hier sieht's ja aus! Und was zur Hölle ist das?«

Ich hörte ihn kaum, da ich völlig damit beschäftigt war, mich aufs Atmen zu konzentrieren. Denn das musste ich, um nicht verrückt zu werden. Ein und wieder aus. Ein. Aus. Meine Augen klebten am Gesicht des Wesens, neben dem

Nox in die Knie gegangen war. Der vollkommen nackte Kopf des Nachtaffen war genauso weiß wie der restliche Körper; nur ihre Hände waren pechschwarz. Die Nase war flach und er hatte vier Augen. Doch das war es nicht, was mich so verstörte. Wir waren zuvor schon anderen, fremdartigen Wesen begegnet. Das Problem war eher, dass mir dieses Wesen ganz und gar nicht fremdartig vorkam. Denn abgesehen von den vier Augen und der leicht flachen Nase sah es genau aus wie ein Mensch.

»Das ist interessant«, hörte ich Nox murmeln, doch ich hatte jetzt genug. Ich wollte schlafen, mich in meiner Suite einsperren, schreien, mir den Kopf zerbrechen oder einfach nur schweigen. Jedenfalls wollte ich keine Minute länger hierbleiben. Mein Kopf und mein Herz waren voll, ich brauchte dringend ein paar Minuten für mich.

Hastig versprach ich Cole und den anderen, mit Medikamenten und neuem Verbandszeug wiederzukommen, dann machten Jonah und ich uns auf den Weg zurück.

Wir gingen schweigend hintereinander her, aber unsere Köpfe summten mit den Insekten in der schwülen, dicken Luft um die Wette. Ich bewegte mich wie ferngesteuert.

Das Boot lag noch genau da, wo wir es zurückgelassen hatten, und zu meiner Erleichterung waren wir auf dem ganzen Weg weder Mensch noch Tier begegnet.

Das weiße Gesicht des Nachtaffen ging mir nicht mehr aus dem Kopf. Zwar wusste ich, dass die Menschen vom Affen abstammten, hatte Bilder des frühen Menschen in meinen Biologiebüchern gesehen, doch das hier war etwas anderes. Die beiden ohnmächtigen Nachtaffen hatten sehr viel menschlicher gewirkt als jedes noch so menschenähnliche

Tier. Wenn die vier Augen nicht wären und mir eines der Wesen auf der Erde begegnet wäre, so hätte ich überhaupt keinen Zweifel daran gehegt, einen Menschen vor mir zu haben.

Wir kletterten in das Boot und ruderten zur Mother. Dort angekommen, checkte ich die Vitalfunktionen und Countdowns der anderen. Es blieben noch etwas mehr als sechs Stunden, bis sie alle gemeinsam aufwachen sollten. Ein wenig unschlüssig und verloren stand ich mitten im Raum zwischen den ganzen Glasröhren. Ich wusste einfach nicht, was ich jetzt tun sollte. In den letzten Stunden war so viel passiert, dass sich mein Gehirn wie ein überanstrengter Muskel anfühlte.

»Wir sollten uns vielleicht ein bisschen hinlegen, findest du nicht?«, fragte Jonah. »Wenn die anderen erst mal wach sind, kommen wir bestimmt eine ganze Weile nicht mehr dazu.«

Ich nickte. Ja, das war sicher das Beste. Jonah ging in seine Kabine, doch ich blieb noch wie angewurzelt im Flur stehen. Die Ereignisse der vergangenen Stunden verstopften meinen Kopf, es war so viel passiert, mit dem ich niemals gerechnet hätte. Die anderen kennenzulernen und ihre Geschichte zu hören, hatte mich noch mal sensibler für meine eigene Situation werden lassen. An ihrem Beispiel konnte man sehen, wie wichtig die Crew war.

Weil mir nicht nach Schlafen zumute war, ging ich noch einmal zu Doc und Sabine auf die Krankenstation. Ich wollte ein bisschen am Bett meiner Freundin sitzen und ihre Hand halten. Damit sie wusste, dass ich bei ihr war.

Doch das ständige Geplapper des Roboters ging mir nach

einer Weile auf die Nerven und Sabines regloser Körper machte mich unendlich traurig. Sie sah nicht aus, als würde sie friedlich schlafen, sondern wirkte, als hätte sie jemand zerbrochen. Vielleicht bildete ich mir das aber auch nur ein. Sie war immer so sanft und freundlich gewesen. Was nun mit ihr geschehen war, hatte sie nicht verdient.

Eigentlich hätte ich anschließend in meine Suite gehen und mir von Ira etwas geben lassen sollen, damit ich schlafen konnte. Doch der Gedanke, nun allein zu sein, erschien mir vollkommen unmöglich. Ich wusste, dass mein Herz und mein Kopf um die Wette schreien würden, sobald das Licht ausging.

Mir war klar, dass ich drauf und dran war, einen schrecklichen Fehler zu begehen. Aber das war mir jetzt auch schon egal.

Wie ferngesteuert lief ich an meiner eigenen Kabine vorbei zu der von Jonah. Ich wollte jetzt nur noch schlafen, an nichts weiter denken, doch bevor ich mir das erlauben konnte, hatte ich noch etwas zu erledigen.

»Ira«, sagte ich. »Ich brauche ein Schlafmittel für genau vier Stunden.«

»Wie Sie wünschen«, sagte Ira, und ich wartete geduldig, bis wieder irgendwo in der Wand eine Klappe aufging. Diesmal befand sie sich genau hinter mir. Ich nahm das Glas heraus und trat damit an Jonahs Kabinentür. Als Kapitän konnte ich jede Tür in diesem Raumschiff öffnen, und so musste ich ihn nicht wecken, um reinzukommen.

Es war dunkel, doch ein paar der Leuchtplatten in der Decke schimmerten dunkelblau, sodass ich mich orientieren konnte.

Jonahs Kabine war deutlich kleiner als meine, was keine Überraschung war, aber dafür wirkte sie auch gemütlicher. Was vielleicht auch daran lag, dass Jonah sie in der kurzen Zeit, die er sich hier aufhielt, mit seiner typischen Unordnung überzogen hatte. Seine Klamotten lagen überall verstreut auf dem Fußboden. Diese Kabine wirkte tatsächlich so, als würde ein Mensch hier wohnen.

Die Tür glitt geräuschlos hinter mir zu und ich nahm mir einen Moment. Mit geschlossenen Augen stand ich da und atmete Jonahs Geruch, lauschte seinen Atemzügen, fühlte die jonahtypische Wärme in Wellen vom Bett aus bis zu mir herüberschwappen. Ich gestattete mir die Fantasie, wieder zurück an der Akademie zu sein. In vielen Nächten hatte ich mich von meinem Zimmer in das Stockwerk der Jungs und in Jonahs Zimmer geschlichen. Die Professoren hatten es geduldet – einzig ein sehr peinliches Gespräch darüber, wie man nicht schwanger wird, hatte ich über mich ergehen lassen müssen. Hätte ich gewusst, dass alles nur Fassade war, dann hätte ich Jonah ganz sicher häufiger nachgegeben. Was für eine bodenlose Verschwendung!

Ich trank das Glas mit dem Schlafmittel aus. Dann schlich ich auf Zehenspitzen in Richtung Bett und streifte die Turnschuhe ab, um anschließend mit nackten Füßen zu Jonah unter die Bettdecke zu schlüpfen.

Noch etwas war genauso, wie ich es kannte: Er trug wie immer Boxershorts und ein T-Shirt. Und wie immer wachte er nicht mal richtig auf, als ich mich in seine Arme kuschelte. Er zog mich nur an sich, schob seinen rechten Arm in meine Halsbeuge und legte den linken schützend über mich. So hatten wir immer geschlafen. Oder noch nie. So genau konnte ich das jetzt auch nicht sagen. Ich wusste nur, dass dieser Augenblick genauso roch und sich genauso anfühlte wie in meiner Erinnerung. In diesem Augenblick war Jonah meine Insel. Bevor ich einschlief, fühlte ich noch, wie Tränen meine Schläfe hinabliefen und auf Jonahs nackten Arm tropften.

Logbuch von Jonah Schwarz, 3. Eintrag

Sie liegt in meinem Bett. Ich kann es nicht fassen, sie liegt tatsächlich in meinem Bett. Und sie schläft wie eine Tote. Wenn ich um ein Haar meine beste Freundin umgebracht hätte, würde ich nicht so selig schlafen. Sie hat nicht mal bemerkt, dass ich aufgestanden bin.

Als sie in meine Kabine kam, habe ich mich schlafend gestellt, weil ich nicht wusste, was sie hier will. Ein bisschen schäme ich mich für mein Misstrauen, aber es hätte ja auch sein können, dass sie meine Klamotten durchsuchen will oder so was. Und außerdem hat sie dieses gruselige Ding, mit dem sie mich bestimmt genauso einfach ausschalten kann. Klar glaube ich ihr, dass sie es nur getan hat, um mich zu schützen, aber irgendwie ist sie mir trotzdem unheimlich. Keine Ahnung, was ich denken soll. Ich weiß einfach nicht mehr, was in ihr vorgeht, woher soll ich dann wissen, was sie in meiner Kabine zu suchen hat, nachdem wir uns Gute Nacht gesagt haben? Doch dann hat sie einfach ihre Schuhe ausgezogen und ist zu mir unter die Decke geschlüpft. Fast wäre mir das Herz stehen geblieben. Natürlich habe ich die Augen ein winziges Stück aufgemacht, weil ich sehen wollte, ob sie vielleicht noch mehr auszieht, aber das hat sie leider nicht getan.

Aber sie hat sich wie früher an mich gedrückt. Die Betten in der Akademie waren nur einen Meter breit, und wir mussten immer dicht aneinanderrücken, um überhaupt zu zweit reinzupassen. Am Anfang bin ich sogar ein paar Mal rausgefallen, weil sie die Angewohnheit hat, sich zwar beim Einschlafen klein zu machen, danach aber wie ein Klappmesser aufzuspringen, sodass man fast keinen Platz mehr hat. Zwar ist das Bett hier viel größer, sie hat sich aber trotzdem genau so fest und nah an mich gepresst.

Es macht mich schon echt glücklich, dass sie gekommen ist. Irgendwie zeigt das doch, dass wir uns immer noch nah sind und ich ihr nicht egal bin. Immerhin ist *sie* zu *mir* gekommen. Vielleicht gibt es ja doch noch einen Weg für uns beide zusammen. Zoë steht selbst auch unter enormem Druck, das hat der heutige Tag gezeigt. Ich vergesse immer so leicht, dass sie auch nur ein Mensch ist. Was vielleicht daran liegt, dass sie immer so tut, als würde sie alles allein hinbekommen. Sie ist tough, das war sie schon immer. Wahrscheinlich auch, weil sie immer eine Außenseiterin war. Doch in meiner Welt war sie immer das Zentrum des Universums - ganz egal, wo wir gerade waren. Eigentlich hätte sie merken müssen, dass mein Herz schneller schlug, als es im Schlaf schlagen sollte, während sie zu mir unter die Decke krabbelte. Kurz war ich versucht, sie zu küssen, doch ich hatte Angst, dass ich sie verschrecke. Wie einen Vogel, der auffliegt, sobald man in die Hände klatscht. Diesen wertvollen Moment wollte ich auf keinen Fall zerstören. Sie fühlt sich noch genauso an wie immer, auch wenn sie jetzt natürlich knochiger ist. Aber das sind wir schließlich alle. Allerdings riecht sie anders, was es mir schwer gemacht hat, wieder einzuschlafen. Deshalb sitze ich jetzt hier und schreibe meine Gedanken auf.

Ich weiß immer noch nicht, ob es mir tatsächlich hilft, aber irgendwie glaube ich es schon. Es tut gut, seine Gedanken irgendwo zu lassen. Als würde ich sie in eine Schublade legen.

Es ist kaum zu glauben, dass Zoë hier in meiner Kabine im Bett liegt. Sie schläft wie ein Stein. Ich habe ein paar der Lichter angelassen, weil ich den Gedanken, aufzuwachen und mich nicht zurechtzufinden, gruselig fand. Deshalb kann ich sie jetzt auch ansehen. Die Konturen ihres Gesichts heben sich wie ein Scherenschnitt von dem weißen Kissen ab, die Decke hebt und senkt sich. Es sieht so friedlich und normal aus – dabei ist nichts mehr in diesem Leben normal.

Zoë ist schön, für mich war sie das schon immer. Doch ich muss gestehen, dass ich heute eine Frau gesehen habe, die ich noch schöner finde.

Sie heißt Tisha und war Mitglied der ersten HOME-Mission. Sie dürfte locker zwanzig Jahre älter sein als ich, aber das sieht man ihr überhaupt nicht an. Und das meine ich jetzt nicht als abgedroschenes Kompliment. Ich glaube, auf diesem verrückten Planeten altert man anders. Oder gar nicht.

Jedenfalls ist sie ein ziemlicher Knaller. So jemanden wie sie habe ich noch nie gesehen. Sie trägt ihre roten, wilden Haare zu Dreadlockschnecken auf dem Kopf, ihr Gesicht ist voller Sommersprossen, ihre Haut rotbraun wie Kupfer, und die blauen Augen haben geleuchtet wie glasklares Wasser. Gott, ich klinge wie ein Glückskeksspruch. Dabei kenne ich die Frau ja gar nicht richtig. Außerdem sind Zoë und ich nicht getrennt, im Gegenteil. Vielleicht werden wir uns auch nicht trennen, was mich sehr froh machen würde. Allein dass ich »vielleicht« schreibe, macht mich traurig. Eigentlich kann ich mir ein

Leben, allein schon eine Realität ohne Zoë überhaupt nicht vorstellen.

Tisha ist sehr hübsch, okay. Mehr wollte ich damit ja auch gar nicht sagen.

Ich sollte wieder ins Bett gehen, meine Freundin an mich drücken und froh sein, dass ich sie habe und dass es Bine war und nicht sie, die auf der Reise den Verstand verloren hat.

XIV

Ich konnte wirklich dankbar sein, dass Jonah so einen festen Schlaf hatte. Denn genauso wenig, wie er mein Kommen bemerkt hatte, merkte er, dass ich vier Stunden später wieder aufstand und mir so leise wie möglich die Schuhe anzog. Ich fragte mich, ob er sich überhaupt daran erinnern würde, dass ich in seinem Bett geschlafen hatte. Und ich hatte keine Ahnung, ob ich das nun wollte oder nicht. Zu gern wäre ich noch ein wenig liegen geblieben, hätte seinen Körper gespürt und seinen Duft eingesogen, doch das konnte ich mir nicht erlauben. Die vier Stunden Normalität, die ich mir gestohlen hatte, waren die einzigen, die ich bekommen würde. Aber das war okay. Ich fühlte mich wesentlich wacher als zuvor und tatsächlich einigermaßen erholt.

Ich wollte versuchen, Kip und Tom vor den anderen zu wecken, damit ich Zeit hatte, sie auf das alles hier vorzubereiten. Darüber hinaus musste ich sie bitten, mir zu helfen. Wenn ich richtig gerechnet hatte, blieb mir dafür noch genau eine Stunde Zeit.

Mit klopfendem Herzen eilte ich in Richtung Deck 5. Ich konnte nur hoffen, dass es mir gelingen würde, sie aufzuwecken, ohne Schaden anzurichten und dann noch genau die richtigen Worte für sie zu finden.

Im Raum mit den Transportröhren angekommen, verriegelte ich die Tür so, dass es niemandem sonst gelingen würde, sie von innen oder außen zu öffnen. Das Debakel mit Sabine war mir eine Lehre gewesen, und ich konnte nicht sicher sein, dass Sabine die Einzige war, die so auf ihr Erwachen reagierte. Allerdings hoffte ich es. Tom und Kip lagen recht weit voneinander entfernt, und ich stand eine Weile unschlüssig in der Gegend herum, weil ich nicht entscheiden konnte, wen von beiden ich zuerst wecken wollte. Es war, wie sich zu entscheiden, auf wen ich im Notfall verzichten konnte – falls etwas schiefging. Eine Entscheidung, die ich unmöglich treffen konnte. Ich erinnerte mich nur allzu gut daran, wie ich in Berlin versucht hatte, Jonah zu wecken, und Dr. Jen mir erklärt hatte, dass ihn die unsachgemäße Abkopplung vom Interface das Leben kosten könnte. Doch diesmal war es anders, sagte ich mir. Kip und Tom waren genau wie wir anderen schon lange nicht mehr mit dem Interface verbunden. Sie lagen lediglich in jenem künstlichen Koma-Schlaf, der uns alle auf der Reise nach Keto ruhiggestellt hatte. Und daher hoffte ich, dass es weniger gefährlich war, sie zu wecken. Allerdings war das wirklich nur eine Hoffnung. Ein Restrisiko blieb, und ich hatte niemanden, der mir sagen konnte, ob mein Vorhaben tatsächlich gefährlich war. Vielleicht war es egoistisch, dieses Risiko einzugehen. Ich tat es hauptsächlich, um keine Probleme zu bekommen, doch natürlich, so redete ich mir jedenfalls unentwegt ein, war es auch besser für sie. Tom und Kip waren in Berlin entführt und ohne weitere Erklärungen in den Schlaf versetzt worden. Und nun wachten sie Jahre später auf einem Raumschiff wieder auf. Sie hatten keine Ahnung, waren nicht wie wir anderen auf diese Mission vorbereitet worden. Das allein war genug, jeden normalen Menschen um den Verstand zu bringen.

Ich stellte mir vor, dass es für die beiden ungefähr so werden würde wie mein Erwachen in der Charité. In einer völlig anderen Realität, einer fremden Welt. Und mir oblag die Pflicht, ihnen zu sagen, dass sie nie wieder in ihr altes Leben zurückkonnten.

Kip hatte seinen Laden zurückgelassen, die Wohnung und die Gräber seiner Familie, aber darüber hinaus hatte er in Berlin nicht viel gehabt, für das er gern lebte. Bei Tom war das anders. Er hatte unsere Eltern gehabt. Und das Nachbarsmädchen, in das er so verknallt gewesen war. Beim Gedanken daran, dass ihm nun für immer die Chance genommen war, mit ihr zu reden, musste ich hart schlucken. Wie hieß sie noch gleich? Octavia? Olivia?

Ich zwickte mich fest in den Oberarm, um mit dem Grübeln aufzuhören. Das brachte doch alles nichts.

Der Countdown bis zum allgemeinen Erwachen betrug nur noch 56 Minuten, ich musste mich also beeilen.

Ich atmete einmal tief durch und trat an das Kontrollpanel an Kips Röhre. Mittlerweile zeigte es andere Werte als noch vor zwei Tagen. Offenbar begann der Weckprozess schon Stunden vorher und war mittlerweile recht weit fortgeschritten. Das war gut. Ich klickte mich durch das Menü, bis ich an einen Punkt gelangte, der *Notfallmaßnahmen* hieß. Mit klopfendem Herzen tippte ich darauf und ein Untermenü erschien. Dort las ich: Druck ablassen, Sauerstoff erhöhen,

Notrettung einleiten, Weckvorgang beschleunigen. Ohne noch lange darüber nachzudenken, tippte ich auf den letzten Punkt. Dann hastete ich hinüber zu Tom und tat das Gleiche bei ihm. Nur nicht zögern.

Ich postierte mich so, dass ich beide Glasröhren gut im Blick hatte. Nun konnte ich nur mit angehaltenem Atem warten, bis sie beide aufwachten.

Es dauerte schrecklich lange. Die ganze Zeit über versuchte ich, mir immer wieder zu sagen, dass ich das Richtige tat, aber in Wirklichkeit wusste ich es selbst nicht. Mein Urteilsvermögen hatte sich bisher als nicht sonderlich treffsicher erwiesen. Sabine hatte einen Schlaganfall erlitten, weil ich einen Button gedrückt hatte. Ich hatte Jonah belogen. Dr. Akalin schwebte tot im All. Tisha war angeschossen worden. Um unser Raumschiff schwammen riesige Krokodile. Als Kapitän dieser Mission hatte ich mich bis hierher noch nicht wirklich mit Ruhm bekleckert.

Mit jedem lauten Piepsen, das von einer ihrer beiden Röhren erklang, wurde ich unsicherer. Bereute, das Risiko eingegangen zu sein. Ich spielte mit ihrer Gesundheit, vielleicht sogar mit ihrem Leben. Doch zurück konnte ich jetzt sowieso nicht mehr.

Ich wagte es nicht, an Kips Röhre heranzutreten. Zu groß war meine Angst, dass sich das schreckliche Szenario von Sabines Erwachen wiederholen könnte.

»Kip de los Santos«, hörte ich die Computerstimme sagen und zuckte zusammen. »Herzlich willkommen auf der Mother. Bitte bewahren Sie Ruhe, während Ihr Kreislauf stabilisiert wird.«

Das hydraulische Summen erklang, und ich trat vorsichtig

an Kips Röhre heran, die langsam in die Senkrechte gekippt wurde.

»Thomas Sebastian Baker«, sagte die Stimme nun. »Herzlich willkommen auf der Mother.«

Mein Herz wollte das alles nicht mitmachen, es schlug so heftig, dass ich beinahe fürchtete, es würde mir im nächsten Augenblick die Haut über dem Brustbein zerreißen und davonlaufen. Vor lauter Anspannung bekam ich kaum Luft. Was war nur los mit mir?

Eigentlich sollte ich glücklich darüber sein, Kip und Tom in wenigen Minuten wieder bei mir zu haben. Darüber, dass sie in Sicherheit waren. Sollte mich freuen, sie bald wieder in die Arme schließen zu dürfen. Doch alles, was ich spürte, war nackte Angst. Regelrechte Panik davor, wie sie reagieren würden. Wie Jonah reagieren würde.

»Zoë?«, hörte ich Kip leise fragen und hob den Blick. Seine Augen waren genau so, wie ich sie in Erinnerung hatte. Ruhig. Pechschwarz und tief. Ein wenig traurig. Unendlich sanft. Als ich die Wahrheit in mir aufsteigen fühlte wie Übelkeit, steigerte sich die Panik ins Unermessliche. Ich versuchte, sie zu unterdrücken, sie runterzuschlucken oder wegzuatmen, doch was man mit Übelkeit konnte, funktionierte mit der Wahrheit nicht ganz so gut. Eigentlich funktionierte es überhaupt nicht. Mir war bewusst, dass sie die ganze Zeit schon in mir geschlummert hatte. Ich war nur zu feige gewesen, sie anzusehen.

Kip schrie nicht. Er hatte auch keine Angst oder fragte mich, was das alles zu bedeuten hatte. Er sah mich einfach nur an. Und ich hatte das Gefühl, als könnte er mir mitten ins Herz schauen, all meine Lügen, meine Ängste und die

Einsamkeit dort sehen. Alles, was gut und schlecht an mir war. Ich fühlte mich vollkommen nackt und das war okay. Weil ich wusste, dass alles, was ich war und tat oder bereits getan hatte, von Kip akzeptiert wurde. Es gab keinen Grund, mich vor ihm zu verstecken.

»Zoë«, wiederholte er und lächelte leicht. Die Metallringe um seine Brust lösten sich und gaben ihn frei.

Ich begriff, dass es Kip gerade völlig egal war, wo er sich befand. Es interessierte ihn nicht, was mit ihm geschehen war, was um ihn herum passierte. Er konzentrierte sich ausschließlich auf mich. Und ich erinnerte mich daran, dass es schon immer so gewesen war. Seit ich Kip zum ersten Mal begegnet war, hatte er mich gesehen. Obwohl ich ein mageres, struppiges und kratzbürstiges Mädchen gewesen war, mit einer mickrigen Entschuldigung von Frisur, hatte er mich wirklich und wahrhaftig gesehen. Er hatte sich um mich gekümmert, hatte mich aufgenommen, umsorgt, bestärkt und war immer an meiner Seite gewesen. Für ihn war ich nicht die Beste des Jahrgangs, das Mädchen mit dem festen Fausthieb, das ein ganzes Magazin ins Schwarze abfeuern, einen Eber ausnehmen und einen Druckverband anlegen konnte. Kip sah keinen Kapitän. Er sah mich. Zoë Alma Baker. Tochter, Freundin, Schwester.

Wie hatte ich mir nur einbilden können, das hier könnte funktionieren? Wie hatte ich glauben können, einfach nur einen alten Freund zu begrüßen? Kips Stimme floss in meine Brust und zündete dort ein Licht an, von dem ich nicht mehr geglaubt hatte, dass es existierte. Schmerz und Freude, Angst und Euphorie prasselten auf mich ein und nahmen mir den Atem. Es war so viel, viel zu viel für mich.

Das hier, begriff ich in diesem Augenblick. Das hier war Liebe. Ich unterdrückte ein Schluchzen.

Kip und ich traten gleichzeitig aufeinander zu. Wir warfen uns einander nicht in die Arme. Wir küssten uns nicht. Wir sprachen nicht. Wir blickten einander einfach nur an. Als wäre der jeweils andere ein gottverdammtes Wunder. Lediglich unsere Fingerspitzen berührten sich. Und diese winzige Berührung fühlte sich an, als würde ich vom Blitz getroffen. Wärme breitete sich pfeilschnell von meinen Fingerspitzen im gesamten Körper aus. Ich hatte das Gefühl, diese Liebe hatte mit mir gemeinsam all die Jahre geschlafen. Und mit mir gemeinsam war sie gewachsen, herangereift für den richtigen Augenblick. Um nun mit Kip zu erwachen wie ein hungriges Tier.

Die Stimme meines Bruders zerriss den Augenblick, was mich gleichzeitig wütend und dankbar machte.

Er rief nach uns und der Bann war gebrochen. Kip und ich eilten zu ihm, nahmen ihn nacheinander in die Arme, küssten ihn sogar beide überschwänglich auf die Wangen, die Stirn und die Haare. Als würde sich unsere Liebe nun über Tom entladen. Ich wurde von meinen Gefühlen mitgerissen, in einen Strudel, einen Wasserfall hinab. Und es war mir egal, ob dort unten Steine auf mich warteten, um mich zu zerschmettern. So was von vollkommen egal.

Eine Weile grinsten wir dümmlich vor uns hin, glücklich über unser Wiedersehen. Tom und Kip waren bärtig und abgemagert, aber ihre Augen funkelten. Sie waren voller Leben. Und in dem Moment wusste ich, dass Kip und Tom meine Wahrheit waren. Sie waren mein Leben, Teil der Realität, für die ich mich entschieden hatte. Mein Bruder und Kip gehörten zu der echten Zoë. Zu der jungen, starken Frau, die ich auf den Straßen Berlins gefunden hatte. Die junge Kapitänin war nur Fassade. Oder noch weniger als das. Sie war ein virtuelles Wesen, das so niemals existiert hatte. Und dennoch musste ich versuchen, sie zu sein.

Doch jetzt genoss ich das Gefühl des Glücks. Bis Tom den Mund aufmachte.

»Zoë, wo sind Ma und Clemens?«, fragte er, und ich schloss die Augen, weil ich sein Gesicht nicht sehen wollte, während ich antwortete. »Ich weiß es nicht«, flüsterte ich. »Sie sollten mit uns auf dem Schiff sein, aber sie sind es nicht.« Dann machte ich die Augen wieder auf.

Toms Gesichtszüge schienen versteinert. Die Wiedersehensfreude war wie weggeblasen, der Zauber, der über uns dreien gelegen hatte, hatte sich verflüchtigt. Die beiden schienen ihre Umgebung zum ersten Mal richtig wahrzunehmen. Und was sie sahen, raubte ihnen ganz offensichtlich den Atem.

»Und wo sind wir?«, fragte er, nun etwas leiser.

»Wir befinden uns auf der Mother. Einem Raumschiff, das uns auf den Planeten Keto gebracht hat.« Ich atmete tief durch. »Die Reise haben wir alle in einem komaähnlichen Tiefschlaf verbracht. Genau wie ich früher, erinnert ihr euch?«

Kip und Tom nickten; wobei Toms Nicken automatisiert wirkte. Es würde noch eine Weile dauern, bis sein Gehirn verkraftet hatte, was ich ihm gerade erzählt hatte, doch so lange konnte ich nicht warten. In einer halben Stunde würden die anderen geweckt. Ich musste mich kurz fassen. Kip nahm die Neuigkeiten wesentlich gelassener auf, und ich war froh zu sehen, dass er meinem Bruder die rechte Hand auf die Schulter legte. Er würde ihn stützen. Es war so gut, dass sie gemeinsam hier waren.

»Ich habe euch früher geweckt als die anderen, damit ihr Zeit habt, euch an all das hier zu gewöhnen«, erklärte ich ihnen. »Und weil ich euch etwas erzählen muss, bevor ihr nachher auf die anderen trefft.«

Tom verschränkte die Arme und Kip ließ sich wie selbstverständlich auf eine der Glasröhren sinken. Er saß nun direkt über Imogenes Gesicht, doch ich erwähnte es nicht. Wenn Kips Hintern das Erste war, was sie sah, wenn sie aufwachte, dann war es eben so.

»Wir sind ganz Ohr«, sagte Kip, und ich nickte. Dann begann ich ganz von vorne.

Ich erzählte ihnen alles, was geschehen war, nachdem man sie in Berlin entführt hatte. Das, was ich von Dr. Jen erfahren hatte, und alles, was hier auf dem Schiff passiert war, seitdem ich wieder wach war. Dabei kam ich mir vor wie bei einem Rennen – ich versuchte, alles zu erzählen, und das so schnell wie möglich, zwischendurch musste ich ein paar Mal durchatmen, weil mir ansonsten die Puste ausgegangen wäre. Kip und Tom stellten zum Glück keine Fragen, während ich erzählte. Es war wichtig, dass sie zuhörten, dass sie verstanden, was alles auf dem Spiel stand. Daher erzählte ich ihnen sogar von der Projektion Dr. Jens und allem, was sie mir eröffnet hatte. Und berichtete, was mit Sabine geschehen war. Was ich getan hatte; was PIPER mich hatte tun lassen. Dabei versuchte ich, keinen von beiden anzusehen. Trotz allem war Tom mein großer Bruder, und ich wollte nicht, dass er schlecht von mir dachte, dass er glaubte, ich hätte etwas falsch gemacht. Obwohl ich noch nicht lange wusste, dass ich seine kleine Schwester war, hatte sich dieses Gefühl bereits tief in mir verfestigt. Das Band, das uns aneinander knüpfte, war unkaputtbar und aus einem ganz besonderen Material.

»Das heißt also, du musst dich an alles halten, was die Fundation dir vorgibt, damit hier nicht noch mehr Leute draufgehen?«

Ich nickte. »Schätze schon. Solange keiner von euch eine Idee hat, wie man das laufende Programm manipulieren oder austricksen kann, ohne dass einem von uns was Schlimmes passiert, bin ich daran gebunden. Und ich habe gesehen, dass es keine leere Drohung ist.«

Kip biss sich auf die Unterlippe, dann sah er sich um. Sein Gesicht verriet, dass er intensiv nachdachte. Er nahm die Glasröhren mit den anderen zum ersten Mal richtig wahr. »Und die hier sind Mitschüler von dir? Von der Akademie?«

Ich nickte.

»Sie denken, dass sie jetzt einfach auf der Mission sind, für die sie ausgebildet wurden?«

Wieder nickte ich. »Natürlich werde ich ihnen erklären müssen, warum sie nicht mitbekommen haben, dass wir abgeflogen sind, aber da wird mir schon was einfallen.«

Kip seufzte traurig. »Sie dürfen auf keinen Fall erfahren, dass ihr Leben in Gefahr ist. Oder dass sie als kleine Kinder an skrupellose Wissenschaftler verkauft wurden.«

»Wieso das nicht?«, fragte Tom. Seine Gesichtsfarbe schwankte zwischen Steingrau und Hellgrün. Ich hatte wirklich Angst, dass er gleich umkippte. »Sie haben das Recht, die Wahrheit zu erfahren, genau wie du!«

»Wenn sie davon erfahren, wird es Streit geben«, sagte Kip ruhig und sah meinem Bruder fest in die Augen. »Ob es uns nun gefällt oder nicht, wir müssen dafür sorgen, dass alles reibungslos läuft und alle zusammenarbeiten. So unfair das den anderen gegenüber ist, so notwendig ist es. Wenn sich hier alle zerstreiten, wird es niemals gelingen, die Aufgaben zu bewältigen, die für uns vorgesehen sind.«

Tom nickte langsam und ich hätte Kip am liebsten geküsst.

»Es darf auch keiner wissen, wer ihr seid. Offiziell seid ihr Schüler aus einem anderen Programm, die ich auf einem Lehrgang in den USA kennengelernt und von unserer Mission überzeugt habe. Tom wird bei der IT arbeiten, Kip sich um das Lager kümmern. Soweit ich weiß, haben wir hier ohnehin niemanden dafür.«

Es tat mir leid, dass den beiden so gut wie keine Zeit vergönnt war, all die Neuigkeiten zu verdauen, doch während mein Blick zwischen ihnen hin und her wanderte, wusste ich, dass ich die richtige Entscheidung getroffen hatte.

»Ich bin froh, dass ihr da seid«, sagte ich aus vollstem Herzen.

»Was ist mit Cle und Ma?«, fragte Tom noch einmal und sah mich an. In seinen Augen standen so viel Schmerz und Sorge, dass es mir beinahe das Herz brach. »Wir können sie doch nicht einfach abschreiben. Ich meine, es muss doch einen Weg geben…« Er brach ab.

Wie gern hätte ich die Arme nach ihm ausgestreckt, doch ich traute mich nicht. Ich hatte Angst, dass er mir die Schuld an allem geben würde, was geschehen war.

»Unsere erste Aufgabe ist es, eine Sendestation zu bauen, um Kontakt mit der Erde aufnehmen zu können. Sobald wir die haben, das schwöre ich dir, versuchen wir sie zu finden. Vorher können wir nichts tun.«

»Und hier vom Schiff aus geht das nicht?«

Ich schüttelte den Kopf. »Das Schiff kann nicht mit der Erde kommunizieren, dafür reicht seine Sendekraft nicht aus. Wir sind viel zu weit entfernt.«

»Wenn Berlin wirklich bombardiert wurde...«, sagte Kip, doch er brachte den Satz nicht zu Ende. Das war auch besser so.

Tom sprang wie von der Tarantel gestochen auf und funkelte Kip an.

»Jetzt hast du, was du immer wolltest, oder? Chaos, Krieg. Davon hast du doch die ganze Zeit gefaselt.«

Kip erwiderte Toms Blick vollkommen gelassen. Er schien sich nicht im Geringsten angegriffen zu fühlen.

»Ich habe darüber geredet, weil ich es vorausgeahnt habe, nicht, weil ich es wollte, Tom. Und das weißt du sehr genau. Ich habe versucht, mich so gut wie möglich darauf vorzubereiten, weiter nichts. Niemand kann wollen, dass so was passiert, am wenigsten ich.«

Die beiden sahen einander an und Toms Gesichtszüge entspannten sich ein wenig.

»Du kennst mich doch.«

Mein Bruder nickte müde und rieb sich mit der flachen Hand durchs Gesicht. Ich fühlte mich furchtbar und wollte ihnen nicht noch mehr zumuten. Außerdem begannen um uns herum immer mehr Kontrollpanels zu piepsen.

»Kommt, ich schaff euch hier raus, bevor die anderen alle aufwachen«, sagte ich und zog Kip auf die Füße. Sie folgten mir durch den Raum zur Tür.

»Ich habe keine Ahnung, ob eure Biodaten schon in den Hauptcomputer eingegeben sind. Falls nicht, könnt ihr euch auf dem Schiff nicht frei bewegen.« Ich tippte den zehnstelligen Nummerncode ein, den ich zuvor vergeben hatte, damit ich mit Kip und Tom ungestört blieb. Die Tür glitt auf und Jonah stand direkt davor. Offensichtlich hatte er gerade von außen versucht, die Tür zu öffnen, sein Zeigefinger ruhte noch auf dem Nummernpanel.

»Ich habe dich gesucht«, sagte er und schaute misstrauisch von Kip zu Tom und mir.

»Gut, dass du da bist, die anderen wachen auf. Kannst du den Prozess bitte beaufsichtigen? Ich bringe Kip und Tom zu ihren Kabinen.«

Jonah nickte leicht abwesend. »Die Tür ging nicht auf.«

»Sie war mit einer doppelten Sicherheitsstufe versehen, damit niemand ohne Betreuung über das Schiff geistert. Der Code sind die ersten zehn Ziffern der Kreiszahl Pi.«

»Die ersten ... was?«, fragte Jonah.

»Kümmer dich einfach um die anderen. Ich bin gleich zurück.«

»In Ordnung. Darf ich aber vorher noch erfahren, wer die beiden sind?«

Er zeigte mit hochgezogenen Augenbrauen auf Kip und Tom. Ich hätte Jonah treten können. Er wusste nur zu genau, wer die beiden waren.

»Das sind Kip de los Santos und Tom ...« Mist. Ich hatte mir noch keinen Nachnamen für Tom ausgedacht. Doch auf meinen Bruder war Verlass. Er trat einen Schritt vor und hielt Jonah die Hand hin.

»Vandenfels. Tom Vandenfels.«

»Das sind die beiden, die ich in den USA kennengelernt habe. Auf dem Lehrgang. Ich habe dir davon erzählt.«

Jonahs Augen verengten sich, doch er sagte nichts.

»Das ist mein Leutnant, Jonah Schwarz«, erklärte ich Tom und Kip. »Er ist vor allem für die militärische und operative Seite unserer Mission zuständig. Aber jetzt kommt erst mal mit. Ich zeige euch, wo ihr euch waschen und umziehen könnt.«

Aus dem Augenwinkel sah ich, wie Kip Jonah von oben bis unten musterte. Und Jonah tat dasselbe. Obwohl Kip im Interface keine Tattoos gehabt hatte und auch keinen Bart, erkannte Jonah ihn. Die dunkle Haut und die langen, schwarzen Haare waren ja auch nur schwer zu übersehen. Die beiden standen einander gegenüber wie der Tag und die Nacht. Der frisch rasierte Jonah mit seiner hellen Haut und den blauen Augen war das genaue Gegenteil des dunkelbunten Kip. Diese beiden waren der größte Schlamassel, in den ich mich bisher geritten hatte. Ich wollte nur noch weg.

»Wir müssen dort entlang«, sagte ich und nickte nach rechts. Tom und Kip setzten sich in Bewegung, doch Jonah hielt mich am Ärmel fest.

»Du hättest mich mitnehmen können«, raunte er mir ins Ohr.

»Du bist doch jetzt da!«, sagte ich leichthin und versuchte, mich seinem Griff zu entwinden, doch er hielt mich fest. »Warum bist du aufgestanden, ohne mich zu wecken?«

Ich erschrak, hoffte aber, dass man es mir nicht ansah. Dieser Kerl schlief doch sonst immer wie ein Stein, warum hatte er ausgerechnet heute mitbekommen, wie ich zu ihm ins Bett geschlüpft war?

»Ich weiß nicht, was du meinst«, sagte ich.

»Du… du warst doch vorhin bei mir. In meinem Bett.« Seine Ohren fingen an zu glühen. Eine Schwäche, die ich früher immer zutiefst bezaubernd gefunden hatte.

Ich lächelte leicht und schüttelte den Kopf. »Das musst du wohl geträumt haben. Ich war in meinem eigenen Bett.«

Jonah ließ mich los und drehte sich um.

»Wäre ja auch zu schön gewesen«, murmelte er, dann ging er in den Raum mit den Röhren hinein, in dem die ersten Crewmitglieder gerade aufwachten. In dem Augenblick, in dem er von der Lichtschranke wegtrat, glitt die Tür zu, und ich atmete erleichtert aus.

Tom und Kip hatten mich während des gesamten Gesprächs mit Jonah nicht aus den Augen gelassen.

»Das ist also Jonah«, sagte Kip schließlich, und dieser Satz drückte so viel Unausgesprochenes aus, dass ich beinahe laut aufgelacht hätte.

Ich nickte. »Das ist er, ja.«

Tom zog die Augenbrauen in die Höhe. »Hab ich was verpasst?«

Ich fühlte mich ertappt. Und ein wenig schäbig, dass ich meinem Bruder nicht von Jonah erzählt hatte, obwohl er mich in sein Gefühlsleben eingeweiht hatte. Als er mich in Berlin gefragt hatte, ob ich einen Freund hätte, habe ich ihm einfach ins Gesicht gelogen. Und auch jetzt noch war Kip derjenige von den beiden, der über Jonah Bescheid wusste.

Ich seufzte. »Wir sind zusammen. Schon seit Jahren.«

»Seit Jahren?« Ich konnte Tom ansehen, dass er gekränkt war. Aber das ließ sich jetzt auch nicht mehr ändern. Also nickte ich erneut.

»Hm. Irgendwie seht ihr aber gar nicht danach aus. Ist alles in Ordnung?« Tom hatte bei dieser Frage ein derart besorgtes Großerbrudergesicht aufgesetzt, dass ich lächeln musste, obwohl ich mich vollkommen elend fühlte.

»Nichts ist in Ordnung«, sagte ich und schüttelte den Kopf. »Überhaupt nichts.«

Zum Glück ließ Tom es darauf beruhen. Er war sensibel genug, um zu merken, wenn ich nicht sprechen wollte.

Ich führte sie schweigend zu ihren Kabinen. Zum Glück waren ihre Biodaten im System hinterlegt, sie konnten also ihre Türen selbstständig öffnen und sich auch sonst frei im Schiff bewegen. Eine Sache weniger, um die ich mir Gedanken machen musste. Zuerst brachte ich Tom zu seiner Kabine. Ich drückte ihm einen Kuss auf die Wange und sagte: »Dusch dich und zieh dir was anderes an. Ich hole dich in etwa einer Stunde wieder ab.« Tom nickte und verschwand in der Kabine, so selbstverständlich, als hätte ich ihn gebeten, noch kurz im Laden um die Ecke etwas einzukaufen. Es war wie immer. Er schützte die Menschen, die ihm am Herzen lagen, passte sich an, nahm sich zurück. Tom war ein stiller, aber starker Kämpfer. Ich wusste, er würde hier klarkommen. Und solange er nicht allzu viel an unsere Eltern dachte, würde es ihm auch gut gehen.

Kip brachte ich in der Nachbarkabine unter. Im Gegensatz zu Tom begleitete ich ihn hinein, um ihm alles zu zeigen und noch ein bisschen länger in seiner Nähe zu sein.

»Du kannst so lange duschen, wie du willst«, sagte ich und zeigte auf das Bad. »Das Schiff verfügt über ein eigenes Wasserfiltersystem, nichts geht verloren, alles wird an Bord wieder aufbereitet.«

Kip nickte und setzte eine angemessen beeindruckte Miene auf. »Dauerduschen ohne schlechtes Gewissen?«

»So ist es. Und da drüben ist der Schrank. Du musst einfach deine Hand vor den Sensor halten und er geht auf. Es müssten Klamotten drin sein, die dir passen. War bei Jonah und mir auch so.«

»Hier wird nichts dem Zufall überlassen, was?«

Ich dachte an den Zwischenfall mit der klemmenden Klappe, sagte aber nichts, sondern nickte nur. Dann wurde ich ernst und meine Miene verfinsterte sich. Kip bemerkte es und umfasste sanft meinen Arm.

Ich schluckte. »Es tut mir leid, dass du jetzt hier bist. Für dich muss das besonders hart sein.«

Ich sah ihn nicht an, während ich das sagte. Alles, was ich wollte, war, dass er wusste, dass ich es wusste. »Ich meine wegen Zac. Immerhin…immerhin.« Die richtigen Worte wollten einfach nicht kommen. Zwar wusste ich, was ich sagen wollte, doch ich wusste einfach nicht, wie. Alle Worte der Welt wären noch zu wenig.

Kip legte einen Zeigefinger unter mein Kinn und hob es sanft an, zwang mich damit, ihm in die Augen zu sehen. »Nein, für dich muss es hart sein«, sagte er leise, und ich schluckte. Seine Stimme war gleichzeitig weich und rau. »Ich möchte nirgendwo anders sein als hier. Tom und du seid alles, was ich noch habe, weißt du das?«

Bevor ich es verhindern konnte, begann ich zu schluchzen, und Kip zog mich fest an sich. Ich ließ meinen Kopf gegen seine Brust fallen; Tränen tropften auf den glatten Kabinenboden wie Regen.

»Zoë«, flüsterte Kip in mein Ohr. »Beruhige dich.«

Ich schüttelte den Kopf, während meine Tränen immer schneller flossen.

»Du musst dich aber beruhigen. Gleich wird deine Crew aufwachen, und du musst sie führen, musst ihnen Sicherheit geben und Stärke zeigen. Du brauchst einen klaren Kopf und ein mutiges Herz für alles, was noch kommt. Die anderen dürfen nicht sehen, dass du geweint hast.«

»Ich kann das nicht!«

»Doch, du kannst. Ich weiß das. In Berlin habe ich dich Dinge tun und ertragen sehen, die sonst kein anderer Mensch hätte tun oder ertragen können. Du bist mutig, du bist klug, und du bist stark. Und das weiß ich ganz genau, weil ich dich kenne. Ich war dabei, als du mein Leben gerettet hast.«

Ich schnaubte. »Du meinst wohl, als ich dein Leben versaut habe. Nur wegen mir wurdest du windelweich geprügelt und entführt. Es ist meine Schuld, dass du jetzt hier bist!«

Ich wurde immer lauter, weil ich so wütend auf mich war, dass ich mich kaum stoppen konnte.

Kip umfasste meine Schultern mit festem Griff und schüttelte mich.

»Daran darfst du nicht einmal denken, hörst du? Was auch immer mit mir, mit dir oder deinem Bruder passiert ist und noch passieren wird, ist nicht deine Schuld! Es ist die Schuld von einer Horde absolut skrupelloser, gieriger, machthungriger Egoisten. Du hast nichts getan, um das hier zu verursachen, geschweige denn zu verdienen! Also hör auf, dich selbst zu quälen. Das werde ich nicht mit ansehen!«

Meine Hände umklammerten das weiße Hemd, in dem Kip steckte. Ein Teil von mir hätte gern geschrien oder auf ihn eingeschlagen, während der andere Teil drauf und dran war, ihn zu küssen. Und diesmal richtig. Es war schön, dass er hier war, und gleichzeitig war es schrecklich. Was sollte ich jetzt tun, wie sollte ich mich ihm gegenüber verhalten? In Berlin waren die Welt, in der Jonah existierte, und die Welt, in der es Kip gab, noch sauber voneinander getrennt gewesen. Nun befanden wir uns zu dritt in einer neuen, und ich wusste einfach nicht, wie ich damit umgehen sollte. Was ich tun sollte.

»Warum musst du so wundervoll sein?«, schluchzte ich.

»Das hat mich noch nie jemand gefragt«, sagte Kip, und seine Stimme hatte wieder diesen warmen Honigklang, den ich so liebte. Den, der einem Wärme direkt ins Herz goss. »Bin ich das denn?«

»Ja, verdammt! Viel zu wundervoll. Warum kannst du nicht einfach scheiße sein? Oder hässlich?«

Kip lachte leise und schlang seine langen Arme noch fester um meinen Körper. »Dasselbe könnte ich dich auch fragen, Zoë Alma Baker. Genau dasselbe.«

XV

Weil mir nichts anderes übrig blieb, riss ich mich zusammen. Ich küsste Kip nicht. Stattdessen gab ich ihm einen Klaps auf den Oberarm, wusch mir in seinem Badezimmer das Gesicht mit kaltem Wasser und rubbelte es anschließend so fest mit einem Handtuch trocken, dass meine Gesichtshaut komplett rot war. Gut, so fielen meine geröteten Augen weniger auf. Ich bat Kip, sich ebenfalls bereit zu machen, in etwa einer Stunde abgeholt zu werden, dann machte ich mich auf, Jonah und den Rest der Crew aus dem Röhrenraum zu befreien.

Ich hatte ein schlechtes Gewissen, Jonah mit der Aufgabe einfach allein gelassen zu haben. Denn de facto hatte ich ihn und die anderen eingesperrt, um mir einen Moment der Ruhe zu verschaffen. Schließlich kannte ich Jonah gut genug, um zu wissen, dass er die ersten zehn Ziffern der Kreiszahl Pi nicht auswendig konnte. Und somit hatte ich genau das getan, was auch Dr. Jen immer gern getan hatte, wenn es um Jonah ging: Ich hatte mich über sein mangelndes Wissen lustig gemacht. Und ich konnte mir nicht einbilden, dass er es nicht bemerkt hatte. Denn obwohl alle gern so taten: Jonah war nicht vollkommen blöd.

Mir tat auch leid, dass ich ihn angelogen hatte. Warum hatte ich nicht einfach zugegeben, dass ich bei ihm im Bett geschlafen hatte? Anstatt die Kluft zu schließen, die uns beide trennte, riss ich sie immer weiter auf. Das war doch wirklich zu dämlich. Also nahm ich mir, während ich das Raumschiff auf Deck 5 durchquerte, vor, mich zusammenzureißen und wieder auf Jonah zuzugehen. Das war nicht zuletzt deshalb wichtig, weil die anderen uns nur gemeinsam kannten, als untrennbares Team. Denn so gern ich Dr. Jen und die anderen Professoren verfluchte, so sehr wusste ich doch, dass sie mit ihrer Warnung recht gehabt hatten: Sollten Jonah und ich entscheiden, zusammen zu sein, dann müssten wir das bleiben. Ich war das Hirn und Jonah die Hände der Mission, so war es auch während der Ausbildung immer gewesen. Und unsere Crew war es nicht anders gewohnt. Doch was mit überquellendem Herzen als junger Teenager beschlossen worden war, schien nicht mehr in meine Welt zu passen. Früher hätte ich mir nichts vorstellen können, das uns trennte, heute musste ich nach den kleinsten Kleinigkeiten suchen, die uns verbinden könnten. Im Nachhinein kam ich mir unheimlich naiv vor. Ich hatte Entscheidungen getroffen, die mein gesamtes Leben bestimmten, dabei war ich gerade erst sechzehn gewesen. In der Sicherheit und absoluten Lüge der Akademie hatte ich die Weichen für mein Leben gestellt, mit der Arroganz und Sicherheit einer erwachsenen Frau und doch so vollkommen blind – weil ich die Wahrheit nicht gekannt hatte. Nun war diese Wahrheit in mein Leben eingedrungen: dass *alles* eine Lüge sein könnte.

Als ich die Tür öffnete, waren alle wach und mehr oder weniger auf den Füßen. Jonah hing natürlich bereits mit

Connor und Nick zusammen. Die drei standen in einer der hinteren Ecken und steckten die Köpfe zusammen, als ich den Raum betrat.

Eigentlich hatte ich mich darauf gefreut, Connor und Nick zu sehen. Klar, es waren Jonahs beste Freunde, das Dreigestirn war unzertrennlich, aber ich war immer gut mit ihnen ausgekommen. Doch jetzt sahen sie mich an, als könnten sie sich niemanden vorstellen, über dessen Eintreffen sie sich weniger gefreut hätten. Auch Jonahs Gesichtsausdruck war distanziert, beinahe abweisend, doch ich erinnerte mich an meinen Vorsatz und schenkte ihm das strahlendste Lächeln, das ich hervorkramen konnte. Von diesen finsteren Mienen würde ich mich ja wohl nicht einschüchtern lassen.

Entschlossen ging ich zu ihnen hinüber und nahm sowohl Connor als auch Nick fest in die Arme.

»Ihr seid okay!«, sagte ich fröhlich. »Wie schön!«

»Ja«, sagte Nick und schob mich etwas unsanft von sich weg. »Wir schon. Aber wir haben gehört, was mit Sabine passiert ist.« Die drei warfen einander noch mehr konspirative Blicke zu.

Wütend funkelte ich Jonah an, doch der schüttelte nur den Kopf. Das war seine Rache für das, was ich gerade getan hatte, so viel begriff ich. Aber verstand er nicht, was er mir damit antat? Ich war auf die Loyalität all meiner Crewmitglieder angewiesen, verflucht. Ob er den beiden die ganze Geschichte erzählt hatte? Nick hatte Sabine immer besonders gemocht, die beiden waren einige Male drauf und dran gewesen, ein Paar zu werden, und ich hatte keine Ahnung, ob nicht vielleicht etwas zwischen ihnen gelaufen war, also traf es ihn besonders hart.

Nicht auszudenken, was Jonah vielleicht in dieser kurzen Zeit schon angerichtet hatte. Wie lange war ich weg gewesen? Hatte Jonah den beiden etwa auch schon vom Interface erzählt? Oder von Cole und den anderen? Alles konnten sie noch nicht wissen, dafür war meine Abwesenheit definitiv zu kurz gewesen. Doch ich hätte ihn niemals allein lassen dürfen, nicht aus den egoistischen Motiven, die mich zuvor von ihm weggetrieben hatten. Mich erstaunte, wie gefestigt sie alle auf mich wirkten. Als wären sie gerade wie jeden Morgen in ihren Betten aufgewacht. Aber vermutlich hatte die Zeit als Auszubildende in niederen Rängen sie gelehrt, weitaus mehr einfach so hinzunehmen, als ich das konnte. Außerdem waren sie nie in Berlin gewesen. Sie hatten nicht gesehen, was ich gesehen hatte.

Alle hier in diesem Raum hatten gelernt, dass es am sichersten war, keine Fragen zu stellen, sondern das zu tun, was von einem verlangt wurde. Und diese Regel hatten sie verinnerlicht.

»Sabine bekommt auf unserer Krankenstation die bestmögliche Versorgung«, sagte ich und klang dabei so kühl und berechnend wie eine Politikerin. Es war schwer, mir selbst zuzuhören. »Sie wird schon wieder«, setzte ich etwas freundlicher hinzu und rang mir ein weiteres Lächeln ab. Das krampfartige Ziehen in meinen Mundwinkeln verriet nur allzu deutlich, dass es kein glaubwürdiges Lächeln war.

»Sie dürfte gar nicht in diesem Zustand sein!«, gab Nick zurück, und ich wunderte mich über die Schärfe in seinem Ton. »Das hättest du auf keinen Fall zulassen dürfen!« Sein Gesicht war zu einer angewiderten Fratze verzogen. Und er setzte sogar noch eins drauf, indem er ein spöttisches »Kapitän« hinterherschickte. Die Anführungszeichen waren mehr als deutlich herauszuhören. So durfte er nicht mit mir reden, das konnte ich nicht auf mir sitzen lassen. Ganz gleich, was er empfand oder wie ich über die Sache dachte: Auf diesem Schiff hatte jeder seinen Platz. Und Nicks Platz befand sich weit unter meinem.

Ich trat ganz dicht an ihn heran und sagte: »Da bin ich ganz deiner Meinung, Nicolas Heidenreich, aber ich kann es nun mal nicht ändern. Mir blieb keine andere Wahl. Oder hat Jonah etwa nicht erzählt, dass Sabine drauf und dran war, ihn zu erschießen? Was hätte ich deiner Meinung nach tun sollen? Es zulassen? Glaub mir, ich fühle mich absolut beschissen deswegen, aber wenn du weiter so respektlos bist, sorge ich dafür, dass du Sabine bald Gesellschaft leisten kannst.«

Nick riss die Augen auf und Connor schnappte nach Luft. Jonah zog mich am Ärmel, doch ich schüttelte ihn ab. Es gelang mir ja kaum, meine Stimme unter Kontrolle zu halten. In Nicks Augen lag ein trotziges Funkeln. Ich konnte mir denken, wie er sich gerade fühlte, doch das musste mir egal sein.

»Hast du mich verstanden?«, fragte ich leise, und er nickte. »Ja, Kapitän.«

Diesmal fehlte seiner Stimme die Schärfe, er begriff, dass er zu weit gegangen war. Ich lächelte. »Gut, und jetzt nehmt Haltung an und kümmert euch um diejenigen, die den Schlaf nicht so gut weggesteckt haben wie ihr. Davon gibt es nämlich noch einige.«

Während ich mich im Raum umsah, musste ich feststellen, dass einige Mitglieder der Crew nicht ganz so frisch und dynamisch wirkten wie Connor und Nick.

»Sind die anderen auch alle in Ordnung?«, fragte ich Jonah, und der nickte knapp.

»Es ist alles glattgelaufen. Aber natürlich ist es nicht für jeden so leicht.«

Nun, das war doch schon mal was. Am liebsten hätte ich Jonah jetzt noch eine Standpauke gehalten, weil er Nick sofort erzählt hatte, was mit Sabine geschehen war, doch ich besann mich im letzten Augenblick, weil ich mich nicht vor versammelter Mannschaft mit Jonah streiten wollte. Und weil ich ihn irgendwie verstand.

Ich atmete tief durch, während ich meinen Blick über die Reihen wandern ließ. Da waren sie also. Blass, dünn, ungekämmt und unrasiert, verwirrt und wackelig auf den Beinen. Meine Crew bestand neben Kip, Tom, Jonah, Connor und Nick noch aus Katy und Imogene, die in meinem Jahrgang gewesen waren, sowie fünf jüngeren Schülern. Ich hatte keine Ahnung, warum Dr. Jen ausgerechnet die Jüngeren mit auf die Reise geschickt und die erfahreneren Schüler auf der Erde zurückgelassen hatte, aber wahrscheinlich ging es darum, dass sie eben genau das waren: jünger. Körperlich fitter, naiver, leichter formbar. Und höchstwahrscheinlich brauchte sie die älteren Schüler noch für den Plan B, von dem sie gesprochen hatte. Vielleicht war ein weiteres Raumschiff auf dem Weg hierher, vielleicht würden sie erst losgeschickt, wenn ich versagte, oder die Armen mussten sich mit den Möglichkeiten der Kolonialisierung des Monds oder Mars beschäftigen. Damit die stinkreichen Ärsche auch wirklich sicher sein konnten, die Erde zu verlassen. Zwar hätte ich einige der Älteren gut gebrauchen können, doch es hatte auch was für sich, Leute in der Crew zu haben, die unterwürfiger und respektvoller waren. Es würde den Umgang mit ihnen leichter machen als mit dem Rest meiner Crew. Wir waren miteinander aufgewachsen, hatten Schulstunden, einen Tisch im Speisesaal und einen Flur in den Schlafquartieren geteilt – es war klar, dass es ihnen schwerfiel, mich nun tatsächlich als Kapitän anzuerkennen. Aber die Jüngeren beobachteten mich mit einer gewissen Ehrerbietung, die mich zu gleichen Teilen verlegen machte und freute.

Ich erkannte die rothaarige Runa, das Pärchen Paolo und Summer sowie Anna und Juri. Alle fünf waren auf ihren Gebieten hervorragend und würden sich sicher als nützlich erweisen. Allmählich wurde mir klar, dass Dr. Jen dieses Team wahrscheinlich persönlich ausgesucht hatte, und ich musste feststellen, dass sie gute Arbeit geleistet hatte. Der Mix aus Jüngeren und Älteren, aus den verschiedenen Gebieten, aus Paaren und Singles würde die richtige Dynamik aus Führern und Mitläufern entstehen lassen. Sosehr ich sie auch verachtete, so musste ich doch anerkennen, dass diese gesamte Mission ein gut komponiertes Meisterwerk war.

Nacheinander begrüßte ich jeden persönlich. Imogene und Katy wollten mich umarmen, doch ich ließ es nicht zu. Ich wusste, dass ich einen Fehler gemacht hatte, Connor und Nick derart und vor aller Augen in die Arme zu fallen. Natürlich hatte ich es, aus alter Gewohnheit und um ihnen den Wind aus den Segeln zu nehmen, getan, aber eigentlich hatte ich mir damit selbst ins Knie geschossen. Ich musste dafür sorgen, dass sie mich als ihre oberste Autorität anerkannten und mir vertrauten, mir aber auch gehorchten. Das war wichtig für uns alle. Ich konnte mir diese Klassenfahrtmentalität nicht mehr erlauben.

Kurz überlegte ich, ob ich die Rede gleich hier halten sollte, doch ich entschied mich dagegen. Hier war es zu kalt, und es gab für sie keine Möglichkeit, sich zu setzen. Also bat ich sie schlicht mit einem Lächeln, das hoffentlich aufmunternd wirkte, mir zu folgen.

Zuerst wollte ich mit ihnen im Speisesaal sprechen, weil dort für alle locker Platz war und sie währenddessen etwas zu sich nehmen konnten, doch dann überlegte ich es mir anders. Es würde zu viel Unruhe in die Situation bringen. Daher entschied ich mich um und steuerte auf die Brücke zu, auf der ich meine vorgefertigte Rede halten und sie dann entlassen würde, damit sie sich orientieren und zu Kräften kommen konnten. Ich ging mit festen Schritten voran, achtete aber darauf, dass alle mithalten konnten. Hinter mir hörte ich aufgeregtes Flüstern, erstaunte Laute, ausgesprochene und unausgesprochene Fragen. Ich musste versuchen, all das zu ignorieren, doch es fiel mir nicht leicht, weil ich mich fühlte, als würde mich eine dicke schwarze Wolke verfolgen. Wenn ich ihr zu nahe kam, würde sie mich verschlucken.

Wir mussten uns auf die drei Fahrstühle verteilen – ich bat Jonah und Imogene jeweils mit einem Teil der Crew zu fahren.

Imogene und ich waren nie besonders eng gewesen und hatten uns auch nie gestritten, sie war einfach meine Zimmernachbarin und Kameradin gewesen, nicht mehr und nicht weniger. Aber ich ahnte, dass es gut war, ihr von Anfang an Verantwortung zu geben. Sie war loyal, fleißig und pflichtbewusst, und genau so jemanden brauchte ich in meiner Nähe.

Im Vorbeigehen klopfte ich kurz und fest an die Kabinentüren von Tom und Kip, wartete aber nicht darauf, dass sie erschienen. Sie würden sich schon anschließen. Ich wollte auf keinen Fall hier mitten auf dem Flur mein enges Verhältnis zu den beiden offenlegen. Kip und Tom würden allein durch ihr Erscheinen schon für genug Furore sorgen.

Mit weit mehr Unsicherheit im Herzen, als ich zu zeigen bereit war, führte ich meine kleine Crew schließlich durch die große Doppelflügeltür auf die Brücke. Ich wollte, dass sie den Planeten mit eigenen Augen sahen, was durch die große Panoramascheibe besonders eindrucksvoll möglich war. Meine Entscheidung erzielte den gewünschten Effekt, ich hörte erstauntes und aufgeregtes Murmeln, sobald sie hinter mir den Raum betraten. Ich stellte mich auf die Erhebung vor der Panoramascheibe und drehte mich zu meinen Leuten um. Mein Herz begann augenblicklich, schneller zu schlagen, und ich merkte, dass meine Handflächen feucht wurden. Ich war nervös. Ich hatte es bis hierher geschafft, hatte Attacken auf mein Leben abgewehrt, ein Raumschiff gelandet und Jonah das Leben gerettet, doch so nervös wie jetzt war ich schon lange nicht mehr gewesen.

Es war mir noch nie leichtgefallen, vor einer Gruppe zu sprechen. Stattdessen zog ich Einzelgespräche vor, aber das war nun mal keine Option.

»Setzt euch«, sagte ich mit lauter Stimme. »Macht es euch bequem. Positionen zählen jetzt noch nicht, jeder kann sich dort hinsetzen, wo er Platz findet!«

Ich wartete ab, bis alle einen Platz gefunden hatten. Kip und Tom betraten als Letzte die Brücke, und auch ihnen gingen beim Anblick des Dschungelpanoramas die Augen über. Es tat mir leid, dass ich sie nicht alle erst mal etwas essen und ausschlafen lassen konnte, doch ich wollte unbedingt verhindern, dass die Gerüchte- und Spekulationsküche ungehindert zu brodeln begann. Immerhin kannten wir uns alle seit vielen Jahren. Freunde würden zusammenhocken, es würde Getuschel und Gerede geben. Natürlich konnte ich das nicht komplett verhindern, aber ich konnte dafür sorgen, dass alle meine Version der Dinge kannten – die Version, an die sich offiziell alle an Bord zu halten hatten.

Mein Blick glitt ganz automatisch zu Kip. Er hatte sich rasiert, seine langen Haare zu einem ordentlichen Zopf geflochten und seine Uniform angelegt. Ich bemerkte, dass Dr. Jen ihm offenbar keine Farbe zugewiesen hatte. Sie hatte wohl gewollt, dass er herausstach. Dass alle wussten, dass er nicht richtig dazugehörte. Oder sie hatte schlicht nicht gewusst, wohin sie ihn in der Kürze der Zeit stecken sollte. Tom hatte sich für die Straßenklamotten entschieden, die er in Berlin am Tag seiner Entführung getragen hatte. Ich wusste, dass er wahrscheinlich einfach das angezogen hatte, in dem er sich am wohlsten fühlte, aber ich ärgerte mich über seine Entscheidung. Er sollte den Eindruck erwecken, genau wie wir alle auf diese spezielle Mission vorbereitet worden zu sein. Mein Bruder musste wie ein Experte wirken, verflixt noch mal. In einem solchen Fall trug man aber keine ausgewaschenen Jeans und ein T-Shirt auf dem »Be water, my friend« stand. Nur mit Mühe unterdrückte ich ein Fluchen.

Kip hatte die Situation genau verstanden. So wie er eigentlich immer alles verstand. Er stach auch so schon ziemlich aus der Menge heraus, mit seiner dunklen Haut in der schwarzen Uniform. An seinem Hals krochen die farbenfrohen Fische aus dem festen Kragenstoff. Ich dachte daran, wie sich die bunten Tiere über seinen gesamten Oberkörper zogen, riss mich dann aber zusammen, als mir auffiel, dass mich alle anstarrten. Zum Glück hatten sie nicht die leiseste Ahnung, woran ich gerade dachte.

Verlegen räusperte ich mich.

»Also gut«, sagte ich und klatschte in die Hände, was zwei der jüngeren Crewmitglieder zusammenzucken ließ.

»Willkommen zurück!« Ich zeigte hinter mich und fügte hinzu: »Und herzlich willkommen auf Keto. Während ihr noch geschlafen habt, haben Leutnant Schwarz und ich die Mother auf dem Planeten gelandet, auf dem wir nun unsere Arbeit aufnehmen müssen.« Ich machte eine kleine Pause und ließ den Blick über die Gesichter der anderen gleiten. Noch wirkten sie müde und entspannt, ein bisschen abwartend. »Wir alle kennen Keto und wussten immer, dass der Dschungel das ›wahrscheinlichste Szenario‹ ist.« Ich imitierte Dr. Jens Tonfall und ein paar der Jüngeren kicherten. Jonah verschränkte die Arme vor der Brust.

»Nun, wie ihr feststellen könnt, haben unsere Ausbilder recht behalten. Wir befinden uns auf einem Dschungelplaneten. Die Gefahren, die uns dort draußen erwarten, können gar nicht hoch genug eingeschätzt werden.« Ich atmete tief durch, doch das Gefühl, einen Marathon zu absolvieren, blieb bestehen. »Ihr wisst ja alle, weshalb wir hier sind«, sagte ich dann.

»Das schon, aber wir haben keine Ahnung, wie wir hier hergekommen sind!«, warf Paolo ein. Er hatte den Arm um seine Freundin gelegt, seine Miene wirkte entschlossen und irgendwie verkniffen. Summer nickte schüchtern.

Fieberhaft überlegte ich, welche Lüge ich mir aus den Fingern saugen sollte, bis ich feststellte, dass mir keine einfallen würde, die glaubwürdig genug war. Alles, was ich denken konnte, war völlig hanebüchen. Mir blieb nur die Wahrheit.

»Wie ihr alle bemerkt habt, habt ihr die Reise in einer Schlafkapsel verbracht, die euch mit Nahrung und Sauerstoff versorgt hat. Ihr habt also die Anreise verschlafen.« Ich hielt einen Moment inne, dann fügte ich hinzu: »Und die Abreise von der Erde ebenfalls. Und das hat einen ganz bestimmten Grund.«

Viele Crewmitglieder fingen an, unbehaglich auf ihren Sitzen herumzurutschen. Wahrscheinlich war in den letzten Minuten so viel auf sie eingeprasselt, dass sie noch gar keine Gelegenheit gehabt hatten, darüber nachzudenken, was sie alles auf der Erde zurückgelassen hatten. Es tat mir leid, sie so früh mit den harten Fakten konfrontieren zu müssen, aber es ging nicht anders. Und das stärkste Stück kam jetzt.

Ich holte tief Luft. »Ich weiß, dass es schwer für euch sein wird, das zu glauben, aber die Akademie, so wie wir sie alle kennen, existiert nicht.«

Raunen und ungläubiges Lachen erfüllte den Raum, Köpfe wurden geschüttelt. Sie sahen mich allesamt an, als hätte ich den Verstand verloren. Ich hob meine Stimme, um über das Gemurmel hinweg sprechen zu können. »Die Akademie ist nichts weiter als ein Computer-Interface.« Das brachte sie zum Schweigen. »Da der Zustand der Erde so besorgniserregend ist, wurden wir alle in einer virtuellen Akademie ausgebildet. Das trifft auf mich genauso zu wie auf euch. Es war ein sicherer und effektiver Weg, uns auf diese Mission vorzubereiten. Uns allen ging es gut, unsere Körper wurden versorgt, während unser Geist mit Wissen gefüllt wurde. Wir hatten das Privileg, an einer guten Schule zu lernen, Essen und Trinken zu bekommen, uns frei entfalten zu können.«

Gott, ich klang genau wie Professor Nieves. Ich faltete die Hände vor dem Bauch. Warum sagte einem eigentlich niemand, dass man einen Platz für seine Hände braucht, wenn man eine Rede hält? Die ganze Zeit über wusste ich nicht so recht, wohin mit ihnen. Sie kamen mir in diesem Augenblick seltsam nutzlos vor.

»Leider wurde die Situation auf der Erde derart kritisch, dass man beschlossen hat, uns auf die Reise zu schicken, ohne unsere Ausbildung zu beenden und ohne uns gebührend zu verabschieden. Diese Entscheidung ist unseren Ausbildern sicher nicht leichtgefallen und muss in großer Not getroffen worden sein. Sonst hätten sie uns nie so unvorbereitet ins All geschossen.« Ich holte tief Luft. Was ich nun aussprechen musste, goss meine größte Angst in Worte. »Was immer auf der Erde geschehen ist, das unsere Professoren zu diesem drastischen Schritt veranlasst hat: Es muss schlimm sein. So schlimm, dass ihnen keine andere Wahl blieb, als uns mit diesem Schiff nach Keto zu schicken. Diese Tatsache macht unsere Mission wichtiger als jemals zuvor.«

Ich ließ ihnen einen Augenblick, doch keiner sagte etwas. Die Stille, die auf der Brücke herrschte, war vollkommen und bleischwer. Sie hatte dieselbe Dichte und Qualität wie Dunkelheit.

Es war hart, ich wusste das. Sie waren ja gerade erst aufgewacht und hatten sich noch nicht richtig an den Gedanken gewöhnt, nicht mehr auf der Akademie, sondern auf einem Raumschiff zu sein. Dafür hielten sie sich ziemlich wacker. Vereinzelt sah ich ein paar Tränen fließen, sah glasige Blicke und entsetzte Gesichter, doch das würde vorübergehen. Ich hatte keine andere Wahl – was hätte ich ihnen denn sonst sagen sollen? Lügen hätten die Situation nicht besser gemacht und meine Autorität untergraben. Außerdem war ich eine miserable Lügnerin – schon immer gewesen. Ich wollte mein Glück nicht herausfordern, indem ich es öfter tat als nötig. Jonah kippelte auf seinem Stuhl herum und zupfte an seiner Unterlippe. Er wurde langsam ungeduldig, und auch ich wusste, dass ich zum Schluss kommen musste. Für heute hatte ich wirklich genug geredet.

»Wir alle sind Schüler der HOME-Akademie«, sagte ich nach einer Weile. »HOME bedeutet nicht nur Zuhause, sondern auch Hope of Mother Earth – Hoffnung für Mutter Erde. Und ich fürchte, wir sind die größte Hoffnung, die unsere Familien, Freunde und Professoren auf der Erde noch haben. Wir dürfen diese Hoffnung nicht enttäuschen, müssen alles daransetzen, hier auf diesem Planeten Leben möglich zu machen. Und dabei zähle ich auf jeden von euch! Kann ich mich darauf verlassen, dass ihr euer Bestes geben werdet, um diese Mission zum Erfolg zu führen?«

Eifriges Nicken. Gut. Ich lächelte.

»Daran habe ich auch keine Sekunde gezweifelt«, sagte ich. »Und nun noch ein paar organisatorische Dinge. Ich werde alles, was ich euch jetzt sage, genau einmal sagen. Das bedeutet, dass ich keine Nachfragen dulde. Genauso wenig dulde ich, dass in der Crew hinter vorgehaltener Hand darüber getuschelt wird, verstanden?«

Auch hier ließ ich eine Pause. Dafür, dass ich so was noch nie gemacht hatte, lief es eigentlich ganz gut.

»Am Eingang zur Brücke stehen zwei euch fremde Crewmitglieder. Kip de los Santos und Thomas Vandenfels. Es sind zwei Spezialisten, die ich bei meinem Lehrgang in den USA davon überzeugen konnte, sich unserer Mission anzuschließen. Sie haben keine militärische Ausbildung genossen und daher keinen Dienstrang, also sprecht sie einfach mit ihren Namen an. De Los Santos wird das Lager leiten, Vandenfels wird sich den Informatikern anschließen.« Köpfe wurden gedreht und Hälse gereckt. Besonders die Frauen beäugten Kip und Tom sehr genau.

Die beiden lächelten ein wenig verlegen und nickten in die Runde. Das machten sie gut. Sie sahen freundlich aus, nicht wie Konkurrenz. Aber auch nicht verängstigt. Ich war stolz auf sie.

Wahrscheinlich musste man die Menschen nur ins kalte Wasser stoßen, dann lernten sie von ganz allein schwimmen. So wie Vögel aus dem Nest gestoßen wurden, um fliegen zu lernen. Sie alle steckten das deutlich besser weg, als es mir gelungen war.

»Fähnrich Langeloh«, fuhr ich fort, »hat den Flug leider nicht so gut überstanden.« Nick gab ein missbilligendes Grunzen von sich und erntete dafür einen strengen Blick von mir. »Ihr Gehirn hat Schaden genommen, ob durch den Aufwachprozess oder schon vorher, ist schwer zu sagen. Sie wird auf der Krankenstation versorgt.« Ich hob die Arme. »Es gibt leider eine Menge Dinge, die auch ich nicht weiß. Wir haben nur einander und das muss uns genügen. Jetzt möchte ich, dass ihr alle erst mal richtig ankommt. Bezieht eure Kabinen und zieht euch um. Duscht und macht euch die Haare. Wir treffen uns anschließend alle im Speisesaal. Von hier aus gesehen die fünfte Tür auf der linken Seite im linken Korridor. Eure Kabinen liegen im Innenring.« Ich nickte ihnen aufmunternd zu. »Das war's«, sagte ich, doch sie rührten sich nicht. Im Gegenteil, sie wirkten wie versteinert und starrten mich an, als hätten sie ein Gespenst gesehen. Ich sah an mir hinunter, doch ich konnte nichts feststellen. Dann bemerkte ich, dass die anderen gar nicht mich anstarrten, sondern vielmehr...

Ich drehte mich um und sah mich drei Raptoren gegenüber und lachte erleichtert auf. Raptoren waren nun wirklich mein kleinstes Problem. »Ja, das sind drei Bewohner des wunderbaren Dschungelplaneten Keto.« Ich zog die Augenbrauen hoch. »Ihr solltet immer eine Waffe griffbereit haben.«

**Logbuch von Jonah Schwarz,
4. Eintrag**

Himmel, was bin ich froh, dass Nick und Connor endlich wach sind. Ich habe das Gefühl, dass mit ihnen ein Stück Normalität und Vernunft auf dieses verrückte Schiff gekommen ist. Sie sind genau so, wie sie schon immer waren, und ich kann gar nicht sagen, wie sehr mich das beruhigt. Wir drei, das war wie früher. Und es tut gut, wenigstens etwas zu haben, das sich nicht verändert hat. Das hilft mir, nicht den Verstand zu verlieren.

Das Erwachen der anderen war ein ziemlicher Zinnober. Es sind noch ein paar Jüngere dabei, die ich nur vom Sehen kenne, andere, die fest für diese Mission eingeplant waren, sind jedoch nicht mit dabei. Mir fehlen vor allem Troy und Martin, zwei exzellente Kämpfer und gute Kerle, die unser Dreiergespann oft ergänzt haben. Ich hätte sie jetzt gern bei mir. Trotzdem habe ich mich über jeden gefreut, der aufgewacht ist. Jedes bekannte Gesicht ist ein gutes Gesicht. Und ich war auch ziemlich erleichtert, dass keiner mehr binemäßig ausgetickt ist. Aber aus irgendeinem Grund sind dieser Kip und noch ein anderer Kerl, den Zoë angeblich auch noch auf dem Lehrgang kennengelernt hat, vor allen anderen aufgewacht. Und wie es der Zufall wollte, war Zoë dabei, als sie aufwachten. Haha – schon klar. Ich weiß ganz genau, dass es kein Zufall war, weil ich mitbekommen habe, dass sie aufgestanden ist, um sich zu ihnen zu schleichen.

Es ist nicht so, dass ich ihr hinterherspioniere. Sie ist immerhin zu *mir* ins Bett gekrochen. Natürlich hatte sie gedacht, ich hätte davon nichts mitbekommen. Doch obwohl wir den längsten, schrägsten und anstrengendsten Tag meines Lebens hinter uns hatten, war mein Schlaf nur leicht. Keine Ahnung, vielleicht liegt das ja daran, dass ich drei Jahre Schlaf auf dem Buckel habe und jetzt nicht mehr so viel brauche.

Als sie sich dann zu mir unter die Decke gekuschelt hat, habe ich kurz gedacht, dass wir es vielleicht doch schaffen könnten.

Doch dann habe ich mitbekommen, wie sie ein paar Stunden später wieder aufgestanden ist. Ich bin ihr natürlich mit ein bisschen Abstand hinterher. Einfach nur, weil ich wissen wollte, wo sie hingeht. Sie ist in den Raum mit den Röhren rein, doch ich konnte ihr nicht folgen, weil sie die Tür mit einem Code gesichert hat. Macht man so was etwa, wenn man nichts zu verbergen hat? Nein!

Ich habe mir schon gedacht, dass etwas im Busch ist, und habe vor der Tür gewartet. Das Glück, das ich kurz zuvor verspürt hatte, war da schon wieder weg. Irgendwie halten Ärger und Unglück immer viel länger als Glück. Als wäre Unglück Edding und Glück wäre Kreide. Da reicht es, wenn einer mit 'nem nassen Schwamm kommt und das Glück einfach wegwischt. Mein nasser Schwamm war Zoë. Die Kreide war sie allerdings auch. Entschuldigung. Ich erzähle Müll.

Jedenfalls ist sie dann nach einer halben Stunde oder so mit den beiden Typen wieder rausgekommen und hat mich mit dem Rest der Crew einfach allein gelassen. »Eingesperrt« wäre allerdings noch präziser ausgedrückt. An diesem kritischen Punkt unserer Reise hat sie es tatsächlich fertiggebracht, mich allein zu lassen, um den beiden Typen persönlich ihre Kabinen zu zeigen. Warum tut man das, wenn es sich nur um zivile Mitarbeiter der Mission handelt? Vielleicht stimmt das ja auch alles nicht und die beiden sind Mitarbeiter eines Geheimdienstes oder irgendwelche schwerreichen Promis. Allerdings sahen sie weder wie das eine noch wie das andere aus.

Als ich Zoë mit diesem Kip zusammen auf mich zukommen sah, haben sich all meine Hoffnungen, wir könnten uns vielleicht wieder annähern, zerschlagen. Mittlerweile glaube ich nicht mehr, dass Zoë oder ich uns verändert haben. Es ist viel einfacher und gleichzeitig viel schlimmer als das. Eigentlich liegt es ja auf der Hand: Wenn die Akademie komplett virtuell war, dann haben Zoë und ich einander nie wirklich gekannt. Dann haben wir uns nie geküsst und auch nie zusammen in einem Bett geschlafen. Dann haben wir nicht miteinander trainiert, keinen Sex gehabt und sie ist, jedenfalls nach meinem Wissensstand, noch Jungfrau. Und ich auch. Der Geruch, den ich wahrnahm, wenn ich an ihr roch, war nur ein programmierter Impuls im Interface, erdacht von einem völlig fremden Programmierer. Vielleicht war es ja auch von Anfang an das Ziel dieses Programmierers gewesen, dass wir ein Paar werden. Weil jemand ihm gesagt hat, dass es sinnvoll wäre und sich gut ins große Ganze einfügen würde. Wundern würde mich mittlerweile gar nichts mehr.

Die restliche Crew hat Kip und Tom widerspruchslos aufgenommen, sie scheinen wenig bis gar nichts von dem, was hier abgeht, infrage zu stellen. Allerdings, das muss man zugeben, hat Zoë eine beeindruckende Rede gehalten, in der sie uns »alles erklärt« hat.

In dem Augenblick hätte ich ihr auch Gummistiefel für die Wüste abgekauft.

Keine Ahnung, wie es den anderen geht, aber ich habe noch eine Million Fragen im Kopf, die bis jetzt jedenfalls nicht beantwortet wurden.

Ich persönlich glaube ja mittlerweile, dass Tom und Kip mit Zoë irgendwie unter einer Decke stecken. Ich habe zwar noch keine Ahnung, was das überhaupt für eine Decke ist und was darunter noch so verborgen liegt, aber ich bin fest entschlossen, es herauszufinden. So einfach lasse ich mich nicht abspeisen.

Nick und Connor sind da ganz meiner Meinung. Seitdem Nick erfahren hat, was mit Sabine passiert ist, traut er Zoë nicht mehr über den Weg. Dass sie ihn kurz nach dem Aufwachen so angeherrscht hat, hat nicht geholfen. Früher habe ich alles getan, damit sich meine beiden Freunde mit Zoë verstehen, was wirklich nicht immer einfach war. Die Mühe hätte ich mir auch echt sparen können. Aber hinterher ist man immer klüger, nicht wahr?

Ich habe ihnen alles erzählt, was ich weiß, nachdem wir zusammen gegessen haben. Dass ich glaube, dass zwischen Zoë und Kip was läuft, habe ich ihnen allerdings nicht gesagt. Das wäre mir irgendwie unangenehm, obwohl es das nicht sein müsste. Immerhin ist das alles nicht meine Schuld.

Obwohl ich nicht weiß, ob ich Zoë überhaupt noch in meinem Leben haben will, versetzt mir die Art, wie die beiden versuchen, einander nicht anzusehen, jedes Mal einen Stich. Als ob ich das nicht bemerken würde! Es wäre mir lieber, sie würde es mir einfach ins Gesicht sagen.

Doch ich muss versuchen, meine Gefühle jetzt beiseitezuschieben und mich auf das Wesentliche zu konzentrieren. Es gibt so vieles herauszufinden. Zum Beispiel, was zwei Zivilisten hier auf dem Schiff verloren haben. Oder warum wir von der ersten Mission nichts wussten. Wo wir herkommen, wer unsere Eltern sind oder warum das Akademie-Interface zusammengebrochen ist. Und natürlich: Was mit unseren Professoren und den anderen Mitgliedern der HOME-Akademie passiert ist. Waren sie auch nur virtuell oder existieren sie? Zoë meint, es wäre unsere wichtigste Aufgabe, mit ihnen Kontakt aufzunehmen. Ich hoffe nur, das gelingt uns bald, denn ich für meinen Teil hätte schon gern Antworten.

Nick und Connor haben vorgeschlagen, dass ich mich Zoë wieder annähern soll, um sie auszuhorchen, doch abgesehen davon, dass ich nicht glaube, dass das klappt, will ich es auch nicht. Mehr noch: Ich kann es nicht. Ich bin einfach kein Mensch, der so tut als ob. Deshalb bin ich auch so ein mieser Stratege –

ich kann nicht mal Karten spielen. Darauf bin ich stolz und ich will mich nicht auf diese Ebene hinabbegeben. So weit wird es sicher nicht kommen. Ich werde einen anderen Weg finden, meine Antworten zu erhalten.

Zunächst halte ich mich an Tom. Er scheint derjenige der drei zu sein, der am wenigsten glücklich ist, sich auf diesem Schiff zu befinden. Da kann ich ansetzen.

XVI

Die folgenden Tage flogen nur so an mir vorbei. Ich versuchte, jedem gerecht zu werden, die Aufgaben sinnvoll zu verteilen, und alle Fragen, die die Mission betrafen, mit Verantwortungsbewusstsein und Autorität zu beantworten. Ich stand Rede und Antwort, so gut ich konnte, fand mich immer mehr in meine Rolle ein und begann, ein Logbuch zu führen für den Fall, dass diese Mission schiefging oder uns etwas zustieß. Ich wollte nicht, dass meine Crew und unsere Bemühungen einfach in Vergessenheit gerieten wie es Tisha, Cole, Nox und allen anderen Mitgliedern der ersten Home-Mission widerfahren war. Beinahe das Schlimmste an ihrer Situation fand ich, dass man sie einfach vergessen hatte. Und für uns würde es nicht einmal einen winzigen Artikel in einer Zeitung geben, weil so gut wie niemand wusste, wo wir waren.

Tom und ich versuchten ein paar Mal, miteinander zu reden, aber die Leichtigkeit, die ich in Berlin so an ihm gemocht hatte, war verschwunden. Ich wusste, wie sehr er versuchte, mir nicht vorzuwerfen, dass ich nicht wusste, wo unsere Eltern waren. Er tat sein Bestes, doch meistens schwieg er, wenn wir zusammen waren, und hing seinen Gedanken nach. Und ich fand nicht die richtigen Worte, um zu ihm durchzudringen. Die meiste Zeit fühlte ich mich extrem hilflos.

Jonah, so hatte ich auf dem Server gesehen, nutzte die Möglichkeit, ein persönliches Logbuch zu schreiben, ebenfalls. Das wunderte mich, da er so gut wie nichts mehr hasste, als irgendwas niederzuschreiben. Und das, obwohl ich niemanden kannte, der schneller tippte als er. Ich muss gestehen, dass ich versucht habe, mir Zugang zu seinem Logbuch zu verschaffen, doch er hat es mit einem Codewort gesichert, das ich nicht entschlüsseln konnte. Zoë war es jedenfalls nicht. Irgendwie wurmte es mich, dass ich nicht wusste, was er dachte, und die Antworten nur ein richtiges Passwort weit entfernt waren.

Zu wissen, dass er schrieb, wenn er allein war, machte mich nervös. Wenn es um Jonah ging, dann war mir lieber, er trainierte oder hing mit seinen Jungs ab. Wenn er dagegen ein Tagebuch führte, dann stimmte irgendwas nicht. Und ich wollte wissen, was das war.

Ich besuchte Tisha zwei Mal, um ihre Wunde zu reinigen und den Verband zu wechseln. Wir sprachen nicht viel bei diesen Besuchen, auch Cole oder Nox ließen sich nicht blicken. Ihre Distanziertheit fand ich schade, aber nachvollziehbar. Auch sie mussten erst einmal mit der neuen Situation umgehen, nun noch die letzte ihrer Hoffnungen verloren zu haben. Dank der Tabletten, die ich Tisha brachte, ging die Heilung schnell voran; sie schlug mein wiederholtes Angebot, sich auf der Krankenstation der Mother behandeln zu lassen, aus und war auch sonst recht kühl und abweisend mir gegenüber. Immerhin ließ sie mich meine Arbeit machen, doch ich fühlte mich im Lager hoch oben in den Bäumen immer etwas unbehaglich. Was nicht zuletzt vielleicht daran lag, dass Cole und Nox die beiden Nachtaffen in einer der Hütten eingesperrt hatten. Offenbar wollte Nox sie studieren, doch mir kam es grausam vor, sie einzusperren. Natürlich hatten sie für ziemliche Unordnung gesorgt, und offenbar hatten sie auch zwei Mitglieder der Crew umgebracht, aber ich hatte Mitleid, wenn ich hörte, wie sie von innen gegen die Tür schlugen oder schrien, wenn sie meine Stimme hörten. Die Schreie dieser Tiere waren so traurig, dass ich gern versucht hätte, sie zu befreien. Doch das traute ich mich nicht. Auch wusste ich nicht, ob sie das grelle Sonnenlicht, das hier draußen herrschte, überhaupt überleben würden. Außerdem wollte ich Tisha nicht in Schwierigkeiten bringen. Ich fühlte mich ihr verpflichtet, weil ich der Meinung war, für ihre Verletzung verantwortlich zu sein, zumindest zum Teil. Ich hätte Sabine die Fesseln nicht abnehmen dürfen. Dieses Versäumnis konnte ich niemandem sonst ankreiden – ich konnte nur versuchen, es wiedergutzumachen.

Ich fragte mich, wer an Bord alles von ihrer Existenz wusste. Spätestens jetzt waren Connor und Nick sicher im Bilde, und ich schätzte, dass die Älteren sich untereinander austauschten. Überhaupt konnte ich beobachten, dass sie eine Einheit formten, bei der ich außen vor stand. Es tat zwar ein bisschen weh, aber ich war es gewohnt, am Rand zu stehen. Das war mein Platz, schon mein gesamtes Leben. Eigentlich konnte ich froh, sein, dass ich nun eine Position innehatte, die dieser Tatsache Rechnung trug und ausdrückte, wer und was ich war. Nun konnte ich mir einbilden, dass dies nun mal das Schicksal eines Kapitäns war und nichts damit zu tun hatte, dass ich anders war als andere. Es half mir, mit der Einsamkeit, die mich die meiste Zeit umgab, zu leben. Wahrscheinlich war es so auch leichter für mich. Wenn ich wüsste, worüber die anderen so sprachen, müsste ich bestimmt viele anstrengende Gespräche führen, doch das blieb mir erspart.

Hätten wir keine Uhren auf der Mother, wäre es uns unmöglich, die Tage zu zählen oder sie auch nur wahrzunehmen. Denn wie von Cole angekündigt, blieb es die ganze Zeit über hell. Die Dunkelheit, die mit den Nachtaffen gekommen war, zeigte sich nicht noch mal, und ich war dankbar dafür, dass unsere Kabinen keine Fenster hatten. So konnten wir schlafen, obwohl draußen die Sonne unerbittlich schien.

Seit wir gelandet waren, zeigte mein PIPER die nächste wichtige Aufgabe an: geeignete Stelle für die Sendestation ausfindig machen. Für diese Aufgabe war mir eine Woche zugedacht, von der mir noch zwei Tage blieben, was mich allmählich unruhig machte. Jeden Tag sorgte ich dafür, dass ich selbst den Planeten auskundschaftete, um nach einer solchen geeigneten Stelle zu suchen. Vielleicht tat ich es aus dem kindischen Gedanken heraus, ich könnte den PIPER besänftigen, wenn ich ihm zeigte, dass ich es wirklich versuchte. Obwohl das natürlich Blödsinn war. Aber ich hatte das Gefühl, dass diese Suche meine Aufgabe war und ich sie nicht einfach an jemand anderen abgeben konnte. Ich zog los und genoss es, ein paar Stunden nicht an Bord der Mother zu sein. Wir hatten mit einem der Boote sowie einem langen Seil eine Fähre installiert, die es uns erlaubte, nach Belieben zwischen dem Schiff und dem Ufer hin und her zu fahren. Tatsächlich war Kip die Idee mit dem Boot und dem Seil gekommen. Auf der Erde wurde dieses System früher häufig genutzt, um

Flüsse zu überqueren. Als es noch Flüsse gegeben hatte, natürlich. So waren wir alle recht selbstständig und konnten unsere Arbeiten in kleinen Teams erledigen, ohne uns großartig absprechen zu müssen. Ich besprach mich täglich mit den Leitern der drei Sektionen, also mit Jonah, Connor und Imogene, doch ich vertraute ihnen insoweit, dass ich wusste, sie taten ihre Arbeit auch ohne, dass ich sie den ganzen Tag kontrollierte. Und tatsächlich ging alles gut voran. Die Techniker machten sich mit dem Satellitenmast vertraut, sortierten die großen sowie die kleinen Teile, die zur Montage notwendig waren, und hatten bereits angefangen, alles auf niedrige Anhänger zu verladen, die man mit Quads durch den Dschungel ziehen konnte. Ich musste nur noch sagen, wo das Ding aufgestellt werden sollte. Wenn ich am nächsten Tag nichts Geeignetes fand, so beschloss ich, einfach irgendeine Stelle in PIPER einzuloggen, damit das Gerät zufrieden war.

Von Connor wusste ich, dass eine Erhebung die ideale Stelle für den Sendemast wäre, da er zum einen über Solarstrom funktionierte und daher auf viel Sonnenlicht angewiesen war, zum anderen auf diese Weise die Signale nicht gestört würden. Außerdem wäre es natürlich ratsam, eine Stelle zu finden, die nicht allzu weit von der Mother entfernt lag, da wir die gesamten Bauteile durch den Dschungel würden transportieren müssen. Also durchkämmte ich Keto tagtäglich auf der Suche nach einem geeigneten Ort und sorgte immer dafür, dass ich PIPER bei mir führte und eingeschaltet hatte. Mittlerweile bewegte ich mich recht sicher durch den Dschungel. Zwar begegneten wir immer wieder wilden, für mich fremden Tieren, doch die meisten zogen es vor, das

Weite zu suchen. Am Ende waren wir ihnen doch mindestens genauso unheimlich wie sie uns. Ich konnte damit leben.

Tatsächlich erwies sich PIPER bald als sehr nützlich, um nicht zu sagen unentbehrlich, wenn es mich nicht gerade daran erinnerte, was alles auf dem Spiel stand. Denn dank des letzten Satelliten fungierte PIPER als zuverlässiges GPS, mit dem ich Keto erfassen, Landmarken setzen und zur Not den Weg zurück zur Mother finden konnte, was mehr als einmal notwendig war. Denn auf diesem Planeten sah alles gleich aus. Alles war grün, nur Bäume, Sträucher, Blätter über Blätter, ab und zu eine Ansammlung von Blumen. Es gab nichts, an dem man sich hätte zuverlässig orientieren können. Vor allem auch deshalb nicht, weil ich nach wie vor das Gefühl hatte, dass sich die Pflanzen irgendwie bewegten. Katy, unser Bio-Genie, studierte die Dschungelpflanzen mit großer Euphorie. Sie informierte mich eines Abends, dass die Pflanzen eine außergewöhnliche Wachstumsrate aufwiesen und ihre Wuchsrichtung ständig ändern konnten. Sie wucherten nicht der Sonne entgegen, sondern offensichtlich eher dorthin, wo sie gebraucht wurden. Was erklärte, warum der Dschungel niemals gleich aussah, selbst wenn man denselben Weg zurückging, den man gekommen war. Katy war ob des Pflanzenreichtums von Keto richtig aus dem Häuschen und ich freute mich aufrichtig mit ihr.

Überhaupt machten sich die anderen gut. Es erwies sich als Segen, dass jeder sein Fachgebiet hatte, in dem er glänzen konnte. Ich hatte überschätzt, was für einen Effekt es haben konnte, endlich zeigen zu dürfen, was man wirklich draufhatte. Meine Crew blühte von Tag zu Tag mehr auf.

Connor sprach von nichts anderem als der Sendestation.

Sie war das Zentrum all seiner Gedanken und leider auch seiner Worte. Ein bisschen benahm er sich, als hätte er sich verknallt. Tom leistete ihm an den meisten Tagen Gesellschaft. Er war beinahe genauso besessen vom Sendemast wie Connor, nur aus völlig anderen Beweggründen. Der Mast war die einzige Möglichkeit, mit der Erde Kontakt aufzunehmen. Ich hatte ihm versprochen, dass wir alles daransetzen würden, Clemens und Ma zu finden, sobald die Sendestation in Betrieb war. Doch ich hatte keine Ahnung, ob ich dieses Versprechen halten konnte, wenn es so weit war. PIPER würde sicher darauf achten, dass ich keine Kommunikation vornahm, die nicht vorgesehen war. Doch ich war froh, dass Tom etwas zu tun hatte – er verstand sich gut mit Connor und beinahe genauso gut mit Jonah und Nick, was mir aus irgendeinem Grund weniger gefiel. Bald schien aus dem Dreigestirn ein Quartett zu werden, während Kip außen vor blieb. Ich hätte nicht erwartet, dass Tom seinen alten Freund so leicht gegen andere austauschen würde, versuchte aber, mir wertende Kommentare zu verkneifen. Es war schließlich schön, wenn Tom sich gut mit der restlichen Crew verstand. So hatte ich eine Sorge weniger. Und es war durchaus möglich, dass ich tatsächlich nur eifersüchtig auf Jonah, Nick und Connor war. Oder auf Tom. Oder alle zusammen.

Immerhin hatte Kip im Lager Gesellschaft vom schweigsamen Juri bekommen, und es schien mir, als würden die beiden gut miteinander auskommen. Juri hatte Zac gut gekannt, und ich hatte das Gefühl, dass Kip etwas von seinem kleinen Bruder in Juri wiederfand. Ich selbst konnte es ebenfalls sehen. Diese ernste, aber trotzdem neugierige Sicht auf die Welt und der konstante Drang nach Wissen waren in Juri genauso gut zu spüren wie eine permanente Traurigkeit, die nur Millimeter unter der Oberfläche schimmerte.

Katy und Imogene beschäftigten sich mit der Tier- und Pflanzenwelt auf Keto, legten Kataloge der fremden Pflanzen an, versuchten, herauszufinden, was giftig und was essbar war. Sie koordinierten Runa und Summer, die es sich zur Aufgabe gemacht hatten, die verspielten Raptoren von unserem Schiff fernzuhalten. Tatsächlich hatten sich die gefährlich wirkenden Riesen als relativ harmlos entpuppt. Sie fanden genug Nahrung in und rund um den See und nahmen beinahe keine Notiz von uns. Nur wenn ihnen zu langweilig wurde, stupsten sie gegen das Schiff und brachten uns regelmäßig aus dem Gleichgewicht. Dann nahmen Runa und Summer einen der selbst gebastelten Bälle, die sie nach meiner Beschreibung angefertigt hatten, und spielten mit den Raptoren. Es schien ihnen sogar Spaß zu machen. Wenn ich das richtig mitbekommen hatte, dann hatten sie den einzelnen Tieren allen Ernstes Namen gegeben. Solange sie sie nicht zum Kuscheln mit ins Bett nahmen, sollte es mir recht sein. Tatsächlich war es ein regelrechtes Glück, dass wir ausgerechnet auf diesem See gelandet waren. Die Anwesenheit der Raptoren hielt uns die anderen Dschungeltiere weitgehend vom Hals. Offenbar mieden sie diesen See, weil er zu gefährlich für sie war. Was einem Tier widerfuhr, das sich zum Trinken ans Wasser traute, sahen wir mehrmals täglich – und es war kein angenehmer Anblick.

Anna hing den ganzen Tag auf der Krankenstation herum und ließ sich von Doc in erster Hilfe ausbilden. Sie kümmerte sich rührend um Sabine, die die meiste Zeit schlief. Außerdem half sie, die Wunden zu versorgen, die jeder von uns täglich von den Streifzügen zurück auf das Schiff brachte. Hauptsächlich waren es Schnittwunden und kleinere Bisse oder Insektenstiche. Alles in allem schlugen wir uns auch auf diesem Gebiet ziemlich gut. Ich ging Sabine jeden Tag besuchen und an diesem Nachmittag nahm Doc mich zur Seite.

»Da ist etwas, das ich Ihnen zeigen möchte, Kapitän«, sagte Doc und führte mich zu einem Bildschirm, auf dem mehrere Scans von Sabines Gehirn aufgerufen waren. Er erklärte mir anhand der Bilder, dass die Metallplatine, die wir alle im Kopf trugen, bei Sabine nicht richtig eingesetzt worden war. »Offensichtlich wurde die Platte bei Fähnrich Langeloh versehentlich mit der Amygdala verbunden«, erklärte Doc und betonte diese Offenbarung so, als hätte er ein Heilmittel gegen jede Krankheit gefunden. Manchmal fand ich diesen Roboter ziemlich merkwürdig.

»Und was bedeutet das?«, fragte ich ihn.

»Nun, kurz gesagt bedeutet das: Die Platine macht ihr Angst.«

Ich zuckte die Schultern. »Für jemanden wie Sie ist das vielleicht schwer zu verstehen, aber mir macht das Ding auch Angst.«

Doc schüttelte seinen Metallkopf. »So meine ich das nicht. Die Platine löst Angst aus, weil sie direkt mit dem Angstzentrum ihres Gehirns verknüpft ist. Als die Informationen ausblieben, hat die Platine nur noch Angst ausgelöst. Vereinfacht ausgedrückt könnte man sagen, dass Fähnrich Langeloh permanent Angst hat.«

Ich erinnerte mich daran, wie Sabine früher gewesen war. Wie verängstigt, vorsichtig und zurückhaltend. Daran, dass sie es nie geschafft hatte, sich durchzubeißen. Sicher war daran auch diese verflixte Platine schuld. Und seitdem das Interface zusammengebrochen war, füllte die Angst sie vollständig aus. Jetzt wusste ich, warum sie immer wieder geflüstert hatte, dass sie »rausmusste«. Sicher hatte sie versucht, ihrem eigenen Kopf zu entfliehen. Doch ich wusste aus schmerzlicher Erfahrung, dass das unmöglich war.

»Können Sie etwas dagegen tun?«, fragte ich den Arzt, aber der schüttelte nur traurig den Kopf. »Sie wissen doch, was passiert, wenn die Platinen manipuliert werden. Ich kann das nicht riskieren.«

Ich nickte. Ja, das wusste ich allerdings.

»Dann lassen Sie sie schlafen und sehen Sie zu, dass sie keine Schmerzen hat.« Niedergeschlagen verließ ich den Raum.

Es war schwer, nicht mehr für Sabine tun zu können, doch ändern konnte ich es auch nicht. Mir blieb nur zu hoffen, dass sich ihr Zustand verbessern würde, wenn die Aufgaben, die PIPER für mich vorgesehen hatte, alle erfüllt waren. Ich konnte mir nicht mal ansatzweise vorstellen, wie es sein musste, mit konstanter Panik zu leben.

Es machte mich wütend, dass sie all dies erleiden musste, weil irgendein Idiot sie tatsächlich falsch verdrahtet hatte, und dass wir nun dazu verdammt waren, untätig zu bleiben. Wenn die Wut zu stark wurde, malte ich mir in den buntesten Farben aus, wie ich mich an Hannibal und Dr. Jen rächen würde, wenn sie eines Tages wieder vor mir stünden. Es waren nicht die feinsten und auch nicht die friedfertigsten Gedanken, aber sie halfen mir, die Momente der blanken Wut zu überstehen, ohne etwas kaputt zu schlagen.

Doch sosehr mich auch Sorgen und Ängste plagten, so wenig konnte ich mich der allgemeinen Hochstimmung entziehen, die sich allmählich auf der Mother breitmachte. Meine Crew schien das Gefühl zu haben, genau zum rechten Zeitpunkt am richtigen Ort zu sein. Natürlich würden sich die meisten von ihnen nicht länger so fühlen, wenn sie wüssten, dass wir nicht viel mehr als Arbeitssklaven waren. Doch ich war froh, dass sie es nicht wussten. Und immer öfter erlaubte ich mir, mich von ihrer guten Laune mitreißen zu lassen. Ich ertappte mich dabei, wie ich sie beobachtete und vor mich hin lächelte. Meine Mundwinkel waren derart aus der Übung, dass es sich merkwürdig anfühlte.

Kip und Jonah sah ich so gut wie nicht. Nur abends, beim täglichen Kampftraining, das wir alle gemeinsam in der Turnhalle der Mother absolvierten, trafen wir aufeinander. Ursprünglich war die Turnhalle ein Versammlungsraum gewesen, in dem Filme und Theateraufführungen gezeigt werden konnten, doch wir hatten ihn kurzerhand umfunktioniert, alle Stühle entfernt und dafür die Trainingssachen aus dem Sportraum hergebracht. Jeden Abend versuchte ich, Kontakt mit Jonah oder Kip aufzunehmen, doch nie gelang es mir. Beide hielten sich ganz offensichtlich von mir fern, wobei ich bei Kip sicher war, dass er es nur tat, um mir das Leben zu erleichtern. Er begriff einfach nicht, dass er es mir in Wahrheit nur schwerer machte. Ich brauchte ihn! Wann immer ich seinen Blick auffing, schenkte er mir ein Lächeln. Doch das war es dann auch. Danach drehte er sich jedes Mal wieder um und kämpfte weiter.

Ich hatte erwartet, mich weniger einsam zu fühlen, wenn Tom und Kip erst einmal wach waren, doch die Wahrheit war, dass ich mich nun sogar noch einsamer fühlte als jemals zuvor.

Doch das wollte ich nicht länger hinnehmen und nahm mir vor, in die Offensive zu gehen. Da ich nie allein in den Dschungel ging, suchte ich mir immer einen oder zwei der Jüngeren aus, mich zu begleiten. Ich genoss ihre unkritische Sicht auf die Dinge – sie stellten wesentlich weniger Fragen als Imogene, die ich am ersten Tag gebeten hatte, mich zu begleiten. Überhaupt waren die Jüngeren nicht so distanziert wie die Älteren. Sie waren eine unbeschwertere Gesellschaft, behandelten mich eher so, wie sie gelernt hatten, mit einem Vorgesetzten im Allgemeinen umzugehen. Sie hatten das erste Mal mit mir persönlich zu tun, und das war definitiv ein Vorteil. Meine alten Freunde und Wegbegleiter mieden mich. Nicht komplett und nicht offensiv, aber so, dass ich es bemerken musste. Natürlich schmerzte das. Und ich hielt diesen Schmerz nicht besonders lange aus.

Als an diesem Tag die Zeit für das Abendtraining gekommen war, ging ich direkt auf Jonah zu. Ich hatte es satt, dass er mir immerzu auswich, und wollte ihn nicht schon wieder davonkommen lassen. An dem Tag stand Nahkampf auf dem Programm, also eine wunderbare Gelegenheit, miteinander zu sprechen, ohne dass der andere vor einem davonlaufen konnte. Wir trainierten immer eine Mischung aus verschiedenen Kampfsportarten, die sowohl zur Verteidigung als auch zum Angriff genutzt werden konnten und daher von unseren Ausbildern immer Duos-Via genannt worden war: die zwei Wege. Angeblich hatte der Ausbilder von Professor Schulz, unserem Schulleiter, diese Methode entwickelt.

Bisher hatte sich Jonah immer direkt mit Connor oder Nick, einmal sogar mit Tom zusammengetan, doch diesmal ließ ich ihm keine Wahl. Ich ging ein paar Minuten vor Trainingsbeginn in die Halle und stellte mich direkt an die Tür. Als Jonah den Raum betrat, hielt ich ihn fest.

»Trainierst du mit mir?«, fragte ich ihn, und Jonah wich meinem Blick aus. Er zog mich mit sich in den hinteren Teil der Halle, dorthin, wo die leere Bühne war. »Es wäre besser, wenn du mit einem der Mädchen trainieren würdest. Ich bin zu schwer für dich«, antwortete er, während seine Füße geschäftig ein paar Matten zurechtrückten, die den Boden bedeckten, um unsere Stürze abzufedern.

»Das hat dich doch früher auch nie gestört«, gab ich zurück.

Jonah zog das Hemd aus, das er den Tag über getragen hatte, und stand nun in einem schwarzen Unterhemd vor mir. Wie wir alle steckte er in weiten Trainingshosen aus Leinen. Ich gönnte mir einen kurzen Blick durch die Halle und stellte fest, dass die Blicke der jüngeren Frauen allesamt an Jonah klebten. Sogar Summer starrte ihn vollkommen unverhohlen an, was den ohnehin schon missmutigen Paolo noch missmutiger machte. Schön, wenn jemandes Gesicht so präzise ausdrückte, wie ich mich gerade fühlte. Jonah war eine Berühmtheit an der Akademie gewesen, weil er den Ruf hatte, mit jeder Waffe umgehen und jeden Gegner auf die Matte bringen zu können. Und außerdem war er schön. Auch jetzt noch, so schmal und knochig, strahlte er eine Mischung aus Jungenhaftigkeit und Gefährlichkeit aus – eine unwiderstehliche Kombination, wie ich aus eigener Erfahrung wusste. Eigentlich war ich es gewohnt, dass er von allen Seiten angestarrt wurde.

Er griff nach einem Handtuch und wischte sich den Schweiß von der Stirn.

»Früher ist das wichtigste Wort in deinem Satz«, gab er bitter zurück. »Kennst du nicht den schönen Spruch: Alles, was wir haben, ist jetzt? Und jetzt ist alles anders. Das weißt du genau.«

Die Härte in seiner Stimme erschreckte mich. Ich hätte nicht gedacht, dass er dermaßen sauer auf mich war. Oder dass er der Meinung war, jetzt sei alles anders. Seine Worte waren so fest und sicher aus seinem Mund gekommen, dass es beinahe schien, als hätte er sie schon lange im Kopf mit sich herumgetragen – fein säuberlich zurechtgelegt für genau diesen Augenblick. Denn Sprüche zu zitieren, war eigentlich nicht Jonahs Art.

Vielleicht hätte ich früher auf ihn zukommen müssen, doch ich war in den letzten Tagen so beschäftigt gewesen, dass ich kaum Zeit hatte, an etwas anderes als die Organisation der Crew zu denken. Nun begriff ich, dass ich einen Fehler gemacht hatte. Einen ziemlich großen sogar. Ich hatte ihn einfach allein gelassen. Zwar hatte er mich darum gebeten, war mir sogar ausgewichen, doch ich hatte auch nicht insistiert. Hatte geglaubt, dass er einfach seine Zeit brauchte und es das Beste sei, wenn ich ihm diese Zeit auch ließ. Jonah schien all das, was gerade geschah, nicht so gut wegzustecken wie der Rest von uns. Doch ich musste wohl oder übel einsehen, dass das wohl kaum die ganze Erklärung für seine Verbitterung war. Lag es an mir oder an der Gesamtsituation? War er nur sauer und brauchte einfach nur Zeit, sich zu ordnen und alles zu verdauen, oder steckte noch viel mehr dahinter? Es schmerzte mich, dass ich es nicht wusste. Sicher stand alles genau in seinem Tagebuch.

Zunächst einmal tat ich, als hätte ich die Bitterkeit und

die Schärfe in seiner Stimme überhaupt nicht gehört. Lächelnd zog auch ich mir das Hemd aus und ging auf ihn zu. Ohne den Beginn des Kampfs abzuwarten, setzte ich spielerisch zum ersten Schlag an, den Jonah gekonnt abwehrte. Wir stellten uns einander gegenüber und brachten die Füße in Kampfposition. Eigentlich bandagierte man sich für das Training die Hände und einen Teil der Arme, aber Jonah und ich hatten das seit Jahren nicht mehr getan. Wir waren als Kampfpartner derart aufeinander eingespielt, dass Professor Nieves sich immer darüber beschwert hatte, dass wir eher so wirkten, als würden wir tanzen.

»Nicht alles hat sich verändert«, sagte ich leise. »Das weißt du genau!« Ich hoffte, dass mein Blick transportierte, was ich wollte: Zuneigung. Zusammenhalt. Loyalität.

Nun holte Jonah zu einem Schlag aus, den ich mit dem Unterarm parierte. Es war schwer, mir nicht anmerken zu lassen, dass der Schlag zu hart für mich gewesen war. Die Tränen, die mir in die Augen stiegen, kamen nicht allein vom Schmerz. Jonah benahm sich überhaupt nicht, als wären wir im Training, sondern als wäre das hier ein echter Kampf. Die Trainingsregel lautete: maximal mit halber Kraft. So konnte man länger durchhalten. Bei diesem Sport ging es mehr um Technik und Intelligenz als um feste Schläge. Doch Jonah hatte gerade seine ganze Kraft in diesen Schlag gelegt. Und das gefiel mir nicht. Mein Arm vibrierte von oben bis unten, und ich merkte, wie der Schmerz sich bereits ausbreitete. In kürzester Zeit würde dort ein fetter blauer Fleck entstehen.

»Was hat sich denn nicht verändert?«, fragte er zurück, und ich duckte mich gerade noch rechtzeitig, um seinem nächsten Schlag auszuweichen.

Gut, wenn er einen echten Kampf haben wollte, konnte er den bekommen. Zwar konnte ich seine Schläge nicht mit dieser Härte erwidern, doch ich hatte andere Stärken, die ich ausspielen konnte. Ich klemmte einen Fuß hinter seinen und zwang ihn so in eine Nahkampfposition, in der wir miteinander ringen mussten, statt aufeinander einzuschlagen.

»Na ja«, sagte ich, während ich versuchte, sein rechtes Bein wegzuziehen. »Wir sind zum Beispiel immer noch zusammen. Und wir trainieren immer noch jeden Abend miteinander.«

Jonah grunzte, verlagerte seinen Schwerpunkt genau im richtigen Moment, um mich aus dem Gleichgewicht zu bringen. Ich schwankte, konnte mich nicht mehr halten und ging zu Boden, aber nicht, ohne Jonah mitzureißen. Es knackte, als ich hörte, wie die Nähte in seinem Hemd nachgaben.

»Was meinst du mit: Wir sind noch zusammen?«, flüsterte er in mein Ohr, während er versuchte, meine Finger zu lösen, die sich fest in sein Oberteil gekrallt hatten. Von mir aus könnte er gern bis morgen früh so weitermachen. Ich würde ihn ganz sicher nicht loslassen.

»Na, du bist hier und ich bin hier«, stöhnte ich, während ich mich anstrengte, ihn von mir runterzuwerfen. »Connor und Nick sind auch dabei, genau wie früher.«

Erst als ich Jonahs Gesichtsausdruck sah, wusste ich, dass ich einen schrecklichen Fehler begangen hatte. Der Rest Wärme sowie der spielerische Ausdruck, den er beim Kampfsport immer aufsetzte, waren aus seinen Zügen gewichen. In diesem Augenblick sah Jonah aus, als wollte er mich am liebsten umbringen. Und hätte er ein Messer gehabt, hätte er es vielleicht sogar getan. Ich war so abgelenkt und erschrocken, dass es ihm gelang, meine Hände aus dem Stoff zu lösen und zu Boden zu drücken. Er funkelte mich an und in seinen sonst so fröhlichen Augen stand nur noch Zorn.

»Klar«, sagte er ätzend. Er machte keine Anstalten zu flüstern, sondern wurde stattdessen immer lauter. Mir war bewusst, dass er wollte, dass alle hören konnten, was er jetzt zu sagen hatte. Denn wenn Jonah einmal sauer war, gab es nichts, was ihn darüber hinaus noch interessierte. Seine Wut trug Scheuklappen und er hatte keine Augen mehr für seine Umgebung. Sein gesamtes Gewicht drückte auf meine Handgelenke, und ich verkniff mir ein Stöhnen, als sich die Knöchel durch die dünnen Matten gegen den Hallenboden drückten. »Alles so wie früher. Nur dass du mich noch nicht einmal geküsst hast, seit wir wieder wach sind. Dass du behauptet hast, du wärst nicht zu mir ins Bett geschlüpft, damit der Langhaarige es auch ja nicht mitbekommt. Ich bin nicht blöd, Zoë, und blind auch nicht. Früher konntest du nicht genug von mir bekommen, jetzt bin ich nur noch Leutnant Schwarz für dich.«

»So habe ich das nicht gemeint«, sagte ich, doch selbst in meinen Ohren klang es geheuchelt. »Es ist alles anders, als du denkst.« Gott, ich machte es nur noch schlimmer.

»Oh, du hast das genau so gemeint, Zoë«, sagte Jonah. »Und es ist alles genau so, wie ich denke. Ich kenne dich. Und weißt du was?«

Er ließ mich los und stand auf. Auch ich rappelte mich hoch, was nicht sonderlich schnell ging, da mir Jonah keine Hand anbot und mein Rücken genauso stark schmerzte wie meine Arme. Aus dem Augenwinkel sah ich, dass der Rest der Crew uns mittlerweile geschlossen beobachtete. Keiner trainierte mehr. Sie sahen aus wie eine Herde Schafe.

»Steht nicht so dämlich rum!«, herrschte ich sie an und sah mit Genugtuung, wie ein paar von ihnen zusammenzuckten und der Rest schuldbewusst wegsah. »Ihr sollt trainieren, aber schnell! Wer uns in drei Sekunden noch anstarrt, schiebt die nächsten Nächte Wache. Ohne Ablösung!« Meine Stimme schraubte sich während meiner Tirade gen Himmel und selbst mir klingelten die Ohren. Doch es tat gut, ein bisschen herumzuschreien. Die Crew stob regelrecht auseinander, als hätte ich in eine Löwenzahnblüte gepustet.

Ich war sauer, doch meine Wut war nichts gegen die, die ich jetzt in Jonahs Gesicht sah. Vor mir stand ein fremder Mann. Der alte Jonah, so begriff ich in diesem Augenblick, war genau wie Dr. Akalin irgendwo zwischen der Erde und Keto gestorben. Und nichts, was ich sagte oder tat, konnte ihn noch zurückbringen. Es war meine Schuld, das wusste ich, doch was ich nicht wusste, war, wie ich es hätte verhindern können.

»Was ist denn nur los mit dir?«, fragte ich ihn, ehrlich erschrocken über sein Verhalten.

»Dass du das noch fragen musst.«

Ich wusste nicht, was ich darauf erwidern sollte.

»Selbst während eines solchen Gesprächs kümmerst du dich lieber erst um den Rest der Crew als um mich. Dein Ansehen bei den anderen ist dir wohl wichtiger als unsere Beziehung. Falls man das hier überhaupt noch so nennen kann.« Jonah lachte leicht und schüttelte den Kopf. »Im Englischen heißt es doch relationship, nicht wahr?«

Ich nickte leicht und hatte keine Ahnung, was er damit jetzt wollte.

»Weißt du was?« Er grinste, doch es war ein böses Grinsen.

Das Grübchen, das ich eigentlich so mochte, kam mir nun irgendwie bedrohlich vor. Ich wagte es nicht, irgendwas zu sagen, weil mich die Fratze, die mich gerade angrinste, nur noch vage an Jonah Schwarz erinnerte.

»Wir sollten es besser relationshit nennen.«

Er warf sich das Handtuch über die Schulter und schickte sich an, den Sportraum zu verlassen. Obwohl ich nicht wusste, wie ich dieses Gespräch noch retten sollte, wollte ich ihn nicht so einfach gehen lassen.

»Komm morgen mit mir!«, forderte ich.

Jonah drehte sich langsam zu mir um. »Ich glaube nicht, dass das so eine gute Idee ist, Zoë«, sagte er leise, beinahe drohend.

Nun wuchs auch meine Wut gewaltig. Als wäre all das hier meine Schuld. Klar, das hatte ich mir ja auch wirklich so ausgesucht. Jonah hatte vielleicht alles verloren, aber wenigstens wusste er nichts davon. Im Gegensatz zu mir. Und ich war nicht diejenige, die es ihm genommen hatte. Ich hatte es satt, dass er mich so behandelte. Satt, immer diejenige zu sein, von der die größten Opfer verlangt wurden und die am meisten einzustecken hatte. Warum zur Hölle musste ausgerechnet das hier mein Leben sein? Eigentlich sollte Jonah mich besser kennen, als zu glauben, dass unsere Beziehung mir nichts bedeutete und die anderen mir wichtiger waren. Ich hatte immer gedacht, dass er verstand, welche Verantwortung meine Position mit sich brachte. Was für ein gewaltiger Druck auf meinen Schultern lastete. Doch da hatte ich mich wohl getäuscht.

Ich stemmte die Hände in die Hüfte und sah ihn herausfordernd an. »Das war keine Bitte, sondern ein Befehl, Leutnant Schwarz.«

Jonah lachte bitter auf. »Dann zwing mich doch, Kapitän.«

Und mit diesen Worten drehte er sich um und verließ den Raum. Kopfschüttelnd und mit einem bitteren Geschmack auf der Zunge sah ich ihm hinterher. Und nicht nur ich – der ganze Rest der Crew tat es mir gleich. Alle hielten in ihren Bewegungen inne, wie ein Video, das auf Pause gesetzt worden war. Wenn mein Herz nicht so geschmerzt hätte, dann hätte ich den Anblick beinahe komisch finden können.

Im Stillen verfluchte ich mich für jedes falsche Wort, das über meine Lippen gekommen war. Das, was gerade passiert war, hätte ich verhindern müssen. Schließlich hatte ich gewusst, dass Jonah sich die meiste Zeit draußen auf dem Dach der Mother aufhielt, wo er vor allem mit Waffen trainierte. Allein mit seiner Verwirrung und seiner Wut. Wir hatten am Ufer Dummys und Zielscheiben aufgestellt. Und die malträtierte er seit Tagen mit jeder Waffe, die ihm zur Verfügung stand. Und er hatte begonnen, ein Logbuch zu schreiben. Jonah war eigentlich immer der gesellige Typ gewesen, doch seitdem die anderen wach waren, mied er unsere Gesellschaft. Ich hätte wissen müssen, dass er etwas ausbrütete – dafür kannte ich ihn gut genug. Doch ich hatte die Augen verschlossen und mich wahrscheinlich auch einfach vor diesem Gespräch gescheut. Wie ich das wieder gutmachen sollte, wusste ich nicht.

Mein Blick fing den von Kip auf, der gerade ein paar Stöcke für das Training mit Juri aus dem Fundus heraussuchte.

Ich fragte mich, wie er wohl über das dachte, was er gerade mitbekommen hatte. Hatte er gehört, dass ich zu Jonah ins Bett geschlüpft war und Jonah vermutete, ich hielte es um seinetwillen geheim?

Langsam ging ich zu ihm und tat meinerseits so, als inspizierte ich die Stöcke.

»Komm du morgen mit mir«, sagte ich, noch bevor Kip den Mund aufmachen konnte.

»Zoë«, raunte er. Sein Tonfall transportierte Vernunft und Erwachsensein. Alles, was ich jetzt nicht wollte. »Ich glaube nicht, dass das eine gute Idee wäre.«

Ich lachte bitter. »Hast du dich mit Jonah abgesprochen oder bist du jetzt unter die Papageien gegangen?«

Kip seufzte. »Es ist ja nicht so, als ob ich nicht will, Zoë, aber...«

Ich schnitt ihm das Wort ab. »Also abgemacht. Wir treffen uns morgen direkt nach dem Frühstück.« Dann drehte ich den Kopf in Richtung Juri, der zwischen den anderen stand und auf Kip wartete. »Und jetzt geh wieder zurück zu deinem Trainingspartner. Juri guckt schon ganz verloren.«

Mit diesen Worten ließ ich ihn stehen und suchte mir eine Ecke, in der ich meinen gesamten Frust an einem Dummy auslassen konnte. Ich schlug so fest auf die große Kunststoffpuppe ein, dass die Splitter nur so flogen und die Puppe irgendwann einen Arm einbüßte. Es fühlte sich gut an. Zerstörung war das Einzige, das mir jetzt in diesem Augenblick Trost spenden konnte. Warum hatte sich die ganze Welt gegen mich verschworen, verflucht?

Natürlich war mir klar, dass ich noch mehr Öl ins Feuer goss, wenn ich morgen mit Kip loszog, nachdem Jonah mir seine Gesellschaft verweigert hatte. Und mir war auch klar, dass ich von Trotz angetrieben wurde. Doch in diesem Augenblick war mir das egal. Sollten sie doch alle denken, was sie wollten. Das konnten sie sowieso am besten.

XVII

Mir blieben noch nicht einmal zwei Tage Zeit, um den idealen Platz zu finden, an dem wir unsere Sendestation aufstellen konnten. Bisher hatte sich kein Stück von Ketos Dschungel großartig vom anderen unterschieden, doch ich wusste nun, wo wir suchen mussten.

Nach dem heftigen Streit mit Jonah konnte ich nicht einschlafen, und anstatt mir von Ira ein Mittel geben zu lassen, war ich auf die Brücke geschlichen und hatte mir die Aufzeichnungen der Unterbordkameras noch einmal angesehen. Ich war fündig geworden. Es gab einen Hügel, einen Fußmarsch von ungefähr zwei Stunden entfernt von hier. Das war zwar weiter weg, als ich mir gewünscht hätte, doch der Hügel war die einzige Erhebung weit und breit und somit ohnehin unsere einzige Option. Da half es nichts, sich zu beschweren. Zwar hatte ich Kip vor allem gebeten, mich zu begleiten, weil ich Jonah eins reinwürgen wollte und weil ich mich im Stillen täglich nach Kips Gesellschaft sehnte, doch ich glaubte auch, dass es gut war, ihn dabeizuhaben. Er hatte das große Talent, Dinge zu sehen, die anderen Leuten gar nicht großartig auffielen. Und das machte ihn zu einem weitaus besseren Begleiter als die ständig plappernde Summer oder den schweigsamen Juri.

Ich packte zwei Rucksäcke für Kip und mich mit Vorräten, Wasser und ein paar Messinstrumenten und bat ihn schließlich, schon vor dem Frühstück mit mir aufzubrechen. Die anderen waren vor sechs Stunden auf ihre Kabinen gegangen und würden in einer Stunde geweckt werden. Es war zwar feige, aber ich fühlte mich einfach noch nicht in der Lage, Jonah gegenüberzutreten. Oder vor den Augen der versammelten Mannschaft mit Kip aufzubrechen, nachdem ja alle mitbekommen hatten, dass Jonah sich meinem Befehl verweigert hatte. Es fühlte sich jetzt schon wie eine doppelte Niederlage an, und ich war einfach nicht in der Stimmung, mir noch eine dritte abzuholen. Also sagte ich mir, dass ein so weiter Fußmarsch lieber früher als später absolviert wurde. Zwar war das eigentlich völlig egal, weil die Sonne unablässig heiß und hell vom Himmel schien, aber Kip stellte keine Fragen, auch wenn er meine dünne Argumentation sicher sofort durchschaute. Es war doch erstaunlich. Dieser Mann war wie ein Sensor für meine Laune und stellte sich ganz selbstverständlich auf meine Bedürfnisse ein, ohne dass ich ihn darum bitten musste. Als wäre es sein natürlichstes Bedürfnis, sich um mich zu kümmern und gut zu mir zu sein. Es gab Momente, in denen mich diese Eigenschaft an ihm ganz wahnsinnig machte, aber gerade genoss ich, dass es jemanden auf der Welt gab, der sich so um mich sorgte. Der ganze Rest schien nämlich eher zu glauben, dass es meine Pflicht war, mich um sie zu sorgen. Und das war es ja leider auch.

Kip schulterte den Rucksack, den ich ihm gab, und nickte

mir zu. Während wir das Schiff verließen und mit dem Boot ans Ufer fuhren, sagte er kein Wort. Das war mir nur recht so, denn ich wusste auch nicht, was ich sagen sollte. Plauderei über das Wetter oder das Essen wäre genauso wenig angebracht, als direkt über den Streit mit Jonah zu sprechen. Oder über Jonah im Allgemeinen, was er mir noch bedeutete oder was er überhaupt für ein Mensch war. Viel mehr Themen blieben uns nicht, immerhin hatten wir beide drei Jahre lang geschlafen. Da war nicht sonderlich viel passiert, wir konnten uns also kaum auf den neusten Stand bringen. Während ich das Boot wieder ein Stück weit auf den See hinausschob, damit die neugierigen Dschungelaffen nicht damit spielen konnten, fiel mir auf, dass Kip die Mother zuvor ja noch gar nicht verlassen hatte. Ich war regelrecht erleichtert. Das war sicheres Gesprächsterrain.

»Du warst noch gar nicht im Dschungel, oder?«, fragte ich ihn und beobachtete stillvergnügt, wie er sich mit großen Augen umschaute. Er schüttelte den Kopf. »Du kennst mich: Wenn ich ein Lager in Ordnung bringen kann, dann bin ich zu nichts anderem zu gebrauchen.«

Ich lächelte leicht. Nicht wegen der Sache mit dem Lager, sondern wegen der Worte, die er benutzt hatte. Du kennst mich. Ich checkte kurz meinen PIPER, auf dem ich die Koordinaten eingetragen hatte, und schaltete ihn in den Navigationsmodus.

»Hey, wieso sieht deins so anders aus als meins?«, fragte er und griff in eine der Taschen, die er am Gürtel trug, um mir sein GPS zu zeigen. Es war kleiner und schwarz. Noch niemand hatte mich auf PIPER angesprochen, dabei starrte ich oft auf dieses Display, manchmal minutenlang. Das zeigte wieder einmal, dass Kip Dinge bemerkte, die anderen Leuten entgingen. Ich zog die Augenbrauen hoch und grinste ihn an. »Captain's Edition!« Es gelang mir nicht, mein Grinsen aufrechtzuerhalten. Es flackerte wie eine kaputte Glühbirne und ging schließlich aus. Kip trat einen Schritt auf mich zu. Er betrachtete PIPER nachdenklich.

»Ist das...?«

Ich nickte schnell. Eigentlich hatte ich an diesem Morgen recht gute Laune und wollte sie mir nicht verderben lassen. »Ja, das ist mein persönliches Folterinstrument und Herr über unser aller Schicksal. Sieht eigentlich ganz stylish aus, oder?« Ich schob PIPER zurück an seinen Platz. Seitdem ich es hatte, trug ich das Gerät direkt unter meinem Schlüsselbein. Die Uniform war eng genug, damit es dort nicht verrutschte, und weil ich so knochig war, bildete sich unterhalb des Schlüsselbeins ein Hohlraum, in den sich PIPER gut einfügte. Von außen war es fast nicht zu sehen. Natürlich hätte ich mir einen Gürtel wie Kip holen können. Im Lager befanden sich Dutzende davon, doch ich hatte viel zu viel Angst, PIPER auf diese Art im Dschungel zu verlieren. Ich konnte an einem Ast hängen bleiben oder einer der frechen Affen konnte es mir vom Gürtel stehlen. Die Geräte der anderen waren leicht zu ersetzen, aber PIPER durfte unter keinen Umständen abhandenkommen. Dann wären wir alle geliefert.

Ich schenkte Kip ein, so hoffte, ich aufmunterndes Lächeln. »Wollen wir?« Entschlossen zeigte ich mit dem Finger in eine Richtung und wir stapften los.

Irgendwie schien mir der Farn in diesem Teil des Dschungels höher zu wachsen als in den anderen Gebieten. Das konnte natürlich bedeuten, dass er seltener gestört oder von großen Lebewesen niedergetrampelt wurde, was eine gute Sache war. Vielleicht lebten in dieser Richtung keine größeren Tiere, allerdings musste man sich dann natürlich die Frage stellen, warum das so war.

»Es tut mir leid, dass ich dich ans Sonnenlicht gezerrt habe«, sagte ich, und Kip lachte.

»Das macht nichts. Ist vielleicht ganz gut, ich fühle mich schon richtig blass!«

Diese Bemerkung brachte mich zum Lachen. »Du kannst doch gar nicht blass werden!«

Kip schnaubte. »Natürlich kann ich das. Bist du etwa nicht in der Lage, den Unterschied zu erkennen? Man kann schließlich auch Milch in einen Kaffee schütten, oder nicht? Pass auf, ein paar Tage hier draußen, und ich bin schwarz wie ein Brikett!«

Ich schüttelte den Kopf und sah mich um, während wir Schritt für Schritt immer tiefer in den Dschungel eindrangen. Wie überall sonst war er auch hier wunderschön. In diesem Teil des Urwalds gab es besonders viele Blumen. Büsche und hohe Bäume mit unzähligen Blüten in allen nur erdenklichen Farben säumten unseren Weg, den wir uns mühsam durch das Dickicht suchen mussten. Schnell waren wir von Schmetterlingen, Insekten und winzigen Vögeln umgeben, die sich allesamt an den Blumen labten. Es sah wirklich wunderhübsch aus.

»Wow«, sagte Kip schließlich. »Ich habe keine Ahnung, wie lang es her ist, dass ich Blumen gesehen habe. Oder einen Schmetterling.«

»Sie sind wunderschön, nicht wahr? Tatsächlich weiß ich

nicht, ob ich überhaupt schon einmal eine echte Blume oder einen echten Schmetterling gesehen habe, bevor ich an die Akademie kam. Wahrscheinlich eher nicht.«

»Aus Berlin kenne ich sie auch kaum noch. Eigentlich traurig«, sagte Kip.

»Und wie. Aber jetzt haben wir ja mehr als genug davon. Bestimmt kann ich bald keine Blumen mehr sehen.«

»Das wird wohl kaum passieren«, sagte Kip. »Meine Mutter hat so oft Blumen von Fans und Verehrern, Produzenten und Regisseuren bekommen, dass in unserer Wohnung manchmal nicht nur alle Vasen, sondern auch alle Gläser, Kaffeebecher, Kannen und andere Gefäße besetzt waren. Und trotzdem hat sie immer auf dem Blumenstrauß bestanden, den sie jeden Freitag von meinem Vater bekam. Sie hat immer behauptet, unsere Wohnung in einen Garten verwandeln zu wollen, damit die ›Kinder wissen, was Blumen überhaupt sind‹. Und ihr großer Sohn hätte es trotzdem beinahe vergessen.«

Er lachte leise, und ich wusste, dass er gerade ganz tief in Erinnerungen an seine Kindheit und die Familie versank, die er verloren hatte. Doch im Gegensatz zu uns anderen hatte er sie alle vor langer Zeit verloren und konnte sich nun in den schönsten Farben an sie erinnern. Wenn ich an Clemens oder Ma dachte, fühlte ich nur ein starkes Ziehen in der Brust. Obwohl Kips Familie tot war und der Tod der Eltern sein ganzes Leben zerstört hatte, beneidete ich ihn in diesem Augenblick, weil er wusste, dass seine Erinnerungen echt waren. Meine Erinnerungen hatte sich ein Computer für mich ausgedacht, passgenau auf den Lebenslauf zugeschnitten, den die HOME-Fundation für mich erdacht hatte. Im Stillen wünschte ich mir, dass er aufhörte, von seiner Familie zu erzählen, auch wenn ich wusste, dass dieser Wunsch hochgradig egoistisch war. Eigentlich sollte ich froh sein, dass er mir so sehr vertraute, und dankbar für dieses intime Gespräch. Nach so langem Schweigen war ich doch regelrecht ausgehungert. Trotzdem fühlte ich mich ein wenig unbehaglich. Er hatte mir gegenüber so gut wie noch nie über seine Familie gesprochen. Doch das frühere Glück, das durch die Trauer hindurch seine Worte überstrahlte, ließ mein Herz bitter werden.

»Weißt du, dass ich früher immer dachte, ich käme aus dem Dschungel?«, fragte Kip.

Ich holte aus und zerteilte mit meiner Machete eine Liane, die mir im Weg herumhing. Ich hätte sie auch einfach zur Seite schieben können, doch mir war nicht danach. »Nein«, sagte ich. »Wieso dachtest du das?«

»Mein Vater hat mir immer erzählt, sein Großvater wäre Häuptling eines philippinischen Stamms gewesen. Unsere Vorfahren hätten im Dschungel gehaust und auf offenem Feuer gekocht. Kriege gegen die Eindringlinge geführt, die ihnen ihre Art zu leben austreiben wollten. Später hat mir dann meine Mutter erzählt, dass Papas Familie schon seit Generationen in der völlig überfüllten, riesigen Hauptstadt Manila lebte und ich nicht allen Quatsch glauben sollte, den man mir erzählte.«

Verwundert hielt ich inne und drehte mich zu Kip um. Der war so sehr auf seine Füße und den Boden konzentriert gewesen, dass er beinahe gegen mich prallte. Überrascht sah er zu mir auf, nur wenige Zentimeter von meinem Gesicht entfernt.

»Warum hat dein Vater dich angelogen? Einfach so, das ist doch schrecklich!« War es denn das Schicksal von Kindern, permanent von allen angelogen zu werden? Mittlerweile wusste ich, dass es Situationen gab, in denen die Wahrheit einfach keine Option war, aber das ließ sie mich mehr und nicht weniger wertschätzen. Gerade wenn man keine Notwendigkeit hatte zu lügen, sollte man doch bei der Wahrheit bleiben.

Kip zuckte die Schultern. Ihn schienen die Lügen seines Vaters nicht zu verärgern. Im Gegenteil, er lächelte sogar leicht. »Ich schätze, er wollte mir einfach ein schönes Märchen schenken, mit dem ich mich identifizieren kann«, sagte er leichthin. Dann grinste er verlegen. »Irgendwie habe ich auch immer gewusst, dass er mir nicht die ganze Wahrheit sagte.«

»Ach ja? Woher denn?«

»Wenn man jemanden so gut kennt wie ein Sohn seinen Vater, dann spürt man, wenn der andere schwindelt. Und wenn ich nachgebohrt habe, dann hat er immer ausweichend geantwortet. Hat mir aber versprochen, mich eines Tages mit in den Dschungel zu nehmen.«

Ich runzelte die Stirn.

»Sieh mal, Zoë. Meine Eltern waren berühmte Leute, es gab nichts an ihrem Leben, das nicht bis in den hintersten Winkel ausgeleuchtet worden war. Die Fotos, die nach meiner Geburt von mir entstanden, wurden für eine Unsumme exklusiv an ein Magazin verkauft.«

Ungläubig schüttelte ich den Kopf. »Sie haben für Babyfotos gezahlt?«

»Nicht für irgendwelche Babyfotos«, gab Kip zurück und

plusterte sich auf. »Für meine Babyfotos. Aber das ist gar nicht der Punkt. Der Punkt ist, dass ich durch eine schnelle Recherche hätte herausfinden können, wo die Familie meines Vaters wirklich herkommt. Aber ich habe es nie getan. Ich wollte meine Märchengeschichte mindestens genau so sehr, wie mein Vater sie wollte.«

Kips Worte sanken in mein Bewusstsein. Ich begriff, wie sehr seine Geschichte unserer jetzigen Situation glich. Meine Crew stellte so wenig Fragen und stürzte sich so bereitwillig in die Arbeit, weil sie die volle Wahrheit gar nicht wissen wollten. Die ganze Zeit über hatte ich mich darüber gewundert, dass sie mir nicht mehr Fragen stellten. Ich an ihrer Stelle hätte mir wahrscheinlich keine einzige Sekunde Ruhe gegönnt. Immerhin waren auch sie auf der Mother aufgewacht, hatten auch sie die letzten Jahre Ausbildung verpasst. Doch offenbar gaben sie sich mit meiner Erklärung zufrieden. Einer Erklärung, die mir im Leben nicht ausgereicht hätte und die ich mir in wenigen Sekunden aus den Rippen geleiert hatte. Und jetzt verstand ich allmählich, warum das so war.

Sie ahnten, dass es Dinge gab, die im Argen lagen, lebten jedoch lieber mit der Sicherheit, die ihnen ihr bisheriges Wissen verschaffte. Völlig egal, ob sie nun das ganze Bild hatten, nur einen Ausschnitt oder sogar das völlig falsche Gemälde anstarrten. Unterbewusst wollten sie nicht nachbohren, aus Angst vor dem, was sie dort unten finden würden. Ich verstand sie. Und manchmal beneidete ich sie, wünschte, ich hätte einfach denselben Stand wie alle anderen, und vergoss bittere Tränen darüber, dass Professor Bornkamp mich geweckt und damit dem kargen, brutalen Berlin ausgesetzt hatte. Doch wenn ich Kip so ansah, mit seinen sanften, schwarzen Augen, konnte ich Bornkamp nicht wirklich böse sein. Ich hätte ihn und meine Familie niemals kennengelernt. Natürlich tat die Wahrheit weh, aber sie war mir lieber als die schönste Lüge.

»Ich habe deinen Schlüssel ins All geworfen«, sagte ich plötzlich, ohne zu wissen, wo dieser Satz auf einmal hergekommen war.

Kip zog erstaunt die Augenbrauen hoch. »Welchen Schlü…«

Dann konnte ich sehen, dass er verstand und sich, genau wie ich in diesem Augenblick, an den Moment erinnerte, an dem wir in sonnengelbes Licht gebadet in seinem Berliner Flur gestanden hatten. Die nackten Füße auf den warmen Holzdielen, die stets wache Stadt direkt vor unseren Fenstern. In einem anderen Leben, einer völlig anderen Welt. Kip lächelte und trat noch einen Schritt auf mich zu. Er senkte den Kopf, sodass seine Lippen mein Ohr berührten. »Du hast ihn tatsächlich ins Weltall geworfen?«, fragte er.

Ich nickte. Zu mehr war ich nicht in der Lage, weil Kips Stimme so nah an meinem Ohr alles an mir zum Schwingen brachte. Meine Härchen stellten sich auf, mein Blut rauschte mit Höchstgeschwindigkeit durch meine Adern. Ich fühlte, dass es sich besonders in meinen Wangen breitmachte, doch das kümmerte mich nicht. Bei der Hitze, die auf Keto herrschte, war das auch schon egal.

Kip legte seinen Kopf gegen meinen. Ganz sanft. Fast gar nicht. »Ach, Zoë.«

Natürlich wusste ich, dass ich mich bewegen und von ihm wegtreten sollte. Abstand zwischen uns beide bringen, um ihm zu zeigen, wo ich stehe. Nämlich auf der Seite der platonischen, normalen und völlig unverfänglichen Freundschaft. Ich wusste, dass es vernünftiger und besser wäre, genau das jetzt zu tun. Doch ich konnte mich einfach nicht vom Fleck rühren. Vielleicht war der Dschungel ja schon über meine Schuhe gewachsen und hielt mich an Ort und Stelle fest, doch natürlich wusste ich, dass es in Wahrheit mein Herz war, das mich hielt. Ein Dschungel völlig anderer Art, aber zweifelsohne ein Dschungel.

»Was?«, flüsterte ich. Dabei klang ich außer Atem, als wäre ich gerannt, doch das lag nur daran, dass mein Herz so unglaublich schnell schlug. Es rannte selbst, während es genau das meinen Füßen verbot.

»Deshalb bist du perfekt für mich.«

Ich lachte verlegen auf. »Weil ich einen Zimmerschlüssel ins Weltall geworfen habe?«

Kip schüttelte den Kopf. »Nein. Weil du das Wort, das du mir gegeben hast, gehalten hast. Und, weil du wusstest, dass es mir etwas bedeuten würde, obwohl es gar keine Bedeutung mehr hat.«

Er nahm mein Gesicht in beide Hände und hob es an, sodass ich ihm in die Augen sehen musste. »Deshalb, Zoë Alma Baker, bist du in meinen Augen perfekt. Du weißt, dass die kleinen Dinge manchmal wichtiger sind als die großen. Du nimmst eine Aufgabe an, um die du nicht gebeten hast, und versuchst, in den viel zu großen Schuhen zu laufen. Du versuchst, eine Last allein zu tragen, die kein Mensch allein tragen kann. Du stellst deine Bedürfnisse hintenan, ganz egal, was es dich kostet.«

Ich versuchte, den Kloß zu schlucken, der sich in meinem

Hals gebildet hatte, doch es gelang mir nicht. Ich fühlte, wie Gänsehaut meine Arme entlangkroch.

»Das klingt wie eine genaue Beschreibung von dir«, gab ich zurück, und er schüttelte den Kopf. »Nein. Denn manchmal bin ich nicht mehr in der Lage, meine Bedürfnisse für das große Ganze zurückzustellen.«

Sein Gesicht näherte sich meinem, und ich hielt ganz still, als wäre Kip ein Vogel, den ich mit zu hektischen Bewegungen wieder vertreiben könnte. Und das war das Allerletzte, was ich jetzt wollte.

»Manchmal?«, fragte ich leise.

»Jetzt«, flüsterte er und zog mich an sich.

Unsere Lippen trafen sich, und es war, als hätte ich auf einmal alles vergessen, was jemals gewesen war. Ich wusste nicht mehr, wer oder wo ich war, warum ich überhaupt dort war oder wie mein Nachname lautete. Eigentlich wusste ich überhaupt nichts mehr. Kip füllte nicht nur mein Herz, sondern auch meinen Kopf bis zum Rand aus. Er war überall, in meinen Gedanken, meinen unausgesprochenen Worten. Von meinen Lippen breitete er sich mit pulsierender Wärme in meinem gesamten Körper und bis in die Fingerspitzen aus. Kip war meine Sonne und in diesem Augenblick war ich selbst ein kleiner Planet. Ich wäre glücklich gewesen, meine Sonne für den Rest meiner Tage zu umkreisen, das Gesicht immer seinem Licht zugewandt, bis wir beide verglühten. Es hätte mich glücklich gemacht.

Doch natürlich ging das nicht. Allein das Gerät, das sich unter dem Stoff meiner Uniform an meine Haut presste, verhinderte das. Ich hatte Verantwortung, und die musste ich tragen, bis wir am Ziel waren oder ich unter der Last zusammenbrach. Das war nun einmal der Verlauf meiner Geschichte. Doch zu wissen, dass ich geliebt wurde, bedeutete mir alles. Dieser Kuss ließ mich glauben, dass ich es schaffen konnte. Weil er mich glauben ließ, dass ich einfach alles schaffen konnte.

Ich löste mich ganz sanft aus Kips Armen, die sich unbemerkt um meine Taille geschlungen hatten. »Wir müssen weiter«, flüsterte ich, und er nickte, die Augen geschlossen. Dann schlug er sie wieder auf.

»Du hast jetzt gerade aber nicht an einen anderen gedacht, oder?«, fragte er, und obwohl er feixte, hörte ich die Unsicherheit in seiner Stimme.

Ich lächelte und schüttelte den Kopf. Eine Strähne hatte sich aus seinem Zopf gelöst. Ich hob die Hand und strich sie ihm sanft hinters Ohr.

»Ich habe nur an dich gedacht. Und ich fürchte, dass ich eine ziemlich lange Zeit auch an niemand anderen mehr denken werde.«

Er lachte. »Dann erkläre ich diesen Kuss offiziell zu meinem ersten. Das andere war lediglich die Generalprobe.«

Ich nickte. »Einverstanden. Dann erkläre ich diesen auch offiziell zu unserem ersten Kuss!«

Kips Miene verfinsterte sich. »Zoë, ich weiß nicht...«, doch ich schnitt ihm das Wort ab. »Ich weiß auch nicht, Kip. Was ich aber weiß, ist, dass ich so, wie es in den letzten Tagen gelaufen ist, nicht weitermachen kann. Wir können nicht so tun, als wäre nichts. Jonah hat es schließlich schon bemerkt, er ist also der letzte Mensch, dem wir noch etwas vormachen müssen.«

Kip streckte die Hand nach mir aus und ich ergriff sie.

»Wie schlimm schmerzt dich sein Verhalten auf einer Skala von eins bis zehn?«

Ich lachte. »Keine Ahnung. Das ist alles ziemlich kompliziert. Natürlich finde ich nicht gut, dass er so sauer und giftig ist, und es gefällt mir auch nicht, ihm wehzutun, aber andererseits habe ich das Gefühl, er ist ein anderer Mensch geworden. Oder dass ich ihn nie wirklich gekannt habe.«

Ich biss auf meiner Unterlippe herum. Kip beobachtete mich forschend, abwartend. Ich hatte keine Ahnung, was er von mir hören wollte oder ob er überhaupt etwas Bestimmtes hören wollte, doch ich hatte das Gefühl, dass ich die Beziehung zu Kip auf keinen Fall auf Lügen aufbauen wollte, komme, was wolle.

»Jonah war die ganze Zeit über nur eine Projektion«, sagte ich langsam. »Ein Mensch, der in ein Interface eingespeist wurde.«

»Aber ihr habt wirklich miteinander kommuniziert«, gab Kip zu bedenken, und ich nickte. »Das schon. Aber ich habe ihn nie berührt. Ich habe nie wirklich erfahren, wie er riecht oder sich anfühlt. Das waren alles Gaukeleien, nichts Echtes.« Mein Blick wanderte zu Boden. »Du bist also so oder so der erste Mann, den ich je geküsst habe. Jonah hingegen habe ich noch nie geküsst.«

Kip strich mir über die Wange und ließ dann seine Hand in meinem Nacken ruhen. Ich wusste, dass er wollte, dass ich ihn ansah, doch ich konnte jetzt nicht. Der Urwaldboden war viel einfacher zu betrachten.

»Zoë, das muss nichts heißen, wenn du es nicht willst.«

Nun hob ich den Blick und sah ihm fest in die Augen. Keine Ahnung, was das noch nach sich ziehen würde, doch ich sagte Kip die volle und reine Wahrheit: »Es ist sogar das Einzige, was ich wirklich will.«

Nun war ich diejenige, die ihn küsste. Und ich ging sicher, dass er keinen Zweifel an meinen Worten hegen musste.

Dann drehte ich mich um, holte PIPER hervor und zog Kip hinter mir her tiefer in den Dschungel hinein. Ich hatte keine Ahnung, was aus uns werden würde, doch ich wusste, dass eine Beziehung zwischen Kip und mir Ärger geben würde, sollten wir sie öffentlich ausleben. So oder so würde ich erst mit Jonah reden müssen, eine Sache, die mir seit dem gestrigen Abend noch schwererfallen würde als zuvor. Aber all das konnte mir das Grinsen nicht aus dem Gesicht wischen. Es war, als hätte mir jemand das Gehirn ausgeknipst.

Wir unterhielten uns kaum, sondern hielten uns die meiste Zeit einfach nur an den Händen. Doch es war kein unangenehmes Schweigen, sondern ein schönes, zufriedenes. Wahrscheinlich schwelgte jeder von uns in Erinnerungen an unsere Küsse und Worte und versuchte dabei, die schillernd bunten Eindrücke des Waldes in sich aufzunehmen, der uns umgab. Es war genug, um jedes Gehirn voll und ganz zu beschäftigen. Für Sprache war da kein Platz.

Hin und wieder zeigte der eine dem anderen etwas Besonderes – eine Pflanze oder einen Vogel, und ich hatte das Gefühl, dass der Dschungel vorher nicht halb so schön gewesen war.

Das war wohl die rosarote Brille, über die ich schon so viel gehört, die ich aber noch nie zuvor getragen hatte. Ich kam mir vor, als hätte ich irgendwelche Drogen genommen. Nach einer Weile, die mir für die zurückgelegte Distanz viel zu kurz vorgekommen war, begann der Boden anzusteigen. Zuerst nur ganz sanft, doch schon bald mussten wir uns ziemlich ins Zeug legen. Wir hatten den Hügel erreicht, auf dem unsere Sendestation stehen sollte. Wirklich sehr gut war, dass hier weniger Bäume oder Palmen standen als im restlichen Teil des Urwalds. Es würde nicht allzu schwer sein, unser Equipment auf diesen Hügel zu schaffen. Während wir uns bergauf durch immer dichter werdende Gräser und Farne kämpften, bemerkte ich, dass sich eben diese Gräser und Farne immer wieder heftig bewegten, als flitzten kleine Tiere in ihrem Schutz hin und her, weg von unseren gefährlichen Stiefeln. Ich musste mir alle Mühe geben, nicht an giftige Schlangen zu denken.

Ein Gedanke kam mir in den Kopf und ich musste lachen. »Stell dir vor«, sagte ich. »Einer der Überlebenden der ersten Mission hat eine Schlange, die er Katze nennt!«

Kip grunzte, ob aus Anstrengung oder Belustigung konnte ich allerdings nicht sagen.

»Da drängen sich einem ja gleich mehrere Fragen auf. Zum Beispiel, warum man überhaupt eine Schlange halten sollte. Meinst du, er ist nicht mehr ganz dicht?«

Ich zuckte die Schultern. Auf eine Art war Nox sicher nicht normal, aber ich hatte auch nicht den Eindruck, dass er verrückt war. »Ich mag ihn«, antwortete ich daher schlicht, was streng genommen überhaupt keine Antwort war. Schließlich erreichten wir den Gipfel des Hügels und entschieden, eine Pause zu machen.

Wir setzten uns auf einen großen, flachen Stein unter einen der wenigen Bäume und ich packte unsere Vorräte aus. Ein paar Riegel und eine große Wasserflasche, mehr hatten wir nicht dabei, aber trotzdem fühlte ich mich ein bisschen, als wäre ich im Urlaub. Als wir noch klein gewesen waren, hatten die Professoren uns manchmal erlaubt, unser Mittagessen im Freien auf einer Decke einzunehmen. »Picknickzeit« hatten sie das genannt, und ich musste lächeln, als ich daran dachte, wie sehr ich mich über diese kleine Sache damals immer gefreut hatte.

Während ich meinen Riegel kaute, der keinen wirklich definierbaren Geschmack aufwies, und an Kips Schulter lehnte, dachte ich darüber nach, wie schade ich es fand, ihm niemals die Akademie zeigen zu können. Es war zwar nur ein virtueller Ort, aber für mich einer der wichtigsten meines Lebens. Es war mir unmöglich, ihm die Orte meiner Kindheit zu zeigen. Das altehrwürdige Haus mit den kalten Fluren, den knarrenden, großen Holztüren und dem riesigen Speisesaal mit den bunten Fenstern, durch die das Sonnenlicht in bunten Strahlen auf unsere Teller fiel. Den kleinen Teich im Wald, den ausgehöhlten Baum im Garten, in den ich als kleines Mädchen manchmal gekrochen war, wenn ich mich einsam fühlte, weil ich fest davon überzeugt war, der Baum würde mit mir sprechen. Die große Turnhalle mit dem quietschenden Boden, in der es immer ein bisschen nach Schweiß und altem Leder roch. Für Kip war dieser Teil meines Lebens unerreichbar, und ich war traurig, dass wir uns nicht einfach in ein Auto setzen und hinfahren konnten. Es nützte überhaupt nichts, daran jetzt viele Gedanken zu verschwenden, das wusste ich auch, doch das Heimweh, das gerade in meiner Brust aufstieg, konnte ich nicht weglächeln.

»Glaubst du, das hier ist ein geeigneter Ort für die Sendestation?«, fragte Kip und riss mich aus meinen düsteren Gedanken. Stimmt, die Sendestation hatte ich ja völlig vergessen. Als hätte der Kuss mein Gehirn tatsächlich vollständig ausgeschaltet.

Ich blickte mich um, als sähe ich die Hügelkuppe zum ersten Mal. Von Farnen und kleinen Blumenteppichen überzogen, aber nur mit wenigen Bäumen, bot sich ein recht guter Blick über die Umgebung. Zwar standen ein paar Bäume am Hang des Hügels, aber nicht auf seiner Kuppe, was bedeutete, dass unsere Sendestation nicht so leicht blockiert werden konnte, was ein großer Vorteil war. Der Hügel an sich war nahezu perfekt. Natürlich hätte ich lieber etwas gehabt, das von der Mother aus besser zu erreichen war, aber das ließ sich nicht ändern. Vielleicht sollten wir noch weitersuchen, doch meine Recherche in der vergangenen Nacht ließ darauf schließen, dass wir keinen besseren Ort finden würden.

»Ja, ich glaube, hier ist es wunderbar«, antwortete ich daher und schloss die Augen. Es war gut zu fühlen, wie ein Teil des Drucks, der sich in den vergangenen Tagen aufgebaut hatte, von mir wich. Aber ich würde die Koordinaten dieses Orts trotzdem erst morgen in PIPER speichern. So kaufte ich mir einen Tag Frieden von diesem Ding. Denn wer wusste schon, wie viel Zeit mir für die Erfüllung der nächsten Aufgabe bleiben würde? Ich fragte mich, wonach die Zeiteinheiten überhaupt bemessen worden waren. Wie hatten sie sich anmaßen können zu wissen, wie lange wir für die jeweiligen Aufgaben brauchen würden? Schließlich waren sie noch nie hier gewesen! Vielleicht hatten sie auch nur die Champagnerflaschen durchgezählt, die sie mit in den Bunker genommen hatten, und von diesem Wert ausgehend hochgerechnet. Kam mir sehr wahrscheinlich vor.

»Gut«, sagte Kip und klang zufrieden. »Dann hat sich der Weg wenigstens gelohnt.«

Ich knuffte ihn in die Seite. »Der Weg hat sich auf jeden Fall gelohnt!«

Wir grinsten einander an, als hätten wir gerade einen Schatz gefunden.

Kip erhob sich, und ich war enttäuscht, dass er unseren Ausflug offenbar so schnell schon wieder beenden wollte. Hügel rauf, alles geklärt, Hügel wieder runter.

Doch das war es gar nicht. »Rühr dich nicht von der Stelle«, sagte er und ging in Richtung einer Ansammlung aus dichten Hecken. »Ich bin gleich wieder da.«

Ich nickte und lächelte ihm zu. Ein leichter Wind brachte die Blätter und Palmwedel des Dschungels zum Rascheln, und ich schloss die Augen, um die Düfte, die mit dem Wind kamen, besser wahrnehmen zu können. Es roch nach Blumen und Wasser, nach Erde, nach sattem, saftigem Grün.

Plötzlich legte sich etwas um meinen Hals und mein Mund wurde zugepresst. Zuerst dachte ich, dass Kip sich einen Scherz erlaubte, doch dann hörte ich eine Stimme dicht an meinem Ohr.

»Keinen Mucks jetzt, okay?«

Ich kannte diese Stimme, wusste aber nicht, woher. Das war jetzt auch nicht wichtig. Mein Ellbogen schnellte automatisch nach hinten und traf etwas Weiches, ich hörte jemanden scharf einatmen, doch die Hand auf meinem Mund ließ nicht locker. Der Unterarm, der mich im Schwitzkasten hielt, presste noch stärker gegen meinen Hals als zuvor. Vor meinen Augen tanzten dunkle Punkte. Da die große Hand auch einen Teil meiner Nase bedeckte, bekam ich ohnehin kaum Luft.

»Scheiße, du sollst sie doch nicht umbringen!«, hörte ich eine zweite Stimme rufen. Das war eindeutig Cole.

»Hey, was zur Hölle macht ihr denn da?«

Verschwommen sah ich, dass Kip auf uns zugerannt kam. Er hatte seine Uniform noch nicht ganz wieder angezogen, sein Oberkörper war noch nackt. Die Fische tanzten, während er rannte.

»Das dauert zu lange«, hörte ich die erste Stimme leicht verzweifelt sagen.

Nun war mir klar, dass sie zu Nox gehören musste. Ich wand mich und schlug mit aller Kraft um mich. Ich musste nur verhindern, dass sie mich wegschleppten, bevor Kip hier eintraf. Doch zu meinem Entsetzen hörte ich das vertraute Geräusch einer Schusswaffe, die entsichert wird, direkt an meinem Ohr.

»Bleib sofort stehen oder wir blasen ihr das Gehirn weg!«, rief Cole, und ich fühlte kaltes Metall an der Schläfe. Der Lauf einer Waffe. Fabelhaft. Dafür lockerte sich der Schwitzkasten, in dem ich mich befand, etwas. Nun tanzten weniger Sterne vor meinen Augen.

Kip wurde langsamer, blieb aber nicht stehen. »Das würdest du nicht tun!«, sagte er ruhig. »Ihr braucht sie noch.«

»Stimmt«, knurrte Cole. »Aber dich nicht.«

Ein Schuss erklang und Kip sackte zu Boden. Ich schrie entsetzt auf, doch obwohl ich das Gefühl hatte, mein Kopf müsste platzen, war beinahe nichts zu hören. Nur ein leises Wimmern drang durch Nox' dreckige Finger. Doch meine Angst, Kip könnte tödlich getroffen worden sein, stellte sich schnell als unbegründet heraus. Offensichtlich hatte Cole Kip nur ins Bein geschossen. Stöhnend lag er am Boden und hielt sich den Oberschenkel.

»So, und jetzt weg hier!«, sagte Cole, und ich wurde auf die Füße gerissen. Noch immer versuchte ich mich zu wehren, doch ich hatte den beiden starken Männern, die von den Jahren im Dschungel über gestählte Muskeln verfügten, nichts entgegenzusetzen. Sie banden meine Hände und Füße mit Seilen zusammen und stopften mir einen dreckigen Lappen in den Mund, der bei mir sofort den Würgereiz aktivierte. Mein Körper verkrampfte sich ein paar Mal, bis mir Nox mit finsterem Blick den Knebel ein Stück aus dem Mund zog. Auch wenn ich unendlich sauer auf die beiden Männer war, warf ich ihm dennoch einen dankbaren Blick zu.

Während der ganzen Zeit rief Kip nach mir. Einmal sah ich, wie er versuchte, aufzustehen und in unsere Richtung zu rennen, doch er stolperte und fiel gleich wieder hin. Ich hoffte, dass er irgendwie zur Mother gelangen würde. Immerhin hatte er noch die Rucksäcke. Darin würde er Verbandszeug und Schmerzmittel finden. Damit müsste es eigentlich gehen. Cole warf mich schließlich einfach über die Schulter und presste meine Beine so fest gegen seine Brust, dass ich sie nicht bewegen, ihn also auch nicht treten konnte. Ich hämmerte mit gefesselten Fäusten auf seinen Rücken ein, doch das interessierte ihn nicht im Geringsten. Immer wieder bäumte ich mich auf und versuchte, ihm irgendwie Schmerzen zuzufügen, damit er mich fallen ließ. Ich konnte es einfach nicht glauben. Noch vor wenigen Tagen hatten wir uns gemeinsam vor den Nachtaffen versteckt. Wir hatten einander vertraut, uns gegenseitig in Geheimnisse eingeweiht, und jetzt entführten sie mich einfach so und schreckten nicht davor zurück, meine Begleitung über den Haufen zu schießen?

Als ich mich erneut aufbäumte und versuchte, meine

Hände über einen Ast zu werfen, der ziemlich weit nach unten hing, stieß ich mir den Kopf ziemlich heftig an einem weiteren Ast, den Cole offenbar gerade losgelassen hatte. Er schnellte gegen meinen Hinterkopf und traf mich mit einer Wucht, die mir den Atem nahm. Erstickt stöhnend ließ ich mich gegen Coles Rücken sinken.

»Bist du endlich zur Vernunft gekommen?«, fragte Cole und klang dabei leicht amüsiert. Was für ein Arsch.

»Stell dir vor, es gelingt dir tatsächlich, uns auszuschalten«, sagte Nox und hatte dabei wieder den bekannten, verträumten Singsang in der Stimme. »Dann liegst du gefesselt auf dem Dschungelboden und wirst vom nächstbesten Raubtier gefressen. So gut wie ein Selbstbedingungsbuffet.«

Wo er recht hatte.

Ich ergab mich schließlich in mein Schicksal und ließ die Arme sinken, die von der ganzen Anstrengung ohnehin schon genauso brannten wie meine Beine. Mir war schwindelig und auch ein bisschen schlecht. Wahrscheinlich war der Schlag gegen meinen Kopf nicht ohne Folgen geblieben. Ich schloss die Augen und glitt kurz darauf in einen traumlosen Schlaf.

Logbuch von Jonah Schwarz, 5. Eintrag

Zoë ist verschwunden. Und damit meine ich nicht, dass ich sie auf dem Schiff nicht finden kann, sondern, dass sie so richtig verschwunden ist.

Zuerst war ich nicht beunruhigt. Ich wollte mich bei ihr entschuldigen. Wir hatten gestern Abend Streit und ich habe mich ziemlich danebenbenommen. Sie hat versucht, mit mir zu sprechen, aber ich war viel zu wütend. Deswegen ist Streit eigentlich das falsche Wort, denn ich habe sie die ganze Zeit nur angeschrien. Sie hat nicht wirklich mitgestritten. Egal, was zwischen uns passiert ist oder gerade passiert, ich hätte nicht so mit ihr reden dürfen. Immerhin ist sie auch meine Vorgesetzte, da ist es nicht gerade ratsam, die Fassung zu verlieren. Und das auch noch vor allen Leuten. Jetzt weiß das ganze Schiff, dass wir Probleme haben. Und jetzt ist sie auch noch verschwunden. Einige werden sicher denken, ich hätte sie vertrieben. Oder Schlimmeres. Denn egal, was Zoë glaubt: Ich bin nicht bei allen so beliebt. Imogene findet mich zu arrogant und die Kleineren sehen eher zu Zoë auf als zu mir. Zugegeben, in den letzten Tagen habe ich auch kein Bild abgegeben, das zum Vorbild taugt.

Jedenfalls bin ich erst ganz früh zu ihrer Kabine, da war sie aber nicht. Das ist nichts Ungewöhnliches, sie macht gern Sport vor dem Frühstück. Sie hätte auch unter der Dusche sein können, ich selbst verbringe da ja viel Zeit. Betreten kann ich ihre Kabine nicht, das kann nur sie, also bin ich selbst zum Sport und dachte, dass ich sie später sicher erwischen würde.

Doch auch am Frühstück hat sie nicht teilgenommen und die Lagebesprechung mussten wir ohne sie machen. Natürlich ist mir schon im Speisesaal aufgefallen, dass De los Santos ebenfalls nicht da ist. Das hat meine Laune nicht gerade gehoben. Ich habe zwei und zwei zusammengezählt und mir schon gedacht, dass Zoë mit Kip am frühen Morgen zu ihrem Erkundungsgang aufgebrochen ist. Eigentlich wollte sie, dass ich sie begleite, aber ich habe abgelehnt. Um es mal vorsichtig auszudrücken. Da hat sie ihn mitgenommen, weil sie genau gewusst hat, dass es mich wütend machen würde. Dass sie jetzt weg ist, könnte also auch meine Schuld sein. Aber ich dachte mir, bitte sehr, sollen die beiden doch durch den Dschungel stapfen und nach einem geeigneten Platz für den Sendemast suchen. Ich trainiere lieber mit Paolo und Summer noch etwas Nahkampf. Da liegen die größten Schwächen der beiden. Weil Zoë und Kip so früh aufgebrochen waren, hatte ich eigentlich damit gerechnet, dass sie bald wieder auf dem Schiff aufkreuzen würden, doch das war nicht der Fall. Ehrlich gesagt hatte ich nur eine Antwort auf die Frage, was die zwei so lange im Dschungel treiben konnten. Ich denke, meine Wortwahl spricht Bände. Gegen Mittag war ich jedenfalls nur noch sauer. Ich habe ein ganzes Magazin auf dem Schießstand verballert und mir heimlich gewünscht, auf etwas Lebendiges schießen zu dürfen. Auf Kip zum Beispiel.

Das hat dann aber doch jemand anderes erledigt, wie ich vor einer Stunde feststellen durfte. De los Santos hat sich zum Schiff geschleppt, ohne Zoë, dafür aber mit einer hübschen Schussverletzung im Oberschenkel. Leider hat Imogene ihn vor mir entdeckt und sofort zu Doc auf die Krankenstation gebracht. Wenn er mir zuerst begegnet wäre… Vielleicht hätte ich ihn an Ort und Stelle erwürgt. Ehrlich, wenn der Typ nicht plötzlich aufgetaucht wäre, dann wäre mein Leben jetzt in Ordnung. Ich fühle mich, als hätte jemand das größte Arschloch überhaupt zu meinem Geburtstag eingeladen.

Kip erzählte mir dann, als ich mich beruhigt hatte und zu ihm auf die Krankenstation gekommen war, eine haarsträubende Geschichte. Zoë soll angeblich entführt worden sein. Von zwei Männern, aus heiterem Himmel. Zwei maskierten Männern, wie überaus praktisch. Einer mit viel wirren Haaren und einer ohne. Das klingt natürlich schwer nach Cole und Nox, doch ich kann mir nicht vorstellen, warum sie Zoë entführt haben sollten. Sie haben uns geholfen und vor den Nachtaffen beschützt, obwohl Tisha durch unsere Schuld angeschossen wurde. Und obwohl wir ihnen gesagt haben, dass wir nicht hier sind, um sie nach Hause zu holen, haben sie ihren Zorn nicht an uns ausgelassen, auch wenn ich das gut verstanden hätte. Uns gegenüber haben sie sich die ganze Zeit sehr anständig verhalten. Gut, Nox hat eine Schlange, die er Katze nennt, und hat auch sonst nicht mehr alle Latten am Zaun, aber er ist in Ordnung. Sie sind alle in Ordnung. Auf ihre eigene, zottige, schräge Weise. Es fällt mir schwer zu glauben, dass sie Zoë etwas antun würden. Und wenn sie Zoë entführt haben: Wo war dann Kip in dem Augenblick? Warum haben sie ihn nicht auch mitgenommen? Und warum ist es ihm nicht gelungen, Zoë zu verteidigen? Der große, starke Kerl, der angeblich so gut wie alles hinkriegt? Deshalb gehen wir doch immer zu zweit, damit wir aufeinander achtgeben können, verflucht. Wenn er mir nicht eine so genaue Beschreibung der beiden geliefert hätte, dann hätte ich ihm überhaupt nicht geglaubt. Die ganze Zeit finde ich es schon komisch, dass er und Tom überhaupt mit an Bord sind. Es fällt mir schwer zu glauben, dass sie kein doppeltes Spiel spielen. Warum sollten wir durch unsere jahrelange Ausbildung gehen, wenn dann doch jeder Dahergelaufene hier mitfliegen darf? Das ergibt doch keinen Sinn. Und jetzt weiß ich erst recht nicht mehr, was ich noch glauben soll.

Ich kann mir vorstellen, dass Kip irgendeinen Plan hier auf dem Planeten verfolgt, bei dem heute Morgen etwas schiefging. Aber wenn Zoë nicht entführt wurde, wo ist sie dann? Ist ihr etwas Schlimmeres zugestoßen als eine Entführung? Hat Kip sie vielleicht sogar eigenhändig getötet und dabei den Schuss kassiert?

Rein theoretisch erscheint mir alles möglich, aber wenn ich ehrlich bin, glaube ich nicht daran. Der Typ ist am Boden zerstört. Er kann über nichts anderes als Zoë reden. Dass wir sofort losmüssen, um sie zu retten. Dass ihr vielleicht etwas Schlimmes zustößt. Ich bin zwar kein Experte in so was, aber ich glaube nicht, dass seine Verzweiflung gespielt ist. Er hat sogar geheult! Ein sehr unangenehmer Moment, das muss ich schon sagen. Aber es zeigt mir, dass zwischen ihm und Zoë wahrscheinlich mehr ist, als die beiden zugeben wollen. Was mich gleichzeitig wütender und weniger wütend macht. Hätte vorher auch nicht für möglich gehalten, dass so was geht.

Natürlich habe ich sofort zwei Trupps ausgeschickt, um Zoë zu suchen, und habe ihnen auch den Standort mitgegeben, an dem wir das Lager in den Bäumen gefunden hatten, aber das Lager selbst ist ziemlich groß und verwinkelt, es könnte in verschiedene Richtungen ewig weitergehen. Und Zoë und ich haben mit eigenen Augen gesehen, dass niemand da hochkommt, den Tisha, Cole und Nox dort nicht haben wollen. Mal sehen, was die anderen berichten, wenn sie wiederkommen.

Ich bin nicht mitgegangen. Jemand muss ja hier an Bord für Ordnung sorgen. Die Vorbereitungen für den Sendemast müssen auch getroffen werden. Auch dazu hat De los Santos natürlich eine Meinung. Klar, ist ja nicht so, als sei er erst seit einer Woche hier! Er meint, sie hätten den perfekten Platz für die Sendestation gefunden. Aber die Koordinaten sind viel zu weit vom Schiff entfernt. Es ist zu mühsam, das ganze Zeug dort hinzuschleppen. Wir müssen es eben an einer anderen Stelle versuchen. Connor ist zwar ein bisschen angefressen, aber ich sehe es nicht ein, mir diese ganze Plackerei aufzuhalsen. Ich will nicht, dass die Crew die meiste Zeit im Dschungel unterwegs ist. Wir sind zu wenige und jetzt ist der Kapitän auch noch weg. Da kann alles Mögliche passieren, mit der Mannschaft und der Ausrüstung. Wir können es uns nicht leisten, uns allzu weit von der Mother zu entfernen. Dann fällen wir lieber ein paar Bäume. Es gibt ja wirklich genug hier. Kip war natürlich anderer Meinung, aber der kann mich mal. Er hat auch die ganze Zeit von Zoës PIPER gefaselt. Damit meint er wohl ihr GPS, das sie die meiste Zeit, wenn man sie sieht, in der Hand hat. Dass man so was PIPER nennt, ist mir neu. Hat uns auf der Akademie jedenfalls keiner beigebracht. Allerdings sieht Zoës Teil anders aus als unsere. Weiß. Ich dachte, das liegt daran, dass es das GPS des Kapitäns ist. Damit es nicht verwechselt wird und so, aber Kip behauptet, dass es mehr ist als nur ein Navi. Aber was es damit genau auf sich hat, weiß ich nicht. Denn irgendwann habe ich es nicht mehr ausgehalten, mit Kip in einem Raum zu sein. Seine Freundlichkeit und dieser Dackelblick machen mich verrückt. Als würde er versuchen, mich ins Bett zu kriegen. Das ist bestimmt seine Masche mit allem und jedem. Man ist versucht, ihm jedes Wort zu glauben, weil er so harmlos aussieht. Mit einem verletzten Bein ist das natürlich noch schlimmer. Verflucht. Wenn Zoë nicht wäre, könnte ich ihn vielleicht sogar nett finden, aber so ist er mir einfach zu viel. Zu viele Tattoos, zu viele Haare, zu viel Freundlichkeit. Die ganze Zeit hat er auf mich eingeredet und gesagt, wenn ich Zoë lieben würde, dann würde ich sie suchen. Und dass etwas Schreckliches passieren würde, wenn ich es nicht tue. Dass wir alle in Gefahr wären, solange sie es sei. Ja, sicher. Wenn er uns in eine Falle locken möchte, dann muss sich De los Santos schon ein bisschen wärmer anziehen. Ich habe Nick als Wache auf der Krankenstation gelassen. Er hockt ja die meiste Zeit sowieso nur an Sabines Bett. Himmel, was für ein Chaos.

Tom benimmt sich auch ziemlich merkwürdig. Er ist regelrecht ausgerastet, als er gehört hat, dass Zoë verschwunden ist, und war überhaupt nicht mehr ansprechbar. Er hat sogar einen Wagen mit medizinischen Instrumenten umgeworfen vor Wut, dabei ist er sonst eher ein stiller Typ. Doc hat ihn dann aus der Krankenstation geschmissen. Ich werde wohl mal mit ihm reden müssen. Eigentlich mag ich ihn ja recht gern, und falls er was weiß, dann wird er in diesem Zustand eher geneigt sein, mit mir zu reden. Keine Ahnung, warum

Zoës Verschwinden ihn so trifft. Ich will auch nicht allzu lange darüber nachdenken. Am Ende stellt sich noch heraus, dass alle Typen auf diesem Schiff in meine Freundin verknallt sind. Mit Ausnahme von mir. Haha. Was für ein dämlicher Witz.

Toms Austicker hat meine Nerven endgültig zum Reißen gebracht, sodass ich mich so weit von den beiden Typen entfernt habe wie nur möglich. Ich hatte einfach keine Geduld mehr für den Mist. Natürlich ist das nicht sehr professionell, das weiß ich auch. Immerhin bin ich jetzt derjenige, der das Kommando innehat. Ich habe nie geglaubt, dass es einmal dazu kommen würde. Zoë war immer diejenige, die den Durchblick behalten und sich auch unangenehmen Situationen ausgesetzt hat. Nicht ich.

Auch wenn wir in letzter Zeit Probleme hatten: Ich kenne meine Zoë. Es ist viel wahrscheinlicher, dass sie gerade jemandem die Hölle heißmacht als umgekehrt. Wahrscheinlich verfolgt sie in diesem Augenblick, während sich alle anderen Sorgen um sie machen, ihre eigenen Pläne, und die Schussverletzung in Kips Bein ist nur Tarnung, damit die Entführungsgeschichte mehr Glaubwürdigkeit bekommt. Sie könnte einen Mann durchaus dazu bringen, so was für sie zu tun. Zwar glaubt sie es selbst nicht, oder sie ist blind, aber ich weiß genau, was für eine Wirkung Zoë auf Männer haben kann. Ich hätte jede haben können. Aber ich wollte immer nur sie.

Wollte ist das richtige Wort. Denn ich glaube, ich will nicht mehr. Hoffentlich liest das hier keiner, denn ich muss was gestehen: Ein kleiner Teil von mir wünscht sich, dass Zoë einfach verschwunden bleibt. Das würde mein Leben leichter machen. Aber das habe ich natürlich jetzt nicht geschrieben. Und eigentlich meine ich es ja auch gar nicht. Natürlich nicht. Es ist nur so kompliziert geworden. Ich möchte, dass es wieder leichter wird.

In meinem Kopf kursieren tausend Theorien darüber, was heute Morgen geschehen sein könnte, und eine scheint absurder zu sein als die andere. Vielleicht arbeitet Zoë ja auch mit jemand anderem zusammen? Mir erscheint es immer wahrscheinlicher, dass sie separate Anweisungen bekommen hat. Entweder auf diesem ominösen Seminar oder während der Zeit, als sie schon wach war, wir anderen aber nicht. Es wäre die einzig sinnvolle Erklärung für ihr merkwürdiges Verhalten. Die ganze Zeit schon sage ich, dass sie anders ist. Vielleicht zeigt sich gerade auch nur das ganze Ausmaß ihrer Veränderung. Und vielleicht hat es die Zoë, die ich einmal geliebt habe, auch niemals gegeben.

Natürlich mache ich mir Sorgen. Zoë ist irgendwo dort draußen im dichten Dschungel, wo es massenhaft giftige und riesige Tiere gibt, die ihr das Leben schwer machen könnten. Deshalb lasse ich ja auch nach ihr suchen. Aber ich wette, sie braucht keine Hilfe.

XVIII

Ich blinzelte gegen die Dunkelheit an, die um mich herum herrschte. Das tat ich schon, seit ich wach war. Ich saß auf hartem Boden, die Hände hinterm Rücken um irgendetwas gefesselt, wahrscheinlich um einen Baumstamm.

Ich konnte mir denken, dass ich mich in einer der kreisrunden Hütten befand, die Cole und die anderen gebaut hatten. Vielleicht sogar genau in der Hütte, in der ich schon mal gewesen war, als die Nachtaffen über uns hereingebrochen waren, zusammen mit der Dunkelheit. Neben mir hörte ich immer wieder Bewegung. Ein Schaben auf dem Boden, ein Wischen, ein Schnauben. Leise Atemgeräusche. Auch hatte ich das Gefühl, beobachtet zu werden. Doch ich konnte nicht sprechen und fragen, wer mit mir im Raum war, da mir der Knebel noch immer den Mund verschloss. Mittlerweile waren meine Zunge und meine Lippen so trocken, dass ich sicher war, der Stoff wäre mit meiner Haut verwachsen. Und wer immer mit mir hier in dieser Hütte war, schien nicht mit mir sprechen zu wollen.

Mein Hinterkopf tat ziemlich weh und auch meine Schultern schmerzten. Außerdem war meine Uniform unangenehm feucht. Ich konnte nur inständig hoffen, dass es nur Schweiß war und ich mich in der Ohnmacht nicht eingenässt hatte. Es war schon peinlich genug, überhaupt in diesen Zustand geraten zu sein.

Da hatte ich mich schön überrumpeln lassen. Mein liebestolles Gehirn hatte offensichtlich nicht mehr richtig gearbeitet. Ich hatte mich vollkommen sicher gefühlt auf dem Stein dort oben auf dem Hügel. Ein schrecklicher Anfängerfehler. Ich hatte sogar die Augen geschlossen! In einem Dschungel, in dem es vor potenziell gefährlichen Tieren nur so wimmelte, verflucht. Wie gut, dass nur Kip dabei war, um das Ganze mit anzusehen. So musste ich die Schmach der anderen nicht ertragen, wenn sie kamen, um mich hier rauszuholen. Falls sie kamen.

Hin und wieder schoss mir die Angst in den Kopf, dass Kip es nicht zurück zum Schiff geschafft hatte. Dass er vielleicht verblutet oder von wilden Tieren angegriffen worden war. Der Gedanke, ihm könnte etwas Schreckliches zugestoßen sein – schrecklicher noch als ein Schuss in den Oberschenkel –, quälte mich. Ich konnte beinahe an nichts anderes mehr denken. Hoffentlich war er in Sicherheit. Wenn er erst einmal auf dem Schiff war, würde Doc ihn in Windeseile wieder zusammenflicken, da war ich sicher. Doch der Weg dorthin war ziemlich lang. Auch könnte Cole die Hauptschlagader getroffen haben. Dann wäre Kip längst verblutet und eines der wilden Tiere hätte ihn sich sicher schon geholt. Ich habe das eine oder andere Mal zwar sehr scheue, aber riesige Landechsen erspäht, die mir nicht gerade harmlos erschienen waren.

Es war nicht leicht, diese Gedanken aus dem Kopf zu

drängen. So was ging gerade noch, wenn man etwas anderes zu tun hatte, aber nicht, wenn man allein und gefesselt in der Dunkelheit hockte. Die Angst ließ sich nicht vertreiben oder wegschieben, denn hier war sie zu Hause, das hier war ihr Revier, und ich war nur Gast. Es war fast, als hätte einen jemand unter falschen Versprechungen auf ein Karussell gelockt, das immer schneller fuhr und einen nicht absteigen ließ. Meine Angst war dieses Karussell. Ich sah Kip tot im Gras liegen. Und da es so finster war, sah ich ihn, ob meine Augen nun offen oder geschlossen waren.

Wenn Kip es nicht zum Schiff geschafft hatte, würden die anderen nicht wissen, wo sie nach mir suchen sollten. Wenn sie mich überhaupt suchen kamen. Eine kleine, ätzende Stimme in meinem Kopf versuchte mir einzureden, dass sie nicht kommen würden. Aber das war natürlich Schwachsinn. Jeder in dieser Crew war bereit, für die anderen sein Leben aufs Spiel zu setzen.

Um mich herum roch es merkwürdig. Nicht unangenehm, aber fremd und intensiv. Diesen Geruch hatte ich bei meinem letzten Besuch im Camp noch gar nicht wahrgenommen. Mich überkam Unwohlsein bei dem Gedanken, dass es theoretisch möglich war, mich mit Katze in der Hütte zu befinden, und dass von ihr dieser Geruch ausging. Dass es die Schlange war, die diese Geräusche verursachte. Vor allem das Wischen auf dem Boden machte mich in diesem Zusammenhang sehr nervös. Aber wahrscheinlich lag es einfach nur an der Hütte.

Irgendwann wurde die Tür mit einem Ruck aufgerissen, und ich hatte das Gefühl, mir würden die Netzhäute weggeätzt. Keine Ahnung, wie lange ich vorher in der Dunkelheit gelegen hatte, doch nun ins Licht zu schauen, bereitete mir ungeheure Schmerzen. Und auch meine Ohren taten weh, weil gleichzeitig mit dem Licht ein wirklich trommelfellzerfetzender Schrei die Hütte ausfüllte. Zuerst dachte ich, der Schrei käme von mir, doch das war natürlich nicht möglich, da ich ja noch immer geknebelt war. Auch kam mir das Geräusch bekannt vor. Und dann begriff ich endlich: Sie hatten mich zusammen mit den Nachtaffen eingesperrt.

Die Tür schlug wieder zu.

»Ruhe, verdammt!«, hörte ich Cole schreien, und langsam gewöhnten sich meine Augen an die Umgebung. Cole hatte eine Kerze mitgebracht – ein deutlich gnädigeres Licht als die harte, grelle Sonne.

Die Hütte, in der ich mich befand, war etwas kleiner als die, die ich kannte. Wie ich schon vermutet hatte, war ich an den Mittelpfahl gebunden. Rechts von mir waren die Nachtaffen hinter einem Gitter aus Holzstäben eingesperrt. Auf dem Boden ihres Verschlags lagen nur ein paar alte Palmblätter. Sie duckten sich zum Schutz vor dem Licht, das die Kerze ausstrahlte, in die hinterste Ecke und drückten die Köpfe gegen die Wand. Ihre Rücken zitterten, und ich konnte nicht anders, als sofort Mitleid zu bekommen.

Cole empfand das anders, denn statt direkt auf mich zuzukommen, ging er mit der Kerze, so nah er konnte, an die Nachtaffen heran, die leise vor sich hin wimmerten. In dem sanften, schwachen Licht fiel mir wieder auf, wie unheimlich ähnlich sie uns Menschen waren. Ihre weißen Körper hatten Knöchel, Kniekehlen, eine Wirbelsäule. Die Ohren lagen flach an den runden Köpfen, der Hals ging in kräftige Schultern über. Die Haare, die ihre Körper überzogen, waren in diesem Licht nicht zu sehen, und die Augen waren vor mir verborgen, weil sie ihre Gesichter von uns wegdrehten, zum Schutz vor dem Licht. Wenn ich nur dieses Bild hätte, würde ich denken, dort würden sich zwei nackte Teenager in eine Ecke kauern, die beim heimlichen Sex erwischt worden waren.

Cole stand vor dem Gitter und starrte die beiden voller Abscheu an. Dann spuckte er zwischen den Gitterstäben hindurch in ihre Richtung. Zum Glück erreichte der Spuckeklumpen sein Ziel nicht. Für mich war es schwer, mit anzusehen, wie diese beiden Lebewesen gedemütigt wurden. Cole musste die Nachtaffen wirklich sehr hassen. Er schlug mit dem Griff des Messers, das er in der Hand hatte, gegen einen der Holzstäbe, und die Affen zuckten zusammen. Cole ließ ein zufriedenes Grunzen hören.

»Keinen Mucks, kapiert?«, blaffte er, und ich fragte mich, was das bringen sollte. Wahrscheinlich hörte er sich einfach nur gern reden.

Erst dann kam er zu mir und setzte sich mir im Schneidersitz gegenüber. Im Schein der Kerze sah sein Gesicht unendlich müde aus. Obwohl sein Körper nicht offensichtlich gealtert war, verrieten seine Augen, wie lange er schon auf diesem Planeten ausharrte. Tiefe Ringe hatten dunkle Schatten in seine Wangen gefressen. Von dem lustigen Kerl, den ich auf dem Dach der Mother kennengelernt hatte, war nichts mehr übrig. Nicht zum ersten Mal fragte ich mich, warum ihre Körper nicht alterten. Die Haare jedenfalls schienen ja zu wachsen. Ich konnte mir nicht vorstellen, dass sie mit den langen Haaren ins HOME-Projekt aufgenommen worden wären.

»Wir warten noch auf die anderen«, wandte sich Cole nun an mich. »Wenn du mir versprichst, nicht zu schreien und keine Fragen zu stellen, werde ich dir den Knebel entfernen, und du kannst was trinken.« Er deutete mit dem Messer auf eine Wasserflasche, die an der linken Wand der Hütte stand. Ich konnte nicht glauben, dass ich die ganze Zeit über keine zwei Meter von einer Wasserflasche entfernt gesessen hatte. Doch das war vielleicht besser so – es hätte mich vermutlich verrückt gemacht.

Ich suchte Blickkontakt mit Cole und nickte dann. Auch wenn die Fragen jetzt schon auf meiner Zunge tanzten, würde ich mich zurückhalten. Denn ich hatte entsetzlichen Durst und wollte auf keinen Fall Coles Zorn gegen mich aufbringen. Ich hatte ja bereits gelernt, wozu er fähig war.

»Also schön.« Cole streckte die Hand nach dem Lappen aus, der in meinem Mund steckte, und zog daran. Es fühlte sich tatsächlich so an, als würde man ein Pflaster abreißen. Und ein bisschen war es ja auch so. Der Lappen hatte die Feuchtigkeit meiner Mundschleimhäute aufgesogen und so alles ausgetrocknet. Deshalb klebten der Stoff und meine Zellen nun aneinander. Meine Zunge fühlte sich pelzig und taub an, wie ein eingeschlafener Fuß. Nur dass ich sie schmecken konnte. Wenn ich mir vorstellte, wo dieser alte Lappen schon überall gelegen hatte, müsste ich würgen. Ich vermied es, das Ding anzusehen.

Doch als der Lappen endlich weg war, fing ich augenblicklich an zu husten. Nur vage bekam ich mit, dass die Tür ein weiteres Mal aufging und die Affen wieder zu schreien begannen. Vom Husten hatten sich meine Augen mit Tränen gefüllt.

Cole presste mir die Wasserflasche an die Lippen, sobald ich mit Husten aufgehört hatte, und ich trank begierig. Das Wasser lief mir links und rechts am Mund runter, weil ich meinen Schluckreflex kaum kontrollieren und wegen des Stammes im Nacken den Kopf auch nicht nach hinten kippen konnte. Das meiste ging wohl daneben, doch was ich erwischte, reichte gerade so, damit sich meine Zunge nicht mehr anfühlte wie eine von der Sonne getrocknete Schnecke. Als Cole die Flasche zurückzog, saßen die anderen beiden in einigem Abstand von mir hinter ihm auf dem Boden. Ob sie sich wohl absichtlich hinter ihm versteckten? Ein wenig kam es mir so vor. Katze begann, sich träge von Nox wegzuschlängeln, und er sah ihr versonnen dabei zu. Tisha wich meinem Blick aus. Es war ihr offensichtlich unangenehm, mich so zu sehen. Gut.

Nox schien genauso unbekümmert und entrückt wie immer, doch ich hatte noch nicht vergessen, welche Rolle er bei meiner Entführung gespielt hatte. Er hatte mich in den Schwitzkasten genommen und mir die Hand auf den Mund gepresst. Auch wenn er wie der Gutmütigere von beiden wirkte, so war er doch stärker, muskulöser als Cole. Er schenkte mir ein leichtes Lächeln, dann wanderte sein Blick zum Verschlag der Nachtaffen, die mittlerweile mit geschlossenen Augen an die Wand gelehnt dasaßen. Ihr Atem ging schwer und stoßweise, als wären sie gerannt.

Er schüttelte den Kopf.

»Wir dürfen nicht so oft hier reinkommen. Es schwächt sie.«

»Das ist mir scheißegal. Von mir aus können sie auch verrecken.«

»Aber ...«

»Wir haben darüber gesprochen, Nox!«, polterte Cole, und sein Gesicht verzerrte sich zu einer hässlichen Fratze. Ich hatte diesen Ausdruck schon einmal gesehen. Auf den Gesichtern der Kerle, die mich in Berlin unweit des Alexanderplatzes überfallen hatten, und in den Augen der Huren, die ihren Körper für ein paar Schluck Wasser verkauften. Es war der Blick eines Menschen, der nicht mehr viel zu verlieren hatte. Und das waren die Gefährlichsten.

Er wandte sich mir zu.

»Zur Sache, Zoë, dann ist das hier schnell vorbei. Du kannst dir sicher denken, warum du hier bist.«

Ich schüttelte den Kopf. »Ich habe nicht die leiseste Ahnung«, antwortete ich wahrheitsgemäß, und meine Stimme klang rau, beinahe fremd.

»Du wirst uns nach Hause fliegen!«, quietschte Nox und klatschte in die Hände.

Ich würde wirklich gern wissen, was in seinem Kopf so vor sich ging.

Stirnrunzelnd sagte ich: »Das habe ich euch doch schon mal erklärt: Wir sind nicht hier, um euch nach Hause zu holen!«

Cole schüttelte den Kopf. Ein harter Zug umspielte seine Mundwinkel.

»Das hat Nox auch gar nicht gemeint, Zoë. Du wirst uns tatsächlich nach Hause fliegen. Das ist keine Bitte oder so was. Du hast keine Wahl in dieser Sache. Dachte, die aktuellen Umstände würden das deutlich genug machen.«

Er seufzte schwer und kniff sich mit Daumen und Zeigefinger in die Nasenwurzel. Ein Zeichen dafür, dass er sehr müde war.

Nach einer Weile fuhr er fort: »Heute Nachmittag fordern wir deine Crew auf, das Schiff geschlossen zu verlassen. Ein paar von ihnen kampieren praktischerweise direkt unter uns. Offenbar hat dein Freund es zum Schiff zurück geschafft.«

Ich atmete erleichtert aus. Kip war in Sicherheit. Ich konnte nicht verhindern, dass mir Tränen über die Wangen liefen. Es war mir egal.

Cole sah mich ernst an. »Ich wollte ihn nicht ernsthaft verletzen, Zoë. So ein Mensch bin ich nicht. Nur, wenn es sein muss.«

Ich wollte etwas erwidern, hielt mich aber im letzten Augenblick zurück. Cole jetzt zu reizen, wäre wirklich eine der schlechtesten Ideen der Menschheitsgeschichte.

»Dass deine Leute hier sind, ist praktisch. Dann können wir ihnen auch gleich unsere Forderungen persönlich überbringen. So was ist immer wirkungsvoller. Wir fordern sie auf, mit Vorräten und ein bisschen Technikkram hier aufzuschlagen, und zwar komplett, damit wir sichergehen können, dass uns keiner von ihnen in den Rücken fällt. Wir sagen ihnen, dass wir dich gegen die geforderte Ware austauschen werden, und alles ist gut. Nur wenn sie hier ankommen, sind wir längst auf dem Schiff. Und auf dem Weg nach Hause.«

Ich starrte Cole eine Weile fassungslos an, während mein Hirn versuchte, die Informationen zu verdauen.

»Ihr wollt also wirklich, dass ich euch zurückfliege?«

»Wir wollen einfach nur wieder nach Hause!«, sagte Tisha leise und sah mich flehend an. Sie wollte, dass ich sie verstand. Ich konnte sehen, dass es nicht ihre Idee gewesen war, ihr Heimweh sie aber dazu brachte, mitzumachen.

Ich schloss die Augen. Wenn es mir nicht gelang, die Aufgaben, die PIPER an mich stellte, zu erfüllen, dann würde meine gesamte Crew sterben. Völlig egal, wo ich mich befand. Einer nach dem anderen und ohne, dass ich etwas dagegen tun konnte. Genauso lief es, wenn PIPER nicht mehr sendete, ich konnte das Gerät also nicht zerstören oder im All abwerfen. Dann wäre meine Crew genauso verdammt. Und an ein anderes Crewmitglied weitergeben konnte ich PIPER auch nicht. Es war auf mich personalisiert. Nur wenn ich starb, konnte das Gerät mittels einer Gewebeprobe und eines Scans meiner Leiche auf jemand anderen übertragen werden. Logischerweise hatte ich darauf auch keine Lust. Es würde auch keinen großen Unterschied machen. Denn wenn die Mother mit all der Ausrüstung wieder abhob, wäre es meiner Crew unmöglich, die ganzen gestellten Aufgaben zu erfüllen. Der Sendemast, so viel war sicher, würde in der Mother verbleiben. Das Teil zählte garantiert nicht zu »Ausrüstung und Vorräte«.

Auf einmal spürte ich den Druck von PIPER unter meinem Schlüsselbein, fühlte die Hitze des Geräts und fragte mich, wie es sein konnte, dass Cole und Nox es noch nicht bemerkt hatten. Ich verfluchte mich dafür, die Koordinaten für den Sendemast nicht eingegeben zu haben. Wie viel Zeit blieb mir noch dafür? War es vielleicht sogar schon zu spät?

Verzweifelt schüttelte ich den Kopf. »Das geht nicht«, sagte ich. »Wenn ihr das tut, dann wird meine Crew sterben.«

Nox lächelte. »Mach dir keine Sorgen. Wir sind doch auch nicht gestorben. Sie werden Ausrüstung und Essen haben, dafür wird unsere Nachricht sorgen!«

»Ihr versteht das nicht!«, sagte ich heiser. »Die Leute, die uns losgeschickt haben, die haben uns in der Hand. Wir müssen Aufgaben erfüllen, in einer bestimmten Reihenfolge und zu einer bestimmten Zeit. Sonst werden wir bestraft. Mit Schmerzen oder dem Tod.«

Tisha runzelte die Stirn. »Wie soll das denn gehen?«

Ich ließ den Kopf sinken. »Jeder von uns trägt eine Metallplatte im Gehirn, die mit einem Computerprogramm verbunden ist. Diesem Programm müssen wir unsere Fortschritte mitteilen. Wenn das nicht geschieht, sind wir verloren. Und ich werde genauso sterben wie die anderen.«

»Was ist denn das für eine kranke Scheiße?«, rief Tisha, doch Cole schüttelte den Kopf.

»Sie versucht sich da rauszureden. Glaub ihr kein Wort. So was würde doch niemand tun!«

Ja, dachte ich. Das habe ich auch mal geglaubt.

»Es ist aber so. Niemand von uns hat sich freiwillig für diese Mission beworben, müsst ihr wissen. Es ist auch schon lange kein Regierungsprogramm mehr, sondern wird von reichen Privatmenschen finanziert, die das sinkende Schiff namens Erde verlassen möchten, aber keine Lust haben, sich hier auf dem Planeten die Hände schmutzig zu machen. Sie kommen erst, wenn hier annehmbare Lebensbedingungen geschaffen sind und wir mit unserer Existenz bewiesen haben, dass man die Luft hier auch atmen kann.«

»Wenn ihr euch nicht beworben habt, wie seid ihr dann überhaupt hierhergekommen?«

»Wir wurden gekauft. Jeder von uns. Als wir noch ganz klein waren.«

Eine Weile sagte keiner ein Wort. Was ich ihnen gerade eröffnet hatte, schien die drei wirklich zu beeindrucken.

Schließlich wussten sie, was es bedeutete, der HOME-Fundation ausgeliefert zu sein. Spätestens jetzt.

Ich wusste, dass meine größte Chance war, eine Verbindung zu ihnen aufzubauen. Außerdem wollte ich, dass sie meine Situation verstanden und richtig einschätzten.

»Warum trägst du die Uniform deiner Sklavenhalter?«, fragte Cole. »So hätte ich dich eigentlich nicht eingeschätzt. Ich hätte dich für einen charakterstarken Menschen gehalten. Warum habt ihr euch nicht zur Wehr gesetzt? Warum hast du das alles mit dir machen lassen?«

Ich schüttelte den Kopf. »Die anderen wissen es nicht. Nur mein Freund Kip, mein Bruder und ich. Mein Leutnant weiß einen Teil, aber nicht alles.«

»Was soll das heißen, sie wissen es nicht?«, fragte Tisha ungläubig. »Wie kann man Sklave von jemandem sein und es nicht wissen?«

Mein Hals war rau und kratzig. Ich schluckte trocken. Wenn man nur so wenige Worte hatte, um alles zu erklären, musste man sich kurzfassen. Und so kurz klang unsere Geschichte noch härter und grausamer, als sie tatsächlich war. Ohne die schöne Kindheit in der Akademie, ohne Freundschaften und Glück und Geborgenheit.

»Wir wurden in einem Computerprogramm großgezogen und ausgebildet. Unsere Gehirne waren direkt mit dem Programm verbunden. Dort lebten wir in einer schönen, sicheren Akademie mit einem Haufen Freunde, gutem Essen, Schule und Freizeit und allem. In Wahrheit lagen wir in einem Keller in Berlin, an Maschinen angeschlossen.«

»Das ist doch Bullshit«, knurrte Cole, doch Tisha schnitt ihm das Wort ab.

»Bornkamps neuronales Interface«, sagte sie. »Er hat es geschafft, seine Vision Wirklichkeit werden zu lassen.«

Ich nickte grimmig. »Bingo.«

Cole schnaubte ungeduldig. »Das ist ja eine gruselige Geschichte, die du uns da auftischst, Zoë. Abgesehen davon, dass ich dir kein Wort glaube, wäre es mir auch egal, wenn sie wahr wäre.«

»Wie kannst du das sagen?«, fragte ich. »Ich hätte dich für einen Menschen mit Moral und Integrität gehalten. Aber du bist nicht besser als die Mitglieder der HOME-Fundation. Du versklavst mich jetzt genau so wie sie.«

»Niemand hat sich für uns interessiert, niemand hat sich um unser Schicksal geschert. Du bist unsere einzige Chance, nach Hause zu kommen, Zoë, und die müssen wir ergreifen. Ganz egal, was es kostet. Diesmal werden wir nicht diejenigen sein, die auf der Strecke bleiben.«

Er nickte den anderen beiden zu, die sich etwas widerwillig erhoben. Ich sah Tisha und Nox noch einmal fest in die Augen und versuchte, so viel wie möglich ohne Worte zu sagen. Cole wich meinem Blick aus.

»Was ist, wenn ich mich weigere, die Mother zu fliegen?«

Cole hatte die Hand schon an der Tür, drehte sich aber noch einmal zu mir um.

»Wir haben geholfen, die Mother zu entwickeln. Ich kenne das Schiff in- und auswendig und kann sie fliegen. Wir brauchen lediglich Zugang zum Schiff, der Steuerung, den Computern und allem anderen. Und dazu benötigen wir streng genommen nur deinen Kopf, eine Stimmprobe und deine Hände. Wenn du also keinen Wert darauf legst, uns zu begleiten, dann macht das nichts. Eine Stimmprobe habe ich gerade aufgenommen. Dein Kopf und deine Hände passen in einen Sack.«

Dann riss er die Tür auf und ich presste die Augen fest zusammen. Als sie wieder ins Schloss krachte, hatte ich das Gefühl, als würde aus meinem Körper die Luft herausgelassen. Sofort fing ich an zu weinen, weil ich nicht mehr an mich halten konnte. Es war zu viel, zu aussichtslos.

Während der vergangenen Tage auf der Mother hatte ich kurz geglaubt, dass wir es schaffen könnten, dass es irgendeinen Ausweg aus dieser ganzen Misere geben könnte. Doch die gab es nicht. Zu viele Menschen waren für HOME schon verletzt, betrogen, umgebracht und im Stich gelassen worden. Zu meiner Rechten hörte ich die Nachtaffen leise summen. Ich hatte das Gefühl, als versuchten sie, mich zu trösten. Wenn ich nur gekonnt hätte, ich wäre zu ihnen gegangen, hätte meine Hand durch das Gitter gestreckt und selbst herausgefunden, ob sie so gefährlich waren. Aus irgendeinem Grund war ich mir ganz sicher, dass sie mir kein Leid zufügen würden.

Noch kein Wesen auf diesem Planeten hatte uns überhaupt schon Leid angetan, wenn man von den lästigen Stechmücken einmal absah. Die Raptoren nicht, Loki nicht, auch die riesigen Echsen nicht. Die Nachtaffen bildeten sicher keine Ausnahme.

»Es tut mir leid, dass ihr wegen mir hier drin seid«, sagte ich leise, und augenblicklich hörten die beiden auf zu summen. Ich konnte mir vorstellen, dass sie gerade ihre Köpfe schieflegten und mich ansahen. Denn sicher konnten sie mich sehen, konnten sehen, dass ich heulend an einen Pfahl gebunden dasaß.

»Ich habe die Tabletten mitgebracht, die euch das Bewusstsein gekostet haben«, erklärte ich weiter. »Sie waren für Tisha gedacht, gegen ihre Schmerzen. Aber wenn ich sie nicht mitgebracht hätte, dann wärt ihr jetzt nicht hier. Es reicht schon, dass ich es bin.« Ich seufzte, lehnte den Kopf gegen den Pfahl und schloss die Augen, weil es sinnlos war, sie offen zu halten.

Nun klickten die Nachtaffen leise. Es hörte sich an, als unterhielten sie sich. Das Klicken klang sanft, aber geschäftig. Manchmal gurrte auch einer von ihnen. Sicher unterhielten sie sich über mich. Das war irgendwie merkwürdig, aber auch schön. Denn ich glaube, auf irgendeine wundersame, merkwürdige Weise, verstanden sie, was ich sagte.

»Wisst ihr, was das Schlimmste ist?«, fragte ich. »Ich kann Cole verstehen. Und das macht es mir unmöglich, ihn zu hassen.«

Einer der Affen pfiff leise. Es klang wie Zustimmung. »Es gibt ein Gedicht, das ich sehr liebe. Es heißt ›Do not go gentle into that good night‹ und handelt davon, dass man immer gegen das kämpfen sollte, was einen fertigmacht. Selbst, wenn man dabei zugrunde geht. Man sollte niemals aufgeben. Und ich habe das Gefühl, dass auf diesem Planeten so einige sind, die nicht vorhaben, leise abzudanken. Die sich nach dem Knall sehnen, wie man sich nach einem Gewitter sehnen kann. Oder wie ihr nach der Dunkelheit.«

Ich schwieg eine Weile und hing meinen Gedanken nach. Vorher hatte ich es noch gruselig gefunden, dass andere Lebewesen mit mir in diesem Raum waren, jetzt fand ich es ziemlich schön. Ich fühlte mich nicht mehr so allein.

»Mein Name ist übrigens Zoë. Zoë Alma Baker«, sagte ich. »Es freut mich, eure Bekanntschaft zu machen.«

Und in diesem Augenblick begann PIPER unter meiner Uniform zu vibrieren. Das konnte nur eines bedeuten: Die Zeit war abgelaufen.

Das Gerät wurde heißer und heißer, ich hatte fast das Gefühl, dass er mir die Haut verbrannte. Doch ich konnte nichts tun. Oder vielmehr: Ich wusste nicht, was. Wenn ich nach Cole oder Tisha rief, dann würden sie mir PIPER sicher nur wegnehmen. Sie hatten gerade nur allzu deutlich gemacht, dass es ihnen egal war, ob andere Menschen starben oder nicht. Sie hatten beschlossen, uns alle dem Tod auszusetzen, warum also jetzt jemandem helfen?

Aber sollte ich es nicht wenigstens versuchen? Wäre es nicht meine Pflicht, genau das zu tun? Allerdings würde ich damit die Hoffnung auf Rettung, die ich jetzt noch hatte, höchstwahrscheinlich zerstören. Jetzt gerade zahlte nur einer von ihnen den Preis dafür, dass ich die Daten nicht rechtzeitig eingegeben hatte. Doch wenn ich hier rauskam, konnte ich die Katastrophe vielleicht noch abwenden.

Bitter dachte ich, dass dies eine typische Kapitäns-Entscheidung war. »Du musst immer das große Ganze im Auge behalten, Baker, hörst du. Immer nur das große Ganze. Das Schicksal des Einzelnen zählt in dem Zusammenhang nicht viel. Es ist an dir, zu beurteilen, wie sich die Situation darstellt.«

Es war so schwer, dass es mir fast das Herz brach, doch ich wusste sehr genau, was in diesem Fall die richtige Entscheidung war. Also blieb ich sitzen und biss mir auf die Lippe, damit ich nicht doch noch nach ihnen rief, während PIPER immer weiter vibrierte. Im Stillen dankte ich mir dafür, das Gerät immer nur auf lautlos bedient zu haben. Wenn es jetzt irgendwelche Signaltöne von sich gäbe, hätte ich gar keine

Wahl. So aber schon. Ich wusste, dass ich dankbar sein sollte, doch es tat so unheimlich weh.

Ich wollte nicht darüber nachdenken, wen es getroffen hatte, doch die Gedanken kamen so oder so. Ihre Gesichter flogen nur so an meinem geistigen Auge vorbei, und ich hasste mich dafür, dass ich anfing zu hoffen, es hätte einen der Jüngeren getroffen, oder Katy, Imogene. Nur die Menschen nicht, die ich liebte. Diese dunklen Gedanken pflasterten meinen Kopf regelrecht mit Schmutz, ich wollte mich davon befreien, wollte mich nicht wie der schlechteste Mensch auf Erden fühlen. Doch genau das tat ich.

Dann kam mir Jonah in den Kopf und was er vor dem Eintritt in Ketos Atmosphäre gesagt hatte. »Man kann nicht singen und gleichzeitig Angst haben.«

Es hatte schon einmal funktioniert, also würde es mir vielleicht auch jetzt helfen.

Und ganz plötzlich, völlig aus dem Nichts, kramte mein Kopf ein Lied hervor, das Tom und ich immer gemeinsam gesungen hatten, als wir noch klein waren. Ich wusste genau, dass Tom mir dieses Lied über hustende Regenwürmer beigebracht hatte, weil ich mich erinnerte, wie er mit seinen Zeigefingern die hustenden Regenwürmer nachgemacht hatte. Ich habe immer furchtbar darüber gelacht.

Tom. Mein Tom. Ich hasste den Gedanken, ihn niemals wiederzusehen, beinahe mehr als alles andere. Eigentlich hatte ich mir vorgenommen, mit ihm zu reden, wenn Kip und ich zurück auf dem Schiff waren. »Eigentlich« ist ein hässliches Wort. Es steht für all das, was wir uns vorgenommen, aber nicht geschafft haben. Dafür, wie es sein sollte, aber nicht war.

In dem Augenblick stand es dafür, dass ich mich mit Jonah hätte versöhnen und mehr Zeit mit Tom hätte verbringen müssen. Dafür, dass ich hätte wissen müssen, was in den beiden vorgeht, ganz egal, wie es in mir aussah.

Die Angst brannte an diesem Tag in der düsteren Hütte den Vorsatz in mein Herz, die Menschen, die ich liebte, nie wieder zu vernachlässigen. Natürlich hätten Tom und Jonah auch selbst auf mich zukommen können. Hätten sich bei mir entschuldigen können, fragen, wie es mir ging, wie ich zurechtkam. Wie mein Tag war.

Aber das war nicht der springende Punkt. Denn ich konnte nicht beeinflussen, was sie taten, nur, was ich tat. Und ich hätte auf sie zugehen können. Fragen. Insistieren. Mich nicht von Ausreden und ein paar harten Worten verscheuchen lassen sollen. Doch ich hatte immer nur den leichten Weg gewählt.

Das Gedankenkarussell brachte mich nur immer weiter nach unten, brachte immer nur schwärzere Gedanken. Also presste ich den Kopf gegen den Pfahl, der mich zwar an Ort und Stelle festhielt, mir merkwürdigerweise aber auch Halt gab, und fing an, ganz leise zu singen.

»Hörst du die Regenwürmer husten? Wie sie durchs dunkle Erdreich zieh... Wie sie sich winden und dann verschwinden... auf Nimmernimmerwiedersehen.«

Immer wieder sang ich die Zeilen. Nach der dritten Wiederholung summten die Affen leise mit.

Logbuch von Jonah Schwarz, 6. Eintrag

Heute ist, ungelogen, der schrecklichste Tag meines Lebens. Ich bin zwar vielleicht noch jung, aber ich kann mir beim besten Willen nicht vorstellen, was da noch kommen sollte, um diesen Tag vom Spitzenplatz zu verdrängen. Deshalb schreibe ich noch mal. Ich konnte da einfach nicht mehr draußen bleiben. Alle wollen was von mir. Dass ich ihnen sage, was wir jetzt tun sollen. Dass ich Entscheidungen treffe und Antworten gebe.

Bis heute Mittag hätte ich noch gesagt, dass ich keine Antworten habe, doch das stimmt nicht mehr. Jetzt habe ich gleichzeitig viel mehr Antworten und viel mehr Fragen.

Zwar bin ich nicht stolz darauf, aber ich habe Connor gebeten, den Schließmechanismus von Zoës Kabinentür auszubauen und die Tür aufzubrechen, was er nur allzu bereitwillig getan hat. Es war viel leichter, als ich mir vorgestellt hätte, in die Kapitänskabine einzubrechen. Nicht mal einen Alarm haben wir ausgelöst, was ich merkwürdig fand. Eigentlich sollte man doch meinen, die Sicherheitsstandards auf so einem Schiff seien höher, oder?

Ich dachte, ich könnte in Zoës Kabine etwas finden, das mir wiederum hilft, sie zu finden.

Doch was ich vorfand, war etwas völlig anderes. Als ich Zoës Ersatzuniform aus dem Schrank nahm, um sie nach Hinweisen zu durchsuchen, erschien auf einmal eine Projektion von Dr. Jen. Sie war eigentlich für Zoë, doch ich habe sie mir trotzdem angehört. Bis zum Ende.

Und jetzt weiß ich Bescheid. Ich kenne die ganze kranke, beschissene Wahrheit, und ich schäme mich so sehr für mein Verhalten, dass ich fast verrückt werde. Nun weiß ich, warum Zoë mich nicht ins Vertrauen gezogen hat – keinen von uns. Sie konnte es einfach nicht. Und sie war überhaupt nicht in den USA, sie war in Berlin. Vielleicht erzählt sie mir eines Tages, was genau sie dort gemacht hat. Zwar habe ich noch immer Quadrillionen Fragen, doch ich weiß sehr viel mehr als vorher. Und ich weiß, warum Anna kurz darauf erst Krämpfe bekommen hat und dann tot umfiel. Genau wie bei Sabine; doch bei Anna war es noch gruseliger mit anzusehen. Vielleicht, weil sie so viel kleiner und zarter ist, vielleicht auch, weil die anderen dabei waren und alles mit angesehen haben. Es war schrecklich und ich konnte überhaupt nichts tun. Gleichzeitig wusste ich, dass sie von mir irgendwie erwarteten, dass ich etwas tue. Und das machte es noch schlimmer.

Doc hat es geschafft, sie wiederzubeleben, und versichert, dass er sie wieder hinbekommen wird, aber mal ehrlich: Wie krank ist das eigentlich alles? Wenn sie wollen, dass wir für sie arbeiten, dann sollten sie unsere Gehirne vielleicht nicht unter Strom setzen. Klar, so erhöht man den Druck, aber jede weitere Person auf der Krankenstation mindert unsere Chancen, die Aufgaben zu erfüllen, die uns gestellt werden. Oder sehe ich das etwa falsch? Ich denke nicht.

Kip hatte jedenfalls recht: Zoës Gerät hat das getan, weil sie es nicht geschafft hat, die Koordinaten für die Sendestation rechtzeitig einzugeben.

Ich war so ein Vollidiot. Habe die ganze Zeit gedacht, Zoës Geheimniskrämerei hätte irgendwas mit mir zu tun. Doch das hatte es nie. Es hatte nicht das Geringste mit mir zu tun. Zoës Probleme waren viel größer als mein angekratztes Ego. Die ganze Zeit war ich sauer, weil sie so viel vor mir verheimlicht hat.

Jetzt bin ich derjenige hier, der mehr weiß

als die anderen. Und ich weiß einfach nicht, was ich tun soll. Ich will keine Panik. Also nicht noch mehr Panik, als sowieso schon herrscht. Aber ich fürchte, dass ich den anderen die Wahrheit sagen muss. Sie wissen ja noch nicht mal, dass Zoë entführt wurde. So was kann ich nicht lange geheim halten.

Denn zu Annas Hirnschlag kam auch noch die Forderung von Zoës Entführern. Sie wollen, dass wir ihnen Essen und Ausrüstung im Austausch gegen Zoë bringen. Das wäre jetzt noch kein Problem, aber sie bestehen darauf, dass die gesamte Mannschaft am Treffpunkt erscheint. Anna und Sabine können aber nicht bewegt werden. Wir können sie nicht mitnehmen, mir ist aber genauso wenig wohl dabei, sie allein hier auf dem Schiff zu lassen. Sosehr ich Docs Kompetenz in Sachen Medizin vertraue, so wenig glaube ich, dass er Gut und Böse unterscheiden könnte, wenn es ihm auf die Füße kotzt.

Apropos kotzen. Nach Dr. Jens Ansprache habe ich mich übergeben. Ich habe es gerade so ins Bad geschafft.

Als ich mir das Gesicht waschen wollte, habe ich pinke Haare im Waschbecken gefunden. Wieso hatte Zoë pinke Haare und warum hat sie sie abgeschnitten? Wahrscheinlich gehört dieser Teil zu ihrer Berlin-Geschichte. Und ich glaube, dass Kip da ebenfalls hingehört.

Mittlerweile ist mir fast schon egal, ob sie mit Kip zusammen ist oder nicht. Soll sie ihn doch heiraten – ich würde sogar den Trauzeugen mimen und ihre Schleppe tragen, wenn sie einfach nur zurückkommen würde und mir sagen würde, was ich tun soll. Das hat sie immer getan. Sie wüsste, was in dieser Situation das Richtige ist. Wie in den Simulationen. Sie würde mich ansehen und sagen: »Pass auf, wir machen Folgendes.« Doch das kann sie ja nicht. Womit wir wieder beim Großteil meiner Probleme wären.

Ich verfluche mich dafür, so engstirnig gewesen zu sein. Vielleicht hätten wir sie da rausholen können, wenn ich früh und entschlossen genug gehandelt hätte. Stattdessen habe ich sie verdächtigt, uns im Stich gelassen zu haben. Wenn all das hier vorbei ist, lasse ich mir »Arschloch vom Dienst« in rotem Garn in Brusthöhe auf meine Uniform sticken. Es ist der einzige Dienstgrad, den ich wirklich verdiene.

Gott, was für eine verfluchte Scheiße.

Eine Sache weiß ich jedenfalls: Wir müssen, so schnell es geht, diesen Sendeturm aufbauen. Die Suche nach der geeigneten Stelle hat Zoë die ganzen letzten Tage beschäftigt, und ich weiß, dass das die nächste Aufgabe sein wird. Ist ja auch logisch, immerhin wollen unsere Ausbilder wissen, wie der Stand ist und ob sie ihre vornehmen Kunden auf die gefährliche Reise schicken können oder nicht. Und ganz, ganz sicher vermissen sie uns genauso wie wir sie (das war ironisch gemeint). Wenn wir erst mal Kontakt aufgenommen haben, können wir sie vielleicht ja auch dazu bringen, diesen schrecklichen Countdown abzuschalten. Das muss doch irgendwie zu machen sein.

Ich habe mir von Kip die Koordinaten des Hügels geben lassen. Er ist schon wieder auf den Beinen und tut, was er kann, um nicht auszurasten. Er ist ein tougher Kerl und tatsächlich ziemlich nützlich, so viel muss man ihm lassen. Er koordiniert gerade den Transport der Einzelteile des Masts auf den Hügel. Connor ist bei ihm. Ich kann nur hoffen, dass die beiden es schaffen.

XIX

Ich konnte nicht sagen, wie lange ich geschlafen hatte. Nachdem ich zusammen mit den Affen gesungen hatte, bin ich nämlich tatsächlich irgendwann eingeschlafen. Keine Ahnung, warum, aber die Anwesenheit der beiden tat mir wirklich gut. Ich fühlte mich geschützt, auch wenn es dafür natürlich keinen Anlass gab. Schließlich konnten sich die beiden genauso wenig bewegen wie ich selbst. Trotzdem war es gut, nicht allein zu sein.

Ich erwachte schließlich, weil ich spürte, dass sich die Stimmung in der Hütte verändert hatte. Das Erste, was ich bemerkte, war, dass die beiden Nachtaffen wild durcheinander »sprachen«, also schnelle, aufgeregte Laute von sich gaben. Dann hörte ich Schritte auf dem Holzboden, Hände, die Dinge aufhoben oder abstellten. Menschlichen Atem. Wir hatten eindeutig Gesellschaft bekommen. Das war es wahrscheinlich auch, was mich geweckt hatte.

Da es noch immer sehr dunkel war und das einzige Licht durch die Ritzen zwischen den Brettern und unter der Tür zu uns drang, ging ich davon aus, dass Nox mit uns in der Hütte war. Die anderen beiden scherten sich nicht darum, ob die Nachtaffen unter dem Licht litten oder nicht. Doch er musste sich ganz vorsichtig durch einen schmalen Türspalt gedrückt haben, denn ich hatte die Affen nicht einmal schreien hören.

»Hey Nox«, sagte ich heiser.

Er hielt in seinen Bewegungen inne, offenbar unschlüssig, was er tun sollte.

»Bringst du ihnen zu essen?«

Er schwieg eine Weile weiter. Schließlich sagte er: »Ich sollte nicht mit dir reden.«

»Wieso nicht?«, fragte ich. »Du hast doch vorher auch mit mir gesprochen. Und du bist ein erwachsener Mann. Du kannst reden, mit wem du willst.«

»Cole sollte mit dir sprechen. Nicht ich.«

»Ich möchte aber mit dir reden«, sagte ich. »Die beiden sind zwar eine gute Gesellschaft, aber ich verstehe sie so schlecht.«

»Haben sie mit dir kommuniziert?«

Ich konnte die Neugier in seiner Stimme hören. Er interessierte sich brennend für diese Geschöpfe, das wusste ich genau. Tiere waren ihm näher als Menschen. Wahrscheinlich, weil er sie besser verstand. Tiere neigten nicht dazu, dämliche, unvorhergesehene Dinge zu tun. Jedenfalls nicht, wenn man sich mit ihnen auskannte. Ganz sicher ärgerte es ihn, dass er sie nicht richtig erforschen konnte.

»Ich würde mich gern mit ihnen unterhalten. Wissen, was sie denken«, sagte ich. »Und ich habe auch ein bisschen was erzählt. Irgendwie habe ich das Gefühl, dass sie mich verstehen.«

Ich hörte ein Poltern. Es klang, als hätte Nox etwas abgestellt.

»Wie kommst du denn darauf?« Seine Stimme klang näher als kurz zuvor. Ich hatte seine Neugier geweckt.

»Ich...« Ich suchte nach den richtigen Worten. Es war wichtig, dass es mir gelang, zu Nox durchzudringen. Er war der Zugänglichste der drei, und er hatte seinen eigenen Kopf. Wenn er auf meiner Seite war, hatte ich vielleicht eine Chance, hier rauszukommen.

»Ich hatte das Gefühl, dass sie versuchen, mich zu trösten«, sagte ich. »Es geht mir nicht so gut, wie du dir vorstellen kannst. Und sie spüren das. Ich glaube, dass sie sehr intelligent sind.«

»Ja, das glaube ich auch.« Er schwieg eine Weile und ich konnte es beinahe in seiner Stirn arbeiten hören.

»Denkst du wirklich, dass es Tiere sind?«, fragte ich. Zum Teil, weil ich die Unterhaltung am Laufen halten wollte, aber hauptsächlich, weil mich wirklich interessierte, was er dachte. Immerhin war er Biologe und schien ein ganz besonderes Verständnis für Tiere zu haben.

»Und keine ›Aliens‹, meinst du?«

»Genau!«

»Keine Ahnung«, sagte er und klang ein wenig resigniert. »Ich hatte ein paar Stunden mit ihnen, bevor sie aufgewacht sind, aber die Zeit an der Sonne hatte sie sehr geschwächt. Ich habe die Theorie, dass sie die Sonne mit der Haut aufnehmen und die Sonnenstrahlen toxisch auf sie wirken. Deshalb konnte ich sie nicht länger untersuchen. Außerdem sind wir streng genommen ebenfalls Tiere, nur eben sehr intelligente. Der Unterschied, den viele machen, besteht biologisch gesehen überhaupt nicht. Und sie sind nur vom Erdstandpunkt aus betrachtet Aliens. Auf diesem Planeten sind wir es. Es ist typisch für den Menschen, sich selbst immer an die Spitze zu setzen und alle anderen Lebensformen darunter anzusiedeln. Ich halte das nicht nur für falsch, sondern auch für gefährlich.«

»Sie wirken sehr... menschlich auf mich«, sagte ich schließlich. »Jedenfalls habe ich das Gefühl, dass sie mir näher stehen als zum Beispiel Katze.«

»Das liegt nur daran, dass du Katze nicht verstehst.«

Ich verzog das Gesicht und war froh, dass Nox davon nichts mitbekam. »Ja, das kann sein«, gab ich zu, ohne es zu meinen. »Warum haltet ihr sie hier drin gefangen?«, fragte ich weiter. »Wenn du sie nicht untersuchen kannst, warum solltet ihr sie dann festhalten?«

»Cole will sie nicht freilassen«, antwortete Nox. »Du hast ihn doch gehört. Zwei von uns sind bei einer der Attacken ums Leben gekommen.«

»Haben die Affen sie getötet?«

Nox seufzte. Ich wusste, dass er mit sich rang. Ein Teil von ihm wollte die Geschichte erzählen, ein anderer Teil wollte genau das nicht.

»Wir wissen es nicht. Als das Licht zurückkam, lagen sie mit gebrochenen Gliedern auf der Erde. Cole ist überzeugt davon, dass die Affen sie runtergestoßen oder mit sich gerissen haben.«

»Sie müssen also leiden, obwohl ihr überhaupt nicht wisst, was passiert ist. Warum lässt du sie nicht einfach eigenmächtig frei? Ich weiß doch, wie sehr dir Tiere am Herzen liegen. Du bist nicht wie Cole oder Tisha. Sie tun dir leid, das kann ich fühlen. Was hindert dich denn daran, ihnen zu helfen? Du könntest ihr Gitter einfach öffnen und sie gehen lassen.«

»Und wo sollten sie dann hin?«, herrschte Nox mich an, und ich zuckte zusammen. Ich war erschrocken darüber, wie hart er sein konnte. »Draußen scheint ununterbrochen die Sonne, falls dir das noch nicht aufgefallen ist. Wenn wir Nächte hätten, dann würde ich sie ja freilassen. Selbst wenn Cole dann ausrasten würde. Aber da draußen würden sie umkommen. Deshalb müssen sie hier drinbleiben. Zu ihrem eigenen Schutz.«

»Das ist noch lange kein Grund, sie so zu behandeln!« Meine Stimme schraubte sich immer höher, ich fühlte, wie die Wut in mir hochstieg. Wahrscheinlich identifizierte ich mich so mit den beiden Nachtaffen, weil wir alle drei in derselben Situation feststeckten. Ich musste aufpassen, dass Tisha oder Cole mich nicht hörten. Sie würden unserem Gespräch in Windeseile ein Ende bereiten. Etwas leiser sagte ich: »Ihr hättet ihnen auch eine eigene Hütte geben können. Es gibt keinen Grund, sie hinter Gittern einzusperren.«

Nox seufzte. »Als wenn ich das nicht vorgeschlagen hätte. Aber ich habe dir doch gerade gesagt: Cole ist überzeugt, dass die Nachtaffen zwei Mitglieder unserer Crew getötet haben. Darunter war auch sein Freund Christoph. Er bestraft die beiden, weil es ihm irgendwie das Gefühl gibt, etwas unter Kontrolle zu haben, glaube ich.«

»Cole hat wohl gern einen Sündenbock«, sagte ich und konnte die Bitterkeit in meiner Stimme nicht zurückhalten.

»Er hat es nicht leicht«, gab Nox defensiv zurück.

»Entschuldige, dass ich dafür in meiner aktuellen Situation nur wenig Verständnis aufbringen kann«, erwiderte ich giftiger, als ich beabsichtigt hatte.

»Es tut mir leid, Zoë!« Nox klang maximal gereizt und

gleichzeitig defensiv. Wahrscheinlich ging ich ihm auf die Nerven. Er gehörte nicht zu den Menschen, die unter Druck Ruhe bewahrten. »Ehrlich. Ich weiß ja auch, dass du nichts dafür kannst. Es ist nur so, dass das eigentlich egal ist.«

»Es ist egal?« Ich schnaubte. »Wenn Tisha mir egal gewesen wäre, dann wäre ich nicht ständig hier rausgekommen, um ihre Wunde zu versorgen. Wenn ihr uns egal wärt, hätten wir euch gar nicht erst gesucht. Und so dankt ihr es uns! Vor allem mir.«

»Ich kann nichts tun, Zoë, das weißt du genau. Seitdem ihr da seid, ist es immer schlimmer geworden mit Cole. Ich persönlich habe ja nie geglaubt, dass jemand kommen würde, um uns zu holen. Ein Irrsinn, viel zu teuer. Warum auch? Das ist nun mal das Risiko, das man eingehen muss, wenn man sich für so eine Mission meldet. Aber Cole hat sich immer daran festgehalten.«

Nox schwieg eine Weile. »Er hat eine kleine Tochter«, sagte er schließlich leise. »Cole, meine ich. Sie ist krank. Er hat sich nur für diese Mission gemeldet, weil sie so gut gezahlt haben. Er wollte die bestmögliche Therapie für Tamara. Und jetzt weiß er nicht, ob sie überhaupt noch am Leben ist. Und das frisst ihn auf. Er kann nicht hierbleiben, Zoë. Das überlebt er nicht.«

»Ich verstehe«, sagte ich leise. Und das tat ich wirklich. Das Problem war nur, dass ich nun auch verstand, wie klein meine Chance war, hier ohne fremde Hilfe wieder rauszukommen. Coles Triebfeder war unglaublich stark.

»Zurückzufliegen wird nichts ändern«, sagte ich leise und hörte Nox seufzen.

»Darum geht es doch schon lange nicht mehr.«

»Worum geht es dann?«, fragte ich.

»Cole ist ein Macher. Jemand, der immer alles im Griff haben muss, verstehst du? Die ganze Zeit wurde er von der Hoffnung zusammengehalten, dass ihr kommen und uns holen würdet. Jetzt braucht er ein neues Ziel. Ohne Ziel geht er zugrunde.« Er entfernte sich wieder und begann, in der Hütte herumzuräumen. »Wir können einfach nicht bis in alle Ewigkeit hier auf diesem Planeten hocken und Holzhütten bauen.«

»Und was ist mit dir?«, fragte ich. »Willst du denn zurück?«

»Ach Zoë«, sagte Nox und klang traurig. »Es spielt überhaupt keine Rolle, was ich will.«

»Warum das nicht?«

»Sieh mal, Cole, Tisha und ich – wir gehören zusammen. Ich kann mir einfach nicht vorstellen, ohne sie zu existieren. Tatsächlich habe ich nicht mal Erinnerungen an die Zeit, in der ich ohne sie gelebt habe. Mein Leben auf der Erde, als Biologe, ist eine verschwommene Masse in meinem Gehirn. Es geht nicht darum, wieder zurück auf die Erde zu kommen, sondern darum, Tisha und Cole nicht zu verlassen.«

»Aber wir werden alle sterben«, flüsterte ich. »Vierzehn Menschen, damit drei Menschen ein besseres Leben haben können.«

»Nun«, sagte Nox. »Um ehrlich zu sein, glaube ich auch nicht daran, dass Cole, Tisha und ich überleben. Und ich will nicht ohne die Menschen sterben, die ich liebe.«

»Dieses Privileg habe ich nicht. Ich muss mit euch fliegen und alle, die ich liebe, hier zurücklassen.«

Nox räusperte sich. »Du hast Cole gehört. Wenn du dich weigerst zu kooperieren, dann ... würdest du hierbleiben.«

Ich lachte bitter. Es klang so harmlos, so erstrebenswert.

»Sehr verlockend«, zischte ich. Doch in Gedanken begann ich, mit der Vorstellung zu spielen. Wollte ich wirklich mit der Mother abheben in dem Wissen, dass all meine Freunde hier auf Keto sterben würden? Wollte ich, wenn mein eigener Tod doch so unausweichlich war, in Gesellschaft von drei Menschen sterben, die sich nicht den kleinsten Dreck um mich scherten? Wenn ich mich weigerte, die Mother zu starten, dann würde Cole mich töten. So bliebe mein Körper wenigstens hier bei den anderen.

Wenn nicht noch ein Wunder passierte, dann würde die Mother in Kürze abheben. Mit mir an Bord. Die Verbindung zwischen PIPER, dem Schiff und meiner Crew würde gekappt – mit unabsehbaren Folgen. Und es gab nichts, was ich dagegen tun konnte. Was mich besonders quälte, war die Gewissheit, dass die anderen sicher denken würden, dass ich sie im Stich gelassen hatte. Wie sollten sie auch nicht? Wenn ich mit der Mother Keto verließ, würde ich wahrscheinlich nicht einmal Menschen hier auf diesem Planeten zurücklassen, die um mich trauerten. Und das war die größte und brutalste Form der Einsamkeit, die ich mir vorstellen konnte.

»Es ist gut möglich, dass es keine Erde mehr gibt«, sagte ich leise. »Wahrscheinlich landet ihr nach drei Jahren auf einem einsamen Schlachtfeld. Vielleicht herrscht auch immer noch Krieg, und ihr werdet erschossen, sobald ihr das Schiff verlasst. Vielleicht auch schon früher.«

Nox lachte leise. »Meinst du, das wüssten wir nicht? Ich habe es dir doch eben schon gesagt: Es geht einfach nur darum, diese Sache hier endlich zu beenden. Ihr habt es sicher schon selbst bemerkt: Zeit spielt auf diesem Planeten nur eine untergeordnete Rolle. Und wir sind schon zu lange hier, um uns vorstellen zu können, es für immer zu sein. Die Hitze, der Wald, die Tiere – all das nagt an einem, frisst einen Stück für Stück auf, bis nichts mehr übrig ist. Du wirst verrückt, wenn du zu lange allein hier draußen bist. Das ist die Wahrheit.«

Wir schwiegen eine Weile. Ich versuchte, Haltung zu bewahren, aber sie rutschte mir immer wieder weg.

»Ich bin übrigens nicht hier, um die Nachtaffen zu füttern. Nicht nur«, sagte er nach einer Weile. »Ich bin hier, um dich zu holen. Wir brechen gleich auf.«

Das durfte nicht wahr sein. Hatte ich so lange geschlafen? Hatte ich mein Zeitgefühl verloren?

Keine Minute hätte ich die Augen schließen dürfen; ich hätte darüber nachdenken sollen, wie ich hier rauskam. Wie ich verhindern konnte, dass wir alle unser Leben ließen. Doch nun war es zu spät. Nun würden Ereignisse ihren Lauf nehmen, die ich nicht im Geringsten beeinflussen konnte. Ich musste mich voll und ganz auf meine Crew verlassen. Doch wenn sie ahnten, wo ich war, dann wären sie doch schon längst hergekommen, um mich zu befreien, oder? Konnte ich überhaupt davon ausgehen, dass Jonah alles daransetzen würde, mich zu befreien, wenn er doch so wütend war? Gab es einen anderen Grund, dass von meinen Leuten noch niemand aufgetaucht war?

Ich hörte, wie Nox sich hinter mich hockte. Kurz darauf fühlte ich, wie mir etwas Schweres und Langes über die Beine kroch. Mit Mühe und Not unterdrückte ich ein Wimmern. Die Schlange machte sich auf mir breit.

»Sie wird dir nichts tun. Katze passt nur auf, dass du nicht wegläufst«, sagte Nox.

Tatsächlich drückte das Gewicht der Schlange meine Beine fest gegen den harten Untergrund.

»Sie ist ganz schön schwer«, presste ich zwischen den Zähnen hervor, und er lachte leise. Die Schlange allein war auch schon fast ein Grund, das Raumschiff nicht zu betreten.

Nox schnitt die Fesseln los, die mich am Pfahl festhielten, und mir entfuhr ein Stöhnen, als meine Arme wie zwei alte Seile herunterfielen und auf den Holzboden klatschten. Ich war so lange gefesselt gewesen, dass ich sie kaum unter Kontrolle hatte. Selbst wenn ich hätte versuchen wollen, Nox zu schlagen, ich hätte es nicht geschafft. Meine Arme waren zwei nutzlose Hautsäcke und fühlten sich an, als hätten sie gar keine Knochen. Oder Muskeln.

Nox hatte die Position gewechselt und hockte jetzt vor mir. Seine Hände griffen nach meinen und zogen sie nach vorne.

»Bitte, tu das nicht«, flehte ich, als ich begriff, was er vorhatte. »Lass mich nur ein bisschen so sitzen.«

»Bedaure, aber das kann ich nicht riskieren«, gab er zurück und band meine Hände fester zusammen als nötig. Dann brachte er ein zweites Seil an meinen Fußknöcheln an und schnitt das erste durch. Ich begriff, dass das zweite Seil länger sein musste, da es mir erlaubte, die Beine ein wenig zu bewegen.

»Das war's, meine Schöne«, flüsterte Nox sanft, und kurz darauf fühlte ich, wie sich die Schlange von mir entfernte. Erleichtert atmete ich aus.

»Okay«, sagte Nox. »Hoch mit dir.«

Er zog mich an meinen Händen auf die Füße, und ich

musste Luft durch die Zähne ziehen, um nicht zu schreien. Obwohl es so dunkel in der Hütte war, tanzten vor lauter Schmerz knallrote Punkte vor meinen Augen.

Nox schleifte mich regelrecht hinter sich her, weil meine Füße mir noch nicht gehorchen wollten. Alles war taub und steif und tat höllisch weh.

Als wir uns den Nachtaffen näherten, hörte ich sie leise klicken. Sie wussten, dass ich Schmerzen hatte. Ich konnte es fühlen.

»Mach wenigstens das Gitter auf«, forderte ich, und Nox hielt inne.

»Damit du den Augenblick nutzen kannst, mich von hinten zu attackieren?« Seine Stimme klang ungewohnt kalt und klar. Ich fragte mich, ob der »verrückte Biologe« einfach nur eine Rolle war, die ihm geholfen hatte, hier im Dschungel zu überleben.

»Ich möchte nur nicht, dass sie verhungern. Bitte. Bitte lass sie nicht hier zurück.«

Er zögerte noch immer. Wahrscheinlich wog er gerade sämtliche Für und Wider gegeneinander ab.

»Wenn sie so intelligent sind, wie wir beide glauben, dann werden sie sich nicht nach draußen wagen, solange es hell ist«, versuchte ich, ihn zu überzeugen. Ich wusste selbst nicht, warum es mir so wichtig war, aber aus irgendeinem Grund war mir der Gedanke, die beiden einfach hier zurückzulassen, unerträglich. Sie konnten überhaupt nichts für den ganzen Schlamassel.

»Sie werden einfach hier in der Hütte bleiben, bis sie nach draußen können. Es gibt keinen Grund, sie sterben zu lassen.«

Ich merkte, dass meine Stimme zitterte. »Wenn wir es sonst schon alle tun«, fügte ich bitter hinzu.

Nox atmete schwer, während ich den Atem anhielt. Ich wollte nichts mehr tun oder sagen, das seine Gedanken stören oder ihn gegen mich aufbringen könnte.

»Okay«, sagte er schließlich, und ich atmete erleichtert aus. Es bedeutete mir unsagbar viel zu wissen, dass ich wenigstens die beiden hatte retten können.

Kurz darauf hörte ich, wie der Hebel umgelegt wurde. Ich überlegte, Nox zu bitten, zu den beiden in den Verschlag gehen und mich von ihnen verabschieden zu dürfen, doch ich ahnte, dass ich mein Glück damit überstrapazieren würde. Wenn ich eines über Nox gelernt hatte, dann, dass er völlig unberechenbar war.

Daher flüsterte ich nur: »Passt auf euch auf!«, während ich hinter ihm her in das gleißende Sonnenlicht stolperte.

Der Schmerz, den das Licht bei mir auslöste, war furchtbar. Gern hätte ich genauso laut und herzzerreißend geschrien wie die beiden Nachtaffen, doch ich biss mir auf die Zunge. Denn als sich meine Augen an das Licht gewöhnt hatten, sah ich, wer dort draußen auf mich wartete.

Tisha, Cole und Nox hatten nicht viel gepackt. Nur drei kleine Rucksäcke lagen auf dem Boden. Ich vermutete, dass ihre persönlichen Habseligkeiten darin verstaut waren. Fotos, Andenken an früher, vielleicht ein paar Dokumente. Drei ganze Menschenleben passten in drei kleine Taschen. Die Gepäckstücke waren Ausdruck dafür, wie unbedeutend wir alle waren. Niemand kümmerte sich um uns. Wir mussten es selbst in die Hand nehmen. Und ganz augenscheinlich sahen das zwei Mitglieder meiner Crew ganz genauso.

Neben Cole standen Connor und Nick und starrten mich mit harten Augen an. Fassungslos schüttelte ich den Kopf. Immer und immer wieder. Ich konnte einfach nicht glauben, dass sie den Rest der Crew so einfach hintergehen konnten. Menschen, die sie schon ihr ganzes Leben lang kannten. Mit denen sie trainiert hatten, mit denen sie aufgewachsen waren. Die sie als Freunde bezeichneten. Am liebsten hätte ich ihnen ins Gesicht gespuckt.

Am meisten schockierte mich, dass sie Jonah derart verraten hatten. Denn dass er nicht hier war, hieß sicher, dass er nichts davon wusste.

»Deshalb haben sie mich also so schnell gefunden«, murmelte ich. »Ihr habt ihnen verraten, wo ich als Nächstes hinwollte. Connor wusste davon. Er hat mir den Tipp mit dem Hügel schließlich gegeben. Ihr habt das gemeinsam ausgeheckt.« Ich fragte mich, wie sich die fünf eigentlich kennengelernt hatten, doch wahrscheinlich hatte Jonah ihnen von der ersten Crew erzählt, und sie waren neugierig geworden. Erfahren würde ich es wohl nicht mehr.

Nick ließ ein falsches Lächeln sein eigentlich hübsches Gesicht vergiften. In seiner linken Hand trug er eine dicke Rolle Klebeband. Connor hatte den Blick abgewandt und starrte auf seine Füße.

»Connor«, beschwor ich ihn. »Wenn du den anderen nicht dabei hilfst, den Sendemast aufzustellen, sind sie verloren!«

Connor sah mich für den Bruchteil einer Sekunde an, dann glitt sein Blick wieder zu Boden.

»Du redest zu viel. Früher hast du deinen Mund nicht aufgekriegt, jetzt kannst du ihn nicht halten.«

Nick trat auf mich zu und klebte mir ein breites Stück Klebeband über den Mund. Dann band er ein langes Seil an meinen Handfesseln fest. Ich wurde an die Leine gelegt.

»Abmarsch«, brummte Cole schließlich, und wir setzten uns in Bewegung.

Logbuch von Jonah Schwarz, 7. Eintrag

Ich bin ein verdammt mieser Kapitänsersatz. Als ob ich das nicht schon immer gewusst hätte. Die Entscheidungen, die ich hier und heute für die ganze Crew treffe, kommen eher aus dem Bauch, als dass sie gut durchdacht wären. Ich kann es aber nicht ändern, das bin nun mal ich, und ich tue mein Bestes.

Wir haben nicht mehr viel Zeit. Die Sachen, die die Entführer verlangt haben, sind gepackt und werden von den anderen gerade mit dem Boot ans Ufer gebracht. Dort verladen wir sie auf ein paar Quads.

Leider wird es nicht gelingen, die gesamte Crew zum Treffpunkt zu schaffen. Und das liegt nicht an Anna oder Sabine, die nehmen wir mit. Doc hat sein Okay gegeben, und außerdem wäre mir überhaupt nicht wohl dabei, sie hier zurückzulassen. Denn ich werde das Gefühl nicht los, dass wir in eine Falle tappen.

An der Akademie haben wir gelernt, dass wir mit Entführern nicht verhandeln. Dass wir kämpfen müssen, wenn so was passiert, uns nicht einschüchtern lassen dürfen und so weiter. Doch das war alles Theorie. In der Praxis, hier und heute, glaube ich nicht, dass wir überhaupt auf Cole, Tisha und Nox treffen werden.

Ich bin nicht blöd. Mir ist durchaus aufgefallen, dass die Forderung lauter Dinge enthalten hat, die man zum Überleben braucht. Schlafsäcke, Werkzeug, Medikamente und Vorräte. Sie hätten Zoë nicht entführen müssen, um all die Sachen zu bekommen, wir hätten sie ihnen auch freiwillig gegeben. Wir hätten mit ihnen geteilt und das wissen sie genau.

Nein, meiner Meinung nach wollen sie die Mother.

Ich habe es den anderen nicht gesagt. Es ist so schon schwer genug, die Mannschaft unter Kontrolle zu halten.

Keine Ahnung, ob es gut war, aber ich habe ihnen die Projektion von Dr. Jen gezeigt. Egal, was passiert, ich wollte, dass sie wissen, wem wir das alles zu verdanken haben. Dass es nicht Zoës Schuld ist. Die meisten hat es ziemlich hart getroffen.

Gern hätte ich auch Nick und Connor das Hologramm gezeigt, doch sie sind wie vom Erdboden verschluckt. Ich kann mir schon denken, wo sie sind. Direkt nach unserem Erwachen hat Nick gesagt, dass er ganz sicher nicht auf diesem stinkenden kleinen Planeten bleiben würde. Ich habe nur gelacht und es abgetan, aber ich fürchte, er hat einen Weg gefunden. Und Connor macht mit, weil er eigentlich immer macht, was Nick ihm sagt.

Kip hat mir berichtet, dass sie verschwunden sind, nachdem sie einen Teil des Sendemasts auf den Hügel getragen haben. Und ich bin nicht so blöd, Kip diesmal wieder nicht zu glauben.

Wenn ich Zeit hätte, wäre ich sicher traurig, dass die beiden mich so im Stich gelassen haben. Sie hätten mit mir sprechen oder versuchen können, mich einzuweihen, aber nichts davon ist geschehen.

Wahrscheinlich haben sie gewusst, dass ich ablehnen würde, wenn sie mir angeboten hätten, mitzukommen. Egal, was zwischen Zoë und mir passiert ist, ich hätte sie sicher nicht entführt. Und wenn ich von ihrem Plan gewusst hätte, dann hätte ich versucht, ihn zu vereiteln.

Alles, was ich jetzt noch tun kann, ist zu versuchen, auf die Crew aufzupassen. Auf das, was noch von ihr übrig ist. Viele sind wir nicht mehr. Sabine und Anna, Katy, Imogene, Tom, Kip, Runa, Paolo, Summer und Juri. Elf Leute. Hoffentlich bald wieder zwölf. Sonst reißen mir Kip und Tom sicherlich gemeinsam den Kopf ab.

Ich habe Angst. Angst um Zoë und Angst um uns. Wir müssen zum vereinbarten Übergabepunkt gehen, weil mir nicht einfällt, was ich sonst tun kann. Ich bräuchte einen Schlachtplan, eine Strategie, um Zoë zu befreien. Doch dort, wo mal klare Gedanken gewohnt haben, ist nur noch ein leeres Blatt Papier. Mir bleibt nur, einen Schritt nach dem anderen zu gehen.

Da sowieso nicht die ganze Crew am vereinbarten Treffpunkt aufschlagen wird, habe ich beschlossen, dass wir uns aufteilen. Juri, Imogene, Paolo und Summer bauen weiter am Sendemast. Ich hätte gern Tom oder Kip dabeigehabt, doch das war nicht zu machen. Die beiden stehen Zoë am nächsten – mittlerweile weiß ich auch, dass Tom in Wahrheit Baker heißt und Zoës Bruder ist – und werden nicht an einem »gottverdammten Mast herumschrauben«, solange sie nicht in Sicherheit ist. Also versuchen sie mit uns anderen genau das: Zoë in Sicherheit zu bringen. Egal, wie.

Wenn der heutige Tag schiefgeht, dann werden wir in Kürze alle tot sein. Dr. Jen hat keinen Zweifel daran gelassen. Wenn sie nicht bald Signal von uns erhalten, werden unsere Professoren wohl bald eine neue Crew losschicken, um Keto zu besiedeln. Sie haben schließlich einen Plan B. Wir sind nur ihr erster Versuch. Oder der zweite.

Wir sind austauschbar. Nur Erfüllungsgehilfen, Bedienstete, Handlanger. Wir sind nicht wichtig.

Ich habe früher einmal geglaubt, wertvoll zu sein. Doch wenn wir nicht tun, was die HOME-Betreiber von uns verlangen, dann sind wir gar nichts mehr. Vollkommen wertlos. Weltraumschrott.

Ich werde sentimental. Regelrecht weinerlich. Deswegen höre ich jetzt auf. Wahrscheinlich war das mein letzter Eintrag.

Mach's gut, Logbuch. Wünsch mir Glück. Wünsch uns allen Glück.

XX

Cole zog mich durch den Dschungel hinter sich her. Schweigend stapften wir durchs Unterholz. Von Zeit zu Zeit sah ich Cole und Tisha miteinander tuscheln, doch sonst wurde nicht gesprochen. Ich konnte mir schon denken, warum das so war. Wenn die anderen der Forderung Folge leisteten, dann war meine Crew jetzt ebenfalls hier im Dschungel unterwegs. Und es wäre für Coles Plan wenig förderlich, wenn wir aufeinandertreffen würden. Tisha, Cole und Nick trugen Rucksäcke, Nox trug Katze. Er summte leise vor sich hin und war wieder ganz der Alte. Zu gern hätte ich gewusst, was in seinem Kopf vorging.

Doch ich war auch schon mit meinem eigenen Kopf genug beschäftigt. In dem tanzten nämlich schwarze Wirbel, die mich immer weiter nach unten zogen. Das Gefühl von Ausweglosigkeit machte sich immer breiter in mir, und ich überlegte fieberhaft, was ich überhaupt noch tun konnte, um die absolute Katastrophe zu verhindern. Viel war es nicht, mir waren buchstäblich die Hände gebunden, doch ich wollte mich nicht so leicht damit abfinden, dass wir alle verloren waren.

Wie sehr ich doch Cole verfluchte. Die ganze Zeit über

hatte ich damit gerechnet, dass die größte Bedrohung von der HOME-Fundation ausging, weil sie unser Leben direkt gefährdete. All meine Wut hatte sich voll auf Dr. Jen und Hannibal konzentriert, dabei hätte ich mir denken müssen, dass Cole sein Schicksal nicht einfach annehmen würde. Ich hätte vorbereitet sein müssen. Ich hätte Kip nicht allein ins Gebüsch gehen lassen dürfen. Ich hätte die Augen nicht schließen dürfen.

Mein gesamtes Verhalten war schrecklich unvorsichtig gewesen und ich war unheimlich sauer auf mich selbst. Diese Wut war ein großer Teil des Gedankenstrudels, der mich quälte.

Die Schritte, die ich setzte, nahm ich kaum wahr. Meine Füße und Hände kamen mir unendlich weit weg vor, als gehörten sie zu einem anderen Menschen. Ich begriff auch kaum, warum und wie ich überhaupt laufen, wie ich einen Fuß vor den anderen setzen konnte, wo doch die Welt gerade in ihre Einzelteile zerbrach. Die Bäume müssten all ihre Blätter verlieren, die Vögel müssten aufhören zu singen und die Insekten sich in ihre Löcher verkriechen, um meinen nahenden Tod zu betrauern. Mein Körper fühlte sich dumpf und leer an, ich hatte den Eindruck, dass mein Geist ein paar Meter über meinem stolpernden, gefesselten Ich hing und es beobachtete.

Zwar wollte ich es nicht, doch ich fing an, mich von meinem Leben zu verabschieden. Meine glücklichsten und schrecklichsten Erinnerungen vor meinem geistigen Auge abzuspielen. Versuchte, mich bis ins kleinste Detail an mein Zimmer in Berlin zu erinnern, an die Falten rund um Clemens' Augen, an die Leiche von Professor Bornkamp, den

Alexanderplatz. Ich wollte die Kette von Ereignissen, die mich an diesen Punkt gebracht hatte, lückenlos nachvollziehen, um herauszufinden, was ich alles hätte anders machen können. Wo hätte ich einfühlsamer oder aufmerksamer sein müssen? Was habe ich falsch gemacht? Wo war ich zu egozentrisch, wo zu schlampig gewesen, wo hatte ich mich geirrt? Kurz: Mein Gehirn schien mir beweisen zu wollen, dass ich verdient hatte, was mir gerade widerfuhr.

Natürlich brachte mich dieses Gekreisel nicht weiter, aber ich konnte einfach nicht damit aufhören. Mein Gehirn wollte mich quälen, wollte, dass ich darunter litt, es vermasselt zu haben. Und das machte es wirklich gut.

Doch nebenbei machte es sich tatsächlich auch noch nützlich. Ich dachte über die Möglichkeiten nach, die mir jetzt überhaupt noch blieben. Mit jedem Schritt reifte der Entschluss in mir, die Mother nicht mit den anderen zu betreten. Es war mir unmöglich, mir vorzustellen, mit dem Schiff abzuheben und die anderen auf Keto zurückzulassen. Das ging einfach nicht. Nicht nur, weil ich meine Crew nicht verlassen wollte. Ich ertrug den Gedanken nicht, mich auch noch von ihnen benutzen lassen. Schließlich war ich doch kein verdammter Schlüssel, den man einfach mitnehmen konnte, wohin man wollte. Mein ganzes Leben lang war ich von anderen Menschen benutzt und gezwungen worden. Nichts in meinem Leben gehörte wirklich mir, ich wurde mit tausend kleinen Fäden dirigiert; eine Marionette, die man tanzen ließ. Wenigstens über den Zeitpunkt meines Todes wollte ich jetzt selbst bestimmen können. Und auch über die Art, wie ich diese Welt verlassen wollte. Einmal in meinem Leben würde ich nicht benutzt werden, sondern andere benutzen.

Sie wussten es noch nicht, aber sie würden mir assistieren, anstatt mich zu steuern.

In meinem Kopf formte sich allmählich eine Idee. Es war merkwürdig, seinen eigenen Tod zu planen, doch es verschaffte mir auch eine grimmige Befriedigung. Und mich damit zu beschäftigen, hielt mich wenigstens davon ab, mich weiter mit Erinnerungen zu quälen. Oder daran zu denken, dass ich weder Jonah noch Kip oder Tom sagen konnte, wie wichtig sie mir waren und wie sehr ich sie liebte. Das Einzige, was ich tun konnte, war, meine Entscheidung für sich sprechen zu lassen.

Ich fragte mich, wo auf diesem wilden, grünen Planeten sie gerade wohl waren. Was sie tun würden, wenn niemand auftauchte. Immer wieder spitzte ich die Ohren und versuchte, etwas im Dschungel zu hören. Ihre Schritte im Dickicht. Worte, die von der Luft bis zu mir getragen wurden, aber wenn sie irgendwo in der Nähe wären, könnte ich sie nicht hören. Wie immer war der Dschungel viel zu laut. Die Vögel zwitscherten um die Wette, die Insekten summten, der Wind bewegte Blätter, die überall um mich herum raschelten.

Es war schwer, mir nicht auszumalen, was passieren würde, wenn die anderen meine Leiche fanden. Ohne Kopf und ohne Hände. Das musste ich unbedingt verhindern. Ich konnte nicht zulassen, dass sie mich so in Erinnerung behielten. Und es gab nur einen Weg, sicherzugehen, dass sie mich nicht fanden. Natürlich war PIPER ein Problem, das ich nicht lösen konnte. Allerdings hoffte ich, dass das Gerät bei dem, was mir vorschwebte, kaputtging. Eigentlich sollte kein Computer so was überleben. Und falls doch – nun, dann hatte ich es wenigstens versucht.

Gern wäre ich mit festen Schritten und hocherhobenem Kopf gegangen, würdevoll und stolz, doch das war leider nicht möglich, wenn ein schweigsamer Hüne einen hinter sich her durch einen dichten Dschungel zerrte. So stolperte ich ziemlich ungelenk meinem Tod entgegen. Langsam und qualvoll. Meine Hände und Arme taten unendlich weh, mein Kopf stand kurz vorm Platzen. Es war eine Ewigkeit her, dass ich etwas getrunken hatte. Die Hitze in der Hütte hatte ihr Übriges getan. Ich hätte mich nicht gewundert, wenn mein Kopf doppelt so groß wie sonst gewesen wäre, so voller Schmerzen und dunkler Gedanken. Natürlich fragte ich mich, ob ich vielleicht verrückt geworden war. Ob ich nicht drauf und dran war, den größtmöglichen Fehler zu begehen. Doch die Wahrheit war, dass diese eine Entscheidung die einzige war, die ich noch treffen konnte. Alles andere hatte ich nicht mehr in der Hand.

Allmählich kam mir meine Umgebung bekannt vor. Ich hatte mit der Zeit auf Keto gelernt, gewisse Bäume wieder zu erkennen. Wir passierten eine besonders krumm gewachsene Palme, kamen an dem Busch mit den riesigen pinken Blüten vorbei, umrundeten einen Felsen, der so groß war wie ein Einfamilienhaus.

Ich bildete mir ein, das Wasser des Sees bereits riechen zu können, und tatsächlich standen wir wenige Augenblicke später am Ufer. Nick und Connor führten unsere kleine Prozession mittlerweile an und so erreichten wir schließlich das Boot. Es lag auf unserer Seite, die Erde um es herum war feucht und von unzähligen Fußspuren übersät. Selbst die schnell wachsende Vegetation von Keto hatte es noch nicht geschafft, die Spuren meiner kleinen Crew zu verwischen. Es tröstete mich irgendwie. Zwar war es kein Ersatz für einen echten Abschied, ein letztes Wiedersehen, aber die Fußspuren waren der Beweis dafür, dass meine Crew existierte. Wie ein Echo meines Lebens. Die Menschen, die mir am Herzen lagen, hatten ihre Abdrücke hier hinterlassen. Konzentriert betrachtete ich die Fußstapfen. Ich wollte mir das Muster einprägen. Die verschiedenen Größen. Wollte mich daran erinnern, dass sie alle bei mir gewesen waren. Und wir alle hier.

Nacheinander bestiegen wir das Boot. Kurz überlegte ich, zu handeln, wenn wir mitten auf dem See waren, damit die Raptoren eine richtig üppige Mahlzeit erhielten, doch es war mir zu riskant. Wenn ich zu früh handelte, lief ich Gefahr, alles zu vermasseln. Dann konnte ich nichts mehr tun. Darüber hinaus wollte ich nicht unnötig viele Menschen in Gefahr bringen.

Außerdem hielt Cole das Seil, das mich mit ihm verband, die ganze Zeit über fest in der Hand. Zwar beachtete er mich kaum, sein Blick war starr und entschlossen auf die sich nähernde Mother gerichtet, doch seine Fingerknöchel traten weiß hervor, so stark umklammerte er das grobe Seil.

Ich konnte regelrecht fühlen, wie die Angst in mir anstieg. Sie kroch immer weiter hoch, als wäre ich ein Gefäß, das sich immer weiter mit Angst füllte. Mit jedem Meter, den das Boot zurücklegte. Mit jedem Atemzug, den ich tat. Wahrscheinlich könnte ich nun, wenn ich wollte, meine letzten Atemzüge zählen. Um zu wissen, wie viele es noch waren, wenn ich ans Ende gelangte. Doch ich musste mich auf etwas anderes konzentrieren. Nämlich auf die kommenden Minuten, die mein Schicksal bestimmen sollten. Und besiegeln.

Merkwürdig, wie sehr man hoffen kann, dass beim eigenen Tod alles glattgeht. Wenn man sonst keine Möglichkeiten oder Auswege hat, schrumpft die Welt zu einer winzig kleinen Sache.

Irgendwann konnte ich mich nur noch auf meinen Atem konzentrieren. Meinen Atem und das, was ich zu tun hatte. Niemals hätte ich gedacht, dass es möglich war, solche Angst zu empfinden. Es wäre nicht richtig, zu sagen, dass ich Angst hatte, sondern, dass ich Angst war. Es war das Einzige, was von Zoë Alma Baker in diesem Augenblick noch übrig war. Die Angst und mein Atem.

Ein.

Das Boot stieß mit dem Bug gegen die ausgefahrene Rampe der Mother.

Aus.

Connor und Nick sprangen von Bord und fixierten das Boot mit dem Tau am Schiff. Meine Finger legten sich um das Seil, das mich mit Cole verband. Langsam und so unauffällig ich konnte, zog ich es durch meine Finger zu mir heran.

Ein.

Tisha und Nox folgten ihnen. Nox schenkte mir einen kurzen Blick, und beinahe hatte ich das Gefühl, er ahnte, was nun kommen musste.

»Ich rechne gar nicht damit, dass wir das überleben werden.« Seine Worte hallten mir durch den Kopf. Nun, das tat ich auch nicht mehr. Aber die anderen. Die anderen mussten leben. Sie mussten wenigstens eine Chance haben. Und die wollte ich ihnen jetzt verschaffen.

Aus.

Ich hatte genug Seil zwischen meinen Fingern, um eine Schlaufe zu bilden. Ich hielt sie, so fest ich konnte.

Ein.

Coles Muskeln spannten sich an. Er versuchte aufzustehen. Doch er bemerkte schnell, dass ich ihm nicht folgen wollte.

Aus.

Wütend schnellte sein Kopf herum. »Zoë!« Seine Stimme war eine einzige, direkte Drohung. Unsere Blicke trafen sich. Die anderen, die schon ein Stück die Rampe hinaufgelaufen waren, drehten sich zu uns um.

Ein.

Cole riss an dem Seil. »Komm jetzt!«

Wir starrten einander an. Mein Atem ging so schwer, dass er sich kaum durch meine Nasenlöcher pressen konnte. Ich bekam nicht genug Luft, um mein rasendes Herz mit Sauerstoff zu versorgen. Doch das hier musste ich noch durchziehen. Nur noch das. Dann war es vorbei. Wenn mein Plan aufging, würden Tisha, Cole und Nox nirgendwo hinfliegen. Und dann hatte meine Crew vielleicht eine Chance.

Aus.

Coles Messer blitzte in seiner Hand. Gern hätte er nach seiner Pistole gegriffen, doch um sie entsichern zu können, hätte er mich loslassen müssen, und das kam nicht infrage.

Ein.

»Du willst also nicht mit uns kommen?«, schnarrte er.

Ich schüttelte den Kopf. Oh, ich hätte ihm so viel zu sagen, doch das Klebeband sperrte all die ungesagten Worte in mir ein. Mir blieb nur zu hoffen, dass mein Blick all das transportierte, was ich zu sagen hatte.

Aus.

»Wie du willst«, sagte er und hob seine linke Hand mit dem Messer.

Ich riss die Arme hoch, die Schlinge legte sich um sein Handgelenk, kurz bevor das Messer auf mich niedersauste. Ich spürte einen dumpfen Schmerz in der Brust, doch damit konnte ich mich jetzt nicht befassen. Die Uniform war so konzipiert, dass Klingen ihr nichts anhaben konnten.

Ein.

Vom Schiff konnte ich Schreie hören. Doch alles, was ich sah, war Coles irrer Blick, die aufgerissenen Augen. Ich hielt das Seil fest umklammert. Mein Körper schnellte nach oben und mein Kopf traf Cole hart am Kinn. Dann stürzte ich mich, ohne zu zögern, ins Wasser und riss ihn mit mir von Bord. Hinein in die Tiefe des Sees.

Aus.

Wir waren umgeben von Strudeln, von Rauschen, von lauwarmem Wasser. Cole zappelte, versuchte, sich von mir zu befreien, doch ich ließ nicht los. Wir sanken tiefer und tiefer, weil ich meine Beine und Arme nicht bewegte und Cole nur unkontrolliert zappelte. Er war ein starker Mann, doch ich hatte einen stärkeren Willen. Außerdem zog ihn der Rucksack nach unten, dessen Inhalt sich gerade sicher mit Wasser vollsog und ihn immer schwerer machte. Ich biss die Zähne so hart zusammen, dass ich fühlte, wie der Zahnschmelz absplitterte. Auf keinen Fall würde ich zu früh einatmen, auf keinen Fall würde ich die Erste von uns beiden sein, die Wasser in ihre Lunge ließ. Er durfte mich nicht wieder zurück an die Oberfläche bringen.

Und endlich sah ich, dass sich in seinem Gesicht etwas veränderte. Seine Augen wurden noch etwas größer. Ich musste mich nicht umsehen, um zu wissen, dass die Raptoren gekommen waren.

Cole wurde ganz still. Er versuchte, sich nicht mehr zu bewegen, um die Tiere nicht auf sich aufmerksam zu machen. Doch dafür war es längst zu spät. Zielstrebig und so neugierig wie immer schwammen sie auf uns zu. Dieser Moment der Ablenkung war alles, was ich brauchte. Noch ein einziges Mal sammelte ich alles, was ich hatte. In einer fließenden Bewegung drückte ich seine Hand, die das Messer hielt, nach unten. Die Klinge traf auf seine Haut und ritzte ihn am linken Oberschenkel auf. Sein Blick folgte der Klinge.

Zuerst dachte ich, dass es nicht tief genug gedrungen war. Doch dann sickerte hellrotes Blut aus der Wunde ins Wasser.

Ich schenkte ihm noch einen letzten Blick und presste meine Stirn anschließend gegen seine. Ich wollte, dass er wusste, dass ich ihn verstand. Dass ich ihm verzieh. Und dass es mir leidtat. Dass ich aber trotzdem nicht anders handeln konnte.

Dann gab ich seine Hand frei und stieß ihn, so fest ich konnte, von mir. Wenige Augenblicke später war er von Raptoren umringt. Das Wasser färbte sich rot. Sein Blut war auf einmal überall.

Ich hatte es geschafft. Mein Kopf drehte sich, meine Sinne schwanden. Das Schiff würde auf Keto bleiben. Zusammen mit all der Ausrüstung, die meine Crew brauchte, um den Sendemast zu bauen. Als ich den Blick hob, konnte ich die Sonne sehen, die sich im rötlichen Wasser brach. Es war unwirklich. Und sehr schön.

Ein.

XXI

Etwas Schweres rammte meinen Körper und presste mir das Wasser wieder aus der Lunge. Ich ging davon aus, dass es einer der Raptoren war, und kniff die Augen fest zusammen, weil ich ihn nicht sehen wollte. Ich wollte, dass Sonnenlicht das Letzte war, was ich sah. Wollte nicht die hässlichen Reptilgesichter mit mir nehmen.

Ich wäre lieber ohnmächtig geworden, bevor sie kamen, damit ich nicht mitbekam, wie ihre Zähne meinen Körper auseinanderrissen, doch leider spürte ich alles.

Mein Brustkorb wurde zugedrückt, in meinen Ohren dröhnte und rauschte es.

Um mich herum wurde es immer lauter. Es klang, als wäre der gesamte See in Aufruhr. Zum Teil drangen sogar Schreie an mein Ohr.

Schreie?

Ich konnte nicht widerstehen und öffnete die Augen, doch ich sah überhaupt nichts. Um mich herum war alles schwarz. Eine ungeheuerliche Kraft presste mich zusammen, als hätte man einen Stahlring um meinen Körper gelegt. Meine Arme schmerzten so sehr, dass ich sicher war, mir mindestens einen davon ausgekugelt zu haben. Kurz dachte ich, ich wäre schon tot, weil um mich herum kein Licht war. Aber sagt man nicht, dass man gerade, wenn man starb, eher ein helles Licht wahrnahm? Vielleicht war ich blind geworden?

Allmählich begriff ich, dass ich durchs Wasser gezogen wurde. Jemand oder etwas bewegte mich. Was war hier los? Ich versuchte, mich zu rühren, meine Füße prallten gegen etwas Weiches. Beine. Jemand schwamm. Jemand zog mich aus dem Wasser. War Cole etwa doch noch nicht tot? War Nox ins Wasser gesprungen, um mich nach oben zu holen? Oder Connor? Nick? Das durfte doch nicht wahr sein!

Ich versuchte, wieder einzuatmen, doch die Arme, die meine Brust einschnürten, saßen so fest, dass ich gar nicht atmen konnte.

Schließlich brachen wir durch die Wasseroberfläche. In meinen Ohren knackte es; sie schmerzten höllisch. Direkt neben mir hörte ich ein vertrautes Klicken, jemand zog mir das Klebeband vom Gesicht. Und endlich verstand ich. Die Dunkelheit war gekommen. Meine Nachtaffen hatten mich geholt.

Ich wurde etwas unsanft ans Ufer geworfen, mein Körper prallte auf den harten Boden, und ich fing sofort an, wie wild zu husten.

Hände stützten mich, halfen mir auf, damit ich das Seewasser wieder aushusten konnte. Es fühlte sich an, als würde ich meine gesamte Lunge mit aushusten.

Ein metallisches Geräusch erklang, danach ein Ratschen, und ich fühlte, wie meine Fesseln abfielen. Endlich konnte ich meine Hände wieder bewegen, danach die Füße. Blind griff ich um mich herum. Hände ergriffen meine, hielten sie fest. Mir wurde schwindelig, mein Oberkörper schwankte, und kurz darauf merkte ich, wie einer der Nachtaffen den Arm um mich legte.

Ich wollte sprechen, doch alles, was ich konnte, war flüstern. »Danke, danke, danke!«, flüsterte ich und drückte mich an das Wesen zu meiner Linken, das mich hielt. Dann fing ich vor Erleichterung und Glück an, wie verrückt zu weinen.

Als meine Ohren aufhörten zu rauschen, drangen Laute zu mir durch. Um den See herum war die Hölle los. Ich hörte Schüsse. Ich hörte meinen Namen, meinte, Kips Stimme zu erkennen. Und die Stimme meines Bruders.

»Okay?«, fragte auf einmal eine Stimme dicht an meinem Ohr.

Ich zuckte vor Schreck zusammen. Der Nachtaffe strich mir beruhigend über den Rücken.

»Sprecht ihr unsere Sprache?«, fragte ich ungläubig und hörte wildes Klicken um mich herum.

»Nicht sprechen«, sagte die heisere Stimme. »Hören.«

Ich verstand. Sie hatten die anderen seit Jahren beobachtet und ihnen zugehört. Sie hatten Nox zugehört. Und mir, vergangene Nacht in ihrem Verschlag in der Hütte. Ich hatte doch gewusst, dass sie mich verstanden.

»Okay?«, fragte die Stimme wieder, und diesmal nickte ich.

Zu gern hätte ich meinen Rettern in die Augen gesehen, hätte ihnen zugelächelt, genau gewusst, wie ihre Gesichter gerade aussahen, doch das war eines der Dinge, die mir nicht vergönnt waren. Wenn ich die Gelegenheit bekommen sollte, dann würde ich mir für unser nächstes Treffen ein Nachtsichtgerät mitbringen. So was hatten wir auf der Mother durchaus.

»Okay«, antwortete ich und streckte die Hände aus. Ich spürte, wie ich von vielen Fingern berührt wurde.

»Danke«, sagte ich noch einmal und kam mir komisch dabei vor, doch die Wesen, die alles Mögliche waren, aber ganz sicher keine Affen, klickten wieder.

Aliens hätte sie wohl so manch einer genannt. Ich würde sie von diesem Tag an Freunde nennen.

Ich fühlte, wie eines der Wesen über mein Gesicht strich. Dann verschwanden sie und nahmen die Dunkelheit mit. Wenige Augenblicke später fühlte ich wieder die Sonne auf meiner Haut, blinzelte in ihre hellen Strahlen.

»Zoë?«

Hastig rappelte ich mich hoch und ging auf wackeligen Beinen zum Ufer. Ich sah Tom mit einem Gewehr auf der Mother stehen, während Kip verzweifelt auf dem Boot über den See ruderte und versuchte, herauszufinden, wo ich war. Wieso waren sie hier? Was machten sie da?

Von Cole, Tisha, Nox und den anderen fehlte jede Spur.

Ich riss beide Arme hoch und winkte, dabei schrie ich so laut, wie es meine geschundene Lunge mitmachte: »Ich bin hier!«

Tom und Kip rissen gleichzeitig die Köpfe herum. Kip ruderte sofort in meine Richtung, und zu meinem Schreck sprang Tom, ohne zu zögern, ins Wasser und schwamm mit kräftigen Zügen auf das Boot zu. In wenigen Augenblicken war er bei Kip und stemmte sich hoch. Erleichtert darüber, dass er nicht von den Raptoren geholt worden war, ließ ich mich auf die Knie fallen und wartete auf sie.

Doch sie waren nicht die Ersten, die mich erreichten.

»Zoë!«, schrie jemand hinter mir. Und dann noch eine Stimme und noch eine.

Ich schaffte es kaum, mich aufzurappeln, als mir Jonah

auch schon um den Hals fiel. Dann war Imogene bei mir, dann Katy. Ich weinte und lachte und rotzte und hatte gar nicht genug Arme, um alle an mich zu drücken. Zwei waren definitiv nicht genug.

»Scheiße, Zoë, was sollte das?« Tom riss mich am Arm aus der Menge und starrte mich an.

»Wie konntest du das tun?« Er schüttelte mich, seine Finger hielten meinen Oberarm so fest umschlossen, dass ich sicher fünf blaue Flecken davontragen würde. Zu den unzähligen anderen.

Ich sah ihm in die Augen. Tränen standen darin, er sah verzweifelt und unglaublich geschockt aus.

»Wie konntest du nur ins Wasser springen? Was hast du dir dabei gedacht?«

»Ich …«, stammelte ich, da wurde Tom von Kip zur Seite gestoßen.

»Jetzt lass sie doch erst mal Luft holen!« Auch seine Miene war ernst, aber seine Augen funkelten, und für einen kurzen Augenblick verschwanden alle anderen Menschen um mich herum. Er war hier. Und ich war hier.

Das verstieß gegen sämtliche Wahrscheinlichkeiten.

»Kip«, sagte ich nur, und im nächsten Augenblick war er bei mir.

»Wir dachten, wir hätten dich verloren!« Er schluchzte und drückte mir einen Kuss auf die Stirn. »Wie konntest du nur so dumm sein?«

»Was ist denn überhaupt passiert?«, fragte Katy, die ziemlich außer Atem klang.

»Kurz bevor das Boot die Mother erreicht hat, ist Zoë ins Wasser gesprungen und hat Cole mitgerissen.«

»Wieso ist sie denn ins Wasser gesprungen?«, fragte Katy, und ich ärgerte mich, weil es so klang, als wäre ich überhaupt nicht da. »Weil Cole und die anderen vorhatten, mit der Mother zu verschwinden. Ich wollte euch alle retten. Wenn die Mother abgeflogen wäre, dann wärt ihr gestorben!« Ich klang nicht halb so verärgert, wie ich klingen wollte, was hauptsächlich daran lag, dass ich erleichtert und glücklich und vollkommen fertig war. »Aber das könnt ihr natürlich nicht wissen«, fügte ich hinzu, weil ich mich daran erinnerte, dass sie keine Ahnung hatten.

»Doch«, sagte Imogene nun. »Wir wissen es. Wir wissen alles!«

Ich schenkte Jonah einen fragenden Blick und er nickte. Erst in diesem Moment wurde mir bewusst, dass Kip mich im Arm hielt und Jonah gut einen Meter von mir entfernt stand. Ich erinnerte mich an unser letztes Gespräch und war unendlich dankbar dafür, dass wir nun doch nicht im Streit endeten.

Er sah traurig aus, doch er lächelte mich an.

»Hast du wirklich geglaubt, wir würden dich im Stich lassen?«, fragte er mit hochgezogenen Augenbrauen. »Ist dir wirklich nicht in den Sinn gekommen, wir könnten einen Plan haben, um dich zu retten?«

Irgendjemand hatte eine Wasserflasche aufgetrieben, die Tom mir nun wortlos in die Hand drückte. Er sah immer noch sehr fertig aus, aber sein Gesicht entspannte sich allmählich. Ich trank gierig, ließ mir aber Zeit, weil ich den Moment genießen wollte und froh war, noch nicht antworten zu müssen.

»Du hast wohl wieder gedacht, alles allein machen zu müssen, richtig?«, fragte Jonah und sah mich dabei mit einer Mischung aus Strenge und belustigter Resignation an. Er kannte mich eben doch sehr gut.

Ich nickte. »Was hättest du denn an meiner Stelle gemacht?«, fragte ich. »Hätte ich riskieren sollen, dass die Mother abhebt?«

Jonah schüttelte den Kopf, sagte aber nichts.

»Wir sind ein Team«, warf Imogene ein. »Niemand sollte hier irgendwas allein machen. Und niemand sollte so eine Last tragen müssen, wie du sie getragen hast.«

Ich sah sie an. Auch sie war blass um die Nasenspitze, was bei der Menge an Sommersprossen, die sie im Gesicht trug, eine echte Leistung war. Beinahe hatte ich das Gefühl, ich sähe sie zum ersten Mal.

Seitdem wir Teenager gewesen waren, war viel Zeit vergangen. Mein Blick wanderte zu Katy. Auch sie war eine junge Frau, mit kräftigen Schultern und wachen Augen. Eine Soldatin, eine Kämpferin. Eine Schülerin der HOME-Akademie.

Ich war umgeben von Menschen, die ich fälschlicherweise wie kleine Kinder behandelt hatte. Dabei hätten sie mir helfen können, die ganze Sache hier durchzuziehen. Etwas in mir hatte verhindert, dass ich sie ernst nahm und ihnen vertraute. Wahrscheinlich Arroganz. Und die Angst, missverstanden zu werden.

Doch jetzt war ich froh, dass sie Bescheid wussten. Das würde mein Leben sehr, sehr viel einfacher machen.

»Es tut mir leid, dass ich euch all das verheimlicht habe«, sagte ich und blickte von einem zum anderen.

»Das wird von nun an nicht mehr passieren!«

Kip drückte mich fest an sich und ich schlang meine Arme um ihn. Ich konnte es einfach nicht mehr länger bleiben lassen. Außerdem hatte ich den Eindruck, dass ich umfallen würde, wenn ich mich nicht an ihm festhielt. Ich suchte Jonahs Blick und er lächelte mir leicht zu. Da wusste ich, dass es okay sein würde. Sanft machte ich mich von Kip los und blickte in die Runde. »Wo sind die anderen?«, fragte ich. »Was habt ihr mit Nox und Tisha gemacht? Wo sind Nick und Connor?«

Tom und Kip wechselten einen Blick.

»Ich habe sie eingesperrt«, sagte Tom. »Im nächstbesten Raum. Viel Zeit, um zu entscheiden, hatte ich nicht. Aber ich glaube, es ist okay.«

Unter meiner Uniform vibrierte es und ich zog PIPER heraus. Es war doch nicht zu fassen. Dieses Ding war einfach nicht kaputtzukriegen. Klatschnass und verkratzt, aber sonst vollkommen intakt. Wahrscheinlich hätte es noch die nächsten Jahrzehnte versucht, den Raptoren vom Grund des Sees aus Befehle zu erteilen.

Doch irgendetwas stimmte mit dem Teil trotzdem nicht. Die Worte, die gerade auf dem Display erschienen, ergaben einfach keinen Sinn.

Unter dem grünen Haken, der immer anzeigte, wenn eine Aufgabe in der vorgeschriebenen Zeit erfüllt worden war, blinkte ein einzelnes Wort. »Funkverbindung.«

Ich starrte und starrte. Konnte es einfach nicht glauben. »Funkverbindung«. Was sollte das bedeuten? Kurz darauf erschien in der linken oberen Ecke ein kleiner Satellit.

Fragend hielt ich Jonah das Gerät unter die Nase. Er nahm es entgegen und lächelte leicht.

»Oh, gut«, sagte er. »Sie haben es geschafft, den Sendemast in Betrieb zu nehmen.«

Mein Herz schlug schneller. »Wie bitte?«

»Runa, Paolo, Summer und Juri arbeiten seit gestern Abend daran«, erklärte Jonah trocken.

»Oder hast du geglaubt, ich könnte nicht zwei und zwei zusammenzählen?«

Ich schüttelte den Kopf. »Oh, Jonah. Ich habe schon immer gesagt, dass du Kapitän werden solltest. Und nicht ich.«

Er grinste und zum ersten Mal seit Ewigkeiten war sein Grübchen wieder zu sehen.

»Weißt du was?«, fragte er. »So langsam glaube ich, dass du recht hast.«

XXII

Ich wollte sofort zum Sendemast auf den Hügel klettern, doch da hatte ich die Rechnung ohne meine Crew gemacht. Sie bestanden darauf, dass ich mich von Doc durchchecken ließ, warm duschte, mich umzog und etwas aß. Und ich war ihnen dankbar dafür. Denn meine Eile war eigentlich nur der Tatsache geschuldet, dass ich es hinter mich bringen wollte. PIPER ließ mir für den Erstkontakt mit der HOME-Fundation doch tatsächlich ganze vierundzwanzig Stunden Zeit, was mich einigermaßen erstaunte.

Es tat gut, sauber und satt zu sein, keine Frage, doch die Unruhe, die sich beim Gedanken an Dr. Jen in mir breitmachte, war bald nicht mehr zu ignorieren. Wie sollte ich ihnen gegenüber auftreten? Was sollte ich sagen? Und was würden sie zu uns sagen? Eigentlich wollte ich es gar nicht herausfinden. Aber ich musste.

Es stellte sich heraus, dass die Mother sogar einen Gefängnistrakt hatte. Jonah, Tom und Kip brachten Nick, Connor, Tisha und Nox dort unter. Natürlich zettelte Nox einen leidenschaftlichen Streit darüber an, ob Katze mit zu ihm in die Zelle durfte oder nicht.

Als ich es ihm schließlich erlaubte, weil es mir deutlich lieber war, zu wissen, dass die Schlange sicher eingeschlossen war, hatte er sofort begonnen, uns eine aberwitzige Liste an Dingen zu diktieren, die Katze zum Überleben angeblich brauchte.

Wenn ich Zeit fand, würde ich ihm erzählen, dass es die Nachtaffen waren, die mir das Leben gerettet hatten. Trotz allem, was passiert war, mochte ich Nox irgendwie. Er war mir ans Herz gewachsen.

Der Betrug seiner besten Freunde nagte an Jonah, er weigerte sich, auch nur in die Nähe ihrer Zellen zu gehen. Als hätte er Angst, sich eine Vergiftung einzufangen, wenn er ihnen zu nahe kam. Ich konnte ihn verstehen. Sie waren immer zusammen gewesen, seitdem sie kleine Jungs gewesen waren. Immer das Dreigestirn, unzertrennlich. Und jetzt waren sie bereit gewesen, ihn einfach so zurückzulassen. Das tat mir ja schon weh, wenn ich nur darüber nachdachte.

Tom wurde zeitgleich mit mir nervöser. Fahrig und zappelig. Er war der Einzige, dem es auch nicht schnell genug gehen konnte, zum Sendemast zu gelangen. Und genau wie ich fürchtete er sich mit Sicherheit davor, was wir zu hören bekamen, wenn wir den Kontakt zur Erde herstellten. Was würde passieren, wenn wir erfahren mussten, dass Clemens und Ma nicht mehr am Leben waren? Sie hatten Tom alles bedeutet; es würde ihn wahnsinnig machen zu erfahren, dass er sie nicht hatte schützen können. Insofern waren mein großer Bruder und ich uns sehr ähnlich.

Die ganze Zeit über wich er nicht mehr von meiner Seite. Als hätte er Angst, ich könnte wieder etwas Verrücktes, Dummes tun. Oder einfach ohne ihn aufbrechen. Beides hatte ich nicht vor. Ich würde nie wieder einen von ihnen hintergehen unter dem Vorwand, ihn schonen zu wollen. Wahrheit blieb Wahrheit, und man änderte überhaupt nichts daran, wenn man sie verschwieg.

Genauso wie vor Toms Reaktion fürchtete ich mich vor meiner eigenen, wenn Clemens und Ma tatsächlich tot waren. Ich hatte sie ja gar nicht richtig gekannt. Andererseits waren sie die einzigen Eltern, die ich jemals gehabt hatte. Und sie hatten alles dafür getan, mir zu zeigen, wie sehr ich geliebt wurde. Für meinen Geschmack damals sogar zu sehr.

Die ganze Zeit legte ich mir Worte zurecht. Dinge, die ich sagen wollte, wenn ich mit Dr. Jen sprach. Vielleicht würde ich ja auch nicht direkt mit ihr sprechen, sondern mit jemandem, den ich noch nie zuvor gesehen hatte. Jemand, der das Interface mit entwickelt hatte zum Beispiel. Am liebsten fantasierte ich mir zurecht, dass ich sie anschreien würde für all das, was sie mir angetan hatte, doch das konnte ich mir natürlich nicht leisten. Dafür hatte ich zu viele Fragen. Und ich hatte PIPER. Doch bei der Vorstellung, ihr verbal in den Hintern kriechen zu müssen, drehte sich mir ebenfalls der Magen um. Kip und Tom ahnten, was in mir vorging, ließen mich aber die meiste Zeit in Ruhe.

Jonah schlug vor, einfach aus dem Bauch heraus zu handeln, was bei mir eine klassische Schnapsidee war. Doch darüber hinaus war ich froh, dass sich zwischen uns alles normalisierte. Die vergangenen Tage schienen ihn komplett auf den Kopf gestellt zu haben. Wir verbrachten stundenlang gemeinsam an einem Tisch: Jonah, Tom, Kip und ich. Sie versuchten mir zu helfen und beizustehen. Es tat unheimlich gut, nicht damit allein zu sein. Zwischendurch fragte ich mich, wie die vergangenen Wochen gelaufen wären, wenn ich von Anfang an alle eingeweiht hätte. Allen voran Jonah. Doch so entspannt sich in diesem Augenblick alles anfühlte: Die Gefahr war noch nicht gebannt. Und die Crew wusste es. Die ganze Mother summte vor gespannter Erwartung. Die Frage, wie meine Mannschaft auf den Kontakt mit der Erde reagieren würde, beschäftigte mich. Immerhin kannten sie jetzt alle die Wahrheit.

Zu Beginn hatte ich mit dem Gedanken gespielt, allein zur Sendestation zu gehen – oder eventuell noch mit Jonah, Tom und Kip, um die Lage erst einmal zu sondieren, aber das kam überhaupt nicht infrage. Alle wollten mitkommen. Ich riskierte, dass sie mir oder uns nachschlichen oder irgendwelche Dummheiten machten, wenn ich sie auf dem Schiff ließ.

Klar war allerdings, dass ich mit der HOME-Fundation reden musste, weil ich der Kapitän war. Wenn es um die unangenehmen Aufgaben ging, erinnerten sich alle sehr viel besser daran, dass das so war, als im Zusammenhang mit Privilegien. Aber das war okay. Obwohl ich nicht wusste, was ich sagen sollte, fühlte ich mich meiner kommenden Aufgabe gewachsen. Außerdem hatte ich Angst, dass PIPER die Aufgabe als nicht erfüllt ansehen würde, wenn jemand anderes mit der Erde kommunizierte. Die Erde. Immer, wenn meine Gedanken den blauen Planeten streiften, wurde mir der Hals eng.

Denn was mir am meisten Angst machte, war das, was ich am wenigsten hören wollte. Was, wenn Hannibal recht behalten hatte und ein Krieg über Berlin hinweggefegt war? Was, wenn es die Welt, aus der wir alle kamen, gar nicht mehr gab? Wenn niemand von uns mehr die Möglichkeit hatte, Verbindung zur Familie aufzunehmen?

Mein Kopf brummte vor lauter Fragen, auf die ich keine Antworten wollte.

Wir saßen alle gemeinsam im Speisesaal an einer langen Tafel. Zum ersten Mal waren alle da, wie mir auffiel. Die jüngeren und die älteren Crewmitglieder saßen bunt gemischt beieinander, alle versuchten, sich gegenseitig Halt zu geben. Rivalitäten und Cliquen von früher schienen keinen Platz mehr in unseren Reihen zu haben und das freute mich. Wenn meine Entführung dazu geführt hatte, dass die Crew zu einer festen Einheit zusammengewachsen war, dann war es die ganze Sache wert gewesen. Ich wünschte nur, dass Cole nicht hätte sterben müssen.

Dass ich einen Menschen getötet hatte, nagte an mir. Aber noch schlimmer war, dass es nicht wirklich notwendig gewesen war. Immerhin, so wusste ich jetzt, hatten Kip und Tom in der Mother nur darauf gewartet, dass wir das Schiff betraten. Sie waren bewaffnet und vorbereitet gewesen. Weil Jonah die Falle gerochen hatte.

Wenn ich nicht gedacht hätte, alles im Alleingang lösen zu müssen, wäre Cole jetzt noch am Leben. Doch das hatte ich nicht wissen können. Außerdem hatte ich ihn nicht gezwungen, mich zu entführen. Er war bereit gewesen, mich zu töten. Doch diese Gewissheit half mir leider auch nicht wirklich weiter.

PIPER zeigte an, dass wir nun noch achtzehn Stunden hatten, bis wir die Kommunikation mit der Erde aufnehmen mussten, doch so lange würde ich es nicht hinauszögern. Wenn etwas schiefging, hatten wir noch Zeit zu reagieren, deshalb wollte ich so schnell wie möglich aufbrechen.

»Nach dem Essen machen wir uns auf den Weg«, sagte

ich laut genug, dass meine Stimme durch das Gemurmel drang und von allen gut zu verstehen war. »Wer mitkommen möchte, der kann sich anschließen.« Ich schaute in die Runde. Ihre Gesichter waren müde und wirkten ausgelaugt, ich konnte sehen, wie gut ihnen allen eine ordentliche Portion Schlaf tun würde.

»Wer schlafen möchte, kann natürlich auch nachkommen. Die Koordinaten des Sendemasts hat jeder von euch auf seinem Tablet, der Hügel ist nicht schwer zu finden. Achtet nur darauf, dass ihr immer in Zweiergruppen geht. Keiner geht allein.«

»Was ist mit den Gefangenen?«, fragte Jonah, und seine Kiefermuskulatur arbeitete heftig. Er dachte an Connor und Nick.

Am liebsten hätte ich jemanden abgestellt, um den Gefängnistrakt zu überwachen, doch ich konnte das keinem von ihnen aufbürden. Allein auf dem Schiff zu bleiben, während alle anderen am Sendemast waren.

»Am besten wird sein, wir versorgen sie mit allem, was sie für zwei Tage brauchen. Dann verriegele ich den Trakt mit einem strengen Sicherheitscode. Es sei denn, jemand von euch möchte unbedingt hierbleiben?«

Das Schweigen, das darauf folgte, war absolut. Meine Crew schwieg so eisern, dass ich beinahe lächeln musste. »Wir kommen alle mit«, sagte Katy irgendwann bestimmt. »Und wir gehen alle zusammen.«

Sämtliche Köpfe am Tisch nickten. Ich konnte sehen, wie wichtig ihnen allen diese Sache war. Und sie wussten, wie viel für uns auf dem Spiel stand.

»Gut!«, sagte ich, und obwohl ich so angespannt war,

musste ich breit grinsen, weil ich ihnen ansah, wie sehr sie sich freuten.

»Wir gehen alle zusammen«, sagte ich. »Packt ein, was ihr für 24 Stunden braucht. Essen, Schlafsäcke. Die Techniker rüsten sich bitte aus, falls wir noch etwas reparieren oder justieren müssen.«

»Der Mast funktioniert einwandfrei!«, sagte Juri ein wenig zerknirscht.

Ich erschrak beinahe, weil ich so selten seine Stimme hörte. Seine beiden dunklen Augen sahen mich unter tief hängenden Locken fast beleidigt an.

»Daran zweifle ich ja auch gar nicht«, sagte ich. »Aber in solch einer Umgebung kann immer irgendwas passieren. Hier leben wilde Tiere, die Luftfeuchtigkeit ist sehr hoch und so weiter. Wenn du allerdings bereit bist, im Falle eines Falles zum Schiff zurückzulaufen und das Werkzeug zu holen...« Ich zog die Augenbrauen hoch und sah Juri fragend an. Der presste die Lippen zusammen und schüttelte den Kopf. »Gut«, sagte ich und klang weitaus fröhlicher und zuversichtlicher, als ich mich fühlte.

»Dann treffen wir uns abmarschbereit in einer Stunde an der Rampe.

Ich wandte mich an Jonah und Tom. »Könnt ihr das mit den Gefangenen erledigen?« Die beiden nickten.

»Dann ist es also beschlossen«, sagte ich. »Nehmt genug Wasser mit und holt euch jeder eine Decke aus dem Lager.«

»Das klingt ja, als würden wir ein Picknick machen!«, sagte Summer und grinste. Sie hatte recht. Irgendwie.

»Wir können ja so tun, als wäre es ein Picknick«, schlug ich vor.

»Das wird das erste Picknick meines Lebens«, sagte Runa aufgeregt. Ihre Augen leuchteten.

Der Marsch zum Sendemast glich einem Schulausflug. Ich war sicher nicht die Einzige, die sich während der zweistündigen Wanderung an die Tage an der Akademie zurückerinnerte. Zwar hatten wir keine großen Wanderungen gemacht, weil das allein durch die Grenzen des Interfaces gar nicht möglich gewesen wäre, aber wir hatten vieles immer gemeinsam unternommen. Die Stimmung, die gerade unter uns herrschte, kannte ich zumindest nur von früher. Aus der Zeit davor.

Ich hatte Jonah noch gar nicht gesagt, dass ich stolz und dankbar war, weil er es geschafft hatte, meine Lösegeldübergabe, meine Rettung und die Errichtung des Sendemasts zu organisieren. Er hatte nicht nur die Falle gewittert, sondern auch vorausgesehen, dass wir den Mast aufstellen mussten. Und das alles, obwohl er so wahnsinnig sauer auf mich gewesen war. Vollkommen zu Recht.

Ich ließ den Blick über die Gruppe schweifen und erspähte ihn an der Spitze unserer kleinen Karawane.

Es war etwas mühsam, mich bis zu ihm vorzukämpfen, doch schließlich gingen wir nebeneinander her.

»Hey«, sagte ich, und er lächelte leicht, sah mich aber nicht an.

»Selber hey!«

»Ich habe dir noch gar nicht gesagt, wie stolz ich auf dich bin.«

»Stolz?«

»Ja! Du hast uns wahrscheinlich allen das Leben gerettet.

Wenn der Mast jetzt noch nicht stünde, würden wir es nicht rechtzeitig schaffen!«

»Aber wenn ich dich beim Training nicht so angeblafft hätte und nicht so ein Arsch gewesen wäre, dann wäre das alles vielleicht nicht passiert.«

»Vielleicht«, gab ich zu. »Aber was wenn doch? Dann hätte die Crew niemanden gehabt, der ihnen sagt, was zu tun ist. Und auch in dem Fall wären wir geliefert gewesen.«

»Hm«, sagte Jonah. Er konzentrierte sich voll und ganz auf den Weg, ich konnte sehen, wie wohl er sich hier draußen fühlte. Trotz der Gefahr, die uns immer noch drohte, wirkte er entspannt und selbstsicher. Er war so viel mehr, als ich ihm jemals zugetraut hätte, und viel mehr, als ich jemals in ihm gesehen hatte. Vielleicht hatte meine Anwesenheit in seinem Leben ihn immer gebremst. Erst als ich weg gewesen war, war Jonah zu Höchstform aufgelaufen. Vielleicht war es so oder so besser für ihn, nicht mit mir zusammen zu sein. Vielleicht versuchte ich aber gerade auch nur, mich vor dem Gespräch zu drücken.

»Zoë, ich muss dir was sagen.« Ich drehte den Kopf zu ihm, aber er blickte weiter geradeaus. Auf den Weg.

»Was denn?«

»Du musst mir versprechen, dass du keine Szene machst, okay?«

Ich wurde skeptisch. Wo sollte das denn jetzt hinführen? »Ooooookay«, sagte ich langsam.

»Ich glaube, es wäre das Beste, wenn wir uns trennen würden«, sagte er förmlich, und ich atmete erleichtert aus. In seinem Mundwinkel erschien ein kleines Lächeln.

»Oh«, war erst mal alles, was ich sagen konnte.

»Ich weiß, dass es dir das Herz bricht, und es tut mir ehrlich leid«, sagte Jonah. »Aber ich glaube, du und ich, wir haben uns auseinandergelebt.«

Ich nickte ernst. »Da hast du wohl recht.«

»Halb so wild«, sagte er. »Andere Mütter haben auch schöne Söhne. Du wirst nicht lange allein bleiben.«

»Und was ist mit den Töchtern?«, fragte ich, und nun grinsten wir einander offen an.

»Ach, ich weiß nicht. Vielleicht bin ich noch gar nicht bereit für eine feste Bindung. Du weißt schon. Einsamer Wolf. Ein Jäger. In jeder Stadt ein anderes Mädchen.«

»Wenn du ein Mädchen aus der Crew schwängerst, muss ich dich leider degradieren.«

»Ich dachte, darum ginge es. Kolonialisierung?«

Ich lachte laut auf. Mir war klar, dass Jonah das hier gerade nur tat, um es mir leicht zu machen. Er konnte es nach wie vor nicht gut ertragen, wenn ich litt.

Ich griff nach seiner Hand und drückte sie.

»Danke«, sagte ich leise, und Jonah drückte zurück.

»Es ist okay. Ich hatte die ganze Zeit das Gefühl, als würde ich dich nicht richtig kennen, weißt du? Wenn die Akademie nur virtuell war, was haben wir dann schon gemeinsam durchlebt?«

Ich zuckte die Schultern. »Alles und nichts, schätze ich.«

Er lachte leicht. »Alles und nichts. Genau.«

»Wenn wir das hier überleben, dann können wir uns ja noch mal richtig kennenlernen«, schlug ich vor. »In der echten Welt.«

»Das ist eine gute Idee«, sagte er und nickte. »Ich lerne gern neue Leute kennen!«

Grinsend schüttelte ich den Kopf. Auf die eine oder andere Art würde ich Jonah wohl immer lieben. Es wäre eine Leistung, ihn nicht zu lieben.

Aber eher so, wie ich Tom liebte. Wie einen selbstverständlichen, nicht wegzudenkenden Teil meines Lebens. Einen Teil, den ich nicht küssen wollte.

»Ich würde dir ja den Ring zurückgeben«, sagte ich und erinnerte mich an den Tag, an dem Jonah in der Akademie um meine Hand angehalten hatte.

»Wenn er jemals existiert hätte«, brachte er meinen Satz zu Ende.

»Richtig. Wenn er jemals existiert hätte.«

Wir waren mittlerweile ziemlich außer Atem, weil der Hügel immer steiler anstieg. Es war nun nicht mehr weit bis zur Kuppe. Mein Herz klopfte schneller und schneller, ob vor Anstrengung oder Aufregung, wusste ich nicht zu sagen. Wahrscheinlich war es, wie so oft im Leben, eine Mischung aus allem.

Schließlich erreichten wir die Kuppe, und ich musste einen Augenblick innehalten, um das Bild, das sich mir bot, in mich aufzunehmen.

Der Sendemast erinnerte mich an den Satelliten, der mich beinahe das Leben gekostet hatte. Wie konnte etwas, das so wichtig war, aussehen wie etwas, das ein Kleinkind gebastelt hatte?

Der große Metallmast überragte die Spitze der Bäume und Palmen, die auf dem Hügel wuchsen deutlich. Die Funkeinheit glitzerte in der Sonne, und ich hoffte, dass sie nicht so heiß wurde, dass sie den Geist aufgab.

Juri und Summer machten sich schon an ein paar Kabeln

zu schaffen, die den Mast hinab bis zu uns auf den Boden liefen.

Alles an dem Mast wirkte falsch auf mich. Hier im Dschungel von Keto hatte so was eigentlich nichts verloren. Technik, Metall, Sendemasten. Das gehörte hier nicht her. Doch dieser Mast war nur der Anfang. Es würden Häuser folgen. Straßen womöglich. Die reichen Herrschaften der HOME-Fundation würden ganz sicher nicht in Baumhäusern wohnen, die ab und an von den Ureinwohnern des Planeten heimgesucht wurden.

Ich dachte an die Nachtaffen und mir wurde eng ums Herz. Wir waren drauf und dran, ihre Heimat zu zerstören, alles an uns zu reißen, kaputt zu machen, was über Jahrhunderte friedlich und ungestört gewachsen war. Doch wir hatten keine andere Wahl.

PIPER zeigte vierzehneinhalb Stunden. Ausnahmsweise waren wir wirklich früh dran.

Ich wartete, bis die ganze Crew auf dem Hügel angekommen war und sich auf der kleinen Lichtung rund um den Sendemast eingerichtet hatte. Dann ging ich zu Juri und Summer, die sich mittlerweile noch in Gesellschaft von Runa und Kip befanden. Alle vier waren über ein Tablet gebeugt und unterhielten sich angeregt.

Ich gesellte mich zu ihnen. »Ist alles bereit?«, fragte ich, und Juri nickte.

»Ja. Kinderspiel. Die Frequenz, die wir funken sollen, war schon voreingestellt. Wahrscheinlich wollte hier niemand ein Risiko eingehen.«

»Voreingestellt ist gut«, brummte Kip. »Das Ding kann nur auf einer einzigen Frequenz senden. Man kann es nicht umprogrammieren.«

Das war mal wieder typisch. Ich schnaubte. Sie wollten verhindern, dass wir mit irgendjemand anderem Kontakt aufnahmen. Als hätte ich eine Ahnung, wie wir das machen sollten.

»Irgendjemand könnte es bestimmt.«

»Connor könnte es sicher«, sagte Runa, und ich schüttelte den Kopf.

»Wir müssen sowieso die HOME-Fundation anfunken«, erinnerte ich sie. »Das Risiko, irgendwas zu verändern, würde ich niemals eingehen. Wir können es uns nicht leisten, noch jemanden zu verletzen.«

Sie nickte nachdenklich und sah mit einem Schlag sehr traurig aus. Ich fluchte innerlich. Runa und Anna standen sich sehr nahe. Ich hätte sie nicht daran erinnern sollen, was uns passieren konnte. »Okay«, sagte ich munter. »Erklärt mir, wie es funktioniert!«

Juri lächelte schief. »Das ist denkbar einfach.« Er gab mir das Tablet und ich konnte auf dem Bildschirm ein Mikrofon und einen kleinen Papierflieger sehen. Selbst ein Kleinkind würde begreifen, was es zu tun hatte.

»Was soll ich sagen?«, fragte ich und fühlte mich auf einmal sehr unsicher. »Kann ich nicht einfach ein Grußsignal schicken oder so was?«

Juri schüttelte den Kopf. »Nein, so funktioniert das nicht. Wir sind zu weit weg, um einen offenen Kanal zu etablieren. Du musst eine Sprachnachricht senden und wir warten dann auf ihre Antwort. Stell dir vor, die Satelliten würden miteinander Ping Pong spielen. Sie leiten deine Nachricht weiter. Wie stille Post.«

Ich straffte die Schultern. »Okay!« Dann hielt ich das Tablet direkt vor mein Gesicht und drückte die Aufnahmetaste. »Hier spricht Kapitän Zoë Alma Baker vom Planeten Keto. Bitte kommen.« Ich ließ das kleine Mikrofon wieder los und eine Audiodatei erschien auf dem Display.

Dann sah ich mich um. Die gesamte Crew saß um mich herum verteilt. Manche hatten bereits die mitgebrachten Decken ausgebreitet, andere saßen auf ihren Rucksäcken oder einfach auf der Erde. Alle blickten mit gespannten, erwartungsvollen Gesichtern zu mir auf.

»Fertig?«, fragte ich, und sie nickten. Ohne weiter darüber nachzudenken, drückte ich auf das kleine Papierflugzeug. Die Nachricht verschwand.

Jetzt konnten wir nur noch warten.

XXIII

Kalle hatte sich noch nie für irgendetwas interessiert. Das lag hauptsächlich daran, dass sich auch niemals jemand für Kalle interessiert hatte.

Er blieb lieber für sich, lebte isoliert und weit entfernt von anderen Menschen. Die ganze Welt hatte sich noch nie um ihn gekümmert und sein Leben lang war er der Welt mit derselben Höflichkeit begegnet.

Schon als junger Mann hatte er sich in den Grunewald zurückgezogen. Hier lebte er so weit von Berlin weg, wie es ging. Im Wald konnte man Blätter kauen, wenn man durstig war, und morgens den Tau auffangen. Hier konnte man Pilze und Wurzeln finden, manchmal sogar einen Vogel oder ein Kaninchen fangen. Obwohl die so mager waren, dass es sich eigentlich gar nicht lohnte.

Kalle war immer froh gewesen, dass die Menschen keine Ahnung hatten, wie man außerhalb der Städte überlebte. Die meiste Zeit hatte er seine Ruhe und das war auch gut so.

Manchmal waren sie in den Wald gekommen, um selbst

Essen zu suchen, doch bis zu ihm waren sie eigentlich nie vorgedrungen.

Kurz gesagt: Er war am liebsten allein und hätte nicht gedacht, dass ihn das Schicksal anderer überhaupt berühren konnte.

Doch als die Bomben gefallen waren, war er auf einen hohen Baum geklettert, hatte alles mit angesehen und eine ganze Weile geweint. Einfach, weil es sein Herz zerrissen hatte. Manchmal dachte man, dass man etwas hasste, bis man begriff, dass es in Wahrheit Liebe war.

So war das mit Kalle und Berlin.

Trotzdem war er danach noch weiter weggegangen. Der Staub, der aus der Stadt gekommen war und sich auf die Pflanzen gelegt hatte, hatte ihnen die Luft zum Atmen genommen. Alles war grau und kaputt und tot im Grunewald. Aber Kalle wollte sowieso nicht so nah an einem Ort leben, an dem es so viel Tod gab. Das war ihm unheimlich.

Er hatte seine sieben Sachen gepackt und war durch Brandenburg gezogen, auf der Suche nach einem Platz, an dem er bleiben konnte.

Und so hatte er eines Tages den Bunker gefunden.

Er wusste, dass es irgendwie nicht richtig war, aber trotzdem stieg er beinahe täglich durch den schmalen Schacht, den er unter einer dicken Eiche entdeckt hatte, in die gewaltige Anlage unter der Erde hinab.

Er wollte gar nicht wissen, was es war und wozu es gut war. Der Geruch allein verriet ihm schon mehr, als er überhaupt jemals erfahren wollte.

Doch so fiel es ihm auch leichter, das Lager auszuräumen. Hier unten gab es so viel mehr, als er sich jemals erträumt hätte. Direkt am ersten Abend, nachdem er den Bunker gefunden hatte, hatte er ein Festmahl veranstaltet. Mit luftgetrocknetem Schinken, Kaviar und Champagner. Am nächsten Morgen hatte ihm der Schädel gewaltig gebrummt. Was ihn wunderte. Kalle hatte immer gedacht, dass Champagner zu teuer war, um einen Brummschädel zu verursachen. Nun, da hatte er sich getäuscht.

Das Tollste am Bunker war sowieso das Frischwasser. Nach und nach begann er, sich immer weiter umzusehen. Hier unten gab es wirklich alles, es war völlig verrückt, dass jemand so was unter der Erde gebaut hatte. Das konnten nur sehr, sehr reiche Leute überhaupt bewerkstelligen. Geholfen hatte es ihnen jedenfalls offensichtlich nicht.

Kalle blieb nie lange unten und er ließ immer die Luke offen. Und nicht nur wegen des Gestanks, der im Bunker herrschte, sondern auch, weil er das Gefühl hatte, es gäbe nicht genug Sauerstoff hier unten. Deshalb versuchte er auch immer, sich nicht allzu weit von seiner Einstiegsluke zu entfernen.

Kalle liebte und hasste den Bunker. Einerseits versorgte er ihn mit Nahrung und Wasser. Auf der anderen Seite war er unheimlich und düster und falsch.

Und dann, eines Tages, als er wieder einmal unten war, um Essen zu holen, hörte er eine Stimme.

Sie kroch durch die Korridore wie kalter Rauch, ließ ihn schlagartig vergessen, warum er gekommen war, und fluchtartig den Bunker verlassen.

Ein Geist, dachte Kalle. Da unten wohnt ein Geist!

 XXIV

Wir warteten auf Antwort, doch es kam keine. Ich entfernte mich kaum vom Tablet, aus Angst, die Antwort einfach zu verpassen, auch wenn das lächerlich war. Inzwischen waren nur noch zweieinhalb Stunden übrig. Ich hatte Juri gebeten, meine Nachricht alle fünfzehn Sekunden zu senden, weil ich dachte, dass irgendjemand irgendwann bemerken musste, dass wir sendeten.

PIPER machte mich in regelmäßigen Abständen darauf aufmerksam, dass ich allmählich mit der Erde kommunizieren müsste, damit ich meine Aufgabe rechtzeitig erfüllte. Als ob ich das nicht wüsste.

Ich saß auf dem Boden, die Arme um die Knie geschlungen, und dachte über die Angst nach, die seit meinem Erwachen in mir schlummerte: Was war, wenn es die Erde nicht mehr gab? Was, wenn dort niemand mehr war, der uns antworten konnte?

PIPER hatte keine Ahnung, dass es einen Krieg gegeben hatte, PIPER interessierte nur, was programmiert worden war. Wenn die letzte Stunde anbrach, würde ich versuchen, PIPER zu zerstören. Ich wusste, dass ich uns damit vielleicht alle umbrachte, aber was sollte ich tun? Schließlich konnte ich es nicht unversucht lassen.

Kip kam zu mir herüber und setzte sich neben mich.

»Wie lange noch?«, fragte er, und ich blickte auf PIPER. »Hundertzweiundvierzig Minuten«, antwortete ich, und Kip nickte. Ich lehnte meinen Kopf an seine Schulter und er ergriff meine Hand. Mir war nach Heulen zumute, aber das durfte ich jetzt nicht. Die anderen beobachteten uns. Immer wieder schaute jemand zu mir herüber. Sie orientierten sich an mir. Solange ich ruhig blieb, blieben sie es ebenfalls. Wenn ich anfing, die Nerven zu verlieren, würden auch sie die Nerven verlieren.

»Was mache ich bloß?«, flüsterte ich.

»Ich habe keine Ahnung«, antwortete Kip.

»Warum muss diese Aufgabe unbedingt mit einer Antwort abgeschlossen werden? Reicht es nicht, wenn wir senden?«

Kip seufzte. »Ihnen war doch schon immer egal, was mit uns ist. Für sie zählen nur sie selbst. Und das bekommen wir mal wieder zu spüren.«

Ich nickte. »Was, wenn niemand antwortet?«, fragte ich leise. »Was, wenn niemand mehr da ist?«

Er küsste meine Schläfe. »Du meinst, wenn wir die letzten Menschen wären?«

Ich nickte. Das war eine Vorstellung, die ich gar nicht erst zulassen wollte. In meinem Kopf erschien es unmöglich, aber ich wusste, dass es nicht unmöglich war. Es gab Atombomben. Es gab Mikrowellenbomben. Die Menschheit war durchaus in der Lage, sich komplett auszulöschen.

»Nun«, sagte Kip. »Dann hätten wir noch ein paar schöne Stunden miteinander gehabt.«

Mir wurde kalt, obwohl die Sonne wie immer vom Himmel auf uns herabknallte. Ich drückte mich fester an Kip und er nahm mich in die Arme.

»Jede Minute zusammen ist kostbar«, sagte er, und ich nickte. Sprechen konnte ich nicht mehr, es gelang mir gerade noch so, mich zusammenzuhalten.

Die anderen saßen auf einer großen Insel auf Decken ein bisschen weiter weg. Zu Beginn hatten sie noch gegessen und miteinander geplaudert, doch die Picknickstimmung war längst verflogen. Jetzt gaben sie einander nur noch Halt.

Bei diesem Anblick dachte ich unweigerlich an ein Kartenhaus. Es stand überhaupt nur, weil schiefe, dünne Pappkarten sich gegenseitig stützten. Man konnte riesige Gebilde mit ihnen bauen. Und ein Windhauch konnte alles zum Einsturz bringen.

Wir lehnten uns alle aneinander. Dünn und schwach und trotzdem zuverlässig. Und wir warteten, dass der Wind kam, uns alle fortzutragen.

# XXV

Okay, er hatte definitiv die Nerven verloren. Er glaubte doch eigentlich nicht an Geister, verflucht. Und er war so lange immer wieder da unten gewesen, um sicher zu sein, dass dort niemand mehr war. Klar, der Bunker war groß, aber man hätte ihn hören müssen. Er war nie vorsichtig gewesen, weil er nie Angst gehabt hatte, entdeckt zu werden. Hier draußen war schon ewig kein anderer Mensch mehr gewesen. Doch wo könnte die Stimme sonst hergekommen sein?

Kalle wusste es nicht, doch er beschloss, es herauszufinden. Vielleicht war es dumm und leichtsinnig, doch er hatte entschieden, dass er mit der Gefahr weit besser leben konnte als mit der Frage, wo die Stimme herkam.

Er riss sich zusammen und kletterte wieder den Schacht hinab. Im Bunker angekommen, folgte er der Stimme, die in regelmäßigen Abständen erklang. Es war die Stimme einer jungen Frau.

Kalle folgte ihr sehr lange. Manchmal schlug er die falsche Richtung ein und die Stimme wurde wieder leiser. Manchmal wurde der Gestank so unerträglich, dass er nicht weitergehen wollte. Trotzdem fand er in einem Zimmer ein paar Leichen. Drei Männer in Anzügen. Jedenfalls glaubte Kalle, dass es Männer waren. Wegen der Anzüge und weil sie offensichtlich teuren Schnaps getrunken und Zigarren geraucht hatten, während sie gestorben waren. Was war das hier? Eine Selbstmord-Party?

Um sicherzugehen, dass er nicht erstickte, öffnete Kalle sämtliche Luken, an denen er vorbeikam. Es waren ziemlich viele. Manche waren Ausstiege, so wie der, durch den er immer reingekommen war, bei anderen handelte es sich um kleine Kippluken.

Doch mit der Zeit konnte er die Stimme immer klarer hören. Er hatte beinahe das Gefühl, das Mädchen riefe nach ihm.

Ein Teil von ihm hatte immer noch Angst, in eine Falle zu tappen, aber was sollte das sein? Wer sollte einem Mann wie ihm schon Böses wollen? Außerdem war er bewaffnet. Denn Waffen gab es im Bunker ebenfalls genug. Ihm konnte gar nichts passieren.

Irgendwann gelangte Kalle an eine Tür, hinter der die Stimme laut und deutlich zu hören war.

Er drückte die Klinke hinunter und hatte schlagartig das Gefühl, in der Zukunft gelandet zu sein.

Der gesamte Raum war voll mit Computern. Bildschirm reihte sich an Bildschirm. Sie waren alle schwarz, bis auf den Bildschirm eines kleinen Tablets. Und aus diesem Tablet ertönte die Stimme, die er gesucht hatte.

»Hier spricht Kapitän Zoë Alma Baker vom Planeten Keto. Bitte kommen.«

Kalle stand wie angewurzelt da. Hatte er eben richtig

gehört? Hatte sie Kapitän gesagt? Hatte sie Planet gesagt? Er schüttelte den Kopf.

Träumte er etwa? Neben der Tür, direkt unterhalb des Lichtschalters, entdeckte er noch einen zweiten Schalter. Mit ihm sprangen die Computer an. Alle gleichzeitig, als hätte er sie aus einem langen Schlaf geweckt.

»Hier spricht Kapitän Zoë Alma Baker vom Planeten Keto. Bitte kommen.«

Vorsichtig trat Kalle an das Tablet heran. In roter Leuchtschrift blinkten darauf die Worte »Antwort verfassen«. Er nahm das Gerät aus der Halterung und blies den Staub vom Display. Es war so viel, dass er kurz husten musste. Die Stimme erklang noch einmal. Diese Nachricht war eindeutig aufgezeichnet worden und wurde nun in Endlosschleife abgespielt. Oder gesendet?

Kalle konnte sich nicht vorstellen, dass die junge Frau tatsächlich noch lebte, dass sie auf einem anderen Planeten lebte, dass er mit ihr kommunizieren könnte. Aber er war bis hierhergekommen, da würde er jetzt ganz sicher keinen Rückzieher machen.

Kalle hob seinen Finger und drückte auf »Antworten«.

 XXVI

Noch eine halbe Stunde. Kip hatte mich überzeugt, nicht zu versuchen, PIPER zu zerstören. Denn wenn die Systematik beibehalten wurde, dann würde erst einmal nur einer von uns mit einem Stromschlag bestraft, und Doc hatte Anna immerhin wiederbeleben können. Er hatte recht. Doch ich wusste nicht, wie lange ich das noch ertragen würde. Wie lange ich zusehen und warten konnte, bis ich den Verstand verlor.

Ich saß ganz still, und trotzdem hatte ich das Gefühl, ein wildes Tier geschluckt zu haben. In mir rumorte es, es war, als liefen Wellen durch meine Gedärme wie bei stürmischer See.

Kopfschüttelnd dachte ich daran, dass ich noch nie das Meer gesehen hatte. Ich hatte Bilder davon gesehen. Ich hatte darüber gelesen. Hatte mir sogar Videos angesehen und auch in ein paar Simulationen war ein Ozean vorgekommen. Aber ich hatte noch nie das Meer gesehen. Dieser Gedanke machte mich unheimlich traurig.

Überhaupt hätte ich die Erde so gern richtig kennengelernt. Die reichen Staaten im Norden. Die trockenen Länder im Süden. Natürlich wusste ich, dass im Süden nicht mehr viel vom einstigen Leben übrig war, doch sicher hätten mir die Orte eine Ahnung davon gegeben, wie es früher einmal gewesen war. Ich hätte es wirklich gern gewusst.

Ich war ein Mensch und hatte doch nur wenig Ahnung davon, was das eigentlich bedeutete. Aber wer wusste das schon?

Kip und ich saßen nebeneinander und dösten ein wenig. Vor einer Stunde war ein Tier am Rand der Kuppe aufgetaucht und hatte angefangen zu grasen. Es war eines der »Schweinhörner«, denen man immer wieder auf dem Planeten begegnete, und irgendwie bildete ich mir ein, dass es Kali war. Sie war das am wenigsten menschenscheue Schweinhorn.

Kurz schoss mir durch den Kopf, dass ich Nox unbedingt fragen musste, wie er diese Spezies nannte. Hunde vermutlich. Dann dachte ich, dass ich vielleicht keine Gelegenheit mehr bekommen würde, das zu tun.

Unter meinen Fingern vibrierte es. Das tat es ständig, PIPER gab jetzt alle zehn Minuten ein Warnsignal ab. Trotzdem öffnete ich die Augen und schielte auf das Display. Und war mit einem Schlag hellwach.

Auf PIPER blinkte ein grüner Haken. »Verbindung hergestellt« stand darunter.

Hastig rappelte ich mich hoch und stürzte auf das Tablet am Sendemast zu. Als wäre eine Bombe geplatzt, schnellten auch alle anderen auf ihre Füße. Wo vorher eine gewisse hoffnungslose Erwartung gewesen war, flirrte auf einmal alles vor lauter Aufregung.

Tatsächlich war eine Nachricht bei uns eingegangen. Schweiß lief mir die Stirn hinab, und meine Finger zitterten wie verrückt, als ich auf das Symbol zum Abspielen drückte. Eine heisere, männliche Stimme erklang. Sie sagte nur ein einziges Wort: »Hallo?«

XXVII

Keto: Hallo. Hier ist Zoë Alma Baker. Mit wem spreche ich?
Erde: Mit Kalle. Kalle Urban.
Keto: Welche Position bekleiden Sie?
Erde: Position?
Keto: Welchen Dienstgrad haben Sie?
Erde: Keinen. Ich bin einfach nur ich.
Keto: Wieso antworten Sie auf meine Nachricht?
Erde: Na, weil ich sie gehört habe.
Keto: Sie sind im Bunker?
Erde: Ja.
Keto: Wo sind die anderen? Was ist mit der HOME-Fundation passiert?
Erde: HOME-Fundation?
Keto: Die Organisation, der der Bunker gehört, in dem Sie sich befinden. Wo sind die anderen?
Erde: Ich kenne keine Organisation. Ich bin ein einfacher Mann, der versucht, zu überleben.
Keto: Es müssten Menschen in dem Bunker leben. Menschen, mit denen ich dringend sprechen muss, verstehen Sie?

Erde: Es tut mir leid, Fräulein, äh, Kapitän. Aber hier lebt niemand mehr.

Keto: Was soll das heißen?

Erde: Dass hier in dem Bunker niemand mehr am Leben ist. Die sind alle tot.

Erde: Hallo?

Erde: Hallo?

Erde: Sind Sie noch da?

Keto: Was ist passiert?

Erde: Sie müssen lauter sprechen, ich verstehe Sie nicht!

Keto: Was ist passiert?

Erde: Ich weiß nicht. Aber wenn Sie mich fragen, ist irgendwas mit der Stromversorgung hier mächtig in die Hose gegangen. Die sind wahrscheinlich alle erstickt.

Keto: Was ist mit dem Rest der Welt?

Erde: Es war schlimm, aber ich bin ja auch noch da. Schätze, wenn ich noch da bin, werden ein paar andere auch noch da sein.

Keto: Tun Sie mir bitte einen Gefallen. Sehen Sie irgendwas um sich herum, das den Namen PIPER trägt?

Erde: Hier ist ein Computer, auf dem PIPER-Kontrollsystem steht.

Keto: Können Sie ihn bedienen?

Erde: Ich kann es versuchen.

Keto: Bitte. Das PIPER-Programm tötet Menschen. Es muss abgeschaltet werden.

Erde: Wieso tötet es Menschen?

Keto: Ich verspreche, dass ich Ihnen alles erklären werde, aber jetzt schalten Sie bitte PIPER ab. Es ist überlebenswichtig.

Erde: Ich versuche es.

XXVIII

Der Bildschirm von PIPER wurde schwarz. Mir wurde schwarz vor Augen. Ich klappte zusammen und fühlte, wie ein paar starke Arme mich auffingen. Wie ich zu den Decken getragen wurde und anfing zu weinen.

Wie sich die anderen an mich drückten und mit mir weinten.

Ich weiß nicht einmal, warum ich weinte. Ob aus Glück und Erleichterung oder aus Trauer und Angst.

Auf jeden Fall weinte ich, weil alles vorbei war.

 An manchen Tagen wünschte Kalle sich, niemals in den Bunker gestiegen zu sein, aber meistens war er froh darüber. Kapitän Zoë hatte ziemlich viele Fragen und Ansprüche, er hatte praktisch überhaupt keine Ruhe mehr, und viele ihrer Wünsche standen im krassen Gegensatz zu seinen. Aber das erste Mal im Leben hatte er das Gefühl, etwas von Bedeutung tun zu können.

Er konnte nicht behaupten, dass er begriff, was da gelaufen war oder was hier noch immer lief, aber er hatte beschlossen, Zoë und ihrer ›Crew‹, wie sie es nannte, zu helfen. Das waren doch alles noch Kinder, auf wen sollten sie sich denn sonst verlassen, wenn nicht auf ihn? Die piekfeinen Pinkel, die da tot im Bunker lagen, hatten sie jedenfalls auf ganzer Linie im Stich gelassen, so viel stand fest. Er wollte es anders machen. Mehr als ein Dutzend Mal hatte er darüber nachgedacht, den Bunker wieder zu schließen und wegzugehen, doch er konnte einfach nicht. Man konnte vieles behaupten, doch er hatte ein gutes Herz.

Außerdem war er viel zu lange allein gewesen. Die Gespräche mit Zoë hatten ihm vor Augen geführt, wie lange er nicht mehr gesprochen hatte. Wie lange er niemanden mehr gesehen hatte. Und dass er nicht wusste, ob es noch Leben in Berlin und im Rest von Deutschland gab.

Das war auch der Grund, warum er irgendwann beschloss, Zoës Bitte Folge zu leisten und nach Berlin zu gehen. Um jemanden zu finden, der ihr noch besser helfen konnte als er. Der in der Lage war, ihr all die Fragen zu beantworten. Kalle war nur ein Mann, der viele Jahre lang im Wald gelebt hatte. Was wusste er denn schon?

Logbuch von Kapitän Zoë Alma Baker, 180. Eintrag

Wieder ein langer und anstrengender Tag am Sendemast, aber auch ein guter. Ein sehr guter sogar.

Sie haben den Rest der Crew gefunden. Und unsere Eltern. Sie sind noch am Leben.

Es ist nicht so, dass Interimskanzler Wasler meiner Bitte, sie zu suchen, endlich nachgekommen wäre. Sie haben sie zufällig gefunden. Teil der Wiederaufbaumaßnahmen ist die Suche nach medizinischer Ausrüstung und Medikamenten. Die Überlebenden sind schließlich auch darauf angewiesen.

Ganze Teams suchen in den Großstädten nach Krankenhausruinen und durchkämmen sie nach Brauchbarem. Natürlich wurde auch die Charité durchsucht. Es muss schrecklich gewesen sein. Die Charité war eines von Europas größten Krankenhäusern.

Bevor die Quarantänekeller unter dem großen Bettenhaus in Berlin Mitte gebaut worden waren, gab es eine unterirdische Quarantänestation unter dem alten Virchow-Klinikum im Wedding. Da sie schon im Krieg als Notstation fungierte, war sie wie ein Bunker errichtet. Dort hat man sie gefunden. Sie sind in Sicherheit und haben alles verschlafen. Ich will mir nicht vorstellen, was in ihren Köpfen vorgeht, wenn sie aufwachen. Berlin, so wie sie es kannten, existiert nicht mehr.

Wasler und ich sind übereingekommen, sie erst einmal schlafen zu lassen. Eine Handvoll Wissenschaftler arbeitet gerade daran, das Akademie-Interface wieder herzustellen. Der Server befand sich im Bunker und ist somit relativ intakt, aber der gigantische Stromschlag, der die Lüftung des Bunkers außer Kraft gesetzt haben muss, hat auch den Server beschädigt. Wenn alles wiederhergestellt ist, können Tom und ich unsere Eltern wiedersehen. Ich werde ihnen und den anderen erklären, was passiert ist. Ich werde sie vorbereiten. Wir werden sie jederzeit im Interface treffen können, was beinahe genauso gut ist, wie einander im echten Leben zu sehen. Ich kann gar nicht abwarten, es Tom zu erzählen. Er ist mit Kip und Jonah im Lager der Nachtaffen. Alle drei sind besessen von den Ureinwohnern dieses Planeten und besuchen sie oft. Mit Nachtsichtgeräten ist das kein Problem. Ich kann mir noch gar nicht ausmalen, was sie uns alles beibringen können.

Ihr Lager ist der Wahnsinn. Es ist eine komplette Stadt unter der Erde und in weitverzweigten Höhlen. Dort haben sie eine komplexe Infrastruktur geschaffen. Ihre Küche ist fantastisch; alles, was sie zubereiten, schmeckt großartig. Wir versuchen, uns gegenseitig unsere Sprachen beizubringen. Es wird eine Weile dauern. Aber wir sind sicher noch lange hier. Ich diskutiere mit Wasler die meiste Zeit darüber, welchen Nutzen wir aus dieser Mission ziehen können. Natürlich ist es für ihn verlockend, die Erde hinter sich zu lassen, da Zentraleuropa beinahe völlig zerstört ist. Die Städte sind nur noch Trümmerhaufen.

Ich bin der Meinung, dass wir uns hier nicht einfach ausbreiten können, wie wir wollen. Wir sind Gäste auf diesem Planeten, es wird die Menschheit nicht weiterbringen, wenn wir einfach den nächsten Planeten kaputt machen. Wenn andere Menschen herkommen, dann nur unter bestimmten Bedingungen.

Es macht Wasler beinahe verrückt, sich von einer jungen Frau derart auf der Nase herumtanzen zu lassen, aber er kann daran überhaupt nichts ändern. Ich bin diejenige mit dem Raumschiff. Wenn ich nicht einverstanden bin, dann hebt die Mother nicht ab. Basta. Ich bin es leid, mir von anderen sagen zu lassen, was ich zu tun habe.

Wir haben PIPER zerstört, als es abgeschaltet war. Paolo hat auch das PIPER-Steuerungssystem innerhalb der Mother gefunden und kurzerhand komplett rausgerissen. Nicht dass irgendjemand noch mal auf dumme Gedanken kommt. Wir sind die erste Crew der Mother, wir lassen uns nicht mehr von anderen herumkommandieren.

Sollte das Schiff noch einmal abheben, werde ich Nick und Connor mitnehmen, so viel steht fest. Es gibt keine Chance, dass sie sich wieder hier ins Team integrieren. Tisha und Nox habe ich mittlerweile freigelassen. Nox interessiert sich nur für seine Arbeit, er macht sich nützlich, und Tisha ist zwar sehr schweigsam und vorsichtig, aber auch sie versucht, sich einzubringen.

Es ist eine wirklich merkwürdige Ironie, dass der Kurzschluss im Bunker wahrscheinlich die ganze Welt gerettet hat.

Fast alle europäischen Staatsoberhäupter waren Teil der HOME-Fundation gewesen und hatten sich verkrochen, als der Krieg begann. Sie sind direkt nach der zweiten Offensive erstickt, und als das Militär keine Befehle mehr bekam und niemand der Staatsoberhäupter von Italien und Spanien habhaft werden konnte, haben die Kämpfe aufgehört. Die Soldaten begannen sofort, anderen aus den Trümmern zu helfen.

Der Mensch ist doch ein merkwürdiges Lebewesen. Wir tun verdammt viel Schlechtes, wenn wir dazu gezwungen werden, und verdammt viel Gutes, wenn man uns lässt. Wenn wir zusammenarbeiten. Einander vertrauen. Was alles möglich ist, lässt mich an eine zweite Chance für die Menschen in Europa glauben.

Die nördlichen Länder haben großzügige Unterstützung versprochen. Wasler hat mit den Interimskanzlern von Italien und Spanien Bündnisse geschlossen. Was übrig ist, wird zusammengeschmissen.

Es ist merkwürdig, von alldem so abgeschnitten zu sein, aber ich habe hier auch genug zu tun. Trotzdem würde ich mich lieber auf der Erde am Aufbau beteiligen; manchmal fühle ich mich wie in einem surrealen Feriencamp. Kip meint, mein Gehirn sei es nur einfach nicht gewohnt, nicht unter Druck zu stehen, und vielleicht hat er recht. Denn solange die Verhandlungen mit Wasler darüber, was mit uns und Keto geschehen soll, noch nicht abgeschlossen sind, müssen wir nicht arbeiten. Wir tun es natürlich, wenn wir Lust haben, trainieren miteinander, bauen Hütten, helfen den Ureinwohnern.

Ich suche noch immer nach der richtigen Bezeichnung für sie. Mittlerweile wissen wir, wie sie sich selbst nennen, aber das kann keiner von uns aussprechen. Paolo nennt sie

›Otros‹ - die anderen. Diese Bezeichnung setzt sich allmählich durch.

Natürlich bin ich froh, dass es uns allen gut geht. Selbst Sabine und Anna erholen sich allmählich, aber Doc macht immer noch eine ziemlich große Sache daraus und bewacht sie wie eine Glucke. Wenn niemand krank ist, so denke ich manchmal, fühlt er sich einsam. Auch wenn das natürlich Quatsch ist. Er ist ein Roboter. Aber ich habe ihn unheimlich gern. Doc ist was ganz Besonderes.

Nachts liege ich oft wach und grübele darüber, ob ich auf die Erde zurückmöchte oder nicht. Meine Crew ist hier auf Keto sehr glücklich, aber ich sehne mich oft nach Berlin. Auch wenn ich weiß, dass es eigentlich nicht mehr existiert. Ich möchte Clemens und Ma in die Arme nehmen, möchte herausfinden, ob von Akalins Familie noch jemand am Leben ist, möchte meinen Eltern ein kleines Häuschen bauen. Außerhalb Berlins, im Grünen, wo es für Mas Lunge besser ist. Und ich würde gern Coles Tochter finden, wenn sie noch lebt. Möchte ihr sagen, dass ihr Vater bei dem Versuch, wieder nach Hause zu gelangen, gestorben ist.

So vieles liegt noch vor mir und manchmal macht mich die Fülle an Möglichkeiten ganz verrückt. Ich kann mich jetzt entscheiden, was ich tun und was ich lassen möchte. Ich kann »Nein« sagen, ein Wort, das nach wie vor komisch schmeckt. Aber es fällt mir immer leichter, es auszusprechen. Wasler ist ein Mensch, mit dem man es ganz wunderbar üben kann.

Vielleicht fliege ich zur Erde zurück und bleibe dort. Vielleicht komme ich mit ein paar Hundert Menschen an Bord wieder zurück. Vielleicht gründe ich mit Kip eine Familie auf Keto, und wir lassen unsere Kinder mit den Kindern der Otros spielen, während wir die ganze Zeit im Schatten in gemütlichen Hängematten baumeln. All das könnte ich tun. Ich kann mich für das eine, das andere oder etwas völlig Neues entscheiden.

Ich weiß das, doch fällt es mir immer noch schwer, es zu begreifen. Dass ich frei bin. Ein freier Mensch. Ein Mensch, der liebt. Ein Mensch, der glücklich ist.

HOME

Das Erwachen & Die Mission

Konzeption: Jonah Schwarz
Programmierung: Jonah Schwarz und Tony Carter
Produktion: NeuroLink Solutions & CrystalClear Images
Kompatibilität: Virtual Station 10.8 oder aktueller
(c) 2045 NeuroLink Solutions. All rights reserved.

Wir hoffen, Sie haben unser Programm genossen und würden uns freuen, Sie in Kürze in einer unserer anderen Welten begrüßen zu dürfen. Eine Traumreise nach Hawaii für die ganze Familie ist genauso möglich wie die Teilnahme an der Schlacht um Jerusalem oder der Besuch der Hogwarts-Schule für Hexerei und Zauberei.

Bis zum nächsten Mal –
in Ihrem NeuroLink Virtual Reality Park.

Bitte bleiben Sie sitzen, bis einer unserer Mitarbeiter Ihren Kreislauf untersucht hat. Denken Sie daran, dass die nächsten zwei bis drei Stunden Wahrnehmungsstörungen auftreten können. Führen Sie kein Kraftfahrzeug und legen Sie keine Prüfungen ab.
Unsere Programme sind nicht geeignet für Kinder unter zwölf Jahren oder Ärzte im Bereitschaftsdienst.

Every world is our world. NeuroLink.

XXXI

Ich zog mir den Helm vom Kopf und stöhnte, während ich ins Licht blinzelte.

Zum Glück stand Jonah neben meinem Sessel und blockierte etwas von den grellen Strahlen. Trotzdem hasste ich es, wenn er so auf mich herabblickte. Dann fühlte ich mich immer so klein.

»Du musst Hakan wirklich, wirklich sagen, dass er die Lampen auswechseln soll«, knurrte ich, während Jonah mit den Neonröhren an der Decke um die Wette strahlte. Dabei tippelte er von einem Bein auf das andere, als müsste er aufs Klo.

»Und?«, fragte er und klang so außer Atem, wie ich mich fühlte.

Ich drückte ihm den Helm und die Brille in die Hand.

»Krass«, sagte ich, und er grinste noch breiter. Ich hätte nicht für möglich gehalten, dass das überhaupt ging. »Deine bisher Beste, würde ich sagen.«

Jonah stieß mit der rechten Faust in die Luft. »Ja! Ja! Ich wusste es! Dieses Jahr bekomme ich den Bonus.«

Ich sah ihn prüfend an. »Kann sein. Aber deine Virtuals sind immer ziemlich heftig, Jonah. Ich weiß nicht, ob sich jeder davon unterhalten fühlt.«

Er schob die Unterlippe vor. »Ich versuche, ein Abenteuer zu kreieren, das den User intellektuell fordert und unterhält«, sagte er trotzig.

Es stimmte schon. Was Jonah draufhatte, konnte sonst kein Designer leisten. Seine virtuellen Realitäten waren so lebensecht, dass es die einzigen waren, die man irgendwann für die Realität hielt. In meiner Zeit als Betatesterin bei NeuroLink hatte ich schon Hunderte Realitäten getestet. Sie kamen alle nicht an die Kreationen von Jonah heran. Und das machte seine Welten ja so gruselig. Doch das wollte ich Jonah nicht sagen. Er war ohnehin schon abgehoben genug.

»Ich habe aber noch ein paar Fehler gefunden«, erklärte ich stattdessen.

Seine Mundwinkel fielen schlagartig herab.

Jonah hasste das Wort »Fehler« im Zusammenhang mit seiner Arbeit. Lieber war es ihm, wenn man »Unstimmigkeiten« oder »Verbesserungspotenzial« sagte. Deshalb sagte ich ja so gern »Fehler«.

Er tippte auf sein Tablet. »Schieß los.«

Ich ratterte die Liste runter, die ich mir im Kopf zurechtgelegt hatte. Einem der Raptoren fehlten die Augen, im Dschungel hatten die Vögel einmal für ein paar Minuten nicht gesungen, der Trainingsraum auf der Mother war an einem Tag etwas größer als am anderen und so weiter und so weiter. Kips Tattoo am Hals war einmal blau, einmal orange gewesen.

Jonah hob den Kopf. »Dafür kann ich nichts«, bemerkte er kühl. »Das Aussehen der Protagonisten speist der User selbst ins Interface ein, das weißt du. Wahrscheinlich konntest du dich zwischendurch selbst nicht mehr erinnern, wie er aussieht.«

Ich schlug mit der Faust hart gegen Jonahs Oberarm. »Ich weiß immer, wie er aussieht«, gab ich zurück. »Und überhaupt: Musste diese Dreiergeschichte wirklich sein?«, fragte ich, und Jonah zog belustigt die Augenbrauen hoch. »Die ganze Bandbreite menschlicher Gefühle«, zitierte er einen unserer Werbesprüche, und wir lachten zusammen. Dabei bemerkte ich das Grübchen. Ich hatte gar nicht gewusst, dass ich es so hinreißend fand. Nun, jetzt wusste ich es. Denn auch das hatte mein Gehirn dem Interface ganz offensichtlich erzählt.

»Wer war Kips Konkurrent?«

Ich rutschte etwas unbehaglich auf meinem Sitz hin und her. Die bequemen Sessel, in denen sich unsere Kunden in fremde Welten entführen lassen konnten, waren weich und ergonomisch geformt, wir Betatester saßen allerdings in ausrangierten Prototypen, die nicht unbedingt gut für den Rücken waren.

Jonah würde sich ohnehin den gesamten Lauf hinterher ansehen, also hatte es keinen Zweck, ihn anzulügen, auch wenn ich die größte Lust dazu hätte. Aber damit würde ich mir den gesamten morgigen Tag versauen, das wusste ich genau. Denn dann würde er mich überhaupt nicht in Ruhe lassen.

»Du«, antwortete ich mürrisch und dankte mir im Stillen dafür, ihn während des gesamten Durchlaufs kein einziges Mal richtig geküsst zu haben. Ich wollte nicht, dass er sich schon wieder Hoffnungen machte.

»Das heißt, du magst mich!«, feixte er und erntete einen erneuten Schlag gegen den Oberarm. »Dein Gehirn hätte jeden auswählen können. Deinen Hausmeister zum Beispiel, oder den Typen, der immer dein Motorrad repariert.«

»Das heißt nur, dass ich zu viel Zeit mit dir verbringe«, gab ich zurück. »Und mein Motorrad wird von einer Frau repariert.«

»Gehirne lügen nicht«, gab Jonah gut gelaunt zurück. Für wen hast du dich am Ende entschieden?«

Ich konnte ihm ansehen, dass er sich natürlich schon wieder neue Hoffnung machte. Er konnte einfach nicht begreifen, warum ich einen schrulligen Ladeninhaber einem berühmten Designer vorzog. Das ging schlichtweg nicht in seinen Kopf.

»Für Kip«, antwortete ich bestimmt.

Ich sah ihn an und er erwiderte meinen Blick. »Ich werde mich immer für Kip entscheiden.«

»Das werden wir noch sehen.«

Ich rollte die Augen und schüttelte den Kopf.

»Vielleicht sollte ich doch ins Business der erotischen Realitäten einsteigen.« Jonah setzte ein gespielt nachdenkliches Gesicht auf. »Du bist meine beste Testerin und müsstest natürlich mit mir die Abteilung wechseln.«

Irgs. Allein bei der Vorstellung drehte sich mir der Magen um.

»Nur über mein Leiche«, sagte ich und rappelte mich hoch. »Erotik ist allerdings ein gutes Stichwort. Ich muss zu Kip. Wie lange war ich weg?«

Jonah schaute auf sein Tablet. »Du hast fünfzehn Stunden gebraucht.«

Ich fluche leise. Das war eine meiner Schwächen. Wenn ich einmal angefangen hatte zu arbeiten, hörte ich oft stundenlang nicht auf. Es war einfach nicht dasselbe, Realitys mittendrin zu unterbrechen, um sich einen Kaffee zu holen und Feierabend zu machen. Kip und ich stritten ständig darüber, weil ich regelmäßig erst mitten in der Nacht nach Hause kam. So wie heute.

Ich hielt meine Hand auf und machte eine auffordernde Geste. »Schlüssel. Helm«, sagte ich, und Jonah schüttelte den Kopf. »Du weißt doch, dass du die nächsten zwei Stunden nicht fahren sollst. Nimm lieber die Bahn!«

»Die Bahn ist mitten in der Nacht ein sehr viel gefährlicheres Transportmittel als mein Bike.«

Jonah verschränkte die Arme vor seinem weißen Kittel, der ihm den Spitznamen »Professor« eingebracht hatte. »Kommt nicht in die Tüte. Du kannst den Lauf mit mir durchsehen, wenn du willst. Wir können auch auf doppelte Geschwindigkeit stellen.«

Ich schüttelte den Kopf. »Ich hasse es, mir dabei zuzusehen. Das ist so, wie seine Stimme auf Band zu hören, nur millionenfach schlimmer.« Ich wedelte wieder mit der Hand. »Schlüssel. Helm«, wiederholte ich.

Jonah seufzte und ging zu den Spinden, in denen unsere persönlichen Sachen verwahrt wurden. Kurz darauf händigte er mir meinen Motorradhelm und den Schlüsselbund aus.

»Danke«, sagte ich. »Ich verrate es auch keinem. Meinen Bericht bekommst du morgen noch mal ausführlich.«

Er nickte. Weil er so nachdenklich aussah, hielt ich noch einen Augenblick inne. »Warum guckst du so? Ist alles in Ordnung?«

Jonah nickte erneut, wirkte aber irgendwie abwesend. »Ja. Nein. Ich meine: Findest du sie wirklich gut? Die Reality, meine ich? Wirklich meine beste bisher?«

Ich lachte. Wenn er so unsicher dreinschaute, konnte ich

ihn nicht hängen lassen. Lächelnd antwortete ich: »Diese Reality ist brillant, Jonah. Es würde mich nicht wundern, wenn sie dich endlich richtig berühmt machen würde. Du hättest es verdient. Ich weiß ja jetzt nicht mal, ob ich mich jetzt in der echten Welt oder wieder nur in einer Ebene deiner künstlichen Hirngespinste befinde.«

Ich konnte sehen, dass ich das Richtige gesagt hatte, denn nun grinste Jonah wieder.

»Ehrlich?«

Ich nickte. »Ganz ehrlich.« Dann drehte ich mich um und machte mich auf den Weg nach Hause.

»Wie sicher bist du, auf einer Skala von eins bis zehn, dass du dich jetzt in der echten Welt befindest?«, rief er mir hinterher.

»Gute Nacht, Jonah!« Ich hob zum Gruß die Hand, die meinen Helm hielt, drehte mich aber nicht noch mal um.

Ich musste endlich hier raus.

Die Nachtluft stieg mir in die Nase, sobald ich das Gebäude verließ. Trotz der späten Stunde war die Friedrichstraße voller Menschen. Wie das Mitternachtsshoppen so in Mode kommen konnte, erschloss sich mir nicht, aber es war ja auch nicht mein Problem. Ich hasste shoppen. Meine Sachen bestellte ich online. Und selbst damit wartete ich immer bis zum letzten Augenblick.

Meine Glieder waren vom vielen Sitzen steif, und obwohl ich es eben halb im Scherz zu Jonah gesagt hatte, war es doch die Wahrheit: Es fiel mir schwer zu glauben, dass ich mich nun wieder in der Realität befand. In meinem echten Leben. Die Zoë, die ich in den vergangenen Stunden gewesen war,

war so sehr ich, dass ich uns kaum auseinanderhalten konnte. Die Crew war mir ans Herz gewachsen. Und an einem Punkt hatte ich wirklich gedacht, dass ich sterben würde. Ich hatte mein Leben tatsächlich losgelassen. Und das machte mir Angst. Woher sollte ich wissen, dass diese Realität nicht auch von irgendjemandem designt worden war und ich in einer riesigen Matroschka-Schleife aus Realitäten festhing?

Ich schüttelte den Kopf und ging zu meinem Motorrad. Wie kam es, dass ich mir auf einmal solche Fragen stellte? Eigentlich war das ein klassischer Anfängerfehler. Und ich war Profi.

Ich hatte einen Strafzettel und jemand hatte auf mein Vorderrad gekotzt. Ein eindeutiger Beweis dafür, dass ich mich in der Realität befand. Auf dem Boden der Tatsachen. Seufzend zupfte ich den Strafzettel ab, löste den Ständer und setzte mich auf mein Motorrad.

Als ich mein Gesicht im Rückspiegel sah, flüsterte ich: »Ich bin Zoë Alma Baker. Betatesterin für Virtual Reality-Formate bei NeuroLink. Und ich fahre jetzt nach Hause.«

Eva Siegmund

Die siebzehnjährige Zoë hat ein perfektes Leben: Sie besucht eine Eliteakademie, gemeinsam mit ihrer großen Liebe Jonah. Doch plötzlich findet sie sich in einem heruntergekommenen Krankenhaus wieder. Angeblich lag sie zwölf Jahre im Koma und fragt sich nun verzweifelt: War alles nur ein Traum? Gemeinsam mit Kip, dessen Bruder Ähnliches durchlebt hat, deckt Zoë ein atemberaubendes Geheimnis auf. Sie muss sich entscheiden, auf welcher Seite sie steht und ob sie ihr perfektes Leben wirklich zurückhaben will ...

H.O.M.E. – Das Erwachen
Band 1, 448 Seiten,
ISBN 978-3-570-31230-8

H.O.M.E. – Die Mission
Band 2, 448 Seiten,
ISBN 978-3-570-31231-5

www.cbj-verlag.de

Eva Siegmund
Pandora – Wovon träumst du?

ca. 400 Seiten, ISBN 978-3-570-31059-5

Sophie lebt in einer Welt, in der alle durch einen Chip im Kopf jederzeit unbeschwert online gehen können. Als sie erfährt, dass sie adoptiert ist und eine Zwillingsschwester hat, erkunden die Mädchen damit ihre Vergangenheit – und stoßen schon bald auf seltsame Geheimnisse. Ihre Recherchen bringen den Sandman auf ihre Spur. Er will die Menschheit mithilfe eines perfekt getarnten Überwachungssystems beherrschen, und nur die Zwillinge können ihn und seine allmächtige NeuroLink Solutions Inc. zu Fall bringen. Doch das bringt sie in höchste Gefahr ...

www.cbt-buecher.de

Eva Siegmund
Cassandra – Niemand wird dir glauben

ca. 400 Seiten, ISBN 978-3-570-31183-7

Nachdem Liz und Sophie dem Sandmann entkommen sind, arbeitet Liz als Blog-Jounalistin bei Pandoras Wächter. Nach einem kritischen Artikel über die Abschaffung des Bargelds wird sie verhaftet – sie soll den Chef der NeuroLink AG getötet haben. Alle Beweise sprechen gegen sie – aber ist sie wirklich eine Mörderin? Als Liz verurteilt und aus Berlin verbannt wird, bleibt ihre Schwester Sophie in der Stadt zurück. Nun ist es an ihr, die Wahrheit herauszufinden, doch bald ist auch Sophie in Berlin nicht mehr sicher.

www.cbt-buecher.de

Eva Siegmund
LÚM – Zwei wie Licht und Dunkel

400 Seiten, ISBN 978-3-570-16307-8

In der Trümmerstadt Adeva entscheidet sich für alle 15-Jährigen in der Nacht der Mantai, welche Gabe sie haben. Ein Mal, das auf dem Handgelenk erscheint, zeigt an, ob man telepathisch kommunizieren, unsichtbar werden oder in die Zukunft sehen kann. Doch bei Meleike, deren Großmutter eine große Seherin war, zeigt sich nach der Mantai – nichts. Erst ein schreckliches Unglück bringt ihre Gabe hervor, die anders und größer ist als alles bisher. Als Meleikes Visionen ihr von einem Inferno in ihrem geliebten Adeva künden, weiß sie: Nur sie kann die Stadt retten. Und dass da jenseits der Wälder, in der technisch-kalten Welt von LÚM, jemand ist, dessen Schicksal mit ihrem untrennbar verknüpft ist ...

www.cbt-buecher.de